素顔のサマーバカンス

mira

LOVER IN PURSUIT
by Jayne Ann Krentz

DESERT WARRIOR
by Nalini Singh

THE COUNT'S SECRET CHILD
by Jennie Lucas

Published by K.K. HarperCollins Japan, 2023

素顔のサマーバカンス

波の数だけ愛して

ジェイン・アン・クレンツ

仁嶋いずる 訳

おもな登場人物

レイナ・マッケンジー――ホテルのフロント係
ケント・イートン――レイナの友人
ジム――レイナの同僚
トレバー・ラングドン――〈ラングドン・アンド・アソシエイツ〉社長
ジョン――トレバーの義弟

1

最初に見たときは目の錯覚かと思った。ハワイ諸島のひとつ、マウイ島に忍びよる、ベルベットのようなひそやかなたそがれの光が生み出した幻にちがいない、と。もしかしたら、いにしえのハワイの神のいたずらかもしれない。

レイナ・マッケンジーは、足首をなでて引いていく波の中に立ちつくし、ひとけのないビーチをこちらに向かって歩いてくる男を見つめた。薄れゆく明かりの中でもその姿は見まちがえようがない。夕暮れの影に目が惑わされたのだと自分をごまかすことはもうできない。

いったいどうして、トレバー・ラングドンがまたわたしの前に現れたの？

こちらを目指して歩いてくる男がトレバーなのは、火を見るよりあきらかだ。きみにはもう用はない、と冷たくつき放されてから半年がたった。たとえ一生の年月を経ても、彼の姿を見るたびにこんなふうに心がざわついてしまうにちがいない。

何も言わずにじっと立ったまま、レイナは避けられぬ運命を待ち受けた。近づいてくる男のうしろで、マウイの海岸線に点在するしゃれたデザインのコンドミニアムに、ぽつぽつと明かりがともりはじめた。

刻々と暮れていく薄明かりの中でも、トレバー・ラングドンの漆黒の髪は簡単に見分けられる。きっちりと整えられた豊かな髪には、銀色の筋がまじっているのをレイナは知っていた。三十七歳のトレバーは苦労して成功を手に入れた。それが外見にも表れている。

銀色の髪だけではなく、よぶんな脂肪などひとつもない引きしまったたくましい体からも、それはうかがえる。一瞬、どこまでも男らしい筋肉質の肉体が白いシーツの上に全裸で横たわるイメージが、レイナの脳裏をよぎった。レイナはすぐさま、そのイメージを追い払った。

あの顔のこともいつまでも忘れられないだろう、とレイナは苦々しく思った。

あの深い琥珀《こはく》色の目は、五十年後もやはり知性と値踏みするような冷たさを宿しているだろう。攻撃的な雰囲気をただよわせるやいばのような鼻も、一見険しい口元にかすかにただよう官能の色も、時の流れのせいで変わることはないはずだ。

〝ハンサム〟とか〝美形〟とかいうやわらかな言葉をせせら笑うような、荒削りの険しい顔のライン。高い頬骨、広い額、力強い顎には、たくましさと男らしさがにじみ出ている。

身長は百八十センチを少し超えるぐらいだろうか。服は、仕立てたかのようにしなやかな体にぴたりと合っている――実際、それは特別にあつらえたものにちがいない。

レイナは皮肉な思いで考えた。トレバーだと気がつかなかったとしても、その服を見ればわかる。一見さりげないその着こなしだけ見ても、わかるというものだ。ハワイに到着して何時間もたつだろうに、まだ白いシャツにはしわひとつなく、ネクタイを締め、高価なジャケットとスラックスを身につけていられるのは、知り合いの中でもトレバー・ラングドンくらいだ。

高価なイタリア製の革靴の中は砂だらけだろうと思うと、レイナの口元は声にならない笑いでゆがんだ。

レイナはそのほほえみだけを残し、何も言わずにトレバーがそばまで来るのを待った。そして、そのほほえみを見たトレバー・ラングドンの目が、一瞬疑わしげに細くなったのを見て、皮肉な満足感を覚えた。まさかわたしが笑顔を見せるとは思っていなかったにちがいない。レイナはあらためてそう思った。

「やあ、レイナ」強い意志を秘めた深い声に、おなじみの震えが全身を走った。トレバーは波打ち際から少し離れたところで立ち止まった。

「こんにちは、トレバー。まさかここであなたに会うとは思わなかったわ」

軽く、さりげなく、楽しんでいるような口調で言えたのがレイナはうれしかった。敵襲を受けた船の船長が、それぞれの持ち場からの被害報告をプロの冷静さで確認するかのごとく、彼女は自分を確認し、その結果に満足した。わたしは動揺していない。

「そうか？　きみは自分をよくわかっていないようだな。あるいは、ぼくを」トレバーは推し量るように彼女を見つめた。琥珀色の目が、好奇心に近い色を浮かべてレイナの体を見まわした。

トレバーの顔つきを見て、レイナのほほえみは大きくなった。彼女は新しいドレスを自慢する子どものように両手を広げ、水しぶきを上げてくるりとまわってみせた。

「わたしたちふたりのことなら、よくわかってるわ」レイナはトレバーのほうに目を戻して言った。「よくわかっていないのは、あなたのほうよ。その視線は何？　昔のわたしとそんなにちがう？」

「ああ」その答えにレイナは笑った。

半年前の運命的な別れからどれほど自分が変わったか、それはレイナ自身がいちばんよく知っていた。ブランドもののビジネススーツ、それに合わせたシルクのブラウス、完璧《かんぺき》なレザーのパンプスが並ぶ、キャリアウーマン用の高価なワードローブは姿を消した。

今、レイナがはいているのは、海に入るためにすそをまくり上げた色あせたジーンズだ。虹《にじ》色の綿ニットは、周囲の暗さを追い払うかのように明るい。そう、この格好はトレバーが知っているかつての彼女とは似ても似つかない。

ヘアスタイルも変わった。この半年で少し伸びて、日に焼けてところどころ色が薄くなった黄褐色の髪は肩よりも長く、今はうなじのところで大きなクリップでまとめている。

スタイリッシュとはほど遠いカジュアルな髪型は、以前の彼女とは大ちがいだ。トップを目指すエネルギッシュなキャリアウーマンのレイナは、いつも髪をシックなアップスタイルにしていた。そのビジネスライクな髪型は、彼女の物腰や服装にぴったり合っていた。

しかし変わったのは髪型と服装だけではないことを、レイナは知っていた。山のような仕事量と注意深い食生活でキープしていた、モデルのようにスレンダーな体も変わった。

胸の高いカーブはやわらかく、大きくなり、ヒップと腿も豊かになった。毎日のように泳ぎ、ビーチを散歩し、活動的に過ごしているおかげで、レイナは健康を実感できるようになった。その体は健康的なセクシーさを感じさせ、丸みを帯びても太るまでにはいたらなかった。

額を出してうしろでまとめた黄褐色の髪は、灰色がかった大きな緑の目、少し上を向いた鼻、すぐにほほえみの浮かぶ唇のやわらかさをさりげなく引き立てる額縁のようだ。

レイナはいわゆる美人ではないが、生き生きとした表情と、緑に近い目に宿るすべてを見通すような知的な光が独特の魅力を放っていた。

「最後に会ってから、いろいろ変わったの」トレバー・ラングドンにそう言いながら、レイナは、彼はわたしがどこまで変わったか想像もできないだろう、と思った。

「そのようだな」トレバーの口角が、おもしろがるように少し上がった。この表情をレイナはよく覚えていた。

「かといって、この半年で鈍くなったわけじゃないのよ」レイナは淡々と続けた。「あなたがわたしのいるビーチに現れたのが偶然じゃないことくらいはわかってる。シアトルからここまで、わざわざ何をしに来たの？」

「きみを捜しに」

レイナは、きっとそうにちがいないと思っていた。それでもずばりひと言で言われると、体に小さな震えが走った。

「そう」彼女は自分を抑えて言った。「となると、次の質問はひとつね。どうしてわたしを捜しに来たの？」

トレバーはすぐには答えなかった。どこか攻撃的にたくましい手をスラックスのポケットにつっこみ、少し両足を広げて立ったまま、彼はしばらく考えこむように黙ってレイナを見つめた。

レイナはそこに固い意志を感じ取った。トレバー・ラングドンはけんかも辞さない気だわ。そう思うと心の奥のユーモアのセンスが刺激された。

「きみと話さなきゃいけない」

「じゃあ話して」レイナは肩をすくめ、背を向けてビーチに沿って歩き出した。波打ち際で足に波を受けながら、あたたかい海水と濡《ぬ》れて硬くなった砂の感触を楽しんだ。

「ぼくを見ても驚かないんだな」トレバーは高価な靴が濡れないよう、波の届かないところを選んでレイナと並んで歩き出した。

　探るような視線を感じて、レイナは少し首を振った。「あら、驚いたわよ。どうしてあなたがこんなところまで来たのか想像もつかないわ。そもそも、どうやってわたしを見つけ出したの？」

「ひと手間かかったよ」トレバーは静かに言った。「きみの友人何人か、それから同僚にも声をかけて――」

「なるほどね」レイナは他人行儀にうなずいた。

「夕方ここに着いたとき、コンドミニアムのフロント係が、きみはビーチに散歩に出たと教えてくれたんだ」

　トレバーはさらりと言ったが、口で言うほど簡単ではなかったはずだ。

　まず、彼女はシアトルの友人とはほとんど連絡を取っていない。ハワイ諸島に引っ越したことを知っている友人を見つけ出すだけでも手こずっただろうし、くわしい住所まで知る友人を捜すとなればさらに大変だったはずだ。けれどもトレバー・ラングドンは要領がいい。レイナはそれをだれよりもよく知っている。

「探偵仕事、ごくろうさま」レイナはからかうように言った。「それで、こっちで休暇を過ごすことにしたから、滞在しているあいだにわたしに挨拶《あいさつ》でもしておこうと思ったのね？」

「そうじゃないことは、きみも知ってるはずだ」トレバーは低い声で言った。

「ええ、そうね。あなたは衝動で何かをするような人じゃないわ。どんな小さなことでも綿密に計画を立て、検討し、目指す目的に最短距離で到達する。そうでしょう?」

トレバーの黒い眉が上がるのを視界のすみにとらえたレイナは、自分が彼の思いどおりの反応を見せたことに気づいた。

「きみがぼくにつらくあたるのも当然だ」トレバーはやさしく言った。

思わず笑いたくなる衝動にかられ、レイナは目をおもしろそうに輝かせて彼の横顔を見やった。

「あなたって、いつもはすばらしい分析能力を見せるのに、今日はだめね。わたしはつらくあたろうなんて思っていないの。こんな場所であなたを見て驚いたのは認めるわ。でも驚きと敵意をごちゃまぜにするのはやめて。ただ、それとはべつに、好奇心はあるの。あなたがここへ来た本当の目的はなんなのか、教えてくれる?」

こんなふうにトレバーに肩すかしをくわせるのはやっぱり楽しい。レイナがおもしろがっているのを読み取ったのか、つかの間トレバーの琥珀色の目が細くなった。

「波打ち際でぱちゃぱちゃされていたんじゃ話すのは難しいな」穏やかな口調だ。「きみの家に戻らないか?」

「ごめんなさい。今は海にいたい気分なの。一対一で話し合いたいなら、あなたも靴を脱いで海に入れば？　よろこんで海岸線を分けてあげるわよ」

「それはありがたいな。だが海に入る格好じゃない」トレバーはつぶやいた。

「二百ドルのスラックスを膝までまくり上げて生地をいためるなんて、とても考えられないわよね？」レイナはからかった。

「きみだって以前はそんな色あせたジーンズ、買おうともしなかったじゃないか」トレバーは冷たく言い返した。

「そうね」レイナは余裕を見せた。「わたし、変わったの」

「変わったのか？　今だけ素顔を隠しているんじゃないのか？」断固とした低い声には、同情の響きがあった。

「この半年、わたしがずっと泣き暮らしていたと思うの？」レイナはわざとそうきいた。

トレバーは息を吸いこみ、言葉を選んで語り出した。「半年前、きみはつらい目にあった。すべてが終わるまで、きみがどれほど苦しんだか気がつかなかったよ」

「同情してくれてありがとう。でも、そんな必要は――」

「たとえば、あのことのせいできみが仕事を失うはめになるとは思わなかった」トレバーはレイナの言葉をさえぎった。「だが、きみは知っていたんだろう？　きみは先も見えないのにつき進む人じゃない」

「そうよ」

レイナの短い返事にいやみはなかった。それが事実だったからだ。彼女は自分のしていることの意味を承知していた。

「でもわたしがクビになったとか、辞職を強いられたとか思ってうしろめたさを感じているなら、取り越し苦労もいいところね」レイナはためらわずに言った。「わたしは自分の意志で辞めたんだから」

「きみが辞めたのは、ぼくの義弟の会社との取り引きが失敗すれば、キャリアが台なしになるのがわかっていたからだ。レイナ、きみはそんなことひと言も言わなかった。あの取り引きにどれほどのものがかかっているか、一度も教えてくれなかった」

「もし教えたら、事態は変わった?」トレバーの答えはわかりきっている。そう思いながらレイナはつぶやいた。

トレバーはためらっていたが、やがて口を開いた。「いや、変わらない」

「くどくど説明したって状況が変わったとはとても思えないわ」レイナは考えこむように言った。

心の中では、その事実と折り合いをつけていた。あのときは、真実をすべて打ち明けたらトレバーの態度も変わるかもしれないと思った。二カ月間そのことで頭を悩ませたけれど、あのときの苦しみから立ち直った今ならわかる。どちらにしても彼には関係なかったのだ、と。そして、その考えは正しかった。

「レイナ、ぼくはやるべきことをやっただけだ」トレバーは淡々と言った。

「わかっているわ。さっきも言ったけど、わたしはクビになったわけじゃないの」レイナの口調は冷静だった。

「知ってるよ。だが、出世への道は一度閉ざされたら二度ともとどおりにはならない。トップを目指す者ならだれでも知っていることだ。きみは会社に残ることもできたが、残ったとしても二度と昇進のチャンスは来なかっただろう。義弟のジョンの会社の乗っ取りから手を引くとぼくに告げたとき、きみにはそれがわかっていた。上司の目から見れば、きみが失敗したも同然だからな。そうなれば、もう二度と正当な評価は望めない」

「あんな大きな失敗をしでかしたんだもの、どんな言いわけも通用しないわ」レイナは記憶を追い払った。「上層部がわたしに背を向けたのも当然よ」

「それで、冷遇は避けられないと知って、きみはごていねいに辞表を出した。そしてハワイに逃げたんだ」トレバーは決めつけるように言った。

「わたしなら〝逃げる〟とは言わないわ」レイナはトレバーを見て、穏やかに抗議した。「休暇で訪れて、そのままマウイに住むことに決めたの。あなたがここへ来たのは、あれから半年たって罪悪感でいたたまれなくなったから？」

「ちがう！　言っただろう、ぼくはするべきことをしただけだって。妹から夫を助けてくれと頼まれて、助ける以外にどうしようもなかった。きみは義弟のコンピューター会社を、スナックでも食べるみたいに丸のみしようとしていた。義弟にはきみに勝つ見こみはなかった」

トレバーの言葉に爆発寸前のあやうさを感じ取り、レイナはまたほほえんだ。「あのころのわたしは牙《きば》をむき出したバラクーダだったわ。そう思わない？」彼女は遠い目をして言った。

自分をあざ笑うようなレイナの言葉にひるんだのか、トレバーは顔をしかめた。「きみは仕事のできるビジネスパーソンだった」

「でもあなたのほうがずっと優秀だったわ。わたしの弱点を見つけて、今でも感心するほどの鋭さでそこをついた」

「ぼくを恨んでいるんだろう」

「いいえ」レイナは強く首を振った。

「いや、恨んでる」トレバーはあくまでそう言った。「でもそれはぼくがなんとかする。ぼくはすべてをもとに戻すつもりだ、スウィートハート。そのためにここに来たんだ」

レイナの背筋に震えが走り、気づかぬうちに消えていった。恐怖のせいではなく、驚いたからだろう。

心ならずも人生を変えられてしまったけれど、この人を怖がる必要なんてない。今はあのときの仕打ちをありがたいとさえ思うほどだ。気持ちの上ではもう彼のことは乗り越えた、とレイナは自分に言い聞かせた。ハワイで半年を過ごせば、どんなに手ひどい失恋の傷も癒《いや》される。

そんな思いが頭に浮かんでは消え、レイナは海を歩く足をふいに止めて、暗闇《くらやみ》の中でトレバーの顔をのぞきこんだ。トレバーも足を止め、彼ならではの強い意志を秘めた琥珀色のまなざしでレイナを見つめた。トレバー・ラングドンという男は、一度心を決めたら、けっしてあとに引かない覚悟と鉄の意志でつき進む。

「わかったわ、トレバー」レイナは静かに言った。「はっきりさせましょう。あなたはどうしてはるばる三千二百キロのかなたから、わたしを捜しにやってきたの？」

トレバーの口元が、さらに険しくなった。「きみを連れ戻しに来たんだ。一緒に帰ってきてほしい」

つらい思いをして身につけた癖は半年たっても直らない。レイナは無言の驚きとともに思った。こんなふうにトレバーに見つめられ、全身からにじみ出る強い意志を感じると、気持ちに反して体が震えてしまう。

しかしそれは一瞬だった。つかの間動揺したものの、レイナはすぐさま落ち着きを取り戻した。

「いいえ、あなたはもうわたしのことなんかどうでもいいはず。わたしは半年前のわたしとはちがうの」虚勢を張るように顎を上げると、潮風が軽くレイナの髪を乱した。

「わかったよ、レイナ。きみがぼくに冷たくあたるのも当然だ。だがそれをふたりで解決してもとどおりにしたいんだ。あのときのぼくは、きみの思いの深さをよくわかっていなかった。きみがぼくに惹《ひ》かれているのはわかったし、ぼくはそれを利用してきみを操ろうとした。そしてそんなやり方に疑問を持たなかった……」

「使える武器はなんでも使わなきゃいけない立場だったからでしょう」

トレバーの金色の目がさらに細くなった。どうしてレイナがこれほど客観的な見方ができるのか、不思議に思っているにちがいない。

もし逆の立場なら、トレバーがどう感じるかは疑いようがない。けれども立場が逆転することはないし、その可能性もない。トレバー・ラングドンは情熱と欲望と快楽のことなら何もかも知りつくしている。それなのに愛のことは何ひとつ知らない。そして彼に会うまでわたしも愛のことは知らなかった。レイナは心の中でそれを認めた。

「レイナ、海から出て、どこか話のできる場所に行かないか？」

トレバーはいらだたしげに黒髪をかき上げた。思っていたように話が進まなくて、あせっているのだろう。トレバーは自分の計画どおりに進まないものが苦手だ。

「出るわ」トレバーがいらいらしていると思うとレイナはおかしかった。「でも場所を変えて話をする時間はないの。夕食の約束があるから。今、急いで話してもらえないかしら。そうすれば、アパートメントまでの帰り道で全部聞けるかもしれないわ」

レイナはビーチに上がり、海を見晴らすコンドミニアムのひとつに向かって歩き出した。トレバーは文句も言わずについて来たが、不服なのは感じ取れた。

「だれだ?」彼が出し抜けに言った。

「なんのこと?」レイナは眉を上げた。彼が何を言っているのか、わかりすぎるほどわかっている。トレバーもそれを知っていたが、辛抱強く質問を繰り返した。

「だれと夕食なんだ?」

「友達よ」

「男か?」

レイナはため息をついた。裸足《はだし》の彼女はビーチを軽々と歩くことができたが、砂浜用とはほど遠いイタリア製の革靴のトレバーはずいぶん歩きにくそうだ。

「べつに燃えるような恋をしているわけじゃないけれど、ええ、相手は男性よ。それも、とても感じのいい人」

「デートはキャンセルしろ」

「あなたってどうしようもない人ね。半年もたってからのこのこやってきて、わたしがまだじっと待っているとでも思った?」

「じっと待っているとは思わなかった。だがきみは苦しんでいるだろうと思った。あんなことのあったあとでは、ぼくと同じ町にいるのさえいやになるはずだ、とね。敵意と怒りと不安をぶつけられるのを覚悟した。ひとりの男にすべてを捧《ささ》げたのにその男に背を向けられたんだから、当然だ」

「まあ！　ずいぶんドラマティックじゃない」

「そのとおりだ」彼は短く答えた。

「たしかにそうかもしれないわ。けれど、あれは全部自分でわかっていてやったことよ。それが大きなちがい。だから、今さらあなたが罪悪感に苦しむ必要はないの」

「罪悪感なんかないと言ってるじゃないか。ただ、きみを取り戻したいんだ」

突然、トレバーが立ち止まって手首をつかんだので、レイナは足を止めた。立ち並ぶコンドミニアムの明かりで、こちらを見おろす琥珀色の目に炎が燃えているのがわかった。

「レイナ・マッケンジー、半年前にきみが差し出してくれたものがほしい。きみがぼくに感じていたものが、あとかたもなく消えうせたとは信じたくない。さりげなさを装っているのは自分を守るためだ。だが今回は鎧《よろい》なんか必要ない。今度こそきみを自分のものにする。芝居でもなければ仕事上の策略でもない。今度は、きみとぼく以外には何も関係ないんだ」

レイナは立ちつくしたまま、なんのためらいもなく彼の目を見すえた。

「もう終わったのよ、トレバー。あなたの義弟の会社から手を引くと言ったあの朝、すべてが終わったとわかったの。わたしが彼の会社の買収から正式に撤退したとき、あなたにもはっきりわかったはずよ。覚えていないの？」

「覚えているさ」トレバーは重いため息をついた。「あの最後の夜、愛していると言って腕に飛びこんできたきみのこと、なんのためらいもなく自分を差し出したきみの姿を。その翌朝、望みのものをあげると言ったときのきみの顔つきを。やさしさと愛にあふれる目を見ても、ぼくの思い過ごしだと思った。あのときは、きみが本当にぼくを愛していると信じられなかった。誘惑がうまくいって、ぼくに惹かれる気持ちが強いあまり、きみはジョンの会社から手を引くのだろうと思ったんだ」

「そしてそのあと、〝あの会社はもう安全だから心配しないで〟と言ったわたしに、あなたは〝それさえわかればもう用はない〟と答えたのよ」レイナは話を締めくくった。

「あのときは自分の気持ちをわかっていなかった。唯一の武器を使ってきみから望みのものを奪い取るのに精いっぱいで、ふたりのあいだに何が起きているのか、考えようとしなかったんだ。レイナ、きみはぼくを愛していた」

「そうね」レイナは落ち着いたほほえみを見せた。「でもわたしはなんの幻想も抱いていなかったわ。あなたがわたしを愛していないのはわかっていたし、下心を持って誘惑したことも知っていた。あなたはわたしをだましたわけじゃないの。だから罪悪感を抱く必要はないのよ」

「ぼくを愛してくれたからこそ、言いなりになってくれたんだ」トレバーの声はかすれ、レイナの手首を握る手に力がこもった。「きみはぼくのためにキャリアを犠牲にした。その意味を理解するのにしばらくかかったよ。最初はきみに勝ったことしか考えられなかった」

「そのとおり。あなたはひとつのことしか頭にない人だもの」レイナは軽い口調で言った。

「ジョンの会社は心配ないと、きみが言ったあの日……ぼくはとまどった。これでゲームは終わった、勝ったんだ、と自分に言い聞かせた。きみにもそれを告げて、自分の気持ちを確認したいと思った。きみは抜け目のないタフなビジネスパーソンで手ごわい敵だが、うまく出し抜いたと自分に納得させようとした。会議室じゃなく寝室できみが負けたのは、きみが弱いからだと考えた」

「実際弱かったわ。愛は人を無防備にするでしょう？　愛のせいで人は常識や理性をはずれた行動に出てしまうのよ」

「きみを情事の相手としか思っていない男、無防備さにつけこむのは当然だと言ってはばからない男のために、未来のキャリアを投げ出すのも愛のせいじゃないのか？」

「もうやめて！」レイナは信じられないというふうに首を振った。「あなたは自分から罪悪感を背負いこもうとしているわ」

「ここへ来たのは罪悪感のせいじゃない」トレバーはすかさず言い返した。彼がもどかしさをつのらせているのが、レイナには感じ取れた。トレバーは彼女の手首を引き寄せた。

「きみがほしい。それがわからないのか?」

レイナはまたかすかな震えを感じたが、振り払った。トレバーはすぐそこにいる。近すぎるほど近くに。その体のぬくもりとエネルギーを感じることができる。そのせいで古い記憶が刺激され、頭から追い払ったはずの場面がよみがえった。

「どうして半年もたってから気を変えたの?」レイナは落ち着いた口調できいた。

トレバーははっと息を吸い、もどかしそうにレイナの頬に手を伸ばした。

「レイナ、スウィートハート、わからないのか? あのときは、きみのくれたものの大きさに気づかなかった。これまで本当の意味で女性に愛されたことがなかったんだ。だからぼくには……」

「今はわかるの?」レイナは首をかしげ、唇をゆがめた。

「ああ、今ならわかる」

レイナの頬に置かれたトレバーの手が、官能的なほどの荒々しさで動き、うなじにまわってレイナを押さえつけたかと思うと、ゆっくりと唇が重なった。

レイナはあらがわなかった。そんなことをしても無駄だとわかっていたからだ。純粋に体力というレベルではトレバーにはかなわないし、彼はその力を使って抵抗を封じこめるだろう。それにこれはあることを試すのにいいチャンスになる。レイナの中に残っていた火が完全に消えたことを、ふたりとも納得することができる。

トレバーのキスには説き伏せるような情熱の強さがあった。どんな抵抗にぶつかろうとかならず乗り越えてみせる、という決意が感じられた。

気の毒なトレバー。そんな言葉が一瞬レイナの頭をよぎった。彼はこれまでまんまと成功した戦略、唯一よく知っている戦略に、まだしがみついている。レイナを誘惑するという目的のために、最初と同じアプローチを試みている。いちずに、自信たっぷりに、断固としてせまればうまくいくと思っている。

強い唇がレイナの唇の上で動く。レイナの唇のやわらかさに触れて、トレバーの唇に秘められた官能がいっきに花開いたかのようだ。

トレバーはゆっくりとキスを深めていき、その片手は気だるげでエロティックな動きでレイナのうなじをもんだ。

レイナは両手をおろしたまま、冷静にトレバーのテクニックを感じ取った。半年前に彼がかき立てたほどの強い感覚をもたらした男性は、これまでだれひとりとしていなかった。そして今夜、トレバーはその力を駆使しようとしている。

レイナは好奇心さえ持って、何もせずに身をまかせた。トレバーの舌の先が閉じた唇をそっとなでる。レイナが折れようとしないのがわかると、舌の動きは強くなった。けっして引こうとしない濡れてあたたかい舌先は、どうしようもなくセクシャルな雰囲気を生み出していく。

今、自分がどんなふうに反応しようが、それは純粋に肉体的なものだ、とレイナは自分に言い聞かせた。トレバー・ラングドンのことはもう愛していない。そのことに強い確信のあるレイナは、彼女を燃え立たせようと略奪するようなキスを繰り返すトレバーにあらがわなかった。

なかなか開かない唇に業を煮やしたのか、トレバーはいらだちの言葉を低く吐き出すと、レイナがはっとするほどの力強さで唇の奥のぬくもりの中へ入りこもうとした。

この官能的な攻撃にレイナの体はわなないた。けれども彼女は、こんなふうに反応してしまうのは当然だと自分に言い聞かせた。反応したからといってなんの意味もない。

トレバーの舌は、大胆にもレイナの下唇の内側のやわらかな場所に入りこみ、沈黙したままの舌を探り出して、無理やり触れようとした。

レイナがよく覚えている男らしい巧みなテクニックで始まったキスは、驚いたことにどんどんエスカレートしている。あまりにも速すぎる。その事実に彼女はとまどった。

トレバーはいつも自制心があるように思えたし、情熱にのみこまれることなく、自在に操った。情熱を剣のように鍛え上げ、見事な剣さばきを見せた。

唇を征服したことに満足したのか、トレバーは少し退いて、問いかけるようにレイナの唇をついばんだ。レイナは小さなあえぎ声をあげて息をついた。トレバーの胸の奥からわき上がる深いうめき声を感じた。次の瞬間、彼の手のひらが背中を押さえつけた。

レイナは無意識のうちに、なめらかに彼の体に身を寄せた。すると、突然彼女は指を上げ、トレバーの高価なジャケットの胸を押さえた。

「だめだ」レイナの唇のすみでトレバーの声がした。「抵抗しないでくれ、レイナ。お願いだ。この半年、きみのことを考え、きみを求めて何度眠れない夜を過ごしたか」

「もう終わったのよ、トレバー」落ち着き払った自分の声に、レイナはかすかに満足を感じた。でも、こんなふうに冷静なのは当然といえば当然だ。トレバーに言った言葉にうそはなかった。すべては終わったのだ。

ところが、トレバーは聞き入れようとしない。感覚を麻痺《まひ》させるような重いキスで、ふたたびレイナの口を封じながら、彼は背中に手をすべらせ、ぐいっと引き寄せた。

レイナはその力にさからえなかった。沈黙を守り、トレバーの手に反応しないでいるのが精いっぱいだ。けれども、ざらざらしたその手がヒップにおりて、腿のくぼみへと引き寄せたとき、レイナは手足から徐々に力が抜けるのを認めないわけにはいかなかった。

トレバーが高まっているのは火を見るよりあきらかだ。男としての力がレイナを圧倒し、反応を引き出そうとする。トレバーの指がエロティックにヒップに食いこみ、冷静でいようとする決意をよそに、レイナは身震いした。

トレバーはその震えを感じ取り、深いため息をついて今度は彼女の顎のラインを唇でたどりはじめた。

敏感な喉の肌を探られ、レイナはぎゅっと目を閉じた。ちがう、彼を愛してはいないと彼女は冷たく考えた。でも女ならだれでも、これほど巧みな愛撫《あいぶ》に反応せずにいるのは難しいに決まっている。

無意識のうちにレイナの指に力が入り、仕立てのいい服の下にある、筋肉質のなめらかな胸を探ろうとした。

「ほらね、レイナ？」

その指の動きがレイナの内心を暴露しているのを見て取って、トレバーはささやいた。彼が顔を上げたのでレイナが目を開けると、トレバーの目には満足の色が浮かんでいた。

「このすばらしさは前と変わらない。前よりずっとよくなるはずだ。ふたりの未来以外に何もかかわっていないんだから。ぼくはこの半年のふたりの記憶を消し去るつもりだ。スウィートハート、心の奥ではきみはまだぼくを愛している。きみが味わった苦しみは、ぼくがかならず償うと誓う」

「わたしが味わった苦しみ？」レイナはそう繰り返した。トレバーの腕の中に戻るのは渦の中に飛びこむようなものだ。レイナはその渦からさっさと抜け出した。「あなたの仕打ちで受けた苦しみから抜け出したいとは思わないわ」

「きみは傷ついたじゃないか」

これを聞いてレイナの唇に無言の笑いが浮かび、灰色がかった緑の目が輝いた。彼女は両手でトレバーの頬を包んだ。

「あなたには理解しにくいかもしれないけれど、あなたと出会ったことは、これまでの人生で起きたいちばんすばらしいことのひとつよ」

「レイナ」トレバーはささやくように言った。琥珀色の目がやわらいだ。

「本音を言うと、まるでれんがの壁につっこんだみたいだったわ」レイナは正直に話した。

「ターゲットを狙《ねら》いすまして発射されたミサイルが軌道をそれたようなものよ。でもあれほどの爆発力がなければ、わたしが大学卒業以来たどってきた軌道を飛び出すことはできなかったわ。あなたとの出会いで生まれた勢いがなければ、わたしはまだ会社人間のまま、ひたすらトップを目指していたでしょうね」

「そんなことは、だれよりもぼくがよく知っている。レイナ、ぼくは償いをしたいんだ」

トレバーは熱っぽく言った。

「わたしの話を聞いて!」

この人はまだわかっていない。レイナは苦々しい思いで考えた。昔の彼女と同じく、まるで自己誘導式のミサイルだ。その誘導システムは、愛のようななまやさしいものではけっして揺らがない意志の力で動いている。

「わたしは新しい人生を満喫しているの。たとえ戻ることができるとしても、一日十六時間企業戦士として働く暮らしには戻りたくない。あなたもキャリアも同時に失ったとわかったとき、わたしはいやおうなく人生を見直したわ。そして初めてすべてを考え直すチャンスを手にしたの。ハワイに来たのは、ただそれだけのため。ここにいるのは、ここで見つけたものこそ自分が望むものだと思ったから。わたしはここで見つけた新しい人生が本当に気に入っているのよ」

「レイナ、強がりはやめてくれ」

レイナは笑い、トレバーのしかめた眉を伸ばすように指先でなでた。

「強がりじゃないわ。本当のことを知りたいなら言うけど、あなたに感謝しているの。あなたがいなければ、このすばらしい新生活を手に入れることはできなかった。わたしは幸せよ、トレバー。こんなに幸せなのは、生まれて三十年で初めて。だから、あなたがこれまでのことで罪悪感を抱く必要なんかないの。ぴかぴかのすてきな靴が砂でだめになったり、高価なシルクのネクタイをはずすはめになったりする前に、シアトルに帰ってちょうだい。この数カ月、良心の呵責《かしゃく》で苦しんだのなら気の毒に思うわ。後悔なんてしなくていいのよ」

レイナはつま先立ちになって、軽くトレバーにキスし、離れた。

「ここはわたしの世界よ」レイナはほほえんで、さわやかな熱帯の空を指さすように片手を上げた。「あなたという触媒のおかげでここを見つけ出すことができて、本当に感謝しているわ。でもいったん反応が起きれば触媒はもう必要ないの。おやすみなさい、トレバー。マウイの滞在を楽しんで」

レイナはさりげなく手を振り、背を向けて歩き去った。かつてすべてを投げ出して捧げた男、一度は愛した男から。

2

庭に囲まれた自分のアパートメントに無事にたどりついて初めて、レイナは自分が無意識のうちに息を詰めていたことに気づいた。彼女は悲しげな笑い声とともに息を吐き出すと、庭の水道で足についた砂を洗い落とした。

トレバー・ラングドンからあれほど簡単に逃げ出せたことを、どこか意外に思う気持ちがあるのは否定できない。

トレバーはいつもならどんな状況でも取り乱さず、冷静そのものだ。それをレイナほどよく知っている者はいない。トレバーが実力行使で彼女をビーチに引き止めようとしたとしても、驚かなかっただろう。

こんなところまで、わざわざ彼女を捜しに来たとは驚きだ。トレバー・ラングドンみたいな男が半年も良心の呵責《かしやく》で悶々《もんもん》として過ごすなんて、だれが想像できるだろう？

わたしを失った事実を後悔しはじめているなんて、本当にそんなことがあるかしら？

とても考えられない。レイナは首を振った。ジーンズのうしろのポケットから鍵《かぎ》を取り出して鍵穴にさすと、彼女は海に面したアパートメントのドアを開けた。

明るく広々とした部屋を見れば、この半年でレイナがどれほど変わったかがよくわかる。ハワイに永住すると決めたとき、同時に暮らしをシンプルにしようと思ったのだ。

さらりとした明るいコットンのカバーをかけた柳細工とラタンの家具の数々。床には水草を編んだマットが敷いてあり、濡《ぬ》れた足で踏んでも傷まない。頭上ではファンが気だるげに湿度の高い夜の空気をかきまわしている。大きな熱帯植物と海を見晴らす広い窓は、部屋の中に自然のいぶきをもたらすかのようだ。

寝室に置かれた竹製の四柱式のベッドには、アンティークのハワイアンキルトがかかっている。キルティングの技術をもたらしたのはアメリカの宣教師だが、レイナが持っているような赤と白の見事なデザインは、ハワイの先住民が独自に編み出したものだ。

寝室に入りながらレイナは思った。この部屋はどこを取ってもシアトルで住んでいたエレガントなタウンハウスとは大ちがいだ。家も変わったけれど、男性の好みもずいぶん変わった。

ワードローブの前に立ち、明るい花模様のスリムなワンピースが並ぶ中から一着を選び出しながら、レイナはトレバー・ラングドンが姿を現したときに自分がどんな反応を示したか、あらためて思い返した。

突然のテストを上々の成績でパスした。鋭い分析能力は、投げ捨てたキャリアと一緒にシアトルに置いてきたわけではない。たしかに肉体的に惹《ひ》かれ合うものはまだいくらか残っているけれど、それは当然だから心配することはない、とレイナは自分に言い聞かせた。一度はとても抵抗できないと感じた相手だ。もちろん、最初は必死に抵抗しようとした。レイナはそれを皮肉な気持ちで思い出した。トレバーの目的が義弟の会社を守ることだというのは、最初からわかっていた。トレバー・ラングドンはけっしてうそをつかなかった。彼女を愛しているとは一度も言わなかった。

トレバーの妹が兄に助けを求めなければ、レイナはあの会社をさっさと買収してしまっただろう。彼女は完璧《かんぺき》に準備を整え、臨戦態勢の企業戦士たちを配置につけていた。会社の上層部は、これまでのレイナの実績から、彼女が手際よく仕事をやりとげることを疑いもしなかった。

大学を出て巨大複合企業《コングロマリット》に入社した年から、レイナは順調に出世の階段を上ってきた。二十九歳のときにはすでに強大な権力を手にしていたが、彼女を知る者ならだれでも、それが始まりにすぎないことを知っていた。

経営に行きづまった小さなコンピューター会社の買収計画を立てたのはレイナだった。恐怖にかられたトレバー・ラングドンの妹が兄に助けをもとめなければ、買収は成功していただろう。

〈ラングドン・アンド・アソシエイツ〉の社長であるトレバーは、パワフルな新世代の金融の専門家で、野心的な企業に資金を提供するのを専門としていた。また彼の会社は、成長の見こめる新規ビジネスに専門家としての助言を提供してもいた。

企業の経営内容と財政状態をざっと見ただけで、トレバーはどこが強くどこが弱いかを的確に見抜いた。その力で義弟の会社を調べたトレバーは、レイナの乗っ取りを防ぐための現実的な対応策は存在しないことをひと目で読み取った。

そこで彼は敵であるレイナに直接近づき、弱点となりそうな部分はないか探った。ふたりのあいだには会った瞬間から火花が散った。そしてトレバーはそれを利用した。トレバーは自分の意図を隠さなかった。彼がレイナに望むものはただひとつであり、それはレイナも最初からわかっていた。だからといって傾いていく気持ちを止めることはできなかった。

あのコンピューター会社の買収をやめさせるためなら、トレバーはなんでもするだろう。それを知っていてもレイナはあえて彼の誘いを受けた。

大学生のころから何人かの男性とつき合ったが、レイナは自分のキャリアを危険にさらすほど、つき合う相手のために人生を変えたことは一度もなかった。

トレバー・ラングドンが相手だと、何もかもがいつもとちがった。その危険は最初からわかっていたけれど、まるで運命の力が働いているかのようだった。トレバーが彼女のオフィスに冷静そのものの足取りで入ってきてデスクに両手をつき、自分の名前と目的を告げた瞬間から、レイナは彼を愛しはじめたのだ。

自分でも驚いたことに、夕食を食べながらビジネスの話をしようという彼の申し出を、レイナは即座に受けた。

その最初の夜、トレバーがエスコート役として申し分ないことに彼女は気づいた。おいしい食事とワインを見極める目と知識を持ち、服装のセンスもいい。そのうえつりこまれるような知的なユーモアがあって、惹きつけられずにいられない自制された官能的な魅力を備えていた。

しかし、それだけではなかった。トレバーには、レイナの奥深くに入りこみ、自分でさえ知らなかった反応を引き出す何かがあった。

それから二週間、トレバーは毎日のようにレイナの前に姿を現した。初めて腕の中に引き寄せられたとき、彼女は抵抗しなかった。あの最後の夜、ふたりが避けられないところまで来たとき、レイナは愛とあこがれの気持ちでトレバーの情熱の前に身を投げ出した。

翌朝、レイナは望みのものをあげるとトレバーに告げた。その日の午後、彼女はオフィスに戻って、トレバーの義弟の会社の買収から手を引くと宣言した。キャリアという点から見れば、自殺行為に等しいことは自分でもわかっていた。それに、望みの成果を手に入れたらトレバー・ラングドンが彼女には見向きもしなくなるにちがいないということも知っていた。

それでもレイナは心の底で祈っていた。ふたりで分かち合ったものが、トレバーにとっても大きな意味を持ちますように、と。

自分が愛するのと同じように愛してくれているという幻想は持っていなかったけれど、惹かれ合う気持ちは本物だと信じたかった。そういう気持ちが最初にあれば、それを土台にして息の長いたしかな関係を築き上げられる。レイナはそう自分に言い聞かせた。

どちらにしても、レイナにはほかに選択肢らしい選択肢はなかった。レイナはトレバーを愛していた。彼が何かを求めたら、無条件でそれを差し出しただろう。

義弟の会社は安全だと告げたときから、トレバーの態度は冷たく、よそよそしくなった。彼のことをよく知らなければ、あの日のトレバー・ラングドンに警戒心に近いものを感じ取ったかもしれない。どうやらこっちの勝ちのようだな、と彼は静かに言った。冷たくそう言い放つと彼は待った。自分のオフィスのデスクに座り、向かいに座るレイナを見つめながら、ふたりの絆《きずな》を断ちきり、彼は待った。今日までレイナは、あのとき彼が何を待っていたのかわからなかった。

レイナは理性の部分ではトレバーの拒絶を予想していたし、覚悟してもいた。だから、いざそのときになっても自分でも驚くほど落ち着いて対処することができた。

彼女は理解の小さなほほえみを浮かべて立ち上がり、トレバーにていねいに別れの挨拶《あいさつ》をして、オフィスを出た。彼は止めようとはしなかった。

レイナはその週の終わりに辞表を提出し、ハワイ行きの準備をした。それ以来シアトルに戻ったのは一回だけで、そのときに住んでいたタウンハウスの賃貸契約を中途解約し、新しい人生へと踏み出す準備を整えた。

あれは正しい判断だった、とレイナは自分に言い聞かせた。日に焼けた髪から髪留めを取り、ふわりと肩に落ちた髪をブラシでとかす。体にまつわりつくような花模様のワンピースは、丸い襟ぐりが深くあいていてカジュアルで涼しい。サンダルに足をすべりこませると、ケント・イートンとのデートの支度は整った。

ちょうどいいタイミングでドアベルが鳴り、レイナは鏡に背を向けた。いつもながらケントは時間に正確だ。

「いらっしゃい。用意できたわ」レイナはドアの外に立っている日に焼けた金髪の男性に言った。「バッグを取ってくるわね」

「あわてなくていいよ」

ケントは人のよさそうな笑顔を見せ、ドア枠にもたれかかった。ケントは近くにあるものにはなんでもよりかかる癖がある。

金髪に青い目、いかにもサーファーらしいハンサムな外見のケント・イートンは、のんびりして穏やかな性格が魅力的だ。

三十三歳の彼は、海好きが高じてビーチでシュノーケル、サーフボード、カタマラン・

ヨットのレンタルショップを開いた。鍛え抜かれた日焼けした体は、彼の人生のいちばんの目的、セーリングとスキンダイビングに費やした時間の長さをうかがわせる。

「どこへ行く？〈ハンクス〉？」軽いキャンバス地のショルダーバッグを肩にかけながら、レイナはきいた。

「ああ。ハンクが今夜のマヒマヒは新鮮だって太鼓判を押してたから、たしかめに行かなきゃ」ケントは笑いながら、愛情のこもったさりげないしぐさでレイナの腕を取った。ふたりは外に出た。

ハワイでよく獲《と》れる魚、マヒマヒは観光客に人気があるが、最近ではおいしいマヒマヒ料理にありつくのは難しい。ケントの友人ハンク・モートンが経営している小さなレストランは、地元の人々が最高のマヒマヒ料理を堪能《たんのう》できる、数少ない場所のひとつだ。

「お店はどうだった？」メインロビーに続く、美しくデザインされたコンドミニアム内の小道をたどりながら、レイナはきいた。

「順調すぎるほど順調だったよ。おかげで一時間しか海に入れなかった」

「成功の代償ね」

オープンエアのロビーを抜けながら、レイナはからかうようにケントにそう言って笑顔を見せた。この広々とした空間は熱帯の気候のメリットをフルに生かしている。広大な海のながめをさえぎる壁も窓もないが、強い嵐《あらし》が来ればシャッターで密閉できるようになっている。

　タイルを張りめぐらせた床に置かれているのは、レイナの部屋にあるものとよく似た柳細工とラタンの家具だ。壁の一方はフロントデスクになっている。レイナは知り合いのフロント係がいるかもしれないと思い無意識に目をやった。

「ジム、仕事は順調？」

「もちろん」デスクの向こうの中年男性が目を上げてにやりとした。「あのスーツの男、さっききみを捜しに行ったよ」

「ええ、会ったわ」

「それほどうれしそうでもないな」ジムはわけ知り顔で笑った。

「そうね、あの人はわたしのタイプじゃないの」レイナはこたえた。

「そりゃ残念だ。ここに十日滞在するつもりらしいが」

「十日ですって？　ここに？」レイナのほほえみが消えた。

「残念ながらそうだ。でも心配しなくていいよ、レイナ。ただの観光客だ。ここに住むわけじゃない。困ったことになったら、うちの連中が助けてくれるさ」

「ぼくだってついてる」ケントは自信たっぷりに言った。「そいつ、何者なんだ？」

「シアトルにいたころの知り合いよ」レイナは落ち着きを取り戻し、あわてて言った。トレバーがこのコンドミニアムに滞在するかもしれないなんて考えもしなかった自分がばかだった。「べつに大事な人じゃ――」

「傷ついたな」ふたりの背後のオープンエントランスから、ゆったりしたトレバー・ラングドンの声がした。

レイナがくるりと振り向くと、トレバーがゆっくりとこちらに歩いてくるのが見えた。その優雅な姿は、飛行機から降り立ったときと変わらず、おそらくシャツにはしわひとつないにちがいない。靴に入った砂を出すのに手こずっただろうと思うと、レイナはおかしかった。

わたしがケントとのデートのために着替えているあいだ、トレバーはずっとビーチにいたのかしら？

「気を悪くしないで、トレバー」レイナはフロントデスクに近づく彼にさらりと言った。「わたしたち地元の住民は、観光客の目にはよそよそしく見えるかもしれないけれど、心の奥ではとても歓迎しているのよ。観光客がいなければ、わたしたちはどうしようもないわ」

「わたしたち？」トレバーは問いかけるように言った。

彼の琥珀《こはく》色の目はケント・イートンを値踏みするように見つめている。色あせたジーンズ、スポーティなニットシャツ、トングサンダルを履いた日に焼けた足。ケントは興味にかられて視線を返した。ふたりとも、相手に感心していないのは手に取るようにわかった。

「ええ、もちろん〝わたしたち〟よ」レイナは、にこにことジムを見ながら言った。「わたしもここで働いているから、ハワイの経済を支える存在には興味があるの。観光業の重要性はよくわかっているつもりよ」

その言葉に、トレバーの琥珀色の目がさっとレイナに振り向けられた。「きみはここで働いているのか？」

「昼の時間を担当するフロント係よ。そうよね、ジム？」

「フロントの中でもぴか一の人材だよ」ジムは明るく言った。ジムとケントがけげんな顔をしたのを見て、彼は続けた。

「信じられないな」トレバーはうなるように言った。「ちょっと前まで、レイナはこのコンドミニアムを売り買いできる立場にいたんだ。きみたちの存在なんか眼中にも入らない仕事だ。従業員は取り引きの一部にすぎないからな」トレバーは一見さりげない様子でカウンターに片肘をつき、さも意外そうに首を振ってみせた。「そんなきみが、フロント係だって？」

「栄枯盛衰は世の習い、というわけよ」レイナは、トレバーのからかいの言葉に傷つくつもりはなかった。「あなたをがっかりさせて悪いけれど、わたしは今の仕事が気に入っているの。これで失礼するわね」

ケントにはそれ以上の言葉は必要なかった。彼はいつになく我が物顔でレイナの腕を取ると、フロントエントランスに向かって歩き出した。駐車場までの道のりを歩くあいだ、レイナは背中に燃えるような琥珀色の視線がつき刺さっているような気がした。

「あいつ、いったいだれだい？」ケントが、自分の小さなオープンルーフのジープに乗りこみながらきいた。

「あれが宿敵ウェリントンよ」

「えっ？」

「あなたって高校生活はずっとサーフィン一色だったの？　ワーテルローの戦いのこと、聞いたことあるでしょう？」

ケントはレイナを見やり、額に少ししわを寄せてジープのエンジンをかけた。「その授業を取ったかどうか覚えてないけど、映画は見たな。それで、ナポレオンはだれ？」ケントは鋭い質問をした。

「わたし」レイナはそっけなくこたえた。

「昔の恋人か」ケントはうなずき、ラハイナに続く狭い二車線の道を走り出した。

「いつも日差しを受けているせいでビーチボーイの脳みそはだめになる、なんて言ったのはだれ？」レイナはにこりとした。「あなたの想像どおりよ。いわゆるほろ苦い短い恋ってやつ。半年前に終わったの」

「それじゃあ、あいつはいったいどうしてここにいるんだ？」

「さあね」レイナは考えこむように言った。「話題を変えましょうか」

ケントはためらっていたが、やがて肩をすくめた。相手に合わせるタイプなのだ。「わかった。きみの店の進み具合はどうだい？」

灰色がかった緑色のレイナの目がぱっと明るくなった。「順調よ。それをまずあなたに話そうと思っていたの。海沿いの新しいホテルのそばに、店舗やレストランの入った小さなビルがあって、そこにぴったりの場所が見つかったの。これから銀行とオーナーを相手に交渉を始めなくちゃ」

「このあたりでグルメフードショップを開いてやっていけるかな？」

「もちろんよ。ケント、このへんのコンドミニアムに滞在する人たちは、上質の娯楽や食事に慣れているわ。おいしくてしゃれたピクニックランチや、コンドミニアムに持ち帰れるハワイ料理を求める人はたくさんいると思うの。わたしはそういう人たちの食生活を簡単で楽しいものにしてあげたいのよ。休暇中も指一本上げることなく、自宅と同じような贅沢《ぜいたく》なグルメ料理を楽しめる、それがわたしの店のセールスポイントなの」

ケントは冗談半分に片手を上げ、ほとばしるようなレイナの話をさえぎった。「信じるよ。きみが説得する相手はぼくじゃなくて、銀行だ」

「今週中にこの小規模プロジェクトに着手するつもりよ」レイナは言った。

ジープの中で、ケントはしばらく黙っていたが、やがて好奇心を抑えられなくなって口を開いた。「きみの前の仕事だけど、今働いているあのコンドミニアム・ホテルを売買する立場だったっていうのは本当かい？」

レイナは皮肉っぽい目でケントを見やった。「わたしが働いていたコングロマリットにそういう力があった、ということよ」レイナは冷静に言い直した。「さまざまな企業を買収する、それが昔のわたしの仕事だったの。それだけ」

「そういう仕事、好きだった？」ケントはさらに詮索《せんさく》した。

「そのときは好きだと思っていたわ」レイナは正直に答えた。「あとで気が変わったけれど」

「もう迷いはない？」

「ないわ」

「でも宿敵ウェリントンは戻ってきたぞ」

「彼は過去の人よ、ケント。現在のわたしとは関係ないの」そう言ったとき、レイナの胸に満足感がこみ上げた。その言葉は本気だった。

歴史ある捕鯨の町ラハイナにあるハンクのレストランは、いつものように常連が集まってにぎわっていた。マヒマヒは新鮮で、マイタイの酔いは、コンドミニアムでの別れの一幕をレイナの心から追い払ってくれた。

別れ際に、レイナは押しつけがましいところのないケントの腕の中に自分から飛びこみ、おやすみのキスをした。

ケントは多くを求めないタイプというわけではない。レイナはずっと前に、深い関係には興味がないと告げていた。物事にこだわらないケントはそれを受け入れた。そのかわり、ふたりは互いを束縛しなかった。ふたりとも遠慮なくほかの相手とつき合い、自由を満喫していた。

レイナは友人にあっさりした別れの挨拶をすると、唇に彼の軽いキスを残したまま、竹のベッドにもぐりこんだ。

けれども、眠りに落ちたときに夢となって現れたのは、愛情のこもった腕の感触ではなかった。待ち伏せし、警告するような琥珀色のまなざしのイメージだった。

翌朝、レイナは張りきって仕事に取りかかった。いずれは、このコンドミニアムにトレバーがいる事実と向き合わなくてはならなくなる。その事実のせいで、いつもの仕事に没頭したくなる気持ちがいっそう強まった。

トレバーが彼女の働く姿を目にすれば、この仕事に満足していることが伝わるだろうし、そうすればほうっておいてくれるかもしれない。彼のチェックイン・カードをこっそりのぞきながらレイナは思った。どちらにしても、あと九日間だけ我慢すればすむ話だ。

ネブラスカからやってきた年配の夫婦に、ハレアカラ国立公園までのドライブルートを説明していると、視界の隅でトレバーがこちらに歩いてくるのが見えた。

「ここはマウイ島で唯一、セーターやジャケットがほしくなる場所なんですよ」レイナはアメリカ中西部から来た客に説明した。「この火山の山頂は海抜三千メートルの高さにあります。これだけ高いとかなり寒いんです」

「これは死火山かね?」地図をながめながら、紳士がきいた。「去年の夏、ワシントンでセントヘレンズ火山の上を飛んだんだが、今も蒸気が上がっているのが見えたよ」

「ハレアカラは、二百年間活動を休止しています」レイナは安心させるように言った。「死火山とは言えませんね。山頂からのながめは、すばらしいのひと言です。晴れた日はおよそ五万キロ四方の太平洋が見渡せるんですよ。クレーター自体はまるで月を思わせる光景です」

うれしそうににっこりして礼を言うと、老夫婦はレンタカーを探しに駐車場に行った。無言でたたずむトレバー・ラングドンを無視するそれなりの理由がなくなってしまい、レイナは過剰なほど明るい笑顔を見せた。

「おはよう、トレバー。ビジネススーツ以外にも着るものを持ってきたみたいで、よかったわ」

トレバーは、キャメル色のコーデュロイのパンツと、真鍮《しんちゆう》で縁取りしたグローブ革のベルトを身につけていた。ネクタイははずしたようだが、ベージュ色のオックスフォード地のボタンダウンシャツは、ネクタイがなくても充分フォーマルな雰囲気を醸し出している。

ロビーにいるほかの人たちはみなサンダルかトングだ。トレバーはやわらかいカーフスキンのカジュアルシューズを履いているが、おそらく二百ドルはするものだろう。

「やあ、レイナ」

トレバーの目が、働くレイナの姿をとらえた。髪はうなじで緩くまとめているが、ほつれかけているのがまたチャーミングだ。明るい色彩をちりばめた派手なサンドレスは、シアトルから来た者なら、そのまばゆさに思わずまばたきするだろう。

「これから朝食を食べに行くところなんだが、フロントで仕事にいそしむきみの姿をひと目見たくてね。いつからその、フロント係をやっているんだ？」

「ここに来てまもなくよ」よけいな詮索をされたくなくて、レイナはさらりと言った。「ラッキーだったわ。ここではこんないい仕事はなかなか見つからないの」秘密を打ち明けるような口調だ。

トレバーはゆっくりとほほえんだ。どこかいたずらっぽい、どうしようもなくチャーミングな表情だ。それは、かつてレイナが反応せずにいられなかったほほえみだった。

「もっといい仕事が見つかる場所なら知っている」

レイナは何も言わず、疑わしげに眉を上げただけで、予約票の処理に没頭した。

「今夜ぼくと一緒に食事に行くなら、くわしく教えてあげよう」トレバーの声は誘うようだ。

「遠慮しておくわ」

「ぼくと出かけるのが怖いのか?」

「まさか。興味がないだけよ」

「そんなはずはない」トレバーはすかさず言い返した。もうからかっている口調ではなかった。「ぼくと一緒に出かけたら、別れ際に玄関先の礼儀正しいキスだけで別れるわけにはいかなくなるのが怖いんだろう」

レイナの手が止まり、不審そうにさっと頭を振り上げた。「あなた、昨日の夜ケントがわたしを部屋まで送り届けるところを、物陰に隠れて見ていたの?」

「ぼくが、そのへんにこそこそ隠れるような男に見えるか?」

「トレバー!」

「ぼくの部屋はきみの部屋からそう遠くない。そのうえこのあたりは夜は静かだ。となると……」トレバーは釈明しようとした。

「わたしたちが帰ってくるのを聞きつけたのね」レイナは見下げはてたという口調で言った。「こんな仕事をしているわたしを見て落ちぶれたと思うかもしれないけれど、正直言って、昔のガールフレンドのあとをこそこそつけまわすあなたのほうが、よっぽど落ちぶれてるわ」

「恋人だ。ガールフレンドじゃない。それに〝昔の〟でもない。きみは今もぼくを愛している」トレバーは低い声で言った。琥珀色の目が影のある金色に変わった。

「いいえ、愛していないわ」

「だが、きみの言ったことはひとつだけ正しい」レイナの言葉が聞こえなかったかのように、トレバーは続けた。「たしかにぼくは落ちぶれた。昨日の夜、あの真っ黒に日焼けした金髪のビーチボーイの頭を殴ってやりたいと思ったほどだからな。もしあいつがきみと朝までいたがるそぶりを見せたら、実際そうしただろう」

レイナは推し量るような冷静な目でトレバーを見つめた。彼がどこまで真剣なのかよくわからなかったが、万が一に備えておいたほうがいい。

「ここにいるあいだに騒動を起こしたら、わたしは躊躇《ちゅうちょ》なく助けを呼ぶつもりよ」レイナは身を乗り出し、芝居がかった大仰な口調でつけ加えた。「あなたみたいなよそ者をやっつける方法なら、いくらでもあるんだから」

「ぼくを笑っているんだろう」トレバーは意外にも傷ついた様子だ。

「やっとまともなことを言ったわね」レイナは明るく言って体を起こし、予約票の処理に戻った。

トレバーの金色の目に、一瞬何かが燃え上がった。危険につながったかもしれない何かが。だがすぐに消えた。

「レイナ、ぼくはわざわざここまできみを捜しに来たんだ」

「それはわたしのせいじゃないわ。わたしに旅費を請求する気なら、残念ね。今の仕事、前の仕事ほど給料がよくないの」

「せめて今夜、おとなしく一緒に食事するぐらいはできるだろう?」トレバーは、レイナの返事などなかったかのように続けた。

「どうして?」

「ぼくに会ったってなんとも思わないことを証明するため、というのはどうだ?」

「あなたって昔はもう少し奥ゆかしいやり方で人を動かそうとしなかった?」レイナは落ち着いて言った。

「だんだん余裕がなくなってきたんだ」

「あなたが姿を現したとたん、わたしが腕に飛びこむとでも思ったの?」レイナは目を上げ、問いかけるようにトレバーを見た。

「レイナ、頼むよ」その言葉には、どこか物悲しげな響きがあった。

レイナは彼を見ながら思った。こんなふうにすがるような声を出すトレバー・ラングドンを見るのは初めてだ。それほど関係を修復したくて必死なのだろうか?

「それ、気に入ったわ」ようやくレイナは口を開いた。

「何が?」

「土下座せんばかりにわたしにものを頼むあなたの姿」レイナは、ふふっと笑った。彼をからかうのがおもしろくなってきた。レイナはそんな自分がどこか意外だった。

「本当に土下座したら、一緒に食事してくれるのかい？」

愉快な気分は薄れ、レイナはため息をついてやさしく言った。「ねえ、トレバー。そんなことをしても、どうにもならないっていうことがわからない？　わたし、あなたのことはもう愛していないの。シアトルには戻りたくないし、昔の暮らしにも未練はないわ」

「それなら、昔なじみのよしみで一緒に食事に行ってくれ」

どうしようもない、という顔つきでレイナは天を仰いだ。トレバーはたくましい両手をカウンタートップに広げ、身を乗り出した。その姿は、初めてオフィスに入ってきた彼を思い出させた。

「ずうずうしすぎる頼みだろうか？　ここまで来たんだぞ？　別れ際におかしなことはしないと約束するよ」

レイナはトレバーを見た。自分が折れようとしているのがくやしく思えた。トレバー・ラングドンが、一緒に食事に行ってくれと頭を下げるなんて、これまでにないことだ。信じられない！　彼とベッドをともにしたときは、わたしはこの半分も抵抗しなかった。

でも、ずっと泣き暮らしていたわけでもなければ、愛の残り火をあたためていたわけでもないことをトレバーに知ってもらうには、いいチャンスになるかもしれない。

それにもうひとつ見過ごせない事実がある。レイナはそれを素直に自分に認めた。トレバー・ラングドンと一緒に食事するのはきっと楽しいにちがいない。トレバーのように興味をそそる会話で楽しませてくれる男性と食事するのはひさしぶりだ。

自分でも何をしているかよくわからないまま、レイナはこう言っていた。

「わかったわ、トレバー。一緒に食事に行きましょう」

3

玄関に現れたトレバーは、薄い色のリネンのジャケット、チョコレートブラウンのシャツ、ストライプが美しいシルクのネクタイという姿だった。

仕立ての美しい黒っぽいスラックスは、この湿度にも負けず折り目がついたままだ。黒髪はシャワーのせいでまだ濡《ぬ》れている。パティオの明かりの下で見ると、ていねいにとかした豊かな髪の下に銀色の筋が隠れているのがわかる。

レイナはトレバーの姿をしげしげと見て、礼儀正しく笑いをかみ殺した。彼女が着ているのは、足首までの長さのあるタイトな金と赤のプリントドレスだ。脇《わき》に深いスリットが入っているので足さばきがよく、そのあいだからストラップサンダルがちらりと見えている。

肩までの髪はまとめずにおろしてあり、一輪の真っ赤な花が飾ってある。ドレスは肩がほとんどむき出しで、金色がかった肌が見えている。この肌の色はハワイの太陽のたまものだ。トレバーの琥珀《こはく》色の目にいたずらっぽい光がなければ、レイナはこれから宣教師と出かける島の少女になったような気がしただろう。

そう考えるとレイナは気分が明るくなり、昼間ずっと心の片隅にわだかまっていた不安の影が消えた。

あの人に対する気持ちがまだ残っているから不安なわけじゃない、とレイナはその日の午後何度も自分に言い聞かせた。それより不安なのは、誘いを受けてしまった自分の判断力のほうだ。トレバーはその気になればぐいぐい押してくるだろうし、食事のあいだ中その攻撃をかわしてばかりなのは願い下げだった。

「そんな不安そうな顔をしなくてもいいじゃないか」トレバーはそう言って、どこか満足げにやさしく笑った。「ぼくがどんなに行儀がいいか、きみはよく知ってるはずだ。そう、きみは髪をおろすととてもいい」彼はふいに手を伸ばし、たしかめるようにやわらかな髪を手に取った。「前はそういう髪型をしたことがなかったな」

「昔の服装には合わなかったから」レイナは探るような指が届かないよう、そっと距離をあけた。手はトレバーの脇へと戻った。「それに、不安を感じているわけじゃないの。別れるまでずっとあなたが口説き続けるなんてことにならなければいいなと思っているだけ」

玄関のドアを後ろ手で閉めたレイナの腕を、トレバーはしっかりと握った。「ぼくの研ぎすまされた誘惑のテクニックのえじきになるのが怖いんだろう?」

「いいえ」トレバーに連れられて歩き出しながら、レイナはほほえんで言った。「もうそんなわたしじゃないわ」

「何かというとそれだな。だが信じないよ、レイナ。きみの愛は半年ぐらいで消えうせるようなものじゃない」

「まるで専門家みたいな言い方をするのね」ロビーを抜け、駐車場に向かいながらレイナはからかうように言った。

「きみがいなくなってから専門家になったってところかな。あのときすでに専門家だったなら、あの日きみがオフィスを出ていくのを止めただろう。自分が何を失ったか気がつくまでに、時間がかかったんだ」

「あの日、わたしになんて言ってほしかったの？」トレバーのレンタカーの助手席に乗りこみながら、レイナはふいにたずねた。目を上げると、トレバーは開けたドアに手をかけたまま、じっとこちらを見つめている。「あのとき、変な気がしたの。あなたが……なんていうか……何かを待っているように思えて」

トレバーの口元がこわばった。「ひと悶着《もんちゃく》起きるのを予想したんだと思う。裏切られたと言ってきみが怒り出すのを待っていたんだ。ぼくはあのとき、この戦いはこっちの勝ちだと言い放った。完全に負けたと知って、きみが怒りを爆発させるにちがいないと思ったんだ」

「なるほどね」レイナはつぶやいた。トレバーは運転席に乗りこんだ。「もしわたしがあなたにつかみかかろうとしたら、どうしていた？」

「ベッドに誘っただろう」トレバーはあっさり言ってエンジンをかけた。そして横目でレイナを見やった。「だがそんなチャンスはなかった。きみは事態を受け入れて出ていったからね。最初は、もうどうでもいいじゃないかと考えた。望みのものは手に入れたんだから、と」

「あれから、わたしも望みのものを手に入れたわ」レイナは明るく言った。「あなたには本当に感謝しているのよ、トレバー。でもひとつだけ、どうしても知りたかったことがあるの」

「なんだい？」道路に出ながらトレバーはすかさずきいた。

「あなたの義弟の会社はあれからどうなったの？　悪気があって言うんじゃないけれど、彼の経営のせいであの会社は行きづまりかけていたわ。わたしのあとにだれかが目をつけて、結局は乗っ取られたんじゃないかと思っていたの」

「この半年、ぼくがかかりきりであの会社の経営の立て直しをしなかったら、そうなっていただろう」トレバーは率直に言った。

「専門家の助けが必要だと認める程度の経営センスはあったのね」

「もう少しできみに買収されそうになったせいで、心底怖くなったらしい。あのあとは人の意見をよろこんで聞く気になっていたよ」

「そう、これで昔の人生について残っていた疑問がすべてとけたわ。これからどこへ行くの？」

「三キロほど行ったところにある海沿いの小さなショッピングセンターの中に、なかなかいいレストランがあると聞いたんだ」

「ええ、いいところよ」

レイナはうなずいた。トレバーは、レイナが今度グルメフードショップを開こうと思っている場所、ブティックやレストランが集まったショッピングセンターに連れていくつもりらしい。

レイナはうれしそうにほほえんで、自分が選んだ場所の情報を頭の中でもう一度繰り返した。ちょうどいい広さで、ちょっとしたワインコレクションのためのスペースもある。冷凍庫とチルド食品用のキャビネットの手配もしなければ。明日は商品の仕入れ資金の融資のことで、銀行に行かなければいけないし……。

「もう退屈させたかな？」トレバーが落ち着いた声できいた。

「ごめんなさい、ちょっと考えごとをしていたの」

「だろうと思った。前は会話の途中でぼんやりするなんてことはなかったからね」

不快感を隠そうともしないトレバーの態度を見て、レイナは笑ってしまった。「そうね。

あのころはあなたの言葉を絶対に聞きもらすまいとしていたから。なんて甘い恋人だったのかしら」

「そのとおりだ」トレバーの言葉はどこか冷たかった。「甘かったよ。思いやりがあってやさしくて、そんなきみのすべてをあのときのぼくは理解できなかった。初めての経験だったんだ。だからどう受け止めていいかわからなかった。たぶん信じられなかったんだと思う」

「今は信じているの？」レイナの言葉には疑いの気持ちがにじみ出ていた。

「もちろんだ」

「それなら、今度理想の女性と出会ったらしっかり受け止められるわね」

「生まれ変わったレイナ・マッケンジーのことは、よろこんで受け止めようと思ってる」

トレバーはすかさず言った。

「それはやめたほうがいいわ」レイナはゆっくりと答えた。

「だめなのか？」

「せっかくのいい洋服が台なしになるわよ」

横目でこちらを見るトレバーを見て、レイナはにこりとした。ふいに彼女は主導権を勝ち取ったような気持ちになった。相手の上に立ち、自分を抑え、冷静に受け答えしている。これなら肩の力を抜いて食事を楽しめそうだ。

実際、楽しむのは簡単だった。トレバーが完璧《かんぺき》なエスコート役を目指しているのははっきりわかった。これまで何度か目にしたように、トレバーは一度こうと心を決めたら、驚くほどの力でその目的に向かって邁進《まいしん》する。

レストランは楽しいデートにぴったりの場所だった。海のながめを最大限に生かした、気取らない内装。いつも感じのいいサービスは、今日はいっそうていねいだった。なぜならほとんどのスタッフがレイナを知っているからだ。

「ビーチの一日は楽しかった？」

レイナはメニューを開きながらきいた。ラム、パッションフルーツ、オレンジジュースを合わせたトロピカルドリンクの背の高いグラスが二つ、テーブルに置かれた。

「楽しかったとは言えないな。今夜のことを考えて気もそぞろだった」

レイナは灰色がかった緑色の目に笑いを浮かべて顔を上げた。「そんなふうに過ごすのって、あなたにとってはこれまでにないことじゃない？」

「そのとおりだ。おまけに海にも入ってみたよ。マスクとシュノーケルを借りてもいい気持ちになった。珊瑚礁《さんごしょう》の近くにいる魚をもっとよく見てみたいんだ」

「だいじょうぶよ、友達のケントが小さなレンタルショップを経営していて――」

「ありがたいが、店は自分で見つける」

「どうぞお好きなように」レイナは軽く言い、メニューに目を戻した。「ここのおすすめは、ティーの葉で包んで蒸したバターフィッシュか、海老《えび》ね。きゅうりと海藻のサラダもおいしいの」

「ポルト酒風味のパパイヤはどうだろう?」

「それはオードブルにぴったりだわ」レイナはすかさずうなずいた。

ふたりはメニューをながめながら、半年前に新しい料理を試すときはいつもそうしたように、知的な情熱を持って語り合った。

デザートはココナッツとマカダミアナッツのスフレにすることに落ち着いたとき、レイナは昔をなつかしんでいる自分に気づき、なんとかしなければと思った。彼女は心の中の葛藤《かっとう》に打ち勝った。

いっぽうトレバーは、いったん相手の弱みを感じ取れば、それを利用せずにはいられない男だ。

「シアトルのウォーターフロントの日本食レストランを覚えているかい? あそこにスシ・バーができたんだ。きっと気に入るよ」

「そう」レイナはあえてあいまいな声を出した。「ハワイにもおいしいアジア料理を楽しめる店がたくさんあるのよ」彼女は打ち解けた調子で続けた。「ホノルルに行くときはかならず寄ることにしている店があって——」

「レイナじゃないか! 本土のお友達かい?」

ハワイ風プリントのアロハシャツを着てレイを首にかけたハンサムな男性が、レイナとトレバーのテーブルに近づいてきて、感じのいい笑顔でふたりを見おろした。

「あら、エディ」レイナはほほえみを返した。「こちらはトレバー・ラングドン。シアトルから来たのよ。トレバー、彼はエディ・キャノン。このレストランの経営者なの」

ふたりの男はレイナの紹介の言葉にうなずいた。エディはレストラン経営のプロらしく、人あたりのいい物腰で、トレバーのほうは他人行儀なていねいさで。

「今日の午後到着したばかりかな？」エディは親切そうな黒い目でトレバーのネクタイとジャケットをながめた。

「いいえ」トレバーが何か言う前にレイナが答えた。「マウイには昨日着いたのよ。どうしてまだネクタイとジャケットを手放さないのか不思議なら教えるけれど、トレバーはあまりのみこみが早くないほうなの」

テーブルの向こうでトレバーの金色の目がいまいましげに光った。「だがいったん目指す方向がわかると、だれも止められないほどの早さでつき進むんだ」

「気にすることはない。すぐにアロハシャツ姿になるさ」エディはすかさず言った。レイナとトレバーのあいだに流れる強烈な何かに気がつかないほどぼんやりしているわけではなかった。「女性たちがムームーを気に入るように、きっとアロハが気に入るよ。着てて楽なんだ。そういえば」エディはさっさと話題を変えようとした。「うわさで聞いたんだけど、このモールにある空き店舗を一軒借りるつもりなんだって？」

トレバーがたちまち興味をそそられた様子なのに気づいて、レイナは軽く肩をすくめた。

「何週間か前にあなたに話したグルメフードショップの計画、あれを進めようと思ってるの。明日、さっそく資金繰りの話をしに行くつもりなのよ」

エディはうなずいた。「いいアイデアだ。グルメ・ピクニックランチで大もうけするきみの姿が目に浮かぶようだ。ロサンゼルスだのサンフランシスコだのから来た都会の観光客は、きみの店に飛びつくだろうな」

エディが礼儀正しい会話を終えて行ってしまうころには、トレバーが好奇心ではちきれそうになっているのがレイナにはわかった。

「店って、なんの店だい？」トレバーはすかさずきいた。

不安を押し殺しながらレイナは自分の計画を話した。話し終えたとき、不思議な気持ちでトレバーの返事を待つ自分に気づいた。個人的に彼をどう思っているにしろ、トレバー・ラングドンが目から鼻に抜ける優秀なビジネスマンだという事実は否定できない。

しかもそれだけではない。新しい事業や成長産業に投資資金を呼びこみ、経営に関してプロのアドバイスをするのがトレバーの専門分野だ。もっとも彼の仕事相手は中小企業ではなく、大きな会社ばかりだが。

それでもレイナは、資金計画に対するトレバーの意見は聞き捨てにはできないと思っていた。

　ところがトレバーは、このプロジェクトの経営面についてコメントしようとはせず、ただぶっきらぼうにこう言った。

「ここで店を開くとなれば、コンドミニアムのフロントで働くのとは勝手がちがうぞ、レイナ。これは全力で取り組まないといけない仕事だ」

　レイナはむっとして首を振った。「わたしはもう新しい人生に全力で取り組んでいるわ。何度言ったらわかってくれるのかしら」

　トレバーはじっとこちらを見ている。その目に見まちがえようのない挑発の光が浮かんでいるのを見て、レイナは心の中で顔をしかめた。

「それならぼくは、きみの気を変えるために全力をつくさないといけないいな」

「この話はこれ以上続けていてもどうしようもないわ」レイナは悲しげに言った。

　トレバーの顔がこわばり、レイナは彼が怒りを爆発させるのを覚悟した。そのとき気がついた。彼女はこれまで激怒しているトレバーを見たことがない。トレバーの琥珀色の目がかすかに細くなった。

「かたずをのんで何を待っているんだ？」トレバーは慎重な口ぶりだった。

「あなたが怒りを爆発させるんじゃないかと思ったの」レイナはいたずらっぽくつぶやいた。

「それを期待していたのか？」

「あなたがかんかんに怒っているところって見たことがないわ。いつも冷静で自制しているから」

「ずっと一緒にいたら、そういう爆発の瞬間にも立ち会えるかもしれないぞ。だが今夜はだめだ」

「どうして？」

「今夜の目的はきみを誘惑することだからだ」トレバーはビジネスライクな口調で言った。

警告するような寒気が背筋を駆け抜けた。トレバーは狙《ねら》った獲物は絶対に逃がさない。レイナはここが自分のなわばりだということを思い出し、すぐさま不安を追い払った。

「あなたが見こみのないプロジェクトに無駄な時間を費やすタイプだとは思わなかったわ」レイナは人差し指でグラスのふちをたどりながら、そうつぶやいた。

「いいか」トレバーはふいに強い口調で話し出した。「ウィットのきいた会話なんてもので時間をつぶすのはやめようじゃないか。今夜はきみと冗談を言い合う気分じゃないんだ。ぼくはただきみがほしいだけだ」

突然ずばりと核心に切りこまれて、レイナは身震いした。

「やり直そうとしてもうまくいくはずないわ」レイナはほほえもうとした。「企業合併と同じよ。鉄は熱いうちに打たなきゃ。すべてが冷えきってからではもう手おくれなのよ」

「どうしてそんなに自信があるんだ？　レイナ、ぼくはやり直すチャンスがほしい。今度こそきみの愛にこたえたいんだ」

「愛はもう消えたわ」レイナはつぶやいた。消えたに決まっている。古い暮らしを捨てたときに、彼への愛も捨てたのだから。

「いや、まだ消えていない」トレバーは荒々しく言った。「きみはそれを、拒絶された苦しみを癒《いや》すために心の奥に押しこんだだけだ。だが半年でぼくへの愛を捨て去るなんて無理だ。そのことにすべてを賭《か》けてもいい」

「どうして今さらわたしの愛がほしいの？」レイナは静かにきいた。トレバーは愛を取り戻したいと繰り返し言うけれど、愛しているとは一度も言わない。それがだんだんはっきりしてきた。何がトレバーをつき動かしているのだろう？　純粋な欲望？　それとも、欲望と罪悪感が入りまじった複雑な思い？

「この半年、きみ以外にはだれも――」

「それはわたしのせいじゃないわ」必死なトレバーをよそに、レイナは皮肉っぽく言った。

「ほかの女を好きになればいい、と自分に言い聞かせた夜が何度あったか思い出したくもないほどだ。だがそんな暗示は効かなかった。ぼくは愛されたいんだ。本物の味を知って以来、それがないと生きられなくなってしまった。戻ってこいときみを説得するのは簡単にはいかないだろう。だがかならずやりとげてみせる」

その声は穏やかだったが、目に燃える炎に本心がにじみ出ていた。煮えたぎる琥珀色の瞳を見つめるうちに、レイナは自分の中で何かが変わっていくのを感じた。呼吸は浅く、苦しくなり、体にざわざわと震えが走るのがわかった。

前にもトレバーと一緒にいてこの感覚を経験したことがある。このうえなく危険な感覚だ。トレバー自身が危険なのだ。

「その話を続けるつもりなら、今夜はずいぶん時間をもてあますことになりそうよ」レイナは無理して冗談を言った。

トレバーは、気をそらそうとするレイナの作戦を無視した。「スウィートハート、ひとつ知りたいことがある。昨日の夜、理解したと言ったのは本気だったのか?」

「理解するって、何を?」しかしレイナはトレバーの言葉の意味がわかっていた。

「半年前のぼくの立場のこと、きみが義弟の会社をだめにするのを止めるのが、ぼくのいちばんの目的だったことを、だ」

「ええ」レイナはつぶやいた。「わたしは一度もあなたを責めなかったわ。あなたを愛してしまわなければ、あのコンピューター会社を小さな包みにして自分の会社に持ち帰ったでしょうね。あなたの存在以外にそれを止めるものは何もなかった。あのときは自分のキャリアがすべてだったし、あなたの義弟の会社はキャリアの踏み台のひとつにすぎなかったの。わたしは自分がしていることの意味をはっきり知っていたし、リスクも承知していたわ。あなたを愛するなんてまちがってる、そう自分に何度も言い聞かせたのよ」

「だが、きみはぼくを愛してしまった」トレバーは決めつけるように言った。「レイナ、話を聞いてくれ。今度は邪魔するものは何もない。お互い相手だけを見つめていられるんだ」トレバーは手を伸ばし、なでるようにレイナの手首にそっと触れた。「スウィートハート、きみが望むものは、ぼくがなんでも……」

この魔法から逃れなくては。なんでもいい、何か手を打たなければ。

「それじゃあ、お願いがあるの」レイナは大胆なほほえみを見せてつぶやいた。「そのネクタイをはずしてくれない？　気持ちが落ち着かないのよ。このレストランの中でネクタイをしているのはあなた一人でしょう」

トレバーは驚いたようにまばたきし、座り直してレイナの意図を推し量ろうとした。そしてテーブルクロスの上で腕組みし、挑発するように口元を緩めた。

その瞬間、ふたりのあいだの空気に緊張が走るのがレイナにはわかった。トレバーにはまだこうするだけの力がある、と思うと、むらむらと怒りがこみあげた。

「ネクタイが嫌いなら、ぜひきみのその手で取ってほしいな」

食事のあとのことを言っているんだわ、とレイナは思った。服を脱がせてほしいというあからさまな誘いだ。トレバーのペースに乗せられてはいけない。

やわらかな照明のもとで緑色の目を輝かせながら、レイナはいきなり手を伸ばし、トレバーのストライプのネクタイの端正な結び目を引っ張った。

　トレバーがびっくりしたのが手に取るようにわかった。彼のふいをついたと思うと、レイナの胸に勝利のよろこびがわき上がった。けれども満足したから退却というわけにはいかなかった。トレバーは身動きせずにじっと座っている。レイナはいらいらするほど長い高価なシルクのネクタイを、彼の襟元から引き抜いた。

「ほら」レイナは取ったネクタイをテーブルの上に置いて明るい声で言った。「このほうがずっといいわ」

「またぼくをばかにしてるんだろう」文句を言ったものの、トレバーの声はやさしかった。

「今夜はわたしを楽しませたいんでしょう?」

「そのとおりだ。帰るとき、ウエイターにネクタイの持ち帰り用のビニール袋をもらうのを忘れないでくれ」トレバーはいたずらっぽく言った。

　こうしてまた主導権を取り戻したレイナは、肩の力を抜いた。食事が進むにつれ、舌もほぐれていった。彼女はハワイに住むのがどんなにすばらしいかを熱心に語り、グルメフードショップの計画のこと、今の仕事のことを話した。

　トレバーは耳を傾け、レイナがしゃべりつかれたときは力づけ、ときおり的を射たコメントをはさんだ。

　レイナはワイングラスが空にならないのに気づいたが、トレバーがせっせと注《つ》いでくれるのを不愉快には思わなかった。自分がこの場の主導権を握っているのが心地よくてしかたがなかった。半年前にトレバーとよく一緒にいたころの感覚とはまったくちがう。

食事が終わりに近づいてくると、レイナは名残惜しい気すらした。トレバーが落ち着いた声で飲み直しを提案したときは、飛びつくような気持ちだった。

「通りの向こうの小さなバーで、飲み物でもどうだい？」コンドミニアムの駐車場に車を止めながら、トレバーは思いきったようにそう言った。

トレバーは軽い口調だし、行ってもだいじょうぶだろう、とレイナは思った。そのときちゃめっけたっぷりのアイデアがひらめいた。

「もっといい考えがあるわ」

車内の暗い沈黙の中で、トレバーが少し体を硬くしたように思えた。「というと？」

「泳ぐのはどう？　夜の海で泳いだことはある？　信じられないくらい気持ちがいいのよ。ビーチは安全だし……」

「よく泳ぐのかい？」トレバーの言葉に疑ぐるような口調を聞き取って、レイナの決心はいっそう固くなった。

「ええ、もちろん」

トレバーは何かつぶやいたが聞き取れなかった。ハンドルに軽く手をのせ、とんとんとたたいている。「ちょっと一杯飲むより、そっちのほうがいいんだな？」

「行きましょうよ、トレバー。あなたが一緒に来なくても、わたしは泳ぐわ」レイナは車のドアを開け、サンダルを履いた足を歩道におろした。

背後で運転席のドアがどこかいらだたしげな音をたてて閉まったが、追いついてきたトレバーは笑顔になっていた。

「思いきった行動ができるのは、あのブロンドのビーチボーイだけじゃないっていうところを見せないとな」

「そうこなくちゃ。水着に着替えてくるから、庭のあずまやのところで待ち合わせましょう」レイナはトレバーが気を変える前にさっさと自分の部屋に向かった。

レイナは寝室でオレンジと緑のあざやかなビキニに着替えた。この水着を見れば、彼女の服の趣味が変わったのがひと目でわかる。レイナはストライプ柄の大きなビーチタオルを手に取って首にかけると、柳の枝編み細工で縁取りした鏡の前でつかの間足を止め、髪をアップにして頭のてっぺんで緩くまとめた。

日に焼けて色が薄くなったほつれ毛をなでつけていると、だれにも見られていないときのひそやかなほほえみがレイナの頬に浮かんだ。理由ならわかっている。深夜の海にトレバーを無理やり誘い出したことがおかしくてたまらないのだ。

トレバーにしてみれば、ふたりきりになれる雰囲気のいいカクテルラウンジで、コニャックのしゃれたグラスでデートをしめくくるほうがずっと気分がよかっただろう。カクテルラウンジでなければ、むろん自分の部屋だ。センスのいいトレバーにとっては、そちらのほうがずっとしっくりくるはずだ。

けれどもトレバーはあずまやでおとなしく待っていた。引きしまった腰に、ぴったりした競泳スタイルのトランクスをはき、片方の肩に大型のタオルをかけて。

がっしりしてたくましい彼の体を目にして、レイナは予想以上にショックを受けた。庭の控えめな照明の下で、胸元のカールした毛が影になってるのを見ると、そこに指先を絡ませたいというとんでもない欲望にとらわれた。

レイナはすぐさまそんな思いを抑えた。夕食のときワインを飲み過ぎたようだ。けれどもトレバーの力強く張りつめた腿、引きしまった脚、たいらな腹部、たくましい肩、それらすべてがレイナの五感に訴えた。

レイナは自分にしっかりしてと言い聞かせ、一瞬足取りが重くなったのをトレバーに気づかれませんように、と祈った。そしてできるだけ平然とした様子でストライプのビーチタオルを体に巻きつけ、元気よく歩いていった。

すると影から出たとたん、琥珀色のまなざしに射すくめられた。その視線は彼女の体をなめるように動き、タオルの下を見通そうとしているかのようだ。レイナは体にかすかな期待の戦慄《せんりつ》が走るのを感じるまいとした。

「用意できた?」レイナは無意識のうちにタオルを握る手に力をこめ、わざと明るい口調できいた。

「できたよ」低い声で答えが返ってきた。

トレバーが近づいてきたとき、レイナは彼が差し出した手には気がつかないふりをして、先に立ってさっさと歩き出した。トレバーは何も言わなかったが、月明かりに照らされた砂浜まで無言でついてくる彼が不満げな顔をしているのは感じ取れた。

「夜の海ってすてきなの。こんなにすばらしいものはほかにないわ」波打ち際に立ったとき、レイナはそっとそう言った。

トレバーは納得した顔つきではなかった。「どこが底かわからないじゃないか」

「だいじょうぶ。浜辺から何メートルかは浅い砂地が続いているの」気乗りしない様子のトレバーを笑うと、レイナはタオルを砂の上に落として海に入った。

たちまち官能的とさえ言えるやさしくあたたかい海水がレイナの五感を取り囲んだ。暗い海面に、月の光が地平線に届くかと思えるほど長く伸びている。レイナはその中を歩き出した。ウエストあたりまでつかったところで満足のため息をついて振り返ると、彼女はゆっくりとあとをついてくるトレバーを見守った。

「まるで天国みたいでしょう？　ここはまさに楽園だわ。これでもまだわたしがシアトルに戻りたがっているなんて思える？」

トレバーはすぐには答えず、レイナのほうに近づいてきた。月明かりのもとで、彼女のウエストから上をしげしげとながめるトレバーの目が、官能的に細くなるのがわかった。その琥珀色のまなざしに見つめられると、まるで丸い胸や喉の線に触れられているかのようだ。トレバーが実際にそうしたいと思っていることはすぐに読み取れた。

「きみはすっかりハワイの島々に魅せられてしまったんだな」ようやくトレバーはそうつぶやいた。「だかぼくは、それ以上の力できみを引き寄せることができる」

低くなめらかなその声には、昨日トレバーの中に感じたのと同じ、むき出しの欲望がにじみ出ていた。彼はわたしを求めている。そう思うとレイナの胸に不安がこみ上げた。トレバーをはるばるここまで来させたのは罪悪感かもしれないが、そこには欲望もあったのだ。

トレバーの言葉はひとつだけ正しかった。隠そうともしない男らしい欲望は、実際にかなりの力でレイナを惹《ひ》きつけた。

もう彼を愛してはいない、とレイナは自分に言い聞かせたが、体のほうは、彼の手にかかればどうなるか覚えていた。

弧をえがくように腕を海面にすべらせると、レイナは彼の性急なアプローチを無視して背を向けた。そして、小さな水しぶきを上げて海に身を投げ、海岸線と平行に泳ぎ出した。

「レイナ！」

三回ほど水をかいたとき、ウエストのまわりにトレバーの腕が絡みついた。

「やめてくれ。苦々しく思って当然だし、ぼくを憎み、復讐《ふくしゅう》したいと思うのもわかる。ぼくをずたずたに引き裂いたってかまわない。だがぼくを無視するのだけは許さない」

抱き起こされたレイナは、空気を求めてあえいだ。ところが足場を見つけるあいだも、やめてと言う間もなく、トレバーは濡れてなめらかな体をぎゅっと自分のほうへと引き寄せた。

低く猛々《たけだけ》しいうめき声が聞こえたかと思うと、彼はレイナの唇を奪った。

4

夜の海に彼を誘ったのはまちがいだった。

愛撫《あいぶ》するような波の中では、体と体の官能的な触れ合いをさまたげるものは何もない。揺れ動く海水の中で、トレバーはしっかりと砂地に足をつけて立っている。体の浮きやすい海中で、レイナは抱き上げられ足場を失ってしまった。

まるで波が彼女を、引きしまったトレバーの体のほうへと押しつけるかのようだ。体を支えようとすればトレバーの肩にしがみつくしかない。

「ふたりで分かち合ったものをきみは覚えている。それを証明してみせる。きみはそれを自分で認めたくないせいで、心の奥底にしまいこんだかもしれないが、まだ残っているんだ、レイナ。ぼくにはわかってる」

トレバーの唇が力強く、それでいてやさしく重なった。ゆっくりとレイナの唇をはぐし、自分の唇に合わせようとしているかのようだ。トレバーはキスを深め、奥のぬくもりの中へと入りこんだ。

昨夜のキスではレイナは受け身で、好奇心にも似た冷めた気持ちでただ立っていた。そして弱い反応以上のものは何も感じないことを確信した。けれども今夜はそれだけではすみそうにないと勘でわかった。

もちろん彼を愛しているわけではない。レイナは無言の怒りとともにそう思った。でも今夜は弱く害のない反応だけではとてもおさまりそうにない。

この数時間、トレバーは魅力を全開にして彼女を誘惑しようとした。レイナはそれでも主導権を握っているのは自分だと思いこんだ。無謀にも、トレバーのことも自分の感情もコントロールできると思っていた。けれどもトレバーが自分の中にどれほど深い肉体的欲望を呼び覚ますことができるか、計算に入れていなかった。

そして、彼のむき出しの欲望がどれほど強い吸引力を持つかということを忘れていた。トレバーが海の中で彼女を胸に引き寄せた瞬間、食事のときの感じのいい物腰は消えうせた。今はむき出しのまっすぐな欲望がトレバーの体をつらぬいていた。その欲望は、無視できないほど深いレベルでレイナに呼びかけた。

「トレバー、やめて！」

トレバーが一瞬唇を離し、喉のラインへと移っていった隙《すき》に、レイナはあえぐように言葉を投げた。トレバーの両手が彼女の濡《ぬ》れた体をすべりおりて腰をとらえ、ぐっと自分の腿へと引き寄せた。そのあいだも彼は唇を重ね、レイナの抵抗の言葉を封じた。

レイナはこれでもかと欲望をぶつける彼の唇から逃れようとした。下半身の高まりが、荒々しいまでの彼の情熱の強さを表している。トレバーはそれを隠しもしなかった。

彼は両手でレイナのヒップの丸みを包みこみ、体にぴったり張りつくようなビキニのラインのすぐ下に指を食いこませ、下半身へと引き寄せた。

「レイナ、きみがほしい」そう言って顔を上げると、トレバーは今度はレイナの耳のうしろの感じやすい部分にキスをした。「この半年は本当に長かった。こうして腕の中に取り戻したからには、もう二度と離さない」

「トレバー、お願い。わたし……わたしはもうあなたを愛していないの。こんなことしたくない」

「したいと思わせてみせる。信じてくれ、レイナ。もう一度きみがほしいんだ。ぼくは今度こそきみの愛にこたえるよ。その愛がほしくてたまらないんだ」

レイナは爪が食いこむほど強く彼の肩を握りしめたが、トレバーは気づかない様子だ。

「トレバー、なくなってしまった愛を呼び戻すことはできないわ」

「そんなことを言うのはやめてくれ」トレバーはささやいた。耳たぶに軽く歯を立てられたレイナは、その愛撫に思わず体に震えが走るのを感じた。「震えているじゃないか。こんなに反応しているのに、否定しても無駄だ。ぼくにも、自分の体にも逆らってはだめだ、スウィートハート。すべてうまくいく、そのことを証明させてくれ」

熱のこもった言葉に、レイナのまつげが震え、彼女はぎゅっと目を閉じた。下半身に徐々に緊張が高まっていくのがわかる。トレバー・ラングドンの腕の中から飛び出して以来、忘れていた感覚だ。自分の中の欲望が呼び覚まされたと思うと、レイナは怖さと同時に興奮も覚えた。

興奮ならわかる。けれども、怖いという気持ちはいったいなんなのかしら？　レイナは心の中で本能的な不安とあえて向き合おうとした。

トレバーがまだわたしの興奮を高める力を持っているからって、それがなんだというの？　いけないことでもなければ、もちろん危険なことでもない。もう愛はないのだから、傷つくこともない。そしてこの人は、ほかのどんな男性もできない強さでわたしを揺さぶる力がある。人生から情熱を引き出すことに、何か不都合があるだろうか？

ひそかに自分を正当化しようとする声に、レイナははっとした。彼女はだれとでも寝るタイプではないし、その場だけの快楽を求めたこともない。でもそれは、これまではたぶん肉体的な快楽と愛情が切り離せないものだったからだ。レイナは心の中でそう反論した。半年前、トレバー・ラングドンを深く愛してしまったとき、彼女の中でその二つが固く結びついた。

それはレイナがこれまで経験したことがないほど奔放で強烈な感覚だった。ふたりの肉体的な関係には、レイナの心の奥深くの感情が色濃く影を落としていた。彼女は愛という名の贈り物を惜しみなくトレバーに与え、彼はそれを受け取った。ところがトレバーは、肉体的な意味でしかそれを返そうとしなかった。

愛は死んでしまったかもしれないが、もしかしたら体が覚えたものはまだ残っていて、もう一度解放されるのを待っているのかもしれない。たしかに半年前は、自分の中の二つの要素が目もくらむような恋愛の中でひとつになった。けれども、愛情がなくなったからといって肉体的に惹《ひ》かれる気持ちまで消えたわけではない。

半年間も眠っていたワイルドな欲望の感覚を、この男性の手を借りてふたたび解き放つことが、そんなにいけないことだろうか?

トレバーのなめらかな肩の筋肉に、レイナの指先がさらに深く食いこんだ。彼の体が震えるのを感じてレイナは不思議な力を感じた。硬い胸板が彼女の欲望をかき立てる。それは女としての力の感覚を強め、欲望を刺激して、レイナをコントロール可能な安全圏の外へと追いやった。

ヒップに置いた手のひらでレイナの体を引き寄せながら、トレバーはもう片方の手でじらすようにゆっくりと背筋をたどり、ビキニのトップのホックを見つけ出した。

トレバーが何をしようとしているのか悟って、欲望にかき乱されたレイナの頭の中につかの間理性が戻った。彼女は息を吸いこみ、いきなりトレバーの胸を押しやった。けれどもそのあいだにも背中のホックははずれ、オレンジと緑のビキニは落ちていった。

離れようともがいていると、トレバーが息を吸いこむのが聞こえた。彼の唇が濡れたシルクのような喉元の肌にかぶさった。

抵抗しようと思えばできるはずだ。トレバー・ラングドンが彼女をレイプすることなどありえないと心の奥ではわかってるのだから、振り払えばいい。けれども、にわかにすべてが抵抗できないほど大きくなり、心地よくなった。肌にあたる燃えるような彼の唇の感触に、レイナは背筋がぞくぞくした。

隠そうともしないトレバーの欲望が、誘惑の力をより強いものにした。親指で荒っぽく胸の先端をなでられ、レイナはひるんだ。その震えは体の中であちこちに飛び散っていき、足の力が抜けたレイナは彼にしがみついた。

「ああ、たまらない。きみにもう一度触れ、きみの情熱を感じることを何度夢みたことか……」その言葉は欲望のかすれたうめき声となって消えていき、彼の親指の愛撫のもとで先端はとがった。トレバーはもう一度ばら色の先端に円を描くと、唇を近づけた。

「トレバー」

その叫びはやさしく、この瞬間に身を捧《ささ》げてしまいたいという思いと欲望に満ちていた。トレバーは硬くなった先端を舌で愛撫してこたえた。刺し、円をえがき、なでる舌に、やがてレイナは欲望でくずおれそうになった。

レイナの指がトレバーの襟元を這《は》い、黒と銀色の髪の深みの中へとすべりこんだ。一瞬レイナの指先に荒々しいほどの力が加わったのを感じ、トレバーは降伏の予感をかみしめた。

「わかっていたんだ」彼はとぎれとぎれにささやいた。その唇は熱く濡れた軌跡を描いて胸から胸へと移った。「この腕に取り戻しさえすれば、きみを納得させられるだろうと思っていた。ふたりのあいだに生まれたものが、たった半年で消えるわけがないんだ」

「トレバー……こんな感覚、初めてよ」レイナはそれを言葉にしようとしたができなかった。

「いいんだ、スウィートハート。だいじょうぶだよ。何も言わなくていい。何もかもぼくにまかせてくれ」

レイナは彼の肩に頭を置いて目を閉じた。その手のひらはトレバーの喉の線をたどり、毛でざらついたたくましい胸へとすべっていく。そして、夢の中にいるかのように肌の起伏を探り、たいらな乳首を見つけ出す。

それを指でもてあそんでいると、トレバーがむき出しのセクシーな言葉を耳元でつぶやいた。欲望にせき立てられたその言葉を追いかけるように、トレバーは今度は舌先を耳に忍びこませ、レイナを震えさせた。

レイナの手は、意思を持つ生き物のようにトレバーの胸をすべりおり、濡れてカールした毛が逆三角形を描いて細くなっていく先をたどり、やがてぴったりした水着のウエストで止まった。

「触れてくれ」レイナの手がためらうのを感じて、トレバーは言った。

低いうめき声とともにレイナはその言葉にしたがい、彼を求めた。喉元でトレバーがかすれ声でうめくのがわかる。手を握る彼の手に力が入る。ふいにトレバーが彼女を腕の中に高く抱き上げ、ビーチに向かって海中を歩き出した。レイナは五感が渦巻くような気がした。

ビーチタオルを残してあった場所のそばで立ち止まると、トレバーは無言でそっとレイナをおろし、タオルを拾い上げた。

レイナは月明かりを浴びた彼を見つめた。つややかな黒髪が鈍く輝いている。琥珀《こはく》色の目が探るようにレイナを見る。彼はやさしく半裸の彼女の体にタオルをかけた。そして力をこめてその肩に手をすべらせた。

「後悔はさせないよ、スウィートハート。今度は自分の手の中にあるものを大事にするつもりだ」トレバーはゆっくりレイナにキスした。そのしぐさは信じられないほどやさしく、この情熱的な瞬間にそぐわないように感じられた。

トレバーはふたたびレイナを腕の中に抱き上げた。レイナは何も言わずに体をすり寄せ、彼はビーチをあとにして庭に囲まれたコンドミニアム・ホテルへと歩き出した。

トレバーがほしい、とレイナは思った。これまで知り合ったどんな男性よりも彼がほしい。彼と愛し合うことは肉体的なスリル以外の何ものでもない。それを否定する必要があるかしら？　今度はトレバーに傷つけられることはないはずだし……。

けれども、静かな大地を無言の力で運ばれていると、頭でものを考えるのが難しくなる。海水に濡れながらも熱く燃える彼の体は、レイナの五感を麻痺《まひ》させ、理性を超えてとりこにする。

トレバーはどうやら自分の部屋ではなく彼女のアパートメントに連れていくらしい。それがわかったときレイナは一瞬不思議に思った。そんな彼女の気持ちを読み取ったかのように、トレバーはやさしく笑った。

「生まれ変わったレイナ・マッケンジーをよく知りたいんだ。きみのことはどんな小さなことでも知りたい。ホテルの部屋なんかじゃなく、きみの部屋で愛し合いたいんだ」

トレバーを見上げるレイナの目は深い緑色に輝いた。「本当に生まれ変わったわたしを知りたいの？　新しいわたしを捜し出して愛し合うために、わざわざここまで来たの？」

「ぼくが頑固だって言ったのはきみだぞ」トレバーはそう言ってレイナの部屋の前で足を止め、ドアを開けた。

レイナを中に運び入れると、トレバーは砂だらけの足でドアを蹴《け》って閉め、彼女を抱いたまま、つかの間立ち止まって部屋を見まわした。

目の前のものをくまなく読み取ろうとするトレバーをレイナは見守った。しかし彼は広々としたカジュアルな部屋について何も言わなかった。そして本能で正しい方向を嗅《か》ぎ取り、暗い寝室に足を向けた。

広いベッドの真ん中に寝かされたとき、レイナの胸を不安がかすめた。けれども心の中の疑問に答える時間はない。トレバーもひんやりしたシーツの上にのり、レイナには抵抗できない熱い欲望に燃えて手を伸ばした。

海面を染めていた月の光が今度は寝室を満たし、ベッドとレイナのやわらかな肢体を照らし出している。こちらに向けられるトレバーの目は金色に燃え、レイナの体はその熱っぽいまなざしを受けて熱く反応した。

レイナはたまらず身をよじり、トレバーを求めて首に腕をまわした。彼を引き寄せるかのようにレイナの脚がたくましい脚に絡みつく。このせっぱつまった気持ちを言葉にするのはとても難しい。

どうしようもなく彼がほしい。頭の中から理性の声を消し去るために、すぐにも興奮の渦の中に飛びこんでしまいたい。今この瞬間に身をまかせ、情熱を味わいたくてたまらない。もちろん彼女にはその権利があるはずだ。

「ぼくがほしいかい、スウィートハート?」トレバーの手のひらは、胸からおなかへとなめらかにすべっていく。

「ええ」正直にそう言った自分にレイナはどこかほっとした。「あなたがほしいわ」

その言葉に深く反応するトレバーを見て、レイナはよろこんだ。彼女の指がトレバーの肌の上を動き出し、官能的なダンスを踊った。トレバーの両脚が彼女の脚をとらえ、ざらざらした肌がなめらかな肌の上をすべった。

「きみはとてもやわらかい。肌は生きたベルベットみたいだ……」

おなかに置かれた手はさらに下がり、トレバーはビキニのウエストに指をかけた。

「ああ」

レイナはうめいた。トレバーの手が、締めつけるビキニの生地をゆっくりとおろしていくのを感じて彼女は情熱の声を押し殺した。そしてトレバーの肩に顔を埋《うず》め、荒っぽく歯を立てた。

「もう我慢しなくていいんだ、ハニー」トレバーはビキニを完全に脱がせた。「今夜は自分を解き放ってくれ。こんなふうにきみを自分のものにするのを待っていた」

言葉と手と唇でうったえかけられて、レイナはもう自分の意志で何かを選ぶことはできなくなってしまった。今夜はトレバーの腕の中で過ごすしかない。

トレバーにゆっくりと脚から腰までなで上げられ、レイナはたまらず身を震わせ、彼の名を呼んだ。その指が腿のカーブにすべりこんだとき、レイナは期待をこめて体を弓なりにそらせ、彼を引き寄せようとした。

「こんなに長く待ったんだ」トレバーはレイナの体をすべりおり、へそに熱いキスをした。

「本当に長かった。だから今夜は急ぎたくない」

トレバーは、まるで長いあいだ手の届かなかった贅沢《ぜいたく》な宝をむさぼるように、レイナを味わい、よろこばせ、いつくしんでいる。

トレバーの舌が腹部の小さなへこみに入りこんだ。レイナが荒っぽく彼の首をつかむと、トレバーの唇はさらに下がっていった。

トレバーの指が腿の内側に模様を描き、信じられないほどの快感を生み出している。レイナは体がばらばらになりそうな気がした。

「トレバー、お願い。あなたがほしくてたまらないの」

「ぼくの気持ちとは比べものにならないよ」トレバーは熱っぽくそう言うと、内腿に歯を立て、レイナに痛みと快感をもたらした。

愛撫が熱を増すにつれ、レイナの体は何度も震えた。じらすように動き続ける彼の手は、ふいに目的の場所に到達し、レイナの脚のあいだに熱くあふれるものを見つけ出した。

トレバーは驚きの声をあげた。「燃えるようだ。熱くなってぼくを待っている。きみなしでよく今日まで耐えられたものだ」

レイナ自身、自分の情熱の深さに驚いていた。彼女は何も言わず、トレバーの肌に触れた手に力を入れた。腰をよじり、彼のほうへとつき上げる。トレバーがつかの間体を離したときは、もどかしげに抗議の声をあげた。

月の光のもとで、トレバーがトランクスを脱ぎ捨てるのが見えた。全裸の彼が戻ってきたとき、レイナはその体を熱く腕の中に迎え入れた。

「いとしいレイナ」トレバーは彼女の額からほつれ毛をかき上げた。両手で頬を包みこみ、キスしながら、脚で手荒に彼女の脚を押し広げる。

「トレバー、もう自分が抑えられないわ」

「それはぼくも同じだ」

そう言ってトレバーは上にのしかかり、ゆっくりと、あますところなくレイナを奪った。その力を感じて彼女は身を震わせた。彼の力の感触が五感を揺さぶった。

すぐにトレバーは動きを止めた。「痛かったかい、スウィートハート？　きみを傷つけたくない」彼の唇は、灰色がかった緑色の目を覆うまつげと頬を羽のように軽くなでた。

「そんな……平気よ」体の奥に渦巻いていた深いうずきを彼のたくましさが癒《いや》していくのを感じて、レイナはトレバーの体を引き寄せた。彼女はその瞬間まで、そんなうずきが自分の中に存在することさえ知らなかった。

トレバーはまだ動かず、ふたりが互いの体の感触に慣れるのをじっと待った。やがて、いつその動きが始まったのかレイナにはわからないほどゆっくりと、トレバーはリズムを強めていき、あともどりのできない快楽のクライマックスに向かって走りはじめた。

トレバーの重い体がレイナをシーツに押しつける。けれどもその重さ自体が彼女を興奮させた。

頭の先からつま先まで、これ以上ひとつになれないと思えるほどトレバーと一体になっている気がした。彼の男らしく荒々しいやさしさとレイナのやわらかい女らしさが響き合う。レイナが彼の腕の中で腰をつき上げると、トレバーは興奮の渦に巻きこまれた彼女の快楽を味わいつくそうとした。

情熱に流されて、もう何も考えられず、レイナは彼の肩に爪を食いこませた。短く息苦しげな彼女の叫びがトレバーの興奮をかき立てた。

「レイナ！」

トレバーのかすれた声が、とぎれとぎれに彼女の名を呼ぶ。レイナは彼の腕の中で完全に自分を解き放った。トレバーもすっかり自分を抑えられない状態に陥っているのがわかった。ふたりは自分たちが生み出した嵐《あらし》の中へとさらわれていった。

やがてぎりぎりまで張りつめた情熱がはじけた。爆発するような快感が押し寄せ、レイナは止めようもなく震えた。下唇に鋭い感触を感じた彼女は、頭が真っ白になったその瞬間、それがトレバーの歯だとわかった。

トレバーはレイナの体に震えが走り抜けるまで待ち、先に彼女の快感を味わうために自分の満足を押しとどめた。

やがてレイナの体が沈むのがわかり、トレバーは体をつき動かす欲望に負けた。彼が完璧《かんぺき》に満たされたとき、その唇からくぐもった言葉がもれたが、レイナには聞き取れなかった。やがてふたりはゆっくりともとの自分へと戻っていった。

月光に照らされた乱れたベッドの上で、時間が過ぎていった。

レイナは目を閉じたまま、自分の上にのしかかる汗で濡れたトレバーの体の重みを感じていた。ベッドに砂が入っているのがぼんやりとわかった。つま先で砂を見つけたレイナは、気だるげに足でシーツについた砂を払った。

「もぞもぞするのはやめてくれ」やさしくユーモラスな口調でトレバーはつぶやき、レイナの胸の上でおさまりのいい場所を探して頭を動かした。

「もぞもぞなんてしていないわ」

「いや、してるよ。足が動いてる」

「ごめんなさい。ベッドに砂が入ったの」レイナは彼の乱れた髪に触れるともなく触れた。

「新しいベッドを買ってあげるよ」

「それで問題解決ね」

ふいにトレバーは頭を上げ、気だるげなレイナの視線をとらえた。彼の琥珀色の目に光るユーモアの色が薄れ、別の何かに置き換わるのがレイナにはわかった。

「いとしいレイナ。今夜ぼくは生まれ変わったような気がする」トレバーの口調には感情が色濃くにじみ出ていた。

「生まれ変わった?」レイナはやさしくほほえんで言った。

「半年間、自分の愚かさに向き合ってきて、ようやく望みの場所へと戻ってきた。きみの腕の中に。今度はすべてが変わるだろう」トレバーの声には固い決意がこもっていた。

「そうなの?」

「レイナ、今度こそきみの愛にこたえる。誓ってもいい」

彼の強い視線に耐えられず、レイナはまつげを伏せた。ふいにトレバーの体の重みが不快に感じられた。彼女は身じろぎした。

「レイナ?」

「あなた、ちょっと重いわ」軽い口調で言おうとした。トレバーは動かなかった。

「レイナ」彼はもう一度言った。今度は意識してゆっくりと。「よかっただろう? さっきみたいな反応は演技でできるものじゃない」

トレバーはいったいだれを納得させようとしているのだろう、とレイナは思った。わたし? それとも自分自身? 「もちろんすてきだったわ。あなたにもわかったはずよ。あんなふうにわたしの理性を吹き飛ばしてしまえるのは、あなた以外にだれもいない」

トレバーは少しリラックスしたようだ。口角が上がり、彼は顔を寄せてレイナの唇の左右の隅にやさしくキスした。

「シアトルを出てから、だれかとつき合ったのか?」トレバーはささやいた。「こんなことをきく権利がないのはわかっているが……」

「いいえ」レイナは正直に答えた。「だれともつき合っていないわ。あなたのはうは本当のことを言っているの？　わたしがいなくなってから、ほかのだれにも気持ちを向けられなかったというのは本当？」

「本当だ。この半年、ほかの女をベッドに連れこもうとも思わなかった。昨日の夕暮れどき、きみが波打ち際を歩いているのを見たとき、砂浜の上に押し倒してその場で奪いたくなる自分を抑えるのが精いっぱいだった」こんな気持ちを打ち明けたらレイナが不愉快に思うのではないかと心配するように、トレバーはぎこちなく言った。

「かわいそうに」レイナはやさしくからかい、指先で彼の頬を探った。「あなたにとっては大変だったでしょうね」

「苦しくなるいっぽうだった」トレバーはそう言って首を振った。まるでレイナを自分の腕の中に取り戻したのがまだ信じられないかのように。「でも今はすべてがもとに戻った。そうだろう？」レイナの頬を包む手のひらに少し力が入り、トレバーは彼女の視線をとらえようとした。

「今度は何がほしいの？」レイナはささやいた。背筋に妙な不安が忍び寄るのがわかった。

「言葉だ」その声は重かった。「最後にきみがくれた言葉、愛しているという言葉だよ」

レイナはまるでぶたれたかのように体を硬くした。たちまち心が反発した。彼女はたしかめるように言った。「あなたのことは愛していないわ」

　トレバーは自分の聞きまちがいだと思ったらしい。琥珀色の目がにわかに険しくなった。

「そんなはずないだろう、レイナ・マッケンジー！　今になってうそをつくのはやめてくれ」

　事態は思わぬ方向に走り出したようだ。レイナは退却したかった。そしてそんなふうに思わせたトレバーに腹が立ち、すぐさま守りの姿勢に入った。

「あなたにうそをつくつもりはないわ」レイナの声は落ち着いていた。「あなたがここへ来たときからずっと、もう愛していないと何度も言ったはずよ」

「そんなのはうそだ。ぼくのことをまだ愛しているのでなければ、あんなふうにこの腕の中に身を投げ出したりしないはずだ」

「まさかあなたは、女は愛情がなければ興奮を感じられないと思ってるの？」ユーモアでトレバーをかわそうと思って、レイナはからかうように軽く言った。しかしそれがまちがいだった。

「やめてくれ！　信じないぞ」

　トレバーがいらだちと怒りをつのらせるのを感じ取って、レイナはあわてた。ひと晩ベッドをともにしただけで半年前に戻れる、トレバーはそう本気で考えていたのだろうか？

「トレバー、落ち着いて。誤解させたなら悪かったと思うけれど、あなたをだました覚えはないわ。まだあなたのことを愛しているなんてそぶりは見せていないはずよ」

つかの間トレバーが何をするかわからず、こんな無防備な立場でなければよかったのにとレイナは思った。彼の体の重みのせいでベッドから動けないし、琥珀色の目にはレイナを不安にさせるような危険な光が宿っている。

「なぜだ？　愛していないなら、なぜぼくが誘惑するのを止めなかった？」

「肉体的にあなたほど魅力的な男性はいないわ。それに、もう半年も……」レイナはそれ以上どう言っていいかわからず、言葉をにごした。

「ぼくを利用したんだな！」トレバーはそのことに気づいて愕然《がくぜん》とした様子だった。

「トレバー、男と女が互いの腕の中でちょっとしたひとときを楽しんだからって、目くじら立てることはないじゃない」

トレバーとの言葉の応酬にレイナはすっかり落ち着きをなくし、おどおどと答えた。トレバーにベッドまで運ばれたとき、何を考えていたにしろ、あとで彼が怒りを爆発させるとは思ってもみなかった。

「ぼくを利用したんだな」信じられない、という口調でトレバーはそう繰り返した。「愛してくれているとばかり思っていた女性に会いに、わざわざこんなところまで来たのに、その女がベッドをともにしたのはぼくがベッドで最高だからだとは！　こんなことばかげてる」

トレバーは怒りを隠しもせず、レイナの上からおりた。ベッドのそばでレイナを見おろすその目は燃えるように熱く、顔はこわばり鷹《たか》のように険しい。両手を腰にあてて立ちはだかるトレバーはどこまでも男らしく、心底腹を立てていた。

「トレバー、あなたには腹を立てる権利はないわ。わたしを誘惑したのはあなたのほうでしょう」

レイナは手探りでシーツを見つけ、喉元まで引き上げて起き上がった。そして緑色の目に不安と警戒心を浮かべてベッドの上で体を丸くした。

「その鋭い頭脳の中で何を考えているんだ?」トレバーは問いつめるように言った。「復《ふく》讐《しゅう》のつもりか? 愛していると認めるのをあくまで拒絶して、ぼくを罰するつもりなのか?」

「まさか!」

「何が目的なんだ?」その口調は激しかった。「どうしてぼくとベッドをともにした?」

「言ったでしょう」

「肉体的な欲望以上のものは何も感じないとでも言うつもりか?」その声には不審の響きがあった。

「肉体的に惹かれるのは悪いことじゃないわ。半年前はあなただって同じだったじゃない」

「それで、次はなんだ？」トレバーはすかさず言い返した。「きみも知っているとおり、ぼくはここにあと八日間いる。滞在中に熱い情事を繰り広げて、ぼくがシアトル行きの飛行機に乗ったら、はいさようなら、というわけか？」

「セックスのあとにあなたがこんなふうになるなら、その可能性はないわね」レイナはぴしゃりと言った。「わたしは人前でけんかをするのはきらいだし、あと八昼夜も我慢するつもりはないの」

「きみの喉を締め上げることだってできるんだぞ。それを知ってたか？」

「ええ、だからできるだけ早く出ていってちょうだい」

「きみときたらまったく……」トレバーは癇癪《かんしゃく》を抑え、ベッドの足元から水着を拾い上げて身につけた。そして床に落ちていたビーチタオルをつかむと、寝室のドアに向かった。

　トレバーはドアのところで立ち止まり、肩越しに振り返った。部屋のこちら側からも、トレバーが怒りを抑えているのがわかった。しかしその金色の目は、視線に触れたものすべてを焼きつくしてしまいそうだ。

「八日間の情事が望みなのか？　それなら八日間の情事で手を打とう。どちらが相手を利用しつくせるか、やってみようじゃないか」

　トレバーは外へ出てドアノブを握り、最後に振り向いて捨てぜりふを吐いた。

「そして、ぼくがシアトル行きの飛行機に乗りこんだとき、きみが本当に涼しい顔をしてさよならを言えるかどうか、ぜひともたしかめようじゃないか。レイナ・マッケンジー、その理由を教えてあげるよ。ぼくはきみを信じていない。きみは本当はぼくを愛している。八日後には、きみはぼくと一緒に飛行機に乗りこんでいるに決まってる！」

5

レイナは開いているスライド式のガラスドアの前に座り、物憂げに庭とその向こうの海をながめていた。

目の前の皿には食べてと言わんばかりに熟したパパイヤのスライスがのっている。自分の手でライムの果汁もしぼってかけてある。けれども今朝はどうも食欲が出なかった。

昨夜のことでレイナは神経をかき乱され、何をしていても落ち着かなかった。

昨夜レイナは、寝室の入り口をぼんやり見つめたまま、トレバーがばたんとドアを閉めてアパートメントから出ていく音を聞いていた。

そのときは、トレバーの背中に何かを投げつけてやりたいとしか考えられなかった。粉々にこわれて気分がすっとするものならなおいい。そんな子どもじみた衝動に、レイナはあらためて事態の複雑さを思い知った。

どうして、トレバーの誘惑を止めなかったのかしら？　苦い気持ちを抱えて大きなベッドの上で丸くなりながら、レイナはトレバーの口から出た言葉を頭の中で何度も繰り返した。わたしはなんてばかだったんだろう。

今朝になってもまだしっくりくる理由は考えつかなかった。ただひとつ思いつくのは、トレバーに言ったのと同じ理由だ。彼の腕の中で自分を失うほどの肉体的なエクスタシーを感じてから、半年もたっていた。またそれを味わいたい誘惑に負けたからといって、自分を責めなければいけない理由はどこにもない。

スプーンを手に取りながら、レイナはまじめな口調で自分に言い聞かせた。ただ大きなちがいは、今はもうトレバーを愛していないということだ。愛がどういうものかは知っている。半年前、彼女はつらい思いをしてそれを学んだ。昨夜は純粋に肉体だけの関係だった。

ティーポットに手を伸ばしたとき、レイナは人の気配を感じた。目を見開いてさっと顔を上げると、小さな庭の向こうからトレバーが無言でこちらに歩いてくるのが見えた。朝の光を受けた彼の姿を見てレイナは息を吸いこみ、ティーポットを敷物の上に戻した。

トレバーは、カジュアルな中にもスタイリッシュな、体にフィットするカーキのスラックスをはいていた。シャツはサファリジャケットを思わせるデザインで、そで口はきっちりボタンで留められており、襟にはしゃれた雰囲気がある。

どこかのファッションデザイナーのサファリルックの下手な物まねに見えてもおかしくないところだけれど、トレバーが着ているとそうは見えないわね、とレイナはため息をついて思った。彼はどこまでも品がいい。サファリルックにしてはずいぶんスタイリッシュだし、彼が着ると高級品の雰囲気がある。

「ゆったりして着心地のいいアロハシャツを試してみたらどう？」思いがけない彼の出現で、どれほどうろたえているか気取られたくなくて、レイナは冷静に言った。「ここはアフリカのジャングルじゃなくてハワイなのよ」

琥珀《こはく》色の目が、やわらかく体の線に沿う黄色と白のムームーをながめまわした。まとめずに肩までおろした髪は朝の日光を受けて明るく輝き、足元はサンダルだ。トレバーは開いているドアから中に入ってきた。どうやら、どうぞ入ってと言われるまで待つつもりはないようだ。

「今朝ここへ来たのは、ファッションの話をするためじゃない」トレバーは、きちんととかしつけた豊かな髪をいらいらとかき上げ、形ばかりのレイナの朝食に目をやった。「ベッドで最高の男に、お茶の一杯も出してくれないのか？」

自分自身をちゃかすようなトレバーの言葉にふいをつかれ、レイナはぐっと息を吸いこんだ。「それはここへ来た目的によるわね」レイナは皮肉っぽい言い方をして立ち上がった。「わたしを絞め殺すっていう脅しを実行しに来たの？」

トレバーはつかの間目を閉じた。長く黒いまつげが頬骨の高い頬に合わせるように動いた。そして彼はこわばった顔つきでレイナをまっすぐ見すえた。「レイナ、ここへ来たのは謝るためだ。言葉でぼくをいたぶるのはやめてくれ。ただでさえ傷ついているんだからね」

「座って。朝食は食べた?」レイナは小さくため息をついて狭いキッチンに足を向けた。

「まだだ」

しばらくすると、レイナはパパイヤ、トースト、飲み物をリビングルームに運んできた。トレバーは彼女が座っていた椅子の正面にあるクッションを置いた柳細工の椅子に座ってくつろいでいた。レイナは何も言わず、彼の目の前のガラストップのテーブルに皿を置いた。

「ありがとう」トレバーはそう言うと、レイナが注《つ》いでくれたティーカップにすかさず手を伸ばした。

ゆっくりと紅茶を飲む彼の向かいにレイナは腰をおろした。トレバーの緊張を感じ取って彼女は身を硬くした。こんなふうに彼に影響を受けてしまう自分がいらだたしかった。トレバーの気分を敏感に感じ取るなんていやだ。

「トレバー」レイナは他人行儀といってもいい口調で切り出した。「謝る必要なんてないの。昨夜のことはだれが悪いわけでも――」

「ばかなことを言わないでくれ」トレバーはすかさず割りこんだ。「ぼくのせいだ。きみがああいう仕打ちをしたのも当然だ」

レイナは眉を上げ、パパイヤをひと口すくった。

「ただ、言いわけするとしたら」トレバーは頑固に続けた。「この半年、きみ以外の女性のことを考えたことは一度もなかった。それにぼくは……」トレバーは言いよどんだ。

「半年もセックスを我慢したことがなかったのでしょう」レイナはあえて淡々とした口調でトレバーの言葉を継いだ。「おもしろいわね。わたしの言いわけもそれと似ているわ」

「この半年、ぼく以外の男のことを考えなかった、ということか？」

「いいえ」レイナの口調は明るかった。「ただ、わたしもこの半年は――」

「そのうえ、きみはぼくほどセクシーな男を知らなかった」今度はトレバーが、いまいましそうに顔をゆがめて彼女の言葉をつないだ。「これも時代の流れかもしれないな。一緒に過ごした日の翌朝、男のほうが女性に向かって〝利用した〟と言って責めるのは」

「これまで女性たちがどんな思いをしてきたか、よくわかったでしょう」

「やれやれ、今朝のきみはとげとげしい気分らしいな。もう少し女らしく同情してもらえないか？」

「わたしがまだあなたを愛しているると思っているようだけど、それは勘ちがいよ」

レイナはトレバーの歯ぎしりの音が聞こえるような気がした。動物園の檻《おり》に、こんな注意書きが下がっていなかったかしら？〝危険！　ライオンをからかうべからず〟

「レイナ」トレバーの声は落ち着いていた。理性的なアプローチをしようと心に決めたらしい。「きみが口でなんと言おうと、肉体的欲望以外にぼくに何も感じないとは信じられないんだ」

レイナの口元が険しくなった。「それは、あなた自身の中で愛と欲望のちがいがあいまいだからよ。あなたにとっては、その二つを見分けるのが簡単じゃないんだわ」

琥珀色の目が丸くなった。「きみにはそのちがいがわかるというのか?」

「ええ、もちろん」レイナはそっとささやいた。「半年前に思い知ったの」

「なるほどな」トレバーは、つかの間その言葉を心の中で反芻《はんすう》している様子だった。「いいか、レイナ。どうしてぼくがここにいると思う?　どうしてわざわざこんなところまで、きみを捜しに来たんだと思う?」

レイナは、その質問を振り払うように肩をすくめた。「欲望と罪悪感が入りまじった感情のせいじゃないかしら?」

「欲望?」

「半年前にわたしがあなたにあげたものを、やっぱりまたほしくなった。そのことに気づいたのでしょう?　どうしてあなたがそう思うようになったか、わたしにはわかるわ。なんの条件もつけない、まっすぐでオープンな愛は、あなたみたいな男性にとって目新しい魅力があったのよ。それに加えて、罪悪感を抱えていること、わたしにまだ惹《ひ》かれていること、これらが全部まじり合って、あなたは今この島にいるんじゃないかしら」

トレバーはじっとレイナを見つめた。「もう結論が出ているんだな」

レイナは断固とした表情でうなずいた。もう結論は出ている。結論を出すのにひと晩かかったけれど、結果には満足している。

「トレバー、〝きみへの不滅の愛に気づいたからここまで追いかけてきた。それを信じろ〟なんて言うのはやめて」

「そういう可能性がわずかでもあるとは思わないのか？」

レイナの口元に皮肉っぽいほほえみが浮かんだ。「あなたには愛がわかっていないわ」

「きみはわかっているのか？」

「ええ」

「ぼくがここへ来た動機をそれだけであっさり片づけるんだな。ぼくが、自分が愛されたようには人を愛することができない男だから、という理由で」トレバーは静かに言った。

「あなたのことなら、よくわかっているわ」レイナの口調はやさしかった。

「愛する能力がないと断定できるほどに？　そんな言い方で人を評価するなんて、ずいぶんひどいじゃないか」

「能力がないとは言わないわ。ただ、わたしにはあなたの愛を引き出す力がないというだけ。もしわたしにその力があれば、半年前にそうしていたでしょうね。そんなに落ちこんだ顔をしないで、トレバー」

昨夜のことで出した結論を実際に口にすると、レイナにはいっそうそれがたしかなものに思えた。

「きみの思いやりと理解に感謝するよ」トレバーは皮肉っぽく言うと、紅茶を飲み干し、カップを差し出して二杯目を求めた。すなおにおかわりを注ぐレイナを彼はじっと見つめた。「だが、ぼくはそんな説明では納得しない」

「わたしの分析を？」

「そうだ。きみはまだぼくを愛している。これからふたりでやり直そう」

レイナは疑わしげに彼を見やった。「それはどういうこと？」

「ぼくは急ぎすぎた。それに気づいたんだ」

上から見下すような傲慢《ごうまん》な口調に、レイナはむっとした。

「この半年は本当にさびしくて長かった。きみをベッドに連れ戻しさえすれば、それでいいと思ったこともある」

「いかにも男が考えそうなことね」レイナは小ばかにするように言った。「実際、わたしをベッドに連れ戻したのだから、いいじゃない。べつにあとで文句を言ったわけでもないんだから。それにあなたは――」

「いいか」トレバーは険しい顔をしてさえぎった。「あと一度でも、ぼくはベッドで最高の男だ、なんて言ったら、本当に首を絞めるからな」

レイナはむっとしてトレバーを見やったが、それ以上何も言わなかった。

「さっきも言ったが、きみに得意の鼻をへし折られる前に、昨夜は自分でもまずいことをしたと気づいたんだ。もしぼくが洗練された大人の男でなかったら、自分の部屋に戻って壁に何か投げつけただろうな」

「癇癪《かんしゃく》を起こしていたというわけね」その朝初めてユーモアを楽しむ気持ちになったレイナは、思いきってそう言った。そんな自分を止められなかった。自分もトレバーとそっくり同じことを考えたのだから。あのとき、ドアに何か投げつけたかった。きれいに粉々になるものならなんでもよかった。

「腹が立ったんだ」トレバーは落ち着いて言った。

「わたしに？」

「自分に、というのが大きい。いつもならあそこまでばかなことはしないんだが」トレバーはため息をついた。「レイナ、さっき言ったことは本当だ。もう一度やり直したい。生まれ変わったレイナ・マッケンジーを知りたいんだ。ぼくの行動の動機を探るのは終わりにして、きみと一緒にいさせてくれ」

「もうもめごとはいやなの」レイナは不安げに言った。それ以外に言葉が見つからなかった。今のこの状況にどう立ち向かえばいいのかわからない。謝ろうとするトレバーの態度は真剣に思えた。

「ぼくもだ。これからは行儀よくするよ。きみをベッドに連れこみさえすれば解決だ、なんてことは言わない」

「トレバー」レイナはやさしく言った。「そんなこと、意味ないわ。わたしはあなたを愛していないし、あなたもわたしを愛していない。わたしたちにできるのはせいぜい情事を楽しむことぐらいよ」

「ちがう！」トレバーはすっくと立ち上がった。いきなりガラストップのテーブルに置いたので、ティーカップがかちゃかちゃと音をたてた。彼は窓際に立ってじっと海を見た。

「ぼくは情事は望まない。きみに愛してほしい。そこがちがうんだ」

「それは知っているわ」レイナの口調はこわばっていた。「でももう手遅れなの、トレバー。それを受け入れてちょうだい」

「冗談じゃない！　ぼくはあきらめたりしないぞ」トレバーはくるりと振り向いた。不安げなレイナの目と燃えるような断固としたまなざしがぶつかった。「ぼくらのあいだには、肉体的な欲望という言葉ではとてもおさまりきらない何かがある。それをきみに証明するチャンスがほしいんだ」

「どうやって証明するの？」トレバーを見つめながら、レイナは胸がざわつくのを感じた。この感覚は好きになれない。

「これから八日間、一緒に過ごさせてほしい。ほしいのは時間だけだ。きみを誘惑する気はない。約束する」

「ベッドをともにしたあとで、ぼくを利用した、とわたしを責めたのはあなただものね」

レイナの灰色がかった緑色の目にユーモアが光った。トレバーはそれを見逃さなかった。

「ぼくのことを笑っているんだろう？　以前はぼくを笑ったりしなかったのに」トレバーはとがめるようにレイナを見やった。その視線には彼女のユーモアがこだましていた。

「あなたがこんなにおもしろい人だとは知らなかったからよ」レイナはにこりとした。気がつくと、トレバーと冗談を言い合えるのをうれしいと思っていた。

「それなら、これから一週間ほど、きみを楽しませたい」トレバーはゆっくりと言った。その目は燃えたぎるように金色に輝いている。

ティーカップを握るレイナの手に力が入った。「そんなことをしても何も変わらないと思うけど」

「そのリスクはよろこんで引き受ける」トレバーの声は落ち着いていた。

「あなたは勝つと思っていなければリスクを引き受けるような人じゃないわ」

トレバーはレイナの言葉を振り払うように肩をすくめた。「それはきみも同じじゃないか？」

「ひとつの場合をのぞいてね」お茶の残りに目を落としながら、レイナはあっさりと言った。

トレバーの申し出を考えてみようと思っているなんて、わたしはいったいどうしたの？　どうせけんかになって、ややこしい状況にはまりこむだけなのに。トレバー・ラングドンはいったんこうと決めたら最後までやり通す男なのだから。

「ハニー」トレバーは近づいてきて軽々とレイナを立たせた。「半年前のあのとき、きみが負けたわけではないと証明しに来たんだ。恨みたくなる気持ちはわかるが――」

「もう二度とそれを言わないで！　わたしは恨んでなんかいないわ」レイナは突然怒りを爆発させた。「ただ、あなたと無駄な時間を過ごしてもいいと思っているかどうか、自分でもよくわからないだけよ」

トレバーの日に焼けた頬が赤くなったが、声は穏やかで落ち着いていた。「たった八日だ、レイナ。きみが気まずい思いをしなくてすむようにする。だから、頼む」

レイナは身を震わせ、感情を表に出した自分を恥じた。その感情がどこからわいてきたか、分析することができないのがいっそう彼女をいらだたせた。

この人は、わたしにとっていったいどういう存在なのだろう？　もう愛してはいないし、彼もわたしを愛していないのはわかっている。愛しているはずがない。これほど深く知り合った相手であれば、空気でわかるというものだ。けれども、気に入ろうが気に入るまいが、肉体的に惹かれ合う気持ちはお互い残っている。

それにこのことにはもうひとつ別の側面がある。あの夜、トレバーが部屋から出ていくまで、デートがどれほど楽しかったかをレイナは思い出した。

ふたりはいくつものレベルで通じ合っている。トレバーほど会話の楽しい相手はいない。昨夜のディナーのパートナーとしてトレバーは、この数カ月デートしてきた男たちとは比べものにならないような楽しさを提供してくれた。

「わたしが断ったらどうするつもり？」けんか腰にも見える角度に首を傾けながら、レイナは言った。

「挑発しているのか？」トレバーはなかば真顔できいた。

「いいえ、ただ不測の事態に備えておきたいだけ」レイナは答えた。

トレバーの顔からほほえみが消え、レイナはどこか残念に思った。「ぼくがここにいるあいだ、顔を見るのもいやだときみが言ったら、ぼくとしては打つ手はほとんどない」

レイナはトレバーのそんな遠慮がちな口調を信用せず、疑わしげに目を細くした。「生まれ変わったわたしとつき合って、本当に楽しいと思う？」レイナは明るく言った。「わたしは本気よ。あなたがシアトルで知っていた女とは別人なの」

「リスクはよろこんで引き受けよう」トレバーは、またそう繰り返した。

レイナは心を決めた。どうしてそんな決断をしたのか自分でもわからなかったし、くわしく分析したくもなかった。わかっているのは、トレバーがマウイ滞在中に彼女に会いたいというなら、一緒にいて楽しい人だし、よろこんでつき合うだろう、ということだけだ。

「わかったわ、トレバー」レイナは頭を少し傾けてうなずいた。「それじゃあ今夜の夕食から始めましょうか。もちろん、あなたが行儀よくするならの話だけれど」

「心配しないでくれ」トレバーはそうつぶやき、レイナの肩をマッサージしはじめた。その指の動きはどこか官能的だったが、当人はそんなことに気がついてもいないはずだ。

「気づいたらまた昨夜の繰り返しだった、なんていうのはぼくだってごめんだからな」

「本当に利用されたと思ったの?」レイナはにっこりした。

「きみを誘惑したあとで、あれとはまったく異なる展開を想像していたから、本気で利用されたと思ったよ」

「なるほどね。あなたにはいい経験になったと思うわ」レイナは明るく言った。「それじゃあ、悪いんだけど、わたしは今日仕事が休みで、ビジネスで人と会う約束があるので……」

「一緒に行くよ」トレバーはすかさず言った。

「トレバー、夕食の約束をしたでしょう。それで充分じゃない? まさか、一日中わたしにつきまとうつもり?」

「いいじゃないか。そうでもしなければ、どうせビーチに座って退屈な本でも読んでるしかないんだから」

「〝のんびりする〟っていうのはそういうことよ。ハワイで休暇を過ごそうと思ってやってきた人なら、それが当然なの」

「だがぼくは休暇ってわけじゃない」トレバーは軽く言い返した。その手はレイナの肩から離れ、テーブルから皿を取り上げた。「その約束だけど、相手はだれなんだ？」

「真剣なビジネスよ」レイナはあっさり言った。「ワイルクの銀行の担当者と会う約束なの」

シンクに皿を置きながら、トレバーは肩越しに振り返った。「グルメフードショップの開店資金を融資してもらう相談かい？」

「そう。それでも一緒に行きたい？　あなたはこのアイデアに感心していないみたいだけど」レイナはくすくす笑い、寝室に足を向けた。

「きみが仕事をしているあいだ、町をぶらついてくるよ」トレバーは負けずに言った。

「どこに行くんだ？」

「ビジネススーツに見える服に着替えようと思って。ハワイでも、銀行を訪ねるときにはそれなりの服装が求められるの」口元にほほえみを浮かべてレイナは寝室のドアを閉めた。トレバーはよろこんでいるようには見えなかった。

二時間後、レイナはこの外出のために選んだ白いリネンのスカートとジャケット姿で銀行をあとにした。靴はたいして高くもないヒールだったが、数カ月ぶりとあって、もう足が痛くなってきた。

けれども、足の痛みは今しがたのショックでかき消えてしまった。

トレバーはレンタカーで送っていくと言ってきかなかった。彼は今その運転席に座り、歩道の縁に車を止めたまま、観光客用のガイドブックを読みながらじっと待っていた。レイナが助手席のドアを開けて車に乗りこんだとき、トレバーは期待に満ちた目を上げた。

「観光のほうはどうだった？」レイナは好奇心を装ってそう言うと、トレバーのほうは見ずに靴を脱ぎ、白いジャケットのボタンをはずした。ビジネスライクにきちんとまとめた髪型も、もう必要ない。トレバーがガイドブックを置くころには、まとめた髪はやわらかな流れとなって肩に落ちた。

「歴史あるワイルク女子神学校を見て、歴史社会博物館に寄って、ざっと見学してきた」トレバーはさらりとそう言うと、運転席に座ったまま体の向きを変え、レイナが文化的な装いを取り去っていく様子をながめた。

「そう」レイナはてきぱきと答えた。「女子神学校の建物は一八三四年に建てられて、一九七四年に一から修復したの。きれいな庭は見た？　神学校の先生たちが一八〇〇年代に描《か》いたマウイ島の絵もあるのよ」

「レイナ……」

「ワイルクはマウイ郡の政治の中心地だって知っていた？　ハワイ諸島では群の区分けがちょっと変わってるの。たとえばマウイ郡にはモロカイ島とラナイ島が含まれるわ」レイナは割りこもうとするトレバーを無視して続けた。

「レイナ、おしゃべりはいいから、銀行との話し合いがどうだったか教えてくれないか」トレバーは静かに言った。

「ああ、よくあるビジネスの話よ」レイナは窓から町並みを見やった。「聞いてもおもしろくもなんともないと思うわ。あなた、わたしが店を始めることに賛成ってわけじゃないんでしょう?」

「だからこそ結果が気になるんだ」

「結果は話さないことにするわ。おなかはすいた? ロミ・サーモンのおいしい小さなレストランを知ってるの。タロイモで作ったポイを食べてみるのもいいわよ」

レイナはトレバーがじりじりしているのが手に取ようにわかった。「何があったんだ、レイナ?」彼はやさしくきいた。

レイナはさっと振り向いた。目に浮かんだ落胆と怒りの色をうまく隠せなかった。トレバーはこの悪いニュースを聞いてほくそえむだろう。そう思うと苦しかった。

「食事をしたくないなら、コンドミニアムに戻りましょう。この暑い服装をなんとかしたいから」

「返事はノーだったんだな?」主導権を取ろうとするレイナを無視して、トレバーはなおも言った。

「検討します、よ」レイナの口調は明確だった。「検討します、よ」

トレバーはため息をついた。「きみは〝検討します〟なんていう返事に慣れていないんだろう？」

「以前の仕事で銀行の融資担当者と話をしたときは、銀行に行って、話して、出ていくときにはもうほしいものを全部手にしていたのに」とうとう怒りを抑えられなくなり、レイナは爆発した。「あのばかな融資係をクビにすることだって簡単にできたのよ。あの人、だれを相手に話しているか、わかっているのかしら！」

「島へ来て数カ月のホテルのフロント係、だろう」トレバーは落ち着いて言った。「融資担当がなんて言ったのか教えてくれないか」

レイナは肩の力を抜こうとした。トレバーの言うとおりだ。以前は、さっきの融資係のような男性と話をするとき、常に強大な巨大複合企業《コングロマリット》という権力のうしろだてがあった。あのときのようにＶＩＰ扱いされないのは、不満という言葉だけではおさまらなかった。

レイナはいまいましそうにトレバーを見やった。この人はわたしの計画が成功するのを望んでいないかもしれないが、話は聞いてくれる。トレバーは融資のことならよく知っている。今自分のまわりにいる知り合いの中で、こういう話を本当に理解してくれるのはトレバーだけだ。

「一杯飲みたいわね」レイナは明るく言った。「ランチに連れていってくれたら全部話すわ」

「決まった」トレバーはレイナの弱々しいほほえみに探るような視線を返し、レンタカーのエンジンをかけた。

よく冷やした白ワイン、シュナンブランのグラスを傾け、トマト、オニオン、サーモンをあえたロミロミと呼ばれる料理をつつきながら、レイナは銀行でのことを打ち明けた。

トレバーは何も言わず、事業に融資をしぶる銀行員についてレイナが語る言葉に耳を傾けた。そして冷たいビールを飲みながらロミロミをおおかたたいらげ、レイナが怒りを吐き出すのを見守った。

「問題なのは、わたしがあんな対応を予想していなかった、ということだと思うの」レイナはそう話をしめくくった。「ふいをつかれたのよ」

「昔のきみは、ああいう立場の男に下にも置かないもてなしを受けるのが普通だったからな」トレバーは、わかるよというようにうなずいた。皮肉で言っているわけではなかった。ただ本当のことを話しているだけだ。

「そのとおり。シアトルを出てから、ビジネスの世界に戻るのはこれが最初なの」レイナはシュナンブランを飲み干し、人差し指でいらいらとテーブルをたたいた。「よく考えれば、こういう結果になるのは目に見えていたわ。これまで、店自体をどうやって準備するかにかかりきりで、信用格づけなんてささいなことにまで頭がまわらなかった。どちらにしても、この仕事から手を引くつもりはないわ」

トレバーは、決意を新たにするレイナをよそよそしい目つきでながめた。

それを見てレイナは、彼は何を考えているのかしら、と思った。ずっと思いやりのある態度で話を聞いてくれたけれど、それほど同情しているとは思えない。

「どういう計画なんだ?」トレバーの口調は落ち着いていた。

「また一からやり直し」レイナは立ち上がった。「コンドミニアムに戻りましょう。どうしてこんな話、あなたにしてしまったのかしら」

「銀行から出てきたとき、きみはだれか殺してやろうかといった顔つきだった。だからだれかが話を聞いてあげなければと思ったんだ」トレバーは静かに言って立ち上がった。

「そうね」レイナは皮肉っぽく言った。「でもそれをあなたに話すというのはまちがっていたわ。あなたは結果について偏った興味しか持っていないのだから」レイナは背を向けて、店の出口に向かって歩き出した。

「むしゃくしゃしているんだな」トレバーは感心するように言った。「夜までずっとぼくにあたるつもりかい?」

レイナは車に乗りこみながら顔をしかめてみせた。「あなたにあたったところでどうにもならないわ。あなたの気を変えるには、もっとちがう方法でやらなくちゃ」

「ぼくがどんなに頑固な男か、よくわかっているじゃないか」トレバーはつぶやいた。

トレバーに言った。

「このいらだちを発散しないと。鳥を見にいこうと思うの」レイナは即座に心を決めて、

「今日はこれからどうするつもりだい？」

車のキーを差そうとしていたトレバーは、それを聞いてびっくりして振り返った。「鳥を見る？」

「バードウォッチングよ」レイナはにこりとして言った。「新しい趣味のひとつなの。最後にあなたと会ったときはこういう趣味はなかったわね」

「きみがバードウォッチングなんて、想像がつかないな」

「それは、一緒に行かないという意味？」レイナは挑発するように言った。「生まれ変わったわたしをよく知りたいという計画は、早くも頓挫《とんざ》したってことかしら？」

トレバーは唇を引き結んだ。「もちろん一緒に行くさ」

レイナはたちまち後悔した。「ああ、トレバー、からかっただけよ。きっと気に入らないわ。ビーチに行ってのんびりしてくれれば？　夕食を一緒に食べたいなら、わたしはしばらくしてから戻ってくるから」

「言っただろう、一緒に行くって」トレバーは言い張った。

レイナはおもしろそうに眉を上げたが、何も言わなかった。トレバーは新しい役割をまじめに果たすつもりらしい。レイナは彼を止めるつもりはさらさらなかった。

ふたりは島の反対側のコンドミニアムに戻り、レイナはほっとした気持ちで、服を着替えようと自分のアパートメントに向かった。

「十五分ちょうだい」レイナはそう言ってトレバーの目の前でドアを閉めた。きっかり十五分後にドアにノックの音が聞こえたとき、もしかしてトレバーはずっとドアの外に立っていたのだろうかとレイナは思った。

「ムームーじゃないんだな？」ぴったりしたジーンズとスニーカーというレイナのスタイルを見て、トレバーは言った。半そでのブラウスにはカラフルな鸚鵡《おうむ》の模様がある。

レイナはトレバーの手に双眼鏡を押しつけた。

「アロハシャツじゃないのね？」レイナはそう言い返したが、内心ではカーキのサファリジャケットのほうがずっと似合うと思っていた。

「きみはすっかり島のスタイルに染まったようだが、ぼくは自分のスタイルをある程度は残しておきたいんだ」トレバーはそう言って、おもしろそうに双眼鏡をひっくり返した。

「バードウォッチングをファーストクラスらしいやり方で楽しんでいるんだな。これは高級品だ」

「落とさないでね」レイナはそう言ってドアを閉め、もうひとつ別の双眼鏡を首にかけた。そして無意識のうちにジーンズのうしろのポケットをたたいて、ノートと鳥の識別ガイドブックが入っているかどうかたしかめた。

トレバーはにやりとして自分も双眼鏡を首にかけた。「気をつけるよ。行き先はどこだ？　ジャングルの奥深く？」

「今日はちがうわ」レイナはつんとして言った。「あなたは初心者だから、簡単なほうのコースにしましょう。ビーチにするわ。ハワイにはめずらしい水鳥がいるの。海岸に波の静かな入り江があるのだけど、あそこならきっとよく見えるはずよ」

「信じられないな」トレバーはため息をつき、レイナのあとについて車を降りた。「シアトルのきみの友達が今のきみを見たらなんて言うか。バードウォッチングとはね！」

「言ってるでしょう、わたしは変わったの」レイナはにっこりした。

この午後、トレバーがついてくると言ったのが意外だった。このすなおな態度はいつまで続くだろう？　いずれトレバーは、生まれ変わった彼女こそが本当のレイナだと気がつくはずだ。もうあと戻りするつもりはなかった。

「きみはそればかり言ってる」トレバーは動じなかった。「それがうそじゃないのは認めるよ。だがぼくはちがう」

レイナの胸に不安がこみ上げた。「ちがうって、何が？」

「ぼくは変わっていない」トレバーは明るく言った。車に乗るレイナを手伝う彼の金色の目は輝いていた。「ぼくは昔のトレバー・ラングドンのままだ。望みのものはかならず手に入れる男だ」

レイナははっとするものを感じて顔を上げ、ほほえんだ。

「本当のわたしのことを知ったら、もうわたしには興味がなくなるかもしれないわね。そのことは考えてみた?」

トレバーは車のドアを閉め、前かがみになって開いている窓からレイナをのぞきこんだ。

「レイナ」その声はやさしかった。「ぼくはバードウォッチングなんかに怖《お》じ気《け》づいて逃げ出す男じゃない」

「自信たっぷりに言わないほうがいいわよ。まだ鳥を見てもいないんだから」

6

「どうやって鳥を見分けているのか、想像もつかないな」トレバーはのぞいていた双眼鏡をおろし、本当に感心したように言った。

ふたりは崖《がけ》の上で腹這《ば》いになり、海のほうを見ていた。眼下には岩場の多い小さな入り江があった。ふたりの姿は咲き乱れる花にすっかり埋もれていて、周囲からは見えない。

「まずは細かい特徴を見つけることよ」レイナは双眼鏡から目を離さず、やさしく言った。「ミズナギドリ類を見分けるには、ほんの小さな色のちがいだけが手がかりなの」

「いつ勉強したんだい?」トレバーは好奇心にかられてきいた。

「三カ月前。コンドミニアムに滞在中の旅行者が教えてくれたの。それ以来、どんどん興味を持つようになったのよ」

「ほう、なるほどね。この島のことにかけては、きみはなんでもどんどん興味を持つらしいな」

レイナはにこりとした。「そんなこと言っていいの？　あなただって、ずっとここにいれば同じようになるかもしれないわ」

トレバーは否定的な返事をするわけでもなく、黙っていた。あまりに静かなので、レイナは双眼鏡をおろして彼のほうに振り向いた。トレバーは両肘を前について双眼鏡をかまえ、一心に海のほうを見つめている。

「おもしろいものでも見つけた？　わたしの双眼鏡でヌードの海水浴客を見るつもりなら、取り上げますからね」

「興ざめなことを言わないでくれ。鳥を見てるんだ。本物の鳥さ。大きな翼、全身は黒っぽくて、喉のあたりが白い……」

「軍艦鳥の雌かしら。地元の人はイワって呼ぶのだけれど。どれどれ」レイナは双眼鏡を取り上げてトレバーが見ている方角を追った。「なるほどね。きれいな鳥だわ。翼を広げると二メートル以上になるのよ」

「きみにバードウォッチングを教えた観光客っていうのは……」トレバーはおそるおそる言った。

「何？」

「テニスシューズを履いた、感じのいい老婦人かい？」

レイナはトレバーの嫉妬《しっと》が波のように打ち寄せるのを感じ、返事に困った。腹を立ててもおかしくないところだ。そもそもトレバーにはそんなことをきく権利は……。

「いいえ」

「テニスシューズを履いた老紳士?」トレバーはまだ軍艦鳥を見ながら言った。

「ちがうわ」

「そいつとまた会うつもりなのか?」トレバーはさりげない口調を装って言った。

「どうかしら」

「レイナ、からかうのはやめてくれ」

レイナの頭に、コンドミニアムに二週間ほど滞在していた、離婚したばかりの四十歳の感じのいい男性の姿が浮かんだ。

タイラー・ボンドとつき合うのはいい気分転換になったし、バードウォッチングの楽しさを教えてもらった。けれども彼はフェニックスの弁護士の仕事に戻ってしまい、ふたりともわざわざ遠距離通話料金を払ってまで連絡を取り合おうとは思わなかった。この関係が友達としての一時的な軽いものだというのは、ふたりとも納得していた。

「フェニックス出身の四十歳の弁護士よ」レイナは落ち着いた声で言った。

「そいつはきみをフェニックスに連れ帰ろうとしたのか?」

「ハワイのおみやげがわりに?　まさか。彼は離婚の痛手を癒《いや》そうとしていて、真剣なつき合いにはまるっきり興味がなかったわ」レイナは笑った。トレバーの肩の力が抜けるのがわかった。

「そいつのことで血の涙を流したようには見えないな」トレバーは明るく言った。

「流してないわ」

「じゃあ、あのビーチボーイは？」

「これはなんのつもり？　尋問？　いい、トレバー、バードウォッチングにもう飽きたのなら、コンドミニアムに戻ってもいいのよ」

「おとなしくする」トレバーはため息をついた。「それに、答えはもう出ている。昨夜きみが教えてくれた。いつもの悪い癖で、なわばり意識が出てしまったんだ。まったく！　どこかの親切な男がきみに、ここで泣けと言って肩でも貸しているんじゃないかと思って、何度も自分で自分を苦しめたよ」

「わたしはだれの肩でも泣いていないわ。ばかなことを言わないで。それに、わたしがいなくなってすぐ気が変わったのなら、あなたはもっと早くここに来ていたはずでしょう」

レイナは、なぜか険しくなってしまった表情を双眼鏡で隠すようにして言った。レンズの先に鳥の姿が一羽も見つからなかったので、レイナはかわりに熱心に地平線を見つめた。

「きみがどこへ行ったか調べるのに一カ月以上かかったんだ」トレバーは自分の双眼鏡で何かを見つめながら、静かに言った。「その前は、あの義弟の会社を助けるのにかかりきりだった。もちろん、きみを追いかけてはいけないと、いつも自分に言い聞かせていたせいもある」

「お気の毒に。大変だったのね。せっかくここまで来たんだから、のんびりするといいわ」レイナはわざと明るく言い返した。「見て！」次の瞬間、彼女はささやいた。「シラオネッタイチョウよ。学名はファエトン・レプトゥルス。翼に大きな黒い模様があるのと、白くてきれいな長い尾がわかる？」

「いや、見えない」

「見ようとしないからよ」トレバーに説教しようとしてレイナは双眼鏡を目からおろし、いたずらっぽいほほえみを浮かべた。

ここでは自分が主導権を握っている。自分のなわばりでトレバーの相手をするのは気持ちがよかった。バードウォッチングに関してはトレバーはまったくの素人で、レイナは有利な立場に立っている。

「ずるいぞ」トレバーはとがめるように笑った。「このありさまを見てくれ。シャツとスラックスには草のしみができて、靴は泥だらけだ」トレバーは双眼鏡をおろして横向きになり、肘をついて体を支えた。そして、髪を乱し、身なりをかまわないレイナの様子を見てほほえみを浮かべた。

つかの間ふたりの視線が絡み合い、いつもの意味ありげな空気がただよった。レイナはもぞもぞと身動きした。トレバーが次にどんな動きに出るか、それを待つしかない。

「あわてなくていいのよ」ふいに濃密になった空気を追い払おうと、レイナはわざと明るく言った。「草のしみぐらい、どうってことはないわ」

「きみのほうがお似合いだ」トレバーは、着古したレイナの服装をゆっくりと見まわした。

「さっきのビジネススーツをさっさと脱ぎ捨てて、カジュアルな服装になりたくてたまらなかったんだろう？　半年前のきみにとっては、ブランドもののパンツとシルクのブラウス、スエードのブレザーがカジュアルなスタイルだったはずだが」

「昔のわたしのほうがいい？」ふいに強まったトレバーのまなざしから目が離せず、レイナはからかうように言った。

「きみの一面だけを取り上げてほめるなんて、罠《わな》にはまるようなものだ。だが、どんなライフスタイルがきみをいちばん幸せにするのか、それを知りたいね」

レイナは息をのんだ。「わたしの幸せを考えてくれるなんて、やさしいのね」その口調は落ち着いていた。

「でももう手遅れ、そう言いたいんじゃないのか？」トレバーは冷ややかに言った。

レイナはつんと顎を上げた。「わたしのことなら心配しないで。とても幸せだから。何度も言うようだけど、わたしのことで罪悪感を抱く必要はないのよ」

「罪悪感と欲望、か」トレバーは考えこむように言った。「ぼくの動機は何もかもすっかりお見通しってわけだ」

「わたしは昔のライフスタイルは捨てたけど、生まれつきの知性は捨てたわけじゃないの」

「ぼくを怖がらないでくれ、レイナ」トレバーはすがるように言った。

「怖がってなんかいないわ」そう言いながらもレイナは体がこわばるのを感じた。トレバーのことは怖くない。彼にはもうわたしを傷つける力はない。レイナの背筋に、女としての野性的な本能が震えとなって走った。

トレバーは今でも、彼女の血を燃え立たせることのできるただ一人の男だ。レイナはそれを心の中で認めた。

昨夜のようにまた誘惑されたら、抵抗するのは無理だ。でも、抵抗する必要があるかしら？　今の時代、めったに手に入らない快楽をときおり楽しむ権利ぐらい、わたしにもあるはずよ。

「いや、だめだ」トレバーはきしむような低い声で言った。

「だめって、何が？」そう言いながらも、レイナの全身が彼を意識していた。

トレバーの金色に光る目の中に欲望が読み取れた。そしてそれは、目に見える網のように、彼女をからめとろうとこちらに向かってきた。

「きみと愛し合うつもりはない」まるでレイナの心を読み取ったかのようにトレバーは言った。きっと読んだのだ。今この瞬間、レイナは彼の心が読めた。そしてその結果は、トレバーが彼女を求めていると告げていた。

頬が赤らむのを感じ、レイナは女を魅了する琥珀《こはく》色の目から視線を引き離した。はるか沖では一羽の鳥が上空で旋回し、獲物を求めて頭から海面に飛びこんだ。

「どうして?」レイナは海に飛びこんだ鳥を一心に見つめながらそっけなくきいた。無意識のうちに、鳥の識別ガイドブックを持つ手に痛いほど力が入った。

「その理由は」トレバーの声は落ち着いていた。「きみはぼくが怖くないと言っているが、じつはぼくはきみが少し怖いからだ」

レイナはさっと振り向き、しげしげとトレバーを見つめた。「そんなの、うそだわ」

「ということは、きみは見かけだけの勇気を認めてくれるんだな」トレバーのほほえみはやさしいと言ってもよかった。「レイナ、ぼくがこれまでうそをついたことがあるか?」

レイナは心ならずもその問いを考えた。答えはノーだとわかっている。すなおにそう口に出してトレバーを満足させるのがいやで、レイナは何も言わず、ただ肩をすくめた。

「この話はやめよう」トレバーはうなるように言うとまた腹這いになり、双眼鏡を取り上げた。「安心してくれ。きみはぼくの……よからぬ下心からは安全だから」

冗談でも言っているようなそのやわらかい口調に、レイナはほっとするのを感じた。こういう気分のときのトレバーを相手にするほうが楽だ。

「ありがとう」レイナはさらりと答え、レンズをのぞくトレバーの横顔を見つめた。

海からの風が豊かな黒髪をひるがえし、中にひそんだ銀髪がちらちらと見える。寝そべる体はリラックスした猫のようにさりげない力と優雅さを感じさせる。レイナは手を伸ばしてその体に触れたかった。

自分を止める間もなく、レイナはそうしてしまった。指先が彼の肩に触れたとき、その体がこわばるのがわかった。

「だめだと言っただろう」トレバーは双眼鏡をおろさなかったが、その体に出口を失ったエネルギーがよどんでいるのがわかった。一瞬でトレバーをこんなふうにできるかと思うと、レイナは自分の中に不思議な力を感じた。

自分のしたことにおどろいて、レイナはすぐさま手を引っこめた。けれども心の中ではおどろきとともに女としての怒りがこみ上げた。

ふたりの関係はこうでなければいけない、なんて決める権利はトレバーにはない。昨夜トレバーはなんのためらいもなく彼女をベッドに連れていった。それなのにさっきは、愛し合うつもりはないと冷たく言い放った。

「トレバー、本当にわたしが怖いの？」レイナはからかうように言った。「昨夜ベッドで望みのものが全部手に入らなかったから？」

「ぼくは優秀な戦略家だから、どんな状況でも乗り越えられる」トレバーの口調には傲慢《ごうまん》なところはなかった。それは真実だった。「ある計画を立ててそれがうまくいかなかったとき、もう少し慎重になるのは優秀な戦略家としては当然じゃないか？」

「ときどき失敗するのもいい薬になるんじゃない？」レイナは挑発するように言った。

トレバーをからかいたいという気持ちは高まるばかりだ。自分の条件にしたがわないかぎり二度と彼女をベッドに連れこまない、トレバーは本当にそう固く心に決めたのだろうか？

「いい修行になるよ」

レイナは勇気をかき集め、ユーモラスな口調を装った。「あなたは自信家なのね。物事はすべて自分の計画どおりに進むと思っているし、そうでなければ計画を変えればいいと思ってる」

トレバーはためらった。「物事はいったん手に負えなくなると危険なんだ」ようやく彼は静かな声でそう言った。

「わたしは手に負えなくなったというわけ？　だからそんなに緊張しているの？」レイナは息を詰めてまた手を伸ばし、トレバーの黒髪を軽くかき上げた。

「かもしれない」トレバーはぎこちなくそう言ったが、まだ地平線を見つめたままだ。

トレバーの髪に触れる手に一瞬力が入り、やがて緩んだ。ところがレイナの体の中ではどんどん緊張が高まっていく。

相手は一度は心を捧《ささ》げた男性だ。あますところなく、なんの条件もつけずに。レイナはトレバーの拒絶から立ち直り、その過程で彼への愛は消えた。それはまちがいない。けれども肉体的に惹《ひ》かれ合う気持ちはまったく消えていないようだ。

自分の体と同じようにトレバーの体も張りつめるのを感じて、レイナはゆっくりと手を引っこめた。トレバーが彼女を求めているのは、疑いの余地がない。けれどもトレバーはそう思っていても自分のやり方を通そうとする。

「ちょっと肩の力を抜いたら？」レイナは誘うようにささやいた。「この島ではよく〝楽にすれば〟って言うけれど、そのとおりにしてみたらどう？　ハワイに来るとわかるのよ。人生を深刻に受け止めないほうがずっと楽だって」

「きみもそのことを学んだのか？」

「現地になじむのが大事だと思ってそうしてきたわ」レイナは、双眼鏡で海をながめるトレバーの横顔を見つめながら、あいまいなほほえみを浮かべてそう言った。

「だが、軽い知り合い全員と寝るほどにはなじんでいないようだな」トレバーは険しい顔で言った。

「その場かぎりの情事を重ねることにまったく興味がないの」レイナの口調は落ち着いていた。「人の性格を作るそういう基本的な部分は変わらないみたい。でも、あなたはベッドでは軽々しいとは言えないわね」

「やめてくれ、レイナ！」トレバーは荒っぽく双眼鏡をおろすと、吐き出すように言ってレイナをにらんだ。琥珀色の目には男らしい怒りと欲求不満が燃えている。

「自分の思いどおりに物事が進まないのが耐えられないんでしょう」

トレバーの強烈な感情と欲望を感じ取ったとき、レイナの体が興奮にわき立った。自分だってトレバーにおとらずうまく主導権を握ることができる。いつも彼が上に立っているわけではないということを見せつけたかった。いつでもトレバーの音楽に合わせて踊ると思ったら大まちがいだ。

「きみの言うとおりだ」トレバーは吐き出すように言った。「物事が自分の思いどおりにいかないのが気に入らない。だが今回は、自分の思うように物事を変えることができると思ってる。きみは変わったかもしれないが、ぼくは変わっていないんだ」

「そうなの?」

「そうだ」トレバーは落ち着いて言った。

「それなら、証明して」レイナはそうつぶやいて彼に近づいた。

体の奥に渦巻く興奮が、いけないという声も警戒心も理性も奪い取ってしまった。せめてトレバーには、ふたりの肉体的な関係の線引きをするのは彼ではないことを思い知らせたい。

レイナは、手を引き離されるか払いのけられるのを覚悟して、日に焼けて引きしまった頬に触れた。ところがトレバーは凍りついたようにその場を動かなかった。目は暗くまつげで陰っている。かすめるようにそっと唇を触れ合わせたときも、トレバーは動かなかった。

　反応がないのを見て、レイナは片手をトレバーのうなじにそっとまわし、じらすように黒髪を探った。反応を求め、うながすようにゆっくりと唇をやわらかく押し当てる。そのテクニックは昨日のトレバーのやり方と似ていなくもなかった。

　それでもトレバーは動かなかった。唇はがんとして閉じたままで、目を開け体をこわばらせている。ゆっくりと、やさしくせかすように、レイナは彼の肩に小さな誘惑の円をえがいた。さらに体を寄せて、自分の重みを彼の上に移した。

　胸を体に軽く押しつけたとき、ようやくトレバーは身動きし、起き上がって座り直そうとした。その動きを感じ取ってレイナはさらによりかかった。自分でもおどろくほど積極的にレイナは舌で彼の唇を開かせたが、ぎゅっと食いしばった歯のバリアにぶつかってしまった。

「やめてくれ、レイナ」トレバーはうめいた。「こんなことをさせるわけにはいかない」

　レイナは何も言い返さなかった。トレバーの欲望は感じ取れたし、受け身で抵抗しつづけるなんて無理に決まっている。ふたりのあいだに距離を置こうとするなら、トレバーは理性の力を振りしぼって彼女を押しやらなければならない。

　そう思うとレイナは不思議なほどうれしかった。もしトレバーが最終的に力に頼れば、それは彼女に抵抗できないのを認めることになる。

「今この瞬間のことだけを考えて、トレバー」レイナは彼の口元で誘惑するように言った。「抵抗しないで。どうしてふたりのことを否定しなければいけないの?」

レイナの爪はシャツの襟をすべりおり、肌をかすめて、彼にぞくぞくするような感覚をもたらした。それに合わせてトレバーがうめくのが聞こえ、体が震えるのがわかった。

「レイナ!」

レイナは唇を開いたが、トレバーの歯のあいだに舌を押しつけようとはせず、彼の反応を待った。興奮に指を震わせ、力の感覚を味わいながら、レイナはカーキシャツの最初のボタンをはずし、二つ目をはずした。

硬い胸毛に触れたとき、トレバーはまた抵抗しようとした。彼はすかさず座り直し、レイナの手首を止めようとした。

「わたしを怖がらないで、トレバー……」レイナの緑色の目は笑い、挑発していた。トレバーが欲望を抑えきれずにいるのを感じ取って、レイナの中の情熱は熱く燃え上がった。

「きみは悪魔だ」トレバーは息を震わせた。

「ただの女よ」

レイナはそっとトレバーの肩によりかかり、膝の上にのってたくましい腿に寝そべった。そのあいだ、トレバーの手は彼女の手首を押さえたままだったが、彼は力を使ってレイナの動きを押さえこもうとはしなかった。

「トレバー、あなたがほしいの」レイナがうめくようにそう言うと、たちまちトレバーが反応するのがわかった。

「レイナ、レイナ、こんなことは……」トレバーの声はかすれて立ち消え、やさしいけれど引くことを知らないレイナの唇に負けた。

その小さな勝利が最初のドミノを倒したように、トレバーはレイナの体を乗せたままあおむけに倒れ、彼女の体はしどけなくたくましい胸板の上に広がった。トレバーの口から降伏のつぶやきがもれ、手首をつかんでいた手が離れた。

女らしい攻撃が成功したことに震えるようなよろこびをおぼえ、レイナは情熱が徐々に高まるのを感じた。指先が、唇が、震える体がその情熱にこたえる。トレバーはレイナの体がまるで燃える鋼鉄であるかのように背中に触れ、求める気持ちを隠しきれずにその肌を愛撫《あいぶ》した。

レイナは、自分でもとても理解しきれない欲望にかられて、彼の唇の内側を探った。舌と舌がぶつかり、絡み合い、刺激し合ううちに、トレバーも同じ熱さで愛撫を返してきた。

レイナはじりじりと体を寄せた。ジーンズに包まれた脚が彼の脚のあいだをすべり、ふたりの腰がぴったりと重なり合った。ぐっと体を押しつけたときのトレバーの体の反応に、レイナは勝利のよろこびをおぼえた。彼はかすれたうめき声をあげ、レイナの体を密接に包みこむように膝を上げ、はさみこんだ。

「あなたを愛したいの、トレバー」レイナは彼の耳たぶをかんでささやいた。

「頼む、レイナ、奪ってくれ。この場で愛してほしいんだ。ぼくを愛してくれ」

トレバーは意味を取りちがえている。これからレイナがしようとしているのは、彼の体を愛することだ。けれどもレイナはどうしようもない欲望に駆り立てられ、トレバーの言葉を訂正することなどできなかった。

トレバーをこんなふうに屈服させられるかと思うとたまらなかった。スリリングで挑発的で、信じられないほど興奮に満ちたよろこびだ。

レイナの攻撃の前にトレバーは海のごとく屈した。たくましく、どうしようもなく危険で、大きな力を持ちながら、彼女が触れただけで耐えきれずに崩れ落ちてしまう。

トレバーの耳の内側を円をえがくように愛撫すると、彼の手に力が入り、ヒップの丸みに沿って丸まるのがわかった。トレバーはレイナの腰を引き寄せ、繰り返しつき上げた。みずからの高まりを見せつけるかのように。

カーキのシャツのボタンはすべてはずされ、レイナは肋骨からパンツのウエストまでむき出しになった彼の肌を熱く探った。腹部のくぼみに指先でじらすように円をえがくと、トレバーがぐっと息をのむのがわかった。

レイナは喉元に点々とキスを落とし、大胆に胸の上をたどって、乳首からへそのほうへとすべりおりていった。じらすように舌先をすべりこませ、それに反応してトレバーが腰をつき上げるのを手で押さえた。「きみがほしい」トレバーはとぎれとぎれに言った。「とても我慢できない」

体をつき抜けるような興奮で指を震わせながら、レイナは真鍮《しんちゅう》のベルトのバックルをはずしはじめた。そしてゆっくりとジッパーを下げ、わざと無造作なふりを装って指先を生地の下にすべりこませた。

「やめてくれ！　ぼくは石でできてるわけじゃないんだ」トレバーの手が肩から離れたかと思うと、その手はカーキのスラックスをずらすレイナの髪を荒っぽいほどの力でつかんだ。まもなくトレバーは草の上で裸になった。

つかの間、レイナは自分がこんなにも積極的なのにおどろきをおぼえた。こんなふうにリードを取りたいと思ったのは初めてだ。

トレバーが相手の場合、屈するのはいつも彼女だった。トレバーがかき立てた情熱の波に、レイナはいつも身をまかせた。今彼女はトレバーの隣に身を置き、引きしまった筋肉質の体に手をすべらせながら、ある種のすばらしさを感じていた。

今日、屈服するのはトレバーのほうだ。たとえ抵抗する気持ちを固めていたとしても、彼女の愛撫の前にはひとたまりもなかった。一瞬レイナは頭を上げ、黒いまつげの下からこちらを見つめるトレバーを見た。金色の目は興奮に熱くなり、愛してくれと訴えている。

「トレバー？」レイナはささやいた。トレバーはそこに初めて不安の声を聞き取った。

「頼む、レイナ」トレバーはそう答えると、愛撫をやめない彼女の手を取り、もっとも親密な場所へと導いた。

レイナは、太陽を受けた髪が張りつめた筋肉に触れるまで、ゆっくりと顔を近づけ、トレバーにキスした。その歯がそっと、じらすようにトレバーのざらざらした腿の肌に食いこんだとき、彼はあえぎ声をあげた。

片手でトレバーの腰とウエストをマッサージしながらレイナは自分のブラウスのボタンをはずしはじめた。トレバーは、体中から情熱を発散させながら、レイナが肩からブラウスを落とすのを見守った。次に彼女の手はジーンズの留め具にかかった。

まもなくトレバーの隣で彼女は裸になった。肩に流れ落ちる乱れた髪。熱い日差しの下、海を見おろすだれもいない崖の上で、レイナはこれからかつて愛した男をもう一度愛するのだ。

レイナはトレバーが使ったテクニックを今度は自分が使った。

彼はあおむけになってすべてをレイナにゆだねている。愛撫する唇を、探るような手を待ち受けている。レイナは彼の体を、足首からこめかみまでキスでおおいつくした。トレバーはこの官能への攻撃をゆっくりと味わっているようだ。

トレバーは、荒っぽくさえ思える手つきでレイナを自分の上へといざなった。そうすればふたりのつながりは完璧《かんぺき》なものになる。

けれどもレイナはせかされるのを拒んだ。黄金の日の光のもとで、彼女はじらすようにゆっくりと愛撫を繰り返し、快楽を紡ぎだす側に立つことを楽しんだ。トレバーから引き出すこもったうめき声、あえぎ、ひとつになりたいという声のひとつひとつを、レイナは小さな勝利とみなして大切に味わった。

レイナ自身の体もまた信じられないほど興奮で高まっている。血管を炎の舌がなめ、興奮が嵐《あらし》のように体中に広まっていく。

レイナは、そのうちトレバーが主導権を取り返すだろうと思っていた。トレバー・ラングドンは、これまでこんなにおとなしく受け身の立場に立ったことは一度もないはずだ。ある意味、トレバーをこちらから激しく愛するのは、どこまで押せば彼が男としての主導権を取り戻す気になるかを試す駆け引きのようなものだ。

ところがトレバーは主導権を取り戻そうとしなかった。スリリングで危険な階段をゴールに向かって一歩上っていくごとに、レイナは彼がすっかり降伏するのをますます強く感じ取った。その感覚はレイナをそそり、駆り立て、よろこばせた。トレバーが欲望にとらわれて身もだえするさまを見守るのは楽しかった。触れたときに指先に感じる熱さがいとおしい。

とうとう自分の欲望をそれ以上閉じこめておけなくなって、レイナは軽々と彼の上にのり、胸板に胸の丸みを押しつけた。すぐさまトレバーの手がレイナの腰をとらえ、強い力で自分のほうへと引き寄せようとした。

つながりが完璧なものになった瞬間、ふたりの体に震えが走った。トレバーの胸の上に髪のカールをはわせながら、レイナは息を詰め、ゆっくりと動きはじめた。

「レイナ！」

彼女の名はトレバーの喉の奥で深く抑えつけられ、くぐもった響きを残した。レイナの爪が彼の肩に深く食いこむ。ふたりの愛のリズムを決めるのは彼女だ。体をおおいつくす欲望のままに、今この瞬間、トレバーが欲してやまない快楽を与えるのはレイナの役割だった。

今日のトレバーは、自分が満足を得ることよりレイナの快楽を優先する、紳士的で思いやりのある自制心の強い男ではなかった。嵐にとらわれ、ふたりをのみこむ情熱のうずに進んで身をまかせようとしている。レイナの体の下で、高みに近づいたトレバーは腰をうねるように激しく動かし、息もできないほどの強さでレイナの体を押さえつけた。

やがてトレバーは、とぎれとぎれに叫び声をあげ、快楽をはじけさせた。それからまもなく、レイナは彼にしがみついたまま達し、あえぐようにトレバーの名を呼んだ。汗に濡《ぬ》れ、つかれきったふたりの体に、燃える太陽の光が容赦なく降り注いだ。

レイナはしばらく浮かび上がれなかった。トレバーの肩に頭をあずけ、胸の上にぐったりともたれかかっていた。トレバーの手がゆっくりと力なく体をなでているのがぼんやりとわかった。目を閉じ、何も言わずに、レイナは自分がしたことの意味を考えようとした。トレバーは怒っているだろうか？　自制心を失ったことで、自分に、あるいは彼女に腹を立てているのだろうか？　積極的な彼女のやり方に嫌気がさした？　目を開けてトレバーと顔を合わせるのがいやで、レイナは体を起こさなかった。そんな彼女の頭の中に疑問が次々と浮かび上がった。

「ぼくの上で寝る気かい？」思いやりに満ちた、軽くからかうようなトレバーの声にレイナはびくっとした。

ゆっくりとまぶたを開け、不安げにトレバーと目を合わせる。トレバーの声は、自分自身にも彼女にも腹を立てているようには聞こえない。

「終わったあとに寝るのは普通は男のほうだわ」レイナは小声で言った。そして、リラックスしてやわらかなトレバーの顔つきを見ておどろいた。

「それは男のほうが大変だからだ。今回はきみが全部ひきうけてくれた」ほほえんだトレバーの目は、あたたかくやさしかった。

レイナは頬が赤らむのを感じた。「それで、あなたは……」トレバーが本当は怒っていたらどうしようと思うと、それ以上のことを口に出して言う勇気がなかった。

「自分を差し出しただけ？」トレバーはレイナを見つめたまま言葉を継いだ。「そのとおりだ。ぼくはきみの愛がほしい。今のところは、きみに体を愛してもらうのがその望みにいちばん近いように思える。互いに肉体的に惹かれているからといって、そのせいでこの先ぼくが望むふたりの関係の方向がゆがんでしまうのは困る、そう自分に言い聞かせた。でも……」トレバーはそこで言葉を切り、考えこむように肩をすくめてみせた。

「トレバー？」

レイナはトレバーを見つめたまま、愛し合ったあと自分がいつもどんな反応を見せたかを思い出そうとした。今この瞬間、なぜかなじみのある記憶をかき立てられたような気がして、レイナは胸がざわついた。

トレバーが立ち上がったので、微妙な空気は一掃された。彼がシャツをつかもうとすると、ふいに風が巻き起こって手からさらった。「風が出てきたな、ハニー。早く服を着ないと夜まで服を追いかけて過ごすことになるぞ」

トレバーが鸚鵡《おうむ》のシャツとジーンズを投げてよこしたので、レイナは落ち着かない心の中を整理しようとしながら服を身につけた。けれどもその問題を口に出すにはもう手遅れだった。トレバーはすでに立ち上がり、スラックスのジッパーを上げて、彼女のほうに手を差し出している。

「バードウォッチングがこんなに楽しいとは知らなかったよ」トレバーはいたずらっぽいほほえみを浮かべ、シャツを着た。

ウィットのきいたせりふが口元まで出かかったが、レイナはそれをのみこんだ。

観光客を楽しませるための軽口をたたこうと思っていたけれど、これが旅行者同士の軽いロマンスだと言わんばかりの言葉を彼女の口から聞いたら、トレバーは傷つくだろう。そう思うと考え直さないわけにはいかなかった。ふたりの関係はうまくかみ合っている。レイナはその空気を壊したくなかった。

そのかわりにレイナはとっさの思いつきで手を伸ばし、カーキのシャツのボタンを留めようとするトレバーの手を止めた。トレバーが期待のまなざしを向けたので、レイナはふっと笑った。そして彼のシャツのそでをまくり上げた。

「いいのよ、トレバー。ここはハワイなの。かしこまる必要はないのよ」

トレバーはためらったが、やがて手を落とし、かわりにレイナの手を握った。そして、何も言わずにもう一方の手で双眼鏡を二つすくいあげ、車に向かって歩き出した。

レイナは目の隅でカジュアルなトレバーの姿をながめた。

シャツの前ボタンは胸まで開けてあり、そでは腕まくりしている。トレバーがビーチに姿を現してから初めて、ふいに彼と一緒にいるのをしっくり感じた。トレバーはのびのびとしているように見えた。物腰はさりげなく、愛し合ったせいで体から力が抜けているようだ。

アパートメントの玄関で、夕食のときに迎えにくると約束してトレバーが帰ったあと、レイナはようやく、愛し合ったあとのトレバーの反応に感じた妙なデジャビュの原因がわかった。

あのときに自分を差し出したトレバーの姿は、半年前に同じことをした自分の姿をレイナに思い出させたのだ。

それに気づいたとき、リビングルームを抜けて熱いシャワーを浴びにいこうとしていたレイナの足が止まった。

トレバーは彼女と愛し合うつもりはなかった。けれども、いざそのときになると惜しみなく自分を差し出した。

そしてことが終わったあとも、自制心を失ったことで自分に腹を立てている様子はなかった。また、〝利用した〟と言って彼女を責めるわけでもなかった。

7

　翌日の午後、ラハイナにたくさんある魅力的な店のひとつで、レイナは本物のインドネシア・バティックの布地の反物を前に考えこんでいた。

　今日は、テーブルクロスにする生地をいくらか買うつもりで、仕事が終わってから直接ここに来た。ところが、気がつくとエキゾティックな模様のコットン生地を見るともなく見ているだけで、ちっとも模様のほうに集中できなかった。

　ぼんやりと生地を触りながら、レイナは昨日のこと、そしてそのあとの夜のことを思い出した。

　トレバーはやさしい思いやりを見せてディナーに連れていってくれた。その日の午後、海を見晴らす崖《がけ》の上で自分がしたこと、そしてそれに対して彼が見せた反応のせいで、まだ頭が少し混乱していた。そのため食事のあいだ中、ともすれば不安にとらわれた。トレバーは、これからは毎晩わたしのベッドで過ごすつもりなのだろうか？

　あんなに大胆に誘惑したのだから、トレバーがそう思いこんだとしても責めることはできない。あの運命的な出来事の前にも、彼女は情事ならよろこんで受け入れると言ったはずだ。

それを思い出してレイナはショックのあまり一瞬目を閉じ、ながめていた生地から手を離した。

「レイナ、それがお気に召さないならハワイの伝統的なタパ柄とか、マレーシア・バティックの新シリーズがあるわよ」はきはきした黒髪の女性店員がにこやかに言った。

「ありがとう、キャロル。たぶんこれを選ぶことになると思うけれど、もう少し考えたいの。ほかにも町で買い物があるから、帰りがけに寄って買うつもりよ」

「いいわよ。グルメフードショップの計画のほうはどう?」ほかの客が見ていた生地をきれいに直しながら、キャロルはきいた。

レイナは顔をしかめた。「きかないで。いろいろ問題が出てきたの」

「場所が見つからないの?」

「残念ながら、融資のほうがすんなりとはいかない様子なのよ」レイナは答えた。

「なるほどね。それならホノルルの銀行に行ってみるのもいいかもしれないわ」

「それも考えてみるわね」レイナはため息をついた。「さあ、もう行かなきゃ。それじゃ、またね、キャロル」

レイナはそそくさと店を出た。キャロルは友達だけれど、だれとも、それがどんなに親しい友人でも、今日の午後レイナの頭を悩ませている問題を話し合いたいとは思わなかった。

観光客でこみ合う歩道に出ると、レイナは、改装した古い建物の中に店舗をいくつか集めたウォーターフロントのビルへ足を向けた。

かつて捕鯨の拠点として栄えたこの町は、今は観光の町として人気がある。歴史的な建物はていねいに改築され、宣教師と捕鯨船の船員がラハイナの未来をめぐって争った十九世紀の面影を取り戻している。

船乗りはこの町を自由で奔放な欲望を発散させる場所にしたいと望んだ。宣教師はハワイの人々に、これまでとはちがう環境を与えることを考えた。

缶詰工場と製糖工場は、観光に頼らない産業を町のそばに生み出した。さとうきびとパイナップルの畑が西マウイの山々に向かって広がっている。ギャラリー、ブティック、レストランが集まる中心部は、買い物好きを引きつけて離さない。

レイナはあてもなく歩きながら、昨夜おやすみのキスをしたときにトレバーの目にやさしく燃えていた炎のことを何度も思い返した。玄関先でひと悶着《もんちゃく》あると覚悟していたけれど、彼をさっさと自室へと追い返そうとする彼女の冷たい態度を、トレバーはあっさり受け入れた。

彼女の態度にトレバーはとまどったにちがいない。レイナ自身、とまどっていた。けれども、その夜トレバーと顔を合わせたときからわかっていた。昼下がり、崖の上でのあのシーンを繰り返すわけにはいかない。

あのせいで、レイナの心はまだ波立っていた。いったいわたしはどうしてしまったのかしら？　こんなに落ち着かず、不安を感じるなんてどうかしている。

トレバーとのあいだにあるのは、肉体的に惹《ひ》かれ合う気持ちだけ。それはわかっている。トレバー・ラングドンには本当の愛などわからない。レイナは、気持ちにこたえてくれない男に心を投げ出すようなばかなまねは二度とするまいと思っていた。

トレバーがふたたび彼女の人生に姿を現したとき、レイナはふたりのあいだの濃密な空気がまだ消えていないことに気づいた。そして彼女はそれに屈してしまったが、そんな自分を受け入れもした。少なくとも、当面は。

トレバーのような人はほかにいない。彼が与えてくれる肉体の快楽を、少しばかり味わったからといって、悪いことなど何もない。

ところが、昨日トレバーが文字どおり彼女の前にひれ伏したことでレイナは虚をつかれた。あのあと、彼から責められ、あざ笑われるのを覚悟した。けれどもトレバーはそのどちらもしなかった。

今でもレイナの胸がざわついているのは、自分で自分の不安を抑えられないからだ。もしかしたら、愛のない情事を楽しめるようなタイプではないからかもしれない。埠頭《ふとう》に立ち、外海から守られたラハイナの港を見渡しながら、レイナはそう考えた。

肉体だけの関係を初めて経験したわけだけれど、自分に向いているとはとても思えない。こんなふうに落ち着かなくなるのは二度とごめんだ。

そしてトレバーのほうはどうだろう？　彼があんなふうに身を差し出したのには、自分の行動にもおとらずおどろいた。これまで持っていたあの人のイメージにそぐわない。

コンドミニアムに戻るまでにレイナの心は決まった。トレバーがここに滞在するあいだは距離を置くのがいちばんいい。このとまどいと不安の究極の原因がどこにあるにしろ、トレバーとなら何も考えずに情事を楽しめるなんて、自分にうそをつくことはもうできない。

そう固く心に決めたものの、自分の部屋に戻る途中のロビーでトレバーとばったり出くわしたとき、レイナはふいをつかれておどろいた。

トレバーはビーチから戻ってきたところらしく、一人ではなかった。レイナがおどろいて二度見直したのは、必要最小限の大きさの緑色のビキニを着た活発そうで魅力的な金髪女性ではない――トレバーの、ふくらはぎまで砂まみれの脚、海水で濡《ぬ》れて乱れた髪、張りつくようなトングサンダルだ。

トレバーは競泳用のトランクスをはき、肩からタオルをかけている。見上げるブロンド美人の顔に笑いかける彼は、自分の身なりにはまるで無頓着《むとんちゃく》な様子だ。

トレバー・ラングドンなら、脚を砂だらけにして、水着とは名ばかりの布切れを身につけた女を連れているところを人に見られるぐらいなら、死んだほうがましだと考えるだろう。レイナはそう思っていたが、そうでない場合もあるらしい。

レイナはそれをいやおうなく思い知らされた。トレバーなら公共の場に姿を現す前に、まっすぐ自宅に戻ってシャワーを浴びるはずだ。

ブロンド女性が何を言ったか知らないが、トレバーはそれをおもしろいと思ったらしい。レイナは相手に気づかれないようにその場に立ったまま、トレバーの唇がかすかにゆがむのを見守った。

予想もしないカジュアルな格好のトレバーを見るのも、彼がブロンド女性を魅了する様子を見るのも、いらいらした。レイナは自分がどうしてそう思うのかわからなかった。他人行儀にさっと会釈しながら、レイナはふたりの横を通りすぎた。

「レイナ！」

トレバーは目を上げて彼女の名を呼んだ。レイナは立ち止まらないわけにもいかず、振り向いて、礼儀正しいながらも探るようなほほえみを見せた。そのほほえみは、トレバーとブロンド女性の両方に公平に向けたものだ。これには骨が折れた。

「何かご用？」

その高飛車な口調に、トレバーは何も言わなかったが、かわりに眉を上げた。そしてビキニを着た女性のほうに振り向いた。「悪いな、リン。レイナを待っていたんだ。また会おう。それじゃ」

ブロンド女性は、もう用ずみだというトレバーの言葉をおとなしく受け止め、レイナを横目で見たが、レイナのほうはその視線をあっさり無視した。

「あとでお酒でもどう?」ブロンド女性はトレバーに言った。

「そうだな」トレバーはあいまいに答えた。リンはくるりと背を向けると、海のほうからロビーに入ってきた男性にすかさず手を振った。

「今朝きみを捜したんだが、見つからなくてね」

ビーチタオルでぼんやりと脚の砂を払いながら、トレバーはぶらぶらとこちらに歩いてきた。脚の毛に砂粒が絡まって取れないのだろう、と、レイナは見るともなく彼を見守った。

目を上げたトレバーはその視線をとらえ、おなじみの自信たっぷりの男らしいほほえみを見せた。

「きみも一緒に泳ぎに行きたいんじゃないかと思ったんだ」

「ラハイナで用事があったの。お相手に困っていたようには見えないけれど?」いやだ、どうしてこんなことを言ってしまったのかしら?

「嫉妬《しっと》か?」琥珀《こはく》色の目に期待の色を浮かべてトレバーは笑った。

「どう思う?」レイナは甘い声で言い返した。

「あまり深追いしないほうがよさそうだな」トレバーはため息をついた。「べつにたいしたことじゃない。リンとはさっき知り合ったばかりなんだ。ビーチで会って——」

「あなたの言うとおり、それはたいしたことじゃないわ」

「きっとそう言うだろうと思っていたよ」トレバーはうめいた。「とにかく、この話は忘れよう」トレバーはあくまで明るい口調で言った。「夕食は何時に迎えに行けばいい?」

これからのことがまるで映画のようにレイナの脳裏に浮かんだ。トレバーと一緒に食事に出かける自分の姿。ふたりのあいだにふたたび意味ありげな空気がただようだろう。会話が聞こえ、トレバーが彼女を抱き寄せる瞬間が目に浮かぶようだ……。

「ごめんなさい、トレバー」レイナはできるだけ落ち着いた口調で話そうとした。「今夜は行けないわ。ほかの人と約束があるの」トレバーは怒りを爆発させるにちがいない。レイナはそれを覚悟した。

彼は怒らなかった。

そのかわり、琥珀色の目には、傷ついたような不思議な表情が浮かんでいた。レイナは無意識のうちに唇をかみしめ、落ち着かなげに顔をしかめた。トレバー・ラングドンが傷つくなんて、彼がだれかを愛することと同じぐらいありえなくて笑ってしまう。彼のプライドが傷つくことならあるだろうけれど。

「金髪のビーチボーイか?」

「まあ、そんなところ」レイナは追いつめられたような気がして、うそをついた。けれども決意は固かった。トレバーとは距離を置こうと決めた。それが正しい選択なのは自分でもわかっていた。

「いい考えがある」トレバーは勢いこんで言った。「彼とリンをくっつけるというのはどうだろう? お似合いのふたりじゃないか。ふたりとも金髪で、青い目で、ビーチが似合う」

トレバーの無邪気な顔を見て、レイナはこみ上げた笑いを押し殺している自分に気がついた。トレバーはときおりレイナの視線をとらえて、一緒にこのジョークを笑おう、と誘いこむことがある。最初にレイナの気持ちをとらえたトレバーの魅力は、そんなところにもあった。

「いい考えかもしれないけれど、今夜はだめよ」レイナは軽く言った。

「今夜はぼくから身を守るために護衛役が必要だからか?」トレバーの口調は鋭かった。

「ばかなことを言わないで!」自分の頭の中にあったものを見事に見抜かれたような気がして、レイナの口調は思ったより険しくなってしまった。

「今夜は何を言ってもきみの気を変えるのは難しいみたいだな」

「そうよ」

「楽しんでくるといい」トレバーはうなるようにそう言うと、それ以上何も言わず、きびすを返して歩き去った。

トレバーの後ろ姿を見送りながら、レイナは自分が残酷な仕打ちをしてしまったように感じた。

トレバーのプライドは傷ついたかもしれないが、それ以上深いところが傷ついたとはとても思えない。けれども、こんなにあっさり引き下がるのは彼にしてはめずらしい。夜を一緒に過ごすか過ごさないかで、長々と口論が続くものとレイナは覚悟していた。

皮肉っぽいほほえみを浮かべて、レイナは自分の部屋へと足を向けた。苦労して最近やっとシンプルな人生を手に入れたと思ったのに、またこんがらがりそうだ。

けれども、ケント・イートンに電話して一緒に飲みに行かないかと誘ったとき、複雑さとは関係のないハワイでの気楽な生活のよさを、レイナはまたかみしめることになった。

「いやあ、こっちから電話しようと思ってたんだ」ケントは明るく言った。「今夜、トッドとスーとほかの何人かでラハイナのクラブに行こうと思ってね。本土からカントリー・ウエスタンのバンドが来て演奏するんだ。おもしろそうじゃないか?」

「ハワイでカントリー・ウエスタンに合わせて踊るなんて、めったにできないわね。ブーツを履いていかないと入場を断られるかしら?」

「そんなことをされたら、ウクレレを持ってきて《ハワイアン・ウエディング・ソング》を数コーラス演奏して、ギターの音をかき消してやるっておどせばいい」

「それ、最高ね」

けれども、電話を切ったときのレイナは暗い気分だった。今夜トレバーは何をする予定なのだろう。ビーチがお似合いのブロンド女性と会うに決まっている、とレイナは即座に思った。

トレバーは悶々としながら家にじっとしているタイプではない。どうしてこう何度もあの人のタイプを自分に言い聞かせなければいけないのかしら？


カントリー・ウエスタンのバンドは楽しく、雰囲気は心地よく、集まった仲間は楽しかった。それでも、ここを出たら町まで自分で車を運転しなければいけないことを思い出したときはうれしかった。そうすれば、だれにも迷惑をかけずにその場を抜けられるからだ。

「だいじょうぶかい？」レイナが小声でもう帰りたいと告げると、ケントは心配そうに言った。ギターの音が大きくて話しづらかった。

「ちょっと頭痛がするだけ。今日はいろいろ大変だったの」これはとりあえず本当のことだ。「悪いけれど、もう失礼するわ」

ケントは同情して、外の車のところまでわざわざ送ってきてくれた。家までの道すがら、トレバーならどんな軽いデートのあとでも彼女を一人で帰すなどありえないことを、レイナは思い出してしまった。

彼女はいらだちで唇を引き結んだ。どうして今日はいらいらしているの？　トレバーが島に来たせいで、レイナは何かというと動揺するようになってしまった。

このままでは眠れないし、かといって頭が痛いわけでもない。アパートメントに戻ってきたレイナは一瞬泳ごうかとも考えた。けれども、明かりをつけたときにデスクの上に積み上がっている書類の山を目にしたとき、もっと大事なことがあったのをいやおうなく思い出した。

グルメフードショップを開こうと思うなら、大企業のうしろだてに頼らずに銀行から融資を引き出す方法を考えなければいけない。レイナはまじめな顔で紅茶をいれ、デスクの前に腰をおろした。

しばらくするとガラスのスライドドアを軽くたたく音がした。深く考えこんでいたレイナは、はっとして現実に戻った。座ったまますっと顔を向け、ガラスの向こうの暗闇《くらやみ》に目を凝らす。そこにはトレバーがいて、険しい口元にそこはかとないほほえみを浮かべている。

レイナはゆっくりと小型の計算機を置き、立ち上がった。

正直に言うと、トレバーが来たことにおどろいてはいなかった。もしかしたら、夜もこんなに遅くなると、人生には避けられないことがあると納得できるからかもしれない。昼の明るい光の中ではそんな気持ちにはならないものだ。

　レイナはスライドドアを開け、トレバーを見上げた。月光を受けて彼の黒髪はかすかに輝き、まつげの長い琥珀色の目はどこか夜の猫を思わせた。着ている白い長そでのシャツは、きっと目の玉が飛び出るような高級品にちがいないが、今日はシャツにおとらず高級なネクタイの影はなく、胸までボタンをはずしている。シャツの下は黒いスラックスだ。

　トレバーはまるで海賊のように見えた。レイナは、ふいに張りつめた空気にひそむ声にならない問いを聞き取り、ためらわずに答えた。

「だめよ」その口調は穏やかだった。

　トレバーのほほえみが少し大きくなった。「きみの気持ちはわかる。昨日の午後は、ぼくも同じことを言うのにかなりのエネルギーを費やしたからね」

　一歩も引かないかまえのレイナを無視して、トレバーはそっと彼女を押しやり、部屋に入った。その目が金色と紫の模様が散ったムームーと足のサンダルをとらえる。髪は緩くひとつにまとめているため、おくれ毛が出ている。その姿はハワイの夏にぴったり合って見える。

「ずいぶん早く帰ってきたじゃないか」何もかも知っているような金色の目でトレバーは言った。

「仕事があったから」レイナは落ち着いて答えた。「トレバー、早く帰ってもらえるとうれしいのだけど」

「昨日きみがしたように、ぼくがきみの〝ノー〟を〝イエス〟に変えてしまうのが怖いから?」

「仕事があるからよ!」レイナはかたくなに繰り返した。

トレバーが部屋を見まわすと、竹製のデスクの上に書類と計算機がのっている。「融資の申請書を書いていたのか?」

レイナは肩をすくめ、足を進めた。「最初に書いた申請書よりいいものを書こうと思ったの」そしてデスクのそばで立ち止まり、物憂げに書類をぱらぱらとめくった。

「何があっても店を開く気なんだな」トレバーは小声でつぶやいた。

「そうよ」

「どうしてそれが本当に自分のやりたいことだと思えるんだ?」

「わたしはハワイにずっと住みたいの」レイナは静かに言った。目は書類に落としたままだ。「それで、長い目で見れば自分で自分のボスになるのがいちばんだと思って」彼女は体をこわばらせて目を上げたが、トレバーが、わかるよ、というように小さくうなずいたのを見てびっくりした。

「だから自分の店を開くわけだな。ただハニー、ぼくはきみが店員になってカウンター越しに食べ物を売っているところが想像できないんだ。いずれきみはもっと大きなことに挑戦したくなるだろう」

「小さな店の経営じゃ大きな挑戦とはいえない、というのね？」レイナはけんか腰で言った。

トレバーは唇を引き結んだ。「しばらくはいいかもしれない。だが、すべてが順調に進み出したらきみは何をするつもりだ？」

「ほかの島に支店を作るわ」レイナの答えにためらいはなかった。

トレバーはじっと彼女を見つめた。「この件については考えつくしたみたいだな」

「残念ながらそうよ、トレバー」レイナは、どこか申しわけなさそうに言った。「わたしにやめろと説得しようとしても無駄だわ。わたしはハワイが好きだし、ここで仕事を始めるのが待ちきれないの。絶対に昔には戻らないわ」

しばらくトレバーはじっとレイナを見つめていたが、やがてゆっくりと歩いてきてデスクの脇《わき》で足を止めた。

「今から何をするつもりなんだ？」トレバーはそうつぶやいて、レイナが数字を走り書きした書類を一枚手に取った。

「わたしの資産をせいいっぱい魅力的に見せようとしているのよ。それ以外に何がある？」レイナはぎこちなくちゃかした。「地元の銀行から満足な融資が得られなければ、今度はホノルルの銀行に行ってみるつもりよ」

「商品の手配はどうするつもりなんだ?」

灰色がかった緑色のレイナの目が、ふいに疑わしげに細くなった。

トレバーはなぜそんなことをきくのだろう。本当に興味があるのか、それともけちをつけられそうな部分を探しているのだろうか。どちらにしても関係ない、とレイナは思った。どんなに説得されたってやめる気はないのだから。

「ホノルルの大手の二社と契約を結んで、本土からの商品については定期的に入れてもらえるようスケジュールを交渉しているの。地元の特産品、たとえば、あのおいしいハワイスタイルのポテトチップスとかスシ・オードブルとか、そういうものも取り扱う予定なのよ」

「信頼できる納入業者から商品を仕入れることを銀行に示さないといけないな」トレバーはレイナが書いた数字に目を通しながら、感情をまじえずに言った。

「そうするわ」レイナの口調は落ち着いていた。

トレバーは目を上げた。その目は深く、強い光を放っている。「レイナ、もっとくわしく教えてくれないか」

「もう教えたじゃない。この前、夕食の席で――」

「教えてほしいのは、事業の資金面のことだ」トレバーはいらだたしげに割りこんだ。

「くわしい数字だよ」

「トレバー、これは……これは個人としてのビジネスなの」

トレバーの口の端が、からかうように上がった。「ぼくたちがこれまで話したことほど個人的じゃないだろう」

「あら捜しをしたいのね」

「そんなにたくさんあるのか？」トレバーは挑発するように言った。

「まさか！　冗談じゃないわ。あるはずないでしょう」

「それなら教えてくれ」

レイナはつかの間、いまいましげにトレバーを見ていたが、結局降参した。「やめるように説得しないって約束する？」

「約束する」

レイナは彼を信じた。それに、細かいことを話したいという気持ちがあるのは認めないわけにはいかなかった。

レイナは、アシスタントや上司がそばにいて、相談役になってくれたり、耳の痛い忠告をくれたりすることに慣れていた。一人っきりで動きまわるのは楽ではなかった。

最後に一度不審そうにトレバーに目を向けると、レイナはソファに腰をおろし、何も履いていない足を組んで両腕をクッションのうしろに伸ばした。いらいらと片足を揺らしながら、レイナは開店計画に関する数字をあげていった。

トレバーはデスクから書類の束を取り上げて、レイナの正面に座った。

彼は熱心に耳を傾け、大事なところで質問し、レイナが出した数字をたしかめた。ある意味ではレイナにとってこの話し合いは銀行との話よりもシビアだった。けれどもそれはしかたない。仕事にかけてトレバーはあの銀行員よりできるのだから、とレイナは皮肉な思いで考えた。

会話は刺激的で挑発的ですらあったが、けんかにはならなかった。トレバーは約束どおり、グルメフードショップの基本的なコンセプトについてレイナの気を変えようとはしなかった。

レイナが話を終えると、トレバーはしばらく黙って座ったまま書類に目を通していたが、ふいにそれを押しやって立ち上がると、キッチンのほうに行った。

「グアバの缶ジュース以外に何かあるかい？」トレバーは戸棚を開けながらきいた。

「右側にコニャックがあるわ」レイナはしぶしぶ答えた。

「ありがたい。きみが以前のセンスを全部なくしたわけじゃないのがうれしいよ」

「トレバー、本気で答えてほしいんだけれど、シアトルに帰りたい？」ふいに好奇心にかられてレイナは尋ねた。

コニャックを注《つ》ぐ音を聞きながら、彼女はトレバーの答えを待ち受けた。ところが待ってもなかなか返ってこない。間もなく丸いグラスを二つ持って戻ってきたトレバーは、まだその問いの答えを考えているように見えた。

「シアトルに戻れば、きみを恋しく思うだろうな」トレバーはようやく口を開いた。「きみじゃなくシアトルのほうを恋しく思いたいところだが」そう言うとレイナにグラスを渡し、隣に座った。

彼が腰をおろした拍子に腕が素肌をかすめ、膝がつかの間触れ合った。レイナは、部屋に満ちている官能的な空気を追い払うように、コニャックのグラスをあおった。

コニャックをふたりで飲もうとトレバーが決めたときから部屋の雰囲気が変わり、ぴりぴりとした空気がただよいはじめた。それがどういうことかレイナにはわかっていた。ガラスのスライドドアを開けたときに戻ってしまったのだ。

レイナはコニャックの炎で喉を熱くしながら、グラス越しにトレバーと視線を合わせた。そしてずっと頭を悩ませていた質問を口にしたが、言葉が出た瞬間にレイナはそれを後悔した。

「今夜は何をしていたの？」

金色の目に満足の光がひらめいたのは見まちがえようがなかった。

「きみが帰ってくるのを待っていた。それ以外に何があると思う？」

「時間を無駄にしたわね」レイナはつぶやいた。

「そうは思わない」トレバーは満足げに息を吸いこみ、グラスの丸みに閉じこめられているゆたかな香りを味わった。

レイナは勇気をかき集めて言った。「トレバー、昨日あったことは二度と繰り返すつもりはないわ」

「もうぼくをレイプしないということかい?」トレバーは不思議そうに言った。

「そんな言い方はやめて!」レイナは不愉快そうにつぶやいた。

「悪かった。レイプじゃなくて、誘惑だ」

「冗談を言っているんじゃないのよ」

「わかってる。本当はこうきかなきゃいけないんだ。きみはもう一度ぼくと愛し合うつもりがあるのか、ってね」

「からかうのはやめて」レイナの口調はきつかった。「あなたがマウイにいるあいだに、また真剣な関係に戻るような心の準備はできていないって言いたかったのよ」

しばらくトレバーは何も言わなかった。あまりにも長い沈黙。やがて彼はコニャックをひと口飲み、味わった。

「トレバー?」レイナは、自分の決意に対するなんらかの反応をトレバーから引き出したかった。

「うん?」

「わたしが何も言わなかったようなふりをして黙っているのはやめて。わたしは本気よ。

もう二度とあなたと……あなたとベッドをともにするつもりはないの」レイナは勇気を振りしぼり、ひるまずにトレバーの目を見つめた。

トレバーはかすかにほほえんだ。「さっきも言ったが、きみの気持ちはわかる。昨日ぼくも同じことを言ったからね。だがぼくを信じてくれ。そんなことは無駄だ」

「無駄って、何が？」

「互いに相手に抵抗することが」トレバーはよどみなく答えた。

「肉体的に惹かれているだけじゃ足りないわ！」レイナは力を振りしぼってそう言った。

「たしかきみは、それだけで充分だと言っていたじゃないか」

「気持ちが変わったの。言葉じりをとらえるのはやめて」

「ぼくらの関係にそれ以上の何がほしいんだ？」トレバーの声は冷静だった。

「愛よ」

「ぼくが望むのもまさにそれだ。スウィートハート、ぼくに愛をくれないか」

トレバーはグラスを置き、レイナが事態に気がつく前に彼女を腕の中に引き寄せた。血にコニャックの炎が燃え移って熱くなり、レイナは体をこわばらせて身がまえた。

「やめて、トレバー！　だめだと言ったでしょう」

トレバーは人差し指で彼女の唇を封じ、甘い欲望に満ちた目で顔を見つめた。そして抵抗する唇からゆっくりと指先を離し、今度は自分の唇のぬくもりでおおった。

追いつめられた怒りでレイナは両手を上げ、トレバーの肩を押しやった。トレバーはそんな手を無視してレイナのウエストをとらえ、ぐっと引き寄せた。レイナは自分の体がそっとクッションに押しつけられるのを感じた。彼がのしかかってきたとき、彼女はあえいで空気をもとめた。

今夜のトレバーのアプローチは、どこまでもあたたかく、包みこむようだ。レイナはまるで巻き上がる大波にとらわれたような気がした。つかまえられ、翻弄《ほんろう》され、たくましいトレバーの体が発する情熱に取り囲まれている。

ふたりの脚と脚は重なり、筋肉質の腿がそそるようにレイナをソファに押しつけている。トレバーの唇は説き伏せるように甘く、レイナの唇をくまなく探っている。

レイナはゆっくりと、どうしようもなく、今この瞬間に身をゆだねていった。昨日トレバーがレイナに逆らえなかったように、今夜は彼女がトレバーに逆らえない。きっとこうなると思っていたような気がする。どちらにしろ、このことを理性で考えたくない。今夜、今この瞬間はとても無理だ。

降伏のため息をついて、レイナはトレバーの首に腕をまわした。

「いとしいレイナ」トレバーは頭を上げてそうつぶやき、情熱でやわらいだレイナの顔を見下ろした。「きみを腕に抱くのは最高の感覚だ。今夜どうしてぼくを追い払おうとしたんだ？　血が燃えているような気がしたのはぼくだけじゃないはずだ。きみの目に炎が見えた。その体の中で燃えているのがわかったんだ」

トレバーは彼女の喉元に唇を埋《うず》めた。レイナは頭がくらくらするのを感じて息を吸いこみ、抱かれたまま背中を弓なりにそらした。彼に触れられ、硬くなった先端を探り出されて、胸がふくらむような気がした。

「トレバー……」とぎれとぎれのレイナのあえぎ声に興奮し、トレバーはのしかかるように深く体を寄せた。脚はレイナの脚のあいだに割りこみ、ふたりをさえぎるものは服の生地しかない。

ほどなくレイナは高まる快感の渦に自らをゆだねた。この男の腕の中で感じる謎《なぞ》めいた不思議な感覚、彼女はこの感覚をこれからも繰り返し手に入れたいと思うだろう。トレバーが舌で耳に円をえがき、気持ちをとらえて離さない官能的な言葉をつぶやいたとき、レイナはいつもふたりのあいだにあっけなく燃え上がる欲望の嵐《あらし》にからめとられた。

けれども、トレバーの指がムームーの低いネックラインの中に入りこんだとき、彼がふたりのまわりに張りめぐらせた、シルクのなめらかさを持つ網を何ものかが破った。わたしは本当にこれを望んでいるの？　レイナはそう思って取り乱した。

今日の午後、あれほど心に固く決めたのに。この先に待っているのは悲劇だけだ。レイナにはそれがわかっていた。今朝になってようやくそれがはっきりした。

トレバーの情熱に身をゆだねるのは、自分で考えているよりずっと危険だ。

トレバーには、わたしがほしいのは愛にもとづいた関係だと告げたし、彼もそれには賛成だと言った。けれども、この使い古された言葉に対してふたりが抱く思いにはずれがある。トレバーは愛をもとめているかもしれないが、愛そうとはしない。

そして、わたしはもうトレバーを愛していない！　どうしてこのせりふを繰り返すのがこんなに大事になってしまったんだろう？

パニックが燃え上がった。こんな状況では心の葛藤《かっとう》を解きほぐすことはできない。官能的で情熱に満ちたトレバーという大きな存在から自分を解き放たなければいけない。

そうしようともがきながらもレイナにはわかっていた。今トレバーを止めようとしても無理だ。これほどはっきりと反応してしまったし、トレバーは勝利が目の前にあるのに目的を投げ出すような男ではない。

「やめて、トレバー。お願い！　わたしはこんなこと……」

トレバーの体が止まった。彼が一瞬でも欲望の大波の中で立ち止まれたことに、レイナはおどろきを感じた。

「きみがほしい」レイナの肩をつかむ彼の手に力が入った。その張りつめた体は彼女の上に重くのしかかった。

レイナが無理やり目を開けると、燃えるような琥珀色の目があまりにもすぐ近くにあった。

その瞬間、レイナはさとった。トレバーが続けたいと思っているなら、止めるのは無理だ。トレバーならこちらが抵抗する気もなくなるほど熱く情熱を燃え上がらせることができるだろうし、そうするだろう。

それに、トレバー・ラングドンが一度始めたことを絶対にほうり出す男ではないのは否定しようのない事実だ。どう考えても今夜は彼を止めることはできない。

「こんなこと、いやなの……」レイナの声は消え入るように小さかった。体をこわばらせ、震えながら、レイナはクッションの上で首を振った。

「きみはぼくがほしいんだ」トレバーは深い声で言い、ざらざらした手のひらで彼女の頬を包んだ。「それはわかってる」

トレバーの口調には必死さがにじみ出ていた。欲望を認めさせれば折れるに決まっていると思っているのだ。

「そうよ」レイナは力なく言った。「そのとおりよ」そして両手を上げて彼の胸の上に広げた。その目はほとんど緑一色といってよかった。「でもう二度とこんな関係は持ちたくないって思ったの」

レイナはこれ以上どう説明していいかわからなかった。自分でも自分の気持ちがよくわからなかった。

「レイナ？」

そのかすれた声にレイナはひるんだ。しばらくふたりは見つめ合っていたが、やがてトレバーは荒っぽくののしりの言葉をつぶやいて体を離した。

彼は、ムームーの下のレイナの腿に我が物顔で置いた手をそのままにして、ソファの端に座っていた。そして焼けるような金色の目で彼女のおどろいた顔を見つめていたが、やがて立ち上がった。

「腕の中に抱き寄せさえすれば、きみは朝までぼくの言いなりだ」トレバーは彼女を見下ろしながら言った。握りしめたこぶしに無言の欲求不満がにじみ出ている。

レイナは何も言わなかった。ふたりとも、トレバーの言葉が真実だとわかっていた。

「くそっ！」トレバーはからのコニャックのグラスをひとつ手に取ると、壁に投げつけた。

ガラスのくだける音にレイナは息をのんだ。トレバーがこんなふうに怒りをぶちまけるのは見たことがない。あっけにとられたレイナの視線は、ガラスの破片からこわばったトレバーの顔へと移った。

けれどもトレバーはもう背を向けてドアへと歩き出していた。意外な行動を理解する間もないうちにトレバーは行ってしまった。さっきのグラスがたどった運命を思わせるような強さで、ガラスのスライドドアを後ろ手にたたきつけて。

そのあとに続いた静けさに、レイナは怖くなった。

しばらくソファに丸くなったまま、彼女はスライドドアの向こうの暗闇を見つめていた。

混乱した頭の中で、ひとつの思いが何度も浮かび上がった。

トレバー・ラングドンは海賊の本能を持っている。身を投じた戦いでは一歩たりとも引こうとしない。勝つのは彼だ。

それでもトレバーは、レイナに負けたことを認めた。認める必要などないことはふたりともわかっている。レイナのかぼそい抵抗の声など無視して、言葉どおり、言いなりにさせればよかったのだ。

今夜おとなしく彼女の望みを受け入れたトレバーの姿は、かつての彼を知っているレイナにしてみれば、昨日の崖の上で自分を差し出した姿と同じぐらい意外だった。

最近彼が見せる顔はどれも、レイナが知っていたはずのトレバー・ラングドンとは似ても似つかなかった。

8

レイナはぴったりのタイミングで波をとらえた。腹這《ば》いになり、陸に向かう波に乗ると、ボディ・サーフィンでいっきに浜辺まで駆け抜けた。小さな波だったが、完璧《かんぺき》だった。砂の上で膝立ちになると、さっき乗った小さなジェットコースターは、泡となってあたりに消えていった。レイナは濡《ぬ》れた髪を顔からかき上げた。

髪から流れ落ちる海水で痛む目をしばたたきながら、レイナはそっと目を開いた。

「この島に来てから、いろんなものを身につけたんだな」あまりにもよく知っている声が、すぐそばから聞こえた。

レイナはよろめきながら立ち上がり、振り向いた。脚は砂だらけだ。

「トレバー！　ここで何をしているの？　まだ夜が明けたばかりよ」

「じつは、あんまり眠れなくてね」トレバーは近づきながらあっさり言った。「きみのほうはどうだった？」

レイナは何かつぶやくと、かがんで砂まみれの脚に海水をかけた。トレバーと目を合わせないための逃げ道だというのは自分でもわかっていたが、昨日の夜の記憶はあざやかすぎるほどあざやかに頭に残っている。レイナはあのことをどう考えればいいか、まだわからなかった。

「教えてくれないか？」トレバーはすぐそばで立ち止まって静かにそう言った。

「教えるって、何を？」レイナはおどろいて顔を上げた。トレバーは水着を着ている。波打ち際に立つその足のまわりに波が渦巻いている。

「ボディ・サーフィンだよ」トレバーは、浜辺に打ち寄せては砕ける波のほうに腕を振ってみせた。

「あなたが気に入るかどうかわからないわ」レイナはおずおずと言い、横目でトレバーをちらりと見た。「波に乗るのは楽しいけれど、最後には砂だらけになるし……」

トレバーは皮肉っぽくにやりとした。「そうらしいな。でもやってみるよ。きみにバードウォッチングに連れていってもらった日、服に草のしみがついたのをおぼえているだろう？　あのときぼくは文句を言ったかい？」

「少しは言ったわね、たしか」トレバーの目に笑いがきらりと光ったのに抵抗できずに、レイナは答えた。昨夜、彼女の部屋から足音も高く出ていったのと同じ男性とはとても思えない。でも、そもそもレイナはトレバーを理解していなかった。

トレバー・ラングドンにいったい何が起きたのだろう？

「今日は砂のことで文句を言わないと約束するよ」トレバーはボーイスカウトのように片手を上げてみせた。

ふいにレイナは、彼がどこまでやるか見てみたい気持ちを抑えられなくなった。「わかったわ、本土のお客さん。一緒に来て」

レイナは、浜辺まで乗っていけるような小さな波が立ちはじめるあたりにトレバーを連れていき、波のよしあしの見分け方を実際にしてみせた。トレバーはじっと耳を傾け、レイナがうんざりするほどの完璧なタイミングで最初の波をつかまえ、見事に乗りこなした。

「初めてじゃなかったのね」レイナは笑いながらそう言い、浜辺に到着したトレバーのほうに歩いていった。

「初めてだよ」トレバーは立ち上がり、砂だらけになった胸と腿を、うんざりしたように見下ろした。「ぼくがこういうスポーツを毎日のように楽しむと思うかい？」

「それも一理あるわね」それは認めないわけにはいかなかった。レイナは眉を上げた。

「文句を言うつもり？」

「うれしそうな顔をしないでほしいな。文句を言うつもりはないよ——もう一回チャレンジだ。なかなか楽しいじゃないか」

タイミングを見抜く目の鋭さとバランス感覚のよさで、トレバーは次から次へとうまく波を乗りこなした。波を見くびったり、読みちがえたりすることも数回あったが、レイナはからかうようなことはいっさい言わなかった。彼女自身同じぐらいのミスをしていたからだ。

海のおかげでまた楽しくコミュニケーションが取れるようになり、ふたりは波の中で笑い、たわむれながら夜明けのあとの特別なひとときを過ごした。レイナはおどろきをもってこの時間を受け止めた。トレバーがこんなふうに自制心を取り払うのは見たことがない。今ではビジネススーツを着た姿を想像するのが難しいぐらいだ。

「仕事の時間まで、あと一時間くらいはあるんだろう?」ようやくふたりが砂の上に置いておいたタオルのところに戻ったとき、トレバーは言った。「一緒に朝食を食べないか?」

「いいわ」レイナの返事には、わずかに不安の影があった。ふたりは海という中立地帯をあとにして、陸へ、彼女を待つ感情の泥沼へと戻っていく。トレバーはレイナの気持ちの変化を即座に読み取った。

「ぼくを怖がらないでくれ、スウィートハート」トレバーはそうつぶやくと、レイナの手からタオルを取って、ごしごしと彼女の髪をこすった。

「怖がってなんかいないわ」

「当然だ。昨日、ぼくは出ていけと言われておとなしく出ていっただろう?」

「昨日のことを持ち出すのはやめて」

「それなら今夜のことを話そう」レイナの髪を拭《ふ》きおわったトレバーは、彼女の手を取ってコンドミニアムへと足を向けた。

「トレバー……」

混乱する感情の渦の中でもがきながら、レイナはどうしようもない自己嫌悪を感じた。トレバーが変わりつつある理由を探るだけでもやっかいなのに、わざわざ自分で悩みを作り出すなんて、どうしようもない。

「ラハイナの埠頭《ふとう》のそばの店で夕食を食べるのもいい」トレバーはレイナのさえぎる言葉が聞こえなかったかのように言葉を続けた。

「だめよ」レイナはすかさず言った。実際無理だった。「今夜、コンドミニアムのゲストを集めてビーチでハワイ風の宴《うたげ》〝ルアウ〟を開くから、その準備がいろいろとあるの。午後から夜まではずっと忙しいのよ」

トレバーは探るようにレイナの顔を見下ろした。手首を握る指先にぎゅっと力が入る。

「それじゃあ、そのパーティで顔を合わせるだけで我慢しなきゃいけないわけだ？」トレバーは感情をまじえない声で言った。

レイナの目に警戒の色が浮かんだ。

「ぼくもコンドミニアムのゲストの一人だからね」

「あら、そうだったわね」

トレバーはため息をついた。「それで、朝食はどうする？」

「うちにパパイヤがあるわ」レイナは申しわけなさそうに言った。どうして罪の意識を感じるのだろう？

「朝にはそれしか食べないのか？」

「だいたいね。大好きなの」

「パパイヤでもありがたいと思うところなんだろうな。もっとひどいものだってあるんだから」

「もっとひどいものって？」レイナは会話の流れを見うしなった。

「朝食にはタロイモをつぶしたポイしか食べない、なんて言うやつもいるだろう。パパイヤなら少なくとも味はいい」

「わたしがポイを出すと言ったら、食事の誘いは断った？」レイナはにっこりした。

「いいや、なんとかのみこもうとしただろう」

トレバーは何くれとなくこちらに合わせようとする。レイナはその理由を深く追求しないことにした。答えを知りたいかどうか、自分でもわからないからだ。

ふたりはレイナの部屋でいれたてのコーヒー、ライムをしぼったパパイヤ、ライ麦のトーストを何枚か食べた。会話の内容はさしさわりのないものばかりで、レイナが仕事に行く時間がくると、トレバーは礼儀正しく立ち上がって帰っていった。

それ以来、その日はずっとトレバーを見かけなかった。レイナはコンドミニアムのフロントで観光客の小グループのチェックインをすませ、時間ができるたびに、コンドミニアムの経営者が二週間に一度開いているビーチでのハワイ風パーティ〝ルアウ〟の計画を練った。

「かならずいらしてくださいね」その日、フロントに立ち寄った宿泊客全員にレイナはにこやかに声をかけた。「ホノルルの大型ホテルがやっているような流れ作業のルアウとは、まるっきりちがうんですよ。あちらのは、形ばかりのポイと豚肉がひと切れ出て、猛スピードでショーを見せて終わり。うちのルアウはとっても楽しいし、食べ物もたっぷりあります。これが本当のルアウなんです」

宿泊客は誘われるまでもなかった。ほとんど全員が出席する予定だ。

「順調にいってる？」その日の午後おそく、フロントの交代にやってきたジム・ダービーがレイナにきいた。

「順調だと思うわ」レイナは額にしわを寄せてチェックリストの見直しに集中していた。「地面に作った竈《かまど》で豚を蒸し焼きにする〝イム〟の準備はできてるってジョニーが言っていたわ。ポイはもう少し増やしたほうがいいかしら。最近はポイに挑戦してみようっていう人が増えたから……」

「本土の観光客も、食べ物で冒険するようになってきたんだろうな」ジムはくすくす笑った。「昔はだれも触りもしなかったけどね」

「マーク・トウェインが製本用の接着剤呼ばわりしたせいで、ずいぶん評判が悪くなったわ」

「あれは慣れないとわからない味だ」ジムはさとったようにそう言うと、予約スケジュール表を取り出した。

タロイモをつぶしたポイは個性的な風味のある料理で、ハワイでは昔からよく食べられている。なめらかでかすかに酸味があり、ルアウでよく出される塩のきいた料理との相性はぴったりだ。

「キャビアはだいじょうぶ。ロミロミもポキもそろってるわ」レイナはぼんやりとハワイ料理の名前をならべた。ポキは、キハダマグロのぶつ切りと海草とキャンドルナッツととうがらしをまぜた料理で、前菜として出される。

「そういえば、ウォルターズがこの前言ってたけど、きみがここで働くようになってからルアウの準備がずいぶん楽になったってさ」ジムが鉛筆を探しながら言った。

フィル・ウォルターズはこのコンドミニアムホテルのマネージャーで、のんびりした男だ。レイナが来て以来、マネージャーがロビーにやってくる回数は減るいっぽうだった。ウォルターズができるだけたくさんの仕事をレイナにまかせたがっているのは、秘密でもなんでもなかった。

「よかった」レイナは勢いよく言った。「わたしがここを辞めてグルメフードショップを開くときも、それを思い出してくれるといいのだけど。二週に一度のルアウのために、ぜひ食材を提供したいわ」

「自分が楽になるためだったらなんでもいいんだよ、あの人は。きみが来る前は、ルアウの準備をするのにいろんな業者とやりとりしなきゃいけなくて、彼はいつもてんてこまいだったんだ」

コンドミニアムのスタッフがビーチに運びこんだ長いテーブルとベンチの列の上に、夕暮れが訪れた。

レイナはトレバーの姿が見えないのにまた気がついた。そのせいで、ハワイ生まれの友人が作ったロミロミの味見をしていた手が止まった。

「いつもながら、本当においしいわ、ラニ」レイナは、塩で味をつけたサーモンのサラダをスプーンでひと口すくい、味わった。

「おいしいマウイオニオンを使っているからよ」ラニは笑い、容器にふたをした。黒い目が陽気に輝いている。

「ゲストはきっと気に入るわ」

「銀行の融資のほうはどう?」ラニがきいた。

「ぼちぼちってところね」個人的なビジネスのうわさ話がこんなに広まっていることに、レイナはおどろかなかった。この島はいろいろな意味で本当に小さいのだから。

ラニの魅力的な顔がふいにまじめになった。「ほら、うちの父はホノルルの大手銀行の副頭取をしているでしょう。父なら助けてくれるかもしれないわ」

「たとえ友情のためでも、貸したお金が返ってくる見こみがなければ、銀行家は貸そうとはしないでしょうね」レイナは残念そうに言った。「でも、なんとか銀行を説得するつもりよ。絶対に返しますからって。いつかきっと……」

「レイナ！　ラムが来てないぞ！」

緊急事態の発生に会話はそこで終わり、レイナはラムを取りに行った。

二時間後、すべてが順調に進んでいた。ショーの出演を頼んだ四人組は、明るいユーモアと見事なハーモニーで宴を盛り上げている。ウクレレを弾きながら、四人は古くからあるハワイの明るい歌を歌った。

ゲストの大半がラムを三杯、四杯とおかわりし、すっかりいい気分で声をそろえている。こうなればしめたものだとレイナは思った。しばらくすればゲストが何人か、前に出てフラを教えてくれと言い出すだろう。そうなったらレイナはそっと裏に引っこんで、ゲストたちが盛り上がるままにまかせればいい。

おかげでレイナには、トレバーの変化について考える余裕ができた。楽しげな宴の人ごみからぶらぶらと離れたレイナは、トレバーがいないことにひっかかっている自分に気づいた。今朝ビーチで別れたときは、来るようなことを言っていたのに。

もちろんわたしには関係のないことよ、とレイナは自分に言い聞かせた。どういう理由かわからないけれど、トレバーが彼女を追いかけまわすのをやめたのはありがたい。

その理由というのは、べつの女性だろうか？　あたりを見まわしても、トレバーがこの前ビーチで出会ったという緑色のビキニを着たブロンド美人はいない。

何を考えているの？　それがわたしにどんな関係があるというの？　こんなふうに心を乱されるのはもうごめんだ。あと数日でトレバーがシアトルに戻らなくてはいけないのが、本当にありがたい。

トーチに照らし出されたビーチの一角を、ベルベットのようなハワイの夜が包んでいる。どこまでも暗い海のあちこちで、月の輝きが水面に反射している。コンドミニアムの前のビーチをふち取る椰子《やし》の木が、夜風にそっと揺れている。レイナはその一本の根元に静かに腰をおろし、今夜トレバー・ラングドンがどこで何をしているのか、考えまいとした。

膝の上に顎をのせ、目をぼんやりと海の暗闇《くらやみ》に向けたまま、指先で砂の上になんとなく円を描いていると、レイナは背後にだれかが音もなく近づいてくるのがわかった。

それがだれなのかはわかっている。砂の上を動いていたレイナの指が止まった。「こんばんは、トレバー」

「食べ物は残っているかい？」トレバーは静かに言ってレイナのそばに立った。

最初にレイナの目に入ったのは高価なイタリア製の靴だ。その目は、高級スーツのスラックスの軽い生地を上へとたどっていった。レイナはだまったまま、シルクのネクタイ、フォーマルシャツ、仕立てのよいジャケットを見つめた。

「ついさっき、あなたのスーツ姿ってどんなだったかしら、と思っていたところよ」レイナはそっけなく言った。「もう少しで忘れるところだったわ」

トレバーはおもしろそうに口をゆがめ、ジャケットを脱ぎはじめた。「ぼくもだ。食べ物のほうはどうかな？」

「いくらか残っているはずよ」トレバーが隣に腰をおろしたので、レイナは一瞬おどろいて言葉が出なかった。「スラックスが砂だらけになるわ」そんなこと教えるまでもないのに、なぜか義務感にかられてレイナはそう言った。

「今日は忙しくてね」トレバーはネクタイの結び目を緩めた。「悪いが、食べ物を取ってきてもらえるかな？」

「どこへ行っていたの？　忙しかったって、なんのこと？」

「あとで全部話す。それから、飲み物も持ってきてもらえるとうれしいな」トレバーは考えこむように言った。「ラムがたっぷり入っているのがいい」

「トレバー」レイナはむっとして言った。「わたし、あなたの召使いじゃないわ」

「このとおりだ、頼む」

「そんなしおらしい顔つき、どこで身につけたの？」レイナは文句を言いながらも立ち上がり、ジーンズの砂を払った。

「きみがシアトルを発《た》ってから、ずっと練習していたんだ。飲み物を忘れるなよ」料理のテーブルのほうに歩いていくレイナの背中に、トレバーは呼びかけた。

トレバーに言い返したい気持ちより好奇心のほうが勝った。不思議な予感に胸を躍らせながら、レイナはルアウのごちそうを取り合わせて皿に盛り、ココナッツケーキもひと切れのせた。そして椰子の木の下にしつらえられたバーに立ち寄った。

「ロン、ラムがたっぷり入っているものをお願い」レイナはバーテンダーに頼んだ。

「了解。ブランデーを少々とココナッツシロップ、それからクリームを少し足してみよう」ロンはにやりとしてそう言うと、仕事にかかった。

レイナはクリーミーなカクテルをトレイにのせ、トレバーがもたれかかっている椰子の木のところへ、ビーチに沿ってゆっくりと戻った。

そばにあるトーチの明かりでその姿を見ると、ネクタイは取ってしまったらしい。シャツのボタンははずれ、そではまくり上げてある。意外なことに、トレバーはエレガントなカーフスキンの靴まで脱いでしまっている。

レイナはそっと彼の隣に座り、トレイを手渡した。

「これは?」泡の立った飲み物に手を伸ばしながら、トレバーは不思議そうな顔をしてきいた。

「わたしも知らないの。ロンのスペシャルよ。ラムは入っているからご心配なく。あなた、今日は何をしていたの？」

トレバーは、〝イム〟と呼ばれる地面に穴を掘って作った竈で蒸し焼きにした豚をがつがつ食べはじめた。

「ちょっとしたビジネスを片づけていたんだ」皿にのった豚以外の料理も試しながら、トレバーは静かに言った。

「ビジネス？」

「うん。昼の飛行機でホノルルに行ってきた。一時間前に戻ったばかりなんだ」

「いったいどうして……」トレバーの隣の暗がりの中で足を組みながら、レイナはじっと彼を見つめた。

「そろそろ時間がなくなってきたからな」謎《なぞ》めいた言葉を口にすると、トレバーはためしにラムのカクテルを飲んだ。琥珀《こはく》色の目がレイナの目とぶつかった。彼女はその目に浮かぶものをとても理解できそうにないと思った。

「シアトルに大事な仕事を残してきて、その期限がせまっているということ？」レイナはわけがわからなかった。

「大事な仕事なのはたしかだ」トレバーは小声で答えた。

「疲れているみたい」レイナはもごもごとつぶやいた。それは本当だ。荒削りの顔には険しい線が刻みこまれ、目のまわりの小さなしわは淡い明かりのもとで深まって見える。口の両端に入った線はぐっと引きしまっている。

「そうか?」トレバーはつかの間そのことを考えこんでいたが、やがてカクテルに口をつけた。「それも無理はない。だがもう終わったよ」

「満足のいく結果は出た?」

「ああ」その声には強い確信があった。それも当然といえば当然だ。トレバーはどんな仕事にも自分の満足のいく結果を出すのだから。

「どうしてわざわざオアフまで行ったの?」深まるばかりの謎にレイナの好奇心はつのった。

「ぜひとも会いたい知人がいてね」

レイナの目が丸くなった。「わざわざハワイまで来たのはそれが理由?」レイナはおどろきのあまり言葉をなくしそうになった。「こっちに仕事の用があったから? わたしを捜すというのは、その仕事のついでだったのね?」

「そんなふうに傷ついた顔をしなくてもいいじゃないか」トレバーはからかった。

「傷ついてるわけじゃないわ! でもおかげで、いろんな疑問がとけた。そういうことだったのね」レイナは吐き出すように言った。

トレバーの顔の疲労の色が濃くなった。「いや、そういうことじゃない。レイナ、ぼくがハワイに来たのは、きみを捜すためだ」トレバーはきっぱりとそう答えた。

「それじゃあ、ホノルルでの仕事のほうがついでだったというわけ？」レイナは自分がなぜほっとしているのかわからなかった。

「ついでというわけじゃない。この件はマウイに来てからできた仕事だからね」トレバーは疲れた声でそう言った。

　レイナは彼の皿を見てそっと下唇をかんだ。今夜はどうしてトレバーのことを気の毒に思ってしまうのだろう？　こんなのはおかしい。「飲み物のおかわりはどう？」

「うれしいね」トレバーは半端な笑顔を見せた。「だが、今度はクリームと氷のないものにしてほしい。いいかい？」

「ロンが傷つくわ」レイナはそう言って、もう一度腰を上げた。

「飲んで浮かれたい観光客じゃなくて、疲れたビジネスマンが飲むと言ってくれ。きっとわかってくれるさ」

　しばらくして、レイナが背の高いグラスに注《つ》いだラムを持って戻ってくると、トレバーはもうほとんど食べ終わっていた。

「ありがとう。このほうがずっといい」トレバーはレイナの手からグラスを受け取った。

「ルアウはうまくいってるみたいだな」彼はにぎやかな人ごみのほうを見やった。向こうではフラのレッスンが始まっていた。

「たいていうまくいくのよ」

「きみが企画したのか？」

「これもコンドミニアムの仕事のひとつなの」レイナは静かに言った。

「きみには企画の才能がある」トレバーはつぶやいた。

レイナは何も言わなかった。これまでにない種類の張りつめた空気が、ふたりのまわりにただよいはじめた。レイナはまた不安が戻ってくるのを感じた。今夜のトレバーはどこかちがうが、どこがちがうのかはっきりと言葉にできなかった。

そのとき、トレバーが緊張の空気を破って小さな爆弾を落とした。

「明日の朝には、ここを発つつもりだ」

レイナがさっと振り向くと、琥珀色の視線が彼女の目をとらえようと待ち受けていた。

「発つ、ですって！　あなたはたしか、もう二、三日滞在する予定だったじゃない。どうして……どうして気が変わったの？」

レイナはこわばったトレバーの顔を見つめた。彼の短いひと言に、これほど取り乱してしまったことがショックだった。

さっさと帰ってほしいと思っていたはずなのに。ふたりにとってそれがいちばんだ。トレバーのことを愛しているわけじゃないけれど、彼がそばにいると、何かと心をかき乱されてしまう。トレバーがいないほうがずっと幸せだ。

それなのにどうしてこんなに心が重くしずんでしまうのだろう？

トレバーはまっすぐレイナを見つめた。「きみがこの島を出るつもりはないのは、よくわかったよ、ハニー。これ以上ここにいて、一緒に戻ろうと説得しても意味はない。そうだろう？」

「そうよ」レイナはおそるおそる言った。まるで冷たい海に投げ出されたような気がする。

「そうだ」トレバーはその言葉を繰り返した。「だから、明日の朝ひとりで帰ろうと思う」

「わかったわ」レイナはトレバーから無理やり目を引き離し、椰子の木の根元の砂の起伏を見るともなく見つめた。

トレバーが勇気をかき集めて何か言おうとする気配を感じ取り、レイナは身を硬くした。

「レイナ、昨夜きみは、もうぼくと体の関係を持ちたくないと言ったね」その声はやさしかった。「それは軽い関係という意味で言ったんだと思うが、ぼくらふたりのあいだに軽い関係なんてものは一度もなかった」

レイナは目を丸くし、問いかけるようにトレバーの目を見つめた。欲望の触手がこちらに向かって伸びてくるのを感じ、いつものおののきが体を走った。レイナの意識は目の前の男性と今この瞬間だけに向けられていた。妙に気持ちが高ぶり、血がわき立つような気がした。

「今夜は一緒にいてくれ」トレバーの声はかすれていた。たくましい手が伸びてレイナの手を握った。「レイナ、今夜はきみと離れたくないんだ」

レイナは体が麻痺《まひ》したような気がした。情熱の予感と、トレバーの腕にまたひと晩抱かれることに対する得体の知れない不安、そして必死にすがるような琥珀色の目にこたえたい気持ち、この三つに引き裂かれるような気がした。

明日の朝になればトレバーは行ってしまう。今度は、永遠に。

「トレバー、それはどうかしら」自分の声がかすれ、心もとない響きを帯びているのを聞いて、レイナはおどろいた。「わたしはもうこれ以上――」

「お願いだ」トレバーはそうささやいてレイナをそっと引き寄せ、かすめるように唇を触れ合わせた。「頼む。どうしてもきみが必要なんだ。一度は愛してくれたじゃないか。だからもう一度愛してほしい。今夜だけでいいから」

「それは愛じゃないわ」無駄だとわかっていてもレイナはそう言わずにいられなかった。離れられるうちに離れなくては、と思ってもできなかった。

「きみはいつもそればかりだ。なんとでも言うがいい。だが今夜だけは一緒にいてほしいんだ、ダーリン」

トレバーの手が日に焼けた黄褐色の髪をかき乱した。レイナは体の奥で何かがゆっくりと渦を巻きはじめるのを感じた。

「これが最後だ」トレバーの説得の声には必死さがにじみ出ていた。

「ああ、トレバー……」せっぱつまった思いをどうしても押し通したい、というトレバーの思いがけない強い態度の前に、レイナの気持ちは折れた。

「レイナ」トレバーの声には警告の響きがあった。「今夜イエスと言ってくれたら、昨夜のような心変わりはさせない。わかるかい？　ぼくはもう二度ときみに背を向けたくないんだ。昨夜、ああするためにぼくは持てる力をすべて振りしぼらなくちゃいけなかった。もう二度とあんな力は出せない」

「本当に明日の朝シアトルに帰るつもりなの？」レイナはそうつぶやいた。

「そうだ。頼むよ、レイナ。ひと晩だけ一緒にいてほしいんだ」

「トレバー、こんなこと、許すわけにはいかないわ。わたしは絶対に――」

「もういい、レイナ。そのことは考えるな。ただ自分を解き放てばいいんだ。きみがほしくてたまらない」髪をつかむトレバーの手に力が入った。金色の目は燃えるようだ。

「わかったわ」

9

ふたりはビーチの宴にわく人々からこっそり離れると、砂浜を抜け、庭を通ってトレバーの部屋に向かった。

トレバーの隣を歩いていたレイナは、かすかに身を震わせた。トレバーに見られていないといいのだけれど。彼女はトレバーに肩を寄せ、トレバーはしっかりウエストを抱き寄せている。頬が赤くなっているにちがいないが、夜のとばりがそれを隠してくれた。

「寒い?」トレバーはやさしくそう言って、レイナにまわした腕に力をこめた。

おかしな質問だし、言った本人もそれはわかっているにちがいない。南国の夜はいつものようにあたたかかった。

「いいえ」

これからのことを思うと胸がざわめき、怖いような気がするのをどう言葉にすればいいのだろう。

またひと晩トレバーと一緒に過ごす、というだけの話ではない。これにはそれ以上の意味があり、レイナはそのことを考えたくなかった。いつまでも心に残るにちがいない男性と、最後の夜を過ごすというだけだ。

　トレバーはわたしを、わたしはトレバーを求めている。それなのにどうして禁じられた場所に足を踏み入れるような気がするのだろう？

「これはただの体の関係じゃない」コンドミニアムの部屋の前までくると、トレバーは足を止めてレイナの髪に口をつけ、ささやいた。「ぼくらのつながりはいつも特別だった。そうだろう？」

　レイナはその質問をはぐらかそうとした。「もしちがうと言ったら、わたしは愛のない無意味な夜を男とともにすることができる女だ、と白状するようなものだわ。もしそのとおりだと言ったら――」

「そのとおりなら、きみはひと晩ぼくと過ごすことになる。特別すぎるほど特別な一夜を。それでかまわないなら、ぼくの手を取って一緒に中に入ってくれ。だがいやなら、もし昨夜のように気持ちが変わったなら、今ここで断ってほしい。あとになっていやだと言っても、ぼくにはもうきみを帰らせることはできないだろうから」

　すがるようなその口調に、レイナの胸の奥深くで、何かがこたえた。ほかはどうあれ、今夜のトレバーは誠実そのものだ。わたしを求め、心から必要としている。そして明日の朝になれば永遠にわたしの前からいなくなってしまう……。

このことについては、それ以上何も言うことはなかった。先のことを考えるのはやめて、レイナは両手で彼の頬を包んだ。そしてつま先立ちになり、答えるかわりに羽のような軽いキスをした。

かすめるようなキスはやがて脈打つほどの熱さを帯びた。今夜だけよ、とレイナは自分に言い聞かせた。今夜だけ。

「レイナ！」レイナの喉元に唇を埋《うず》めたまま、トレバーは彼女を抱き上げ、自分の部屋へと運び入れた。暗い室内に入ると彼は足でドアを閉め、ベッドへと向かった。

トレバーの腕に力が入って張りつめるのを感じ、レイナは満足をおぼえた。そっと彼の頬に爪をすべらせながら、誘うようなやさしいほほえみを浮かべる。これこそ彼女が望んでいたものだ。今夜、こうしたいと思っていた。

ベッドの脇《わき》でレイナを抱いて立ったまま、トレバーはやわらいだ彼女の顔を見つめた。トレバーの顔には彼女がよく知る欲望の色があった。その欲望は触手を伸ばしてレイナの五感をからめとった。トレバーの欲望にはいつもその力があった。

もしかしたら、その力はときどき反対の方向にも働くのかもしれない、とレイナはぼうっとした頭で思った。あの海を見おろす崖《がけ》の上の午後のように。

「きみは太陽のせいで生まれ変わったんだな」かすれる声でトレバーは言い、レイナをベッドの中央におろした。「シアトルで知っていたきみとは、まるで別人だ」

「そうよ。あなたがここへきた最初の夜にそう言ったでしょう。わたしは変わったの」ふいに、理屈に合わない痛みがレイナをとらえた。「だから明日の朝発《た》つことにしたの？新しいわたしのことが好きになれないから？」

トレバーはレイナの隣に座り、手を取った。その手を裏返し、手首のやわらかい肌に唇をつけ、舌先で感じやすい肌をたどった。

「ちがう」ハスキーな声で彼は答えた。「昔のレイナも生まれ変わったレイナも、同じぐらい求めている。だが半年前に自分がどれほどときみを求めていたか、気づくだけの力があったらと思うよ」

後悔のにじむトレバーの視線をとらえたとき、レイナの体に震えが走った。彼女は思わずもう片方の手でトレバーの脚に触った。たとえ数時間でもいい、過去も未来も消し去ってしまいたい、レイナはそう思った。

「そのことは話さないで。過ぎたことをくよくよ考えてもしかたないわ」

トレバーは唇を引き結んだ。きっと言い返したいのだろう。けれども彼は言葉をのみこんだ。情熱と欲望の低いうなり声をあげると、トレバーはレイナの脚に手を這《は》わせ、ブルージーンズから出ている足首をつかんだ。

その手はやすやすとひとつ、またひとつとサンダルを脱がせ、サンダルはぽとりと床に落ちた。トレバーの手はまた上に向かい、脚の内側をなでて腿で止まった。身がよじれるような熱い感覚が手足に広がり、レイナのつま先がベッドのシーツに食いこんだ。

「トレバー」レイナはそうささやいて、すべてを投げ出すようなため息とともに、彼の頭を自分のほうへと引き寄せた。「ああ、トレバー、あなたみたいにほしいと思った人は、これまでだれひとりとしていないわ……」

ゆっくりと、どこまでもやさしく、トレバーはレイナの服を脱がせた。まるで彼女の唇から力を得ているかのように、ぴったりと重ねたまま。レイナの隣に身を横たえると、その頭を腕の中へ抱き寄せ、もう片方の手を平らな腹部にすべらせて、シャツのボタンに手をかけた。ひとつひとつじっくりとはずしていくその手に官能をじらされ、レイナは身をよじり出した。

「トレバー?」

「ダーリン、今夜はせかさないでほしい」トレバーはレイナの髪にささやきかけた。「思い出を作りたいんだ。シアトルの冬は冷たくて雨ばかりだからね。おぼえているだろう?」

ふいに泣きたい気持ちになって、レイナはつかの間喉が苦しくなった。いったいわたしはどうしてしまったの?　彼女はその感情を無理やり追い払い、今この瞬間に意識を集中しようとした。

この先トレバーがひとりきりになるなんて、考えたくない。自分自身の未来についても考えたくない。未来は明るいにきまっている。

そう思いつつも、心のどこかでは、長くやさしい夜を望むトレバーの気持ちがわかった。レイナは筋骨たくましい彼の脚に指先をすべらせ、スラックスの生地の上から感じやすい部分を探り出した。やがてレイナの手はベルトのバックルにかかった。

トレバーが低く息をのむ音に、レイナの欲望は燃え上がった。彼の手がシャツの最後のボタンをはずすと同時に、レイナはスラックスのジッパーを下げた。そのあとふたりはもどかしげに服を脱ぎ、カーテン越しに差しこんでくる淡い月の光に輝く裸身をさらした。

開いている窓から、たえまないはるかな海のうなりが響いてくる。ウクレレが奏でる音楽がビーチからとぎれとぎれに流れてくる。

トレバーの手はレイナの体の上をただよっているかのようだ。やわらかな肌の上に触れるその手の感触が、興奮をかき立てる。レイナは熱い快楽にため息をつき、反応することのよろこび以外のすべてを頭から追い出した。レイナの脚がかすかに動き、そのひそかな挑発を感じ取ったかのように、トレバーは腿でそっとその脚を押さえこんだ。

その動きがなぜかレイナの体に興奮のおののきをもたらした。彼女の爪が肩の筋肉に食いこむと、トレバーはあえぎ、ぐっと腰を押しつけた。

「ああ！　レイナ、いとしいレイナ……」

トレバーは頭を下げて脈打つ喉元の肌に唇を寄せた。彼の腕の上でレイナは頭をのけぞらせ、愛撫《あいぶ》にこたえてうめいた。その体は無意識のうちにトレバーのほうへと押しつけられ、体全体で胸に触れてほしいと訴えていた。

刺激を生み出すトレバーの指先が、まずひとつの先端を探り出した。そのあとを追うように唇がやわらかな肌の上をたどり、赤らんだ先端へと向かった。

最初に舌で円を描く感覚があり、次にそっと歯を立てられ、レイナは身を震わせた。そしてやみくもに手を動かして引きしまったトレバーのヒップを探った。

トレバーの熱く湿った唇は、じらすようにゆっくりと胸から腹部へ、そしてその下へと動いていく。その唇が腿の内側に入りこんだとき、レイナは情熱が高まるあまり、身をよじり、震えることしかできなかった。

心地よい彼の体の重みが離れていく気配がした。だがトレバーはあらためて体を重ねようとはせず、たくましい力でレイナの体を動かしてうつぶせにした。

「トレバー？」レイナはおどろいた。

「もう一度、きみの体をすみからすみまで知りたいんだ」かすれた声でそうささやくと、トレバーの愛撫はエロティックな模様を描いて背筋をたどり、またうなじへと戻っていった。そのあとを追って、今度は唇が感じやすいウエストのくびれを愛撫した。レイナは思わず手を握りしめた。

トレバーは、足首からヒップの高みを愛撫で覆い、欲望の模様を描き出していく。レイナの体は官能の雲の上でただよった。手が愛撫した場所を唇がくまなく追いかけ、体のすみずみまで官能を目覚めさせていく。トレバーの指が手荒にヒップをつかんだとき、レイナは身をよじらせて横向きになり、彼を求めた。

「トレバー、あなたがほしい……」

レイナのその言葉に虚をつかれたのか、トレバーは一瞬ためらったように見えた。けれども彼はレイナの隣に体を横たえ、暗闇《くらやみ》の中で目を見つめた。

「これは特別なんだ、レイナ。いつも特別だった。これがどういうことなのか、もっと先に気づいていれば――」

「いいの」レイナはトレバーの唇を指先で封じた。「そのことを話すのはやめて。今夜はだめ」

今度はレイナが彼を愛する番だ。トレバーは愛撫を誘うようにゆっくりとあおむけになった。

自らの欲望に震えながら、レイナは体を寄せて彼の胸毛に指を絡めた。ゆっくりと肩に触れるとトレバーがうめき声をあげた。レイナはその声を味わった。彼女の指は平らな乳首を探りあて、さっきトレバーがしたように舌で円を描いた。

欲望を高まらせながら、レイナは小さな濡《ぬ》れたキスを引きしまった腹部に重ね、唇と先を争うように手のひらをすべらせて、幅を細くしていく胸毛がむき出しの男らしさにつながる場所を愛撫した。

やがて彼女の手が欲望のみなもとに触れ、握りしめると、トレバーは耐えられずにその手に自分の体を押しつけた。

「レイナ」

トレバーの手はぎゅっとレイナの髪をつかみ、さらに自分のほうへと引き寄せようとした。レイナは彼が震えるのを感じ、求められるままに唇で腿に触れ、そっと肌に歯を立てた。

「これが永遠に続くといい」トレバーは熱く言い、いきなりレイナを引き上げてシーツの上に押しつけた。「だが、これ以上きみを待っていられない。きみのせいで頭がどうにかなりそうだ。レイナ、もう我慢できない」

「ええ、トレバー、わたしもよ」

トレバーは彼女の脚を押し開くように入り、抱き寄せながら上にのしかかった。彼の荒々しい欲望は信じられないほど挑発的で刺激的だ。レイナはありったけの思いをこめてトレバーに手を差しのべた。

トレバーの体が重く、抵抗できない力でのしかかってきた。その瞬間、ふたりのつながりは言葉にできないほどすばらしく、絶対に引き離せないものになった。

レイナは衝撃で叫び声をあげた。トレバーはそれを唇で封じ、小さな野性の声を押さえこんだ。ふたつの唇が互いにむさぼり合い、体が見つけた欲望のリズムを繰り返す。トレバーの舌は大胆にレイナの唇のあいだに入りこみ、たくましい体が引き出すのと同じ反応を、唇からも引き出した。

レイナの爪が彼の背中にあとをつける。トレバーはあえぎ、官能的な言葉をささやいた。レイナは彼の体に押さえつけられて身を震わせ、究極の高みの予感に体をこわばらせた。

ふたりはともに嵐《あらし》の中に身を投げ出した。めくるめくエネルギーが飛び交ううちに、嵐はますます強くなっていく。そのときレイナはどこか遠くのほうで思った。ふたりは、あますところなく互いを与え合う。そしてそれにおとらぬ激しさで互いを奪い合うのだ、と。

やがてふたりは、すべて満たされて息もできないほどの絶頂を迎えた。トレバーの唇からは勝利のおたけびを思わせるくぐもった叫びがもれ、レイナは声にならないエクスタシーの声をあげた。

ふたりは強く抱き合ったまま、ほどけていく感覚の層をつき抜け、ゆっくりとベッドの上の現実へと戻った。

レイナは、その長い一瞬をいつくしむようにじっと横たわったまま、胸の上に頭を置いたトレバーの規則正しい呼吸の音に耳をすませた。

今このときの自分の気持ちを言い表す言葉は、どこを探しても見つからない。これで終わりだ。まもなくこの夜は終わる。悲しみに似た何かがこみ上げ、満たされた官能の名残を洗い流そうとしている。レイナは必死にその流れを押しとどめようとした。悲しみを感じる理由なんてないのに！

「レイナ？」

トレバーが身動きし、わずかに体を起こしてレイナの顔を見おろした。トレバーが何かを待っているのが感じ取れた。彼がこの島に来た最初の夜に感じたのと同じように。けれども、今回はちがった。レイナからの愛の告白を待っているのではなく、彼自身が何か大事なことを言おうとしている、というふうに思えた。

レイナは無言で彼の頬に触れ、探るように見つめた。「どうしたの？」

トレバーは息を吸いこんだ。つかの間、その口角に小さなほほえみが浮かんで消えた。

「ぼくがホノルルへ行った理由だが……」

レイナはとまどってまばたきした。愛し合ったあと、トレバーの口から何を聞くにしろ、まさかそれがオアフ島への出張の話に関係があるとは思いもしなかった。

トレバーはどう切り出していいか迷っているようだ。言葉を止めてレイナの鼻の先に軽くキスし、もう一度口を開いた。「今日の午後オアフに行ったのは、きみがほしがっているものを手に入れるためだ。そのために話をしに行ったんだよ」

「トレバー、いったいなんの話をしているの？」

トレバーはレイナの顔から乱れた髪をかき上げ、やさしく言った。「あの店はきみのものだ、ダーリン。好きなときに使える。きみはただワイルクの銀行に行って融資を頼むだけでいい。先方はよろこんで金を貸してくれるだろう」

「そんな……どういうこと？」レイナは目を丸くして話の内容を理解しようとした。「あなたはいったい何をしたの？」

「融資のお膳《ぜん》立てをしたんだ。知ってるだろう、それがぼくの得意分野だって」トレバーはからかうように言った。「つまり、新規事業に必要な資金を集めることだ。今日、きみが融資を申しこんだ銀行の本店で担当者に会ってきた。これでもう支店のほうできみが困ることはない。信じてくれ」

「あなたは――」レイナはおどろきで二の句がつげず、かわいた唇をなめて言い直そうとした。「融資の保証人になってくれたの？」

「きみなら借り手としてリスクが少ないと銀行側を説得した、と言ったほうがいいだろう」トレバーはつぶやいた。「これできみの行く手をさえぎるものは何もない。自分の好きなようにグルメフードショップを立ち上げるといい。それがきみのやりたい唯一のことのようだし、ぼくにはそれを実現させる力があった。だからそうしたんだ」

レイナは言葉が出てこなかった。このびっくりするような贈り物をどう受け止めていいかわからなかった。このことをじっくり考える時間がほしい。トレバーはわたしをどうしようというのだろう？

冷静さを取り戻し、トレバーの行動にどんな意味があるのか考える間もなく、トレバーがまたキスでレイナの思考を止めた。ゆっくりととろけるように、トレバーは彼女を愛撫した。胸に混乱が渦巻く今、もう一度官能の世界に身をまかせるほうがずっと簡単に思えた。さっき起きたことを考えるより、そのほうが楽だ。

夜は忍耐強くふたりを受け入れ、時間を与えた。欲望を燃え上がらせ、やがてぐったりとなって動けなくなるまで、何度も満足を見つけ出す時間を。

トレバーの隣で、レイナは疲れていたが眠れなかった。ゆっくりした規則正しい寝息が聞こえるところをみると、トレバーはぐっすり寝ているらしい。レイナにはそんな逃げ場はなかった。

彼はわたしに何をしたの？　レイナは何度も自分にそう尋ねた。トレバー・ラングドンは、理由もなく何かをするような男ではない。それを知っているからこそレイナは苦しかった。トレバーは最後にひと晩だけともに過ごすことを求め、熱く彼女を愛し、そのあげく信じられないような贈り物を差し出した。いったいどうして？

夜明けの光がゆっくりと部屋に差しこんできた。レイナの体に不思議な怒りがわき上がった。最初その怒りは自分自身に向けられた。ふたりのあいだにあんなことがあったというのに、またトレバーを近づけるなんて、おろかしいにもほどがある。わたしは本当にばかだった。

トレバーはわたしを操ろうとしている。わたしの感情をもてあそぶ危険なゲームを仕かけようとしている。

いいえ、それではまだトレバーに気持ちを持っていることになってしまう。そんな気持ちなんかないわ！　それは自分でもわかっている。

今夜はどうしてしまったんだろう？　どうしてこんなに苦しいの？　どうしておそろしいほどの勢いで、説明のつかない怒りにのみこまれそうになっているのかしら？

それは、激しいと同時にわけのわからない怒りだった。

トレバーが融資という贈り物をくれたからって、それがなんなの？　くれるというなら、しりごみする必要なんかない。もしかしたら、トレバーは罪の意識を軽くしたかったのかもしれない。それがそもそもここまで彼女を追いかけてきた理由でもある。

そうだ、そうにちがいない。トレバーは罪悪感を持っている。そしてそれを消し去る方法を見つけた。そのうえ、レイナが責めた下心のほうはもう満たされた。これでトレバーはシアトルに戻れる。

トレバーは、また背を向けるつもりなのだ。一度ならず、二度までも！

絶対に許さない。こんなことはさせない。燃え上がるような怒りに体が震えるのを感じながら、レイナはその怒りを今度は外に、かつて愛した男に向けた。

痛みに耐えるようにゆっくりとトレバーの隣に起き上がり、引きしまったたくましい体を見おろす。白いシーツがウエストのあたりでくしゃくしゃになっていて、筋肉質の背中がむき出しだ。安心しきっているのか、真っ白な枕《まくら》の上に銀色のまじった黒髪をのせ、手足をのびのびと広げている。

二度目の屈辱に耐えろというのだろうか？　トレバーは、彼女の体を自分のものにし、罪悪感を洗い流し、せいせいした気分でシアトルに戻る気なのかしら？　レイナは爪が食いこむほど強く両手を握りしめた。よくもそんなことを。トレバー・ラングドンは自分を何さまだと思っているの？

強烈なふたつの出会いにはさまれた半年の月日が、まるで最初からなかったかのように消えうせた。

レイナはベッドの端に腰かけ、胸元のシーツを握りしめて、半年前に彼女が差し出した愛を投げ捨てた男を見つめた。その瞬間、レイナは彼をこぶしで殴りつけたい気持ちになった。

最初にトレバーに拒絶されたときにそれを受け止めた自制心は、なくなったとしか思えなかった。あるのは怒りだけだった――深い、女の恨みがこもった怒りだけが、レイナにおどろくほどの力を与えてくれた。

愛という贈り物を惜しみなく与えたのに、トレバーはそれを拒絶した。彼女から望みのものを奪いつくしたあげく、自分の勝ちだと豪語した。たしかに半年前のあのときは自分でも危険を覚悟していたし、それだけの価値はあると思えた。人生で初めての愛で、目が見えなくなっていたのだ。愛のためには何もかも捧《ささ》げるつもりだった。トレバー・ラングドンはそれを利用した。

レイナは半年前、裏切られた女の怒りを押さえつけた。ほかにどうしようもなかったからだ。トレバーを愛していたけれど、求められてもいないのに、しがみつこうとは思わなかった。プライドがレイナを助けた。プライドと、キャリアがめちゃくちゃになったせいで人生の立て直しをせまられたという事実が彼女を助けたのだ。

それからは長い道のりだった。それが絶望と希望をへだてる道のりだということは、心の奥深くでわかっていた。人生がなんとかもとに戻ったとき、怒りの時期は終わっていた。レイナは無事ハワイにたどりついた。

今夜レイナは知った。半年前に押し殺した感情は、完全には消えてはいなかったことを。それは消え去っていなかったことを見せつけるように、以前をしのぐ勢いで戻ってきた。古い怒りは、今レイナが感じている激怒の波のひとつとなった。

木の葉のように震えながら、レイナはベッドから出て服を手に取った。二倍にふくれ上がって体の内側で燃える怒りをどうすればいいのか、自分でもわからない。レイナは復《ふく》讐《しゅう》を望んだ。トレバーのほうが肉体的な力で勝っているから無理だとわかっていても、力による激しい復讐を求めた。トレバーには勝てない。半年前の仕打ちのことで罰してやりたいと思っても、罰するための武器がない。それは半年前も同じだった。

いや、本当にそうだろうか？

トレバーの〝贈り物〟のことを思い出したとたん、レイナの頭がフル回転しはじめた。トレバーは彼女の人生から出ていくための切符を金で買った。銀行の融資という贈り物で、良心の呵責《かしゃく》を洗い流そうとした。

レイナは片手にサンダルを持ったまま、部屋のドアのほうをさっと見やり、また目をベッドに戻して、寝ているトレバーの姿を見つめた。簡単に責任逃れをするなんて、許さない。

この人からはどんな贈り物も受け取りたくないし、借りを作るのもいやだ。彼女にできるただひとつの復讐は、良心の呵責というトレバーの肩の重荷をおろさせないことだ。全身の神経が、思いきって行動に出なさいと叫んでいる。レイナは部屋から出た。

彼女は自分の部屋に戻った。頭の中がどんどんはっきりして、やりたいことが見えてきた。トレバーのプロとしての仕事にはそれなりの料金を支払わなくてはいけない。レイナは払うつもりだった。

リビングルームで小切手帳を見つけた。ペンを取る手がぶるぶると震え、金額の数字が書けるかどうか心もとなかった。けれども断固とした決意に支えられた鉄の意志が、怒りがもたらした震えを克服した。

料金。レイナは半年前に〈ラングドン・アンド・アソシエイツ〉について知った事実をもう一度思い出そうとした。融資の手配の標準報酬は歩合制だ。融資の何割ぐらいが妥当か、レイナは計算した。数字にするとかなりの額だ。

けれども怒りにつき動かされて数字を書きこむレイナにとって、額など問題ではなかった。この程度の復讐でも、大金をはたくだけの価値はある。トレバーはシアトルに帰ればいい。でももう一度〝愛してる〟なんて言わせようと思っても無駄だ。キャリアを台なしにしたおわびに融資という贈り物を差し出して、これで償いがすんだと思ったら大まちがいだ。

二度目の出会いは、取り引きのひとつでしかなかったことを思い知らせなければ。

レイナは小切手を手に持って、もう一度コンドミニアムの庭を抜け、トレバーの部屋に入った。ここに来るまで、トレバーに起きていてほしいか、まだ寝ていてほしいか、自分でもよくわからなかった。レイナは結局、トレバーが目覚めたときにドレッサーの上に小切手を見つけるのがいちばんだろうという結論に達した。

レイナは部屋の外で一瞬足を止めた。さっきまでの勇気が突然なくなってしまったように思えた。けれどもすぐに自分を取り戻し、ドアを開けた。トレバーはまだ眠っていた。

レイナは裸足《はだし》で部屋をつっきり、ドレッサーの上に小切手を置いた。ここならかならず目につくはずだ。

それが終わると、彼女の人生をめちゃくちゃにした男に最後の一瞥《いちべつ》を投げて、レイナは部屋を出た。

レイナはビーチに向かった。血が燃えたぎるほどの感情の高ぶりを静めたいと思ったからだ。波打ち際まで来ると、彼女は砂の上を走り出した。体を動かせばこの怒りが消えうせるような気がした。

ペースなど考えもせずレイナは走った。どうしようもないエネルギーを燃やしつくしたいとしか考えなかった。ほどなく息が苦しくなり、レイナは大きくあえいだ。

空気を求めて深呼吸し、スピードを落としながら、走ってよかったとレイナはぼんやりと思った。赤く燃えていた気持ちは静まった。体からようやく怒りが消えていくのがわかった。半年という長い時間をかけて、ようやく怒りが消えうせた。

本当にこんなに長いあいだ、胸に怒りを抱えていたのかしら？　走るのをやめてゆっくり歩きながら、レイナは思った。たぶんそうなんだわ。愛と苦しみと、自分の人生を救いたいという思いがあったために、怒りは深くなった。半年前にはこの怒りを発散することはできなかった。

もしトレバーが二度と彼女の前に姿を現さなければ、怒りはそのうち自然に消えていったただろう。レイナは彼のいない新しい世界を作り上げ、そこで幸せに暮らしただろう。怒りは音もなく徐々に分解され、存在したことすら気づかなかったかもしれない。だが、トレバーはたった半年でまた現れた。半年では短すぎた。半年ではとても足りない。押さえつけた感情がレイナの中でまた頭をもたげ、トレバーがまた背を向けて去っていくときになって爆発した。

こうなるのがいちばんよかったのかもしれない、とレイナは自分に言い聞かせた。昨夜と今朝のことがはけ口となって、うまく怒りを発散することができたのだから。オアフに来た最初の夜にトレバーは彼女がまだ恨みを抱えていると言ったけれど、あれは正しかった。

そのときは自分ではそう思っていなかった。新しい生活が幸せだったおかげで、内なる怒りは閉じこめられていた。けれどもトレバーが、知らず知らずのうちに押さえつけられていたその感情を解き放った。レイナはひるむことなくその事実に向き合おうとした。

たしかに怒りはなくなった。トレバーに対する強い感情はあとかたもなく消えてしまった。半年前、あれほど強かった愛は、なんらかの形で復讐を必要としていたのだ。今朝、レイナはようやくそのことに気づいた。

それなら、なぜ泣きたくなるのかしら？

レイナは怖くなって、濡れたまつげを手の甲でぬぐった。どうして泣いているの？　小切手を見つけるトレバーの姿を想像すると、涙があふれ出した。レイナは足を止め、何もわからないまま海を見つめた。

　怒りにかられていても頭の中は冷静だと思いこんでいた。その頭の中が、ようやくすっきりした。レイナは砂の上に立ち、この場所でトレバーに再会した夕暮れのことを思い出した。

　彼は、磨き抜かれたイタリア製の革靴の先まで、レイナの記憶にあるトレバー・ラングドンそのものだった。

　目の前に、次から次へとトレバーとのシーンが浮かびあがってきた。崖の上でのあの午後、服に草のしみをつけたトレバーの姿。島の暮らしになじんでいくにつれ、彼のこわばった態度はときほぐれていった。

　トレバーが、まさかこんなライフスタイルになじむとは思っていなかった。ところが彼は意外に短い時間で変わった。それは、わたしをよろこばせるためだったの？

　その疑問が心に浮かんだとき、レイナはひとつのシーンを思い出した。あの暑い午後、彼女の愛撫の前に体を差し出したトレバーの姿を。それまでの彼は自分が主導権を取ることを好んだが、レイナが主導権を奪うと、それを受け入れた。

　トレバーがもう一度姿を現したことが、徐々に別の意味を帯びはじめた。トレバーが言ったことをすべて言葉どおりに受け止めるとしたら、どうだろう？

　レイナは涙で喉が苦しくなり、息をのみこんだ。トレバーが何をしたにしろ、うそだけはつかなかった。それを認めるとすれば、ここ数日の彼の行動にどんな解釈ができるだろう？

おぼろげに答えが見えてきたとき、レイナはおびえている自分に気づいた。どうしようもなく怖かった。融資をプレゼントしてくれた彼の気持ちは、半年前に義弟の会社の乗っ取りをやめると告げたときの彼女自身の気持ちと同じなのではないか。そう思ったからだ。

それは愛の贈り物だった。

相手が望み、自分が与えることができる、ただひとつのもの、それをトレバーは差し出したのだろうか？　この愛が返ってくればいいという希望を託した愛の贈り物。

生まれて初めてレイナは恐怖を感じた。今朝、わたしは彼の愛を投げ捨ててしまったのかしら？　この一週間、トレバーが与えようとしていたものが本当の愛だったとしたら、ドレッサーの上に情け容赦なく置いてきた小切手は、まちがいなくそれを打ち砕いてしまうだろう。

それでいい、とレイナは自分に言い聞かせた。もしそうなら、復讐はいっそう効果的になる。

だがレイナは、もう復讐を望んでいない自分に気づき、ぞっとした。怒りは消え去った。この半年間、怒りが心の奥底の大部分を占めていたのはたしかだ。でもそこには、怒りと並んでもうひとつ大きな感情があった。

わたしは今もトレバー・ラングドンを愛している。

どす黒い感情のくびきがはずれると同時に、さっきの怒りよりずっと激しい勢いで、その思いがわき上がってきた。半年前に愛していたのと同じように愛している。何も変わっていなかった。変わったのは、ただ……。

ただ、今はトレバーも彼女を愛していて、この数日間、彼ならではのやり方でその愛を示そうとしていたことだ。

小切手を置いてくるなんて、なんてことをしてしまったのかしら？　レイナはくるりと振り向き、静かなコンドミニアムの敷地を見やった。そしてまた走り出した。さっき怒りを振り払おうとしていたときよりも速く、これまで走ったことがないほど速く、レイナは走った。

手遅れだった。コンドミニアムの部屋に着いて、ぐいっとドアを開けたとき、ある光景を目のあたりにして、レイナの口から運命への抗議の叫びがもれた。

カーキのスラックスだけを身につけたトレバーが、ドレッサーの前に立っていた。そして手にした小切手を見おろしていた。

10

「心の底から憎んでいるんだな、ぼくのことを」トレバーは愕然《がくぜん》としていた。全世界が足元に崩れ落ちたかのように。

「自分でもそう思っていたわ」レイナはさびしげに言った。「しばらくのあいだは」

彼女はドア口に立ちつくした。動けず、はっきり考えることもできなかった。一時の思いこみですべてをぶちこわしてしまった、という思いは耐えがたかった。

トレバーは手に持った小切手を見下ろした。半年前にレイナがあの状況をどう抜け出せばいいか考えたのと同じように、トレバーもこれからどうするべきか考えているにちがいない。彼女と同じ道を取るなら、それは冷静に退却することを意味する。そしてふたりは、またすべてを失うことになるだろう。

「それも当然だ」トレバーは静かに言った。

彼の言葉、表情、そして半年前に逆の立場で感じたこと、これらが渾然《こんぜん》一体となって、麻痺《まひ》したようなレイナの心を動かした。彼女は力を振りしぼってドアから手を離し、飛ぶように走り出した。

「いいえ、トレバー、ちがうの！　わたしはそれを取り戻しにきたのよ。何もわかっていなかったわ」

レイナはトレバーに飛びついてその手から小切手を奪い取り、くしゃくしゃに握りつぶした。

レイナがぶつかった衝撃でよろめいたトレバーは、思わず彼女に腕をまわした。

「何がわかっていなかったんだ？」

トレバーの腕は荒っぽくレイナを抱きしめた。レイナはむき出しの肩に顔を埋《うず》め、トレバーにおとらず強い力で抱きついた。

「愛のことをわかっているのは自分だけだと思っていたの」レイナはくぐもった声で言った。「あなたも愛を学んだということを認めようとしなかった。だって、もし認めたら……」

「もし認めたら、もう一度ぼくへの気持ちを直視することになるから？」トレバーは強い口調で言葉を続けた。頭をレイナの頭のそばに寄せ、両手はぎゅっと体を抱き寄せている。

「これまでそういう気持ちを押さえこんできたの。自分ではうまく処理したと思っていたけれど、消え去ったわけではなかったのね。もしあなたと再会しなければ――」レイナはそれ以上続けられなくなり、言葉はとぎれた。

「再会しなければ、きみはぼくのことをあっさり忘れただろう」トレバーは荒っぽく言った。「それがわからないとでも思ったのか？　正気に戻ったとき、もう手遅れじゃないかと思ってぞっとした。半年もあればきみの愛は死んでしまうんじゃないかと思った。きみの愛がどれほどやさしく、献身的だったか思い出すたびに、その恐怖がよみがえった。ぼくは自分に、あんな愛は半年で薄れたりしないと言い聞かせたよ」

レイナは少し頭を上げて、感情をさらけ出したトレバーの目を見つめた。「わたしを愛しているって、いつ気がついたの？」

トレバーはぼんやりと首を振った。「わからない。時がたつにつれ、きみを取り戻さなければいけないという気持ちが強くなっていった。きみのいない人生が耐えがたくて、ひどくなるいっぽうだった。きみを捜し出して、戻ってくるよう説得するしかないとわかったときも、自分の気持ちを分析しようとは思わなかった。頭にあったのはただ、ぼくにはきみが必要だということ、そして今度こそきみの愛にこたえよう、ということだけだ。だが、生まれて初めて恋に落ちた事実を直視しようとはしなかったんだ。愛する力がない、ときみに決めつけられるまではね」

「わたしがそんなことを言ったのは、自分を守るためよ」レイナの目は深い緑色だった。「あなたが愛というものを知っていることを認めたくなかったの。もし認めたら、あなたが半年前のわたしと同じ気持ちでいることを、認めないわけにはいかなかったから」

「苦しんでいることも?」トレバーはすべてを見通すように言った。

「ええ」

「ぼくには深い感情を持つ力がない、と考えるほうが楽だったんだね」

「あなたにとって大事なのはプライドだけだと自分に言い聞かせたわ。プライドと、良心を刺すちくりとした痛みと」

トレバーは、つかの間目を閉じた。「きみがここに小切手を置いていったのは、そのせいか? 良心の呵責《かしゃく》という肩の荷をおろさせまいとしたんだな?」

「そうよ。ああトレバー、わたし本当に腹が立っていたの。いつものわたしじゃなくなっていたのよ。まともに考えられなかった。夜が明けるころには、あなたを徹底的にやっつけたい気持ちになっていたわ。あなたからの無償の贈り物を、仕事上の取り引き扱いする、というやり方で。そうすれば、少なくともあなたは肩の荷をおろすことはできないと思ったの。でもあなたが融資のお膳《ぜん》立てをしたのは、それが目的ではなかったんでしょう?」

「そうだ」トレバーはつぶやいた。「きみはそれしか望んでいないようだったし、それならぼくがあげられると思った。ちょっとした贈り物だよ。愛している、レイナ。いつそれに気づいたかはわからないが――もしかしたら、きみがバードウォッチングに連れていってくれた日かもしれない」

「もしかして、と思ったのはあの日が初めてだったわ。わたしに対するあなたの気持ちが、プライドだの良心の呵責だの過去の欲望だの、そういうもの以上の何かなのかもしれない、と思っだのは」レイナは不思議そうにほほえんだ。「どんなに誘惑に満ちた状況でも、わたしが知っているトレバー・ラングドンはいつだって自分の意志を貫き通したわ。それなのに、あの日のあなたは抵抗するそぶりさえ見せなかった」

「あのときは、もう二度ときみに利用されるのはごめんだと心を決めていた。きみをビーチからさらってベッドに連れていったあの夜、ぼくは思い知ったんだ。どうしてまた体の関係になってはいけないのかときみが落ち着き払って言ったときは、ショックのあまり声も出なかったよ」

　トレバーはまたレイナを引き寄せ、髪に唇をつけた。彼の手は、まるでレイナがそこにいるのが信じられないかのように震えていた。

「互いに肉体的に惹《ひ》かれている自覚はあったわ。でもわたしは、それ以上の何かがあると認める気にはとてもなれなかった」

「また傷つくのが怖かったから？」

「かもしれない。本当のことを言うと、自分が置かれている状況を深く分析したくなかったの。どちらにしても、あなたとのセックスはとても軽くあしらえるようなものじゃないことは、すぐにわかったわ」

「だからあの夜、ぼくを追い払おうとしたんだね」

「実際あなたは引き下がったわね。あとで考えると、あれは大きなおどろきだったわ」レイナの声にユーモアの響きがまじったのはこれが初めてだった。「半年前なら、どう見ても成功しそうな誘惑を途中でやめるようなあなたじゃなかったのに」

トレバーは身を震わせた。「思い出させないでくれ」

「わたしの抵抗を押しきることぐらい、簡単だったはずよ」

つかの間、トレバーは黙ったままだった。プライドを守るために否定するかしら、とレイナは思った。だが結局は誠意が勝った。

「そうだな。だが、きみにきらわれる理由を増やしたくなかったんだ。セックスを強要するだけではなんの答えにもならないと、痛い思いをして学んだからね」

「あなたはマウイに来てから変わったわ」

「自分でもそう思う」その声はどこかそっけなかった。トレバーはレイナの肩に手をすべらせ、少し押しやってじっと顔を見つめた。「マウイの暮らしにぼくを無理やりなじませようとしたとき、心の中では意地悪くほくそえんでいたんだろう?」

「有罪を認めるわ」レイナはにこりとした。「最初は、わたしたちふたりのあいだの距離がどれほどあいてしまったか、あなたのもとに戻るのがどれほど無理なことか、それをわかってほしいと思ったの。ところがそうこうするうちに、あなたはマウイの太陽になじむようになったわ。本当に今日シアトルに戻るつもり?」

トレバーはためらった。

「トレバー？」レイナはいぶかしげに言った。

「昨日は自分にこう言い聞かせたんだ。いちかばちかの芝居にすべてを賭《か》けようってね。もう一度きみが自分の意志でベッドをともにしてくれたら、きみがほしがっているただひとつのものを、あげるつもりだった」

「それで心の壁をなくせると思ったのね？」

「そうなればいいと思った」トレバーはため息をついた。「うまくいかなくても、次の手を考えるつもりだったよ。もう二度ときみを手放したくないんだ、レイナ。何があってもあきらめるつもりはなかった。一度愛してくれたんだから、もう一度愛してくれるはずだと信じずにいられなかった。だが同時に、きみの胸の奥に怒りがくすぶっていることもわかっていた」

レイナはもの問いたげにトレバーを見上げた。「きみがぼくを恨んでいるのはわかっているって、最初の夜に言ったわね。わたしは自分でも気がついていなかったわ」

「きみはどんな感情も深く感じ取るタイプだ。だから怒りをどこか深い場所に押しやってしまったにちがいないと思った。シアトルでふたりのあいだにあったことの意味を考えたときに、それがわかったよ。自分が築き上げたものすべてを愛のために投げ出せる女性が、情熱的でないわけがない。だから愛とは正反対の感情も強く感じるはずだ。それに、同じ立場だったら自分がどう感じるか、と考えればすぐにわかった」トレバーは、情けなさそうに首を振った。

「昨夜、あなたがなんの見返りも求めずに融資の話をプレゼントしてくれたとき、わたしは追いつめられたわ。頭にあったのは、あなたの義弟の会社の乗っ取りをやめると言ったとき、自分がどう思ったか、ということだけ。愛があったからこそ、わたしはあのときあいう決断をしたの。それがわかっていたから、もしかしてあなたも動機は同じなんじゃないかと思って怖くなったのよ。そのせいで、わたしの中で何かが姿を現したんだわ。直視したくない何かが」

「だから、あれは良心の呵責から出た贈り物だと自分に言い聞かせたんだね？　そのせいで怒りの感情をぶちまけるきっかけができたんだ」

「投資家って、みんなアマチュア心理学者なの？」レイナは力ない口調でからかった。

「成功した投資家はそうだ」トレバーはやさしく冗談を返した。「この仕事にはそういう力が欠かせない。だが心理分析の能力があっても、ぼくは半年前にきみが差し出してくれた愛を受け取ることができなかった。銀の盆にのせて差し出された愛を見抜けないなんて、ぼくはとんでもないばかだったよ。言いわけをさせてもらえるなら、それまであんな愛と出合ったことがなかったんだ。だから、肉体的に惹かれているだけだ、これはスポーツだ、ビジネスだと思おうとした。愛をほしいと思う気持ちはあるのに、よくわかっていなかった。本当にわかったのは、同じ銀の盆にのせて、きみに愛を差し出そうとしたときだ」

「そうね」レイナはささやくように言った。「自分が何を手にしているか気づくのはそのときよ。愛をだれかにあげようとするとき」

トレバーは指でレイナのうなじをなでながら、いつものように強い視線でその顔を見つめた。「スウィートハート、本当に怒りは消えうせたかい？　今朝、きみに何があったんだ？」

「あの小切手を書いたあと、ビーチに行って、半年前にあなたにあんなことをされて、あなたのことをどんなに憎んだか、その気持ちを吐き出したの」レイナは小声で言った。

トレバーの目に痛みの色が浮かんだが、うなじをやさしく押さえる手を離そうとはしなかった。「それから？」

「それから泣いたわ」レイナは指先でそっと彼の顎に触れた。「半年前は泣くことも忘れていたの。あのときは時間がなかったから。もし泣いていたら、いろいろな感情を心から追い出すことができたかもしれない。でも……」

「でも、そのまま胸の奥深くに押しこんでしまったんだね」

「わたしが感じた愛は、きっといつも心の底に残っていたのね。いつかそれを追い出すことができたかどうかは自分でもわからない。ああトレバー、涙を流して初めて、あなたが半年前のわたしと同じ気持ちにちがいないと気づいたの。もしそうなら、復讐《ふくしゅう》という形であなたを傷つけるなんて耐えられないと思った。だから小切手を破り捨てようと思ってあわてて戻ってきたのよ。でも手遅れだった。もうあなたに見られたあとだったわ」

「あれを見て、ぼくはすべてを知った」トレバーはそうささやいてレイナを引き寄せた。

「当然の報いだ」

「そんなことないわ！」

「いや、そうだよ」トレバーはそう言って笑おうとした。「アマチュア心理学者と議論するつもりかい？　ハニー、ぼくらがもう少しでだめになりかけたことを、これから一生蒸し返し続けるのはまっぴらごめんだ。そんなことより、もっといい時間の使い方があるはずだ」

「たとえば？」

「ぼくがマウイの生活になじむための計画を進めるとか」トレバーはなにげなく言った。

「なんですって？」レイナはトレバーが、愛し合うことだ、とそのものずばりの言い方をすると思っていた。この返事に彼女はわけがわからなくなった。「どういうこと？」

「ここで太陽の下にいるきみを見るのが好きだ、ということだよ。それ以上に、意外なことに自分自身ここにいるのが気に入っているんだ。きみとマウイの両方に誘惑されたらしい。ぼくはこの島にいようと思ってる」

レイナはびっくりしてトレバーを見つめた。「どうかしてしまったの？　シアトルに経営する会社があるじゃない。あなたは生まれつき都会暮らしが似合ってるわ」

「これからはちがう。〈ラングドン・アンド・アソシエイツ〉の支社を、ここマウイに置いて経営すればいい。シアトルにオフィスを残しておけば、ときどきあっちに戻ってスーツを着る理由ができるだろう。きみはどう思う？　ぼくと結婚して、バードウォッチングやボディ・サーフィンに連れていったり、毎朝パパイヤをごちそうしたりしてくれるかい？」

「ええ、もちろんよ、トレバー。よろこんで！」レイナは彼の首に腕をまわし、唇を求めた。彼女のよろこびが、目に見えるもののようにふたりを包みこんだ。「都会の生活の楽しみをあきらめる必要なんてないわ。それがハワイのいいところ。ここで都会暮らしを楽しむことだってできるの」

「きみさえいてくれるなら、ぼくはなんでも楽しめる」トレバーはかすれた声で言った。

「まかせて」レイナはにっこりした。


一カ月後、レイナはオアフ島のふたりの家の私道に小型車を止めた。隣に止まっているのはトレバーのＢＭＷだ。

色あざやかな熱帯の植物や花々がビーチ沿いのしゃれた家を取り囲み、その向こうの海辺には椰子《やし》の木が並んでいる。にぎやかなホノルルからほんの数キロしか離れていないが、まるでマウイにいるかのように静かでのんびりしている。

レイナは急ぎ足でドアに向かった。指は、薄手の白いブレザーの下に着たペイズリー柄のシルクのブラウスのボタンをはずしている。仕事用のハイヒールが階段でかつかつと音をたてた。レイナがたどり着く前にドアが開いた。

「遅かったじゃないか」トレバーは待ちきれないようにやさしく責めた。そして、家に入る前から仕事用のスーツを脱ごうとする妻の姿を見つめた。

彼は両手に持ったラムパンチのグラスをひとつ差し出し、頭を下げて、妻からあわただしいキスを受けた。

サンダルを履き、半そでの開襟シャツとカジュアルなスラックスを身につけたトレバーを見て、レイナはにこりとした。

髪は前より少し長く、きちんとしてはいるが、それほどスタイリッシュな感じはしない。肌の色は濃くなり、シアトルにいたころに目に浮かんでいた計算するような冷たさは消え、幸せそのものだ。その変化がレイナはうれしかった。

「勤務時間を自分で決めて、金曜は早く切り上げる人なんて、そうたくさんいるわけじゃないのよ」

レイナはトレバーの脇《わき》をすりぬけて、寝室に向かった。

「仕事はどうだった?」レイナのあとについていったトレバーはドア口で立ち止まった。

レイナはサンダルと花柄のムームーに着替えた。トレバーはパンチを口に運び、妻の姿を満足げにながめた。

「立地は最高ね」レイナはまとめた髪をおろしてブラシをかけた。「あの不動産ブローカーと一緒にホノルルの通りという通りを見てまわって、今日の午後ようやく今の場所を見つけたの。ワイキキビーチの近くだから、観光客が大勢やってくるわ。見たければ明日連れていってあげる」レイナはヘアブラシを置いてグラスを取り上げ、夫のほうを向いてほほえんでみせた。「信頼できる筋から聞いたところでは、融資も問題なく受けられるそうよ」

トレバーはぶらぶらと寝室に入ってきた。そのセクシーなほほえみを見ると、いつもながらレイナの背筋に震えが走った。

「融資保証人であるぼくが望むのは、返済だ。それを忘れないでくれ」

「親切にわたしのためにすべてをお膳立てしてくれる前に、それを考えるべきだったわね」レイナはからかった。「昔から、家族や友人には金を貸すなっていうけれど、聞いたことない？」

「もし損害をこうむったら、それを埋め合わせる方法を見つけることにするよ」トレバーはレイナの前まで来て足を止めた。金色の目には愛と笑いが浮かんでいる。

レイナは片手にグラスを持ったまま、彼の腕の中に身を寄せ、首に腕をまわした。そして頭をのけぞらせ、ゆっくりと話した。

「こんなこと言いたくないのだけれど、あなたにはもう前みたいに怖いほど危険な雰囲気がないわ。もちろん、びしっとスーツを着こんで毎朝ホノルルの中心部に向かうときは別だけど、いったん家に帰ればもうすっかり……」

「太陽とサンダルの誘惑に負けたんだ」トレバーはため息をついた。

「そうね」レイナは明るく答えた。「ハワイの人たちが本土の人より長生きするのは、たぶんそれも理由のひとつじゃないかしら」

「そうなのか？」

「ええ。ここの平均寿命は、アメリカのどこよりも長いのよ」レイナは笑った。

「そうか。ぼくたちふたりには、アメリカ人の平均よりたくさんの時間があるというわけだ」トレバーはうれしそうに言った。

「退屈するのが心配？」

トレバーはにやりとしてみせた。「いや、まったく。何十年たってもきみとビーチで愛し合えるなんて、すてきだなあと思っていたんだ」

「バードウォッチングも山ほどできるわね！」レイナは無邪気につけ足した。

「もちろん忘れていない」トレバーの声は低くなり、いつもの炎が目の深みにちらちらと燃えはじめた。「きみに手ほどきしてもらったとき以来、すっかりバードウォッチングに夢中なんだ」

その言葉の官能的な響きにレイナは震え、トレバーに体を押しつけた。彼女の目から笑いが消え、肌のすぐ下にひそんでいるむき出しの欲望と愛が浮かび上がってきた。

「いとしいレイナ」トレバーはそうつぶやいて、レイナの手からグラスを取った。

それをそばのドレッサーに置くと、彼はゆっくりと両手をレイナの脇にすべらせてヒップに置いた。その途中で、トレバーの親指は解き放たれた胸の先をじらすようにかすめた。

彼の目が暗くなった。花柄のコットンの下で胸の先端はうずき、硬くなった。

「夕食の時間よ」レイナはやさしく言った。

「今夜は少し遅めにしよう」トレバーの手が背骨のつけ根にゆっくりとエロティックな円を描いた。

「そう?」

「ああ。今は、ほかにしたいことがある」

「でもおなかがすいたわ」レイナの声はかすれた。

「食事のことなんか忘れさせてあげるよ」

トレバーはレイナを軽々と抱き上げると、マウイのアパートメントから移した大きな竹のベッドの上にそっとおろした。

「ベッドで最高の男だとは思われたくないって言っていたんじゃなかった?」レイナは笑

いをかみ殺しながら言った。トレバーも隣に寝そべった。

「抜群のテクニックだけをほめられるのがいやだったんだ」トレバーはそう言いながら、もどかしげにレイナの喉元に顔を埋め、脚に指先をすべらせた。

「じゃあ、優秀な頭脳を愛してほしいの？」

「ぼくを愛してほしい。それだけだ」

「愛しているわ、トレバー」レイナはやさしく言った。トレバーに手を差しのべる彼女の顔から、からかうような表情は消えていた。「いつまでもずっと、あなただけを」

「人生でいちばん大事なのはきみだ、レイナ・ラングドン」唇を重ねながら、トレバーは言った。「それに気づくのが遅くなったが、ぼくは一度学んだものはけっして忘れない。愛しているよ」

やさしいキスに、レイナは唇を開いた。トレバー・ラングドンは、これまで彼女にうそをついたことがない。

トレバーのやさしさはたちまち一線を越えて情熱へと変わり、キスは深まった。レイナはいつも愛する男性にそうするとおり、熱くこたえた。

「ぼくがベッドで最高だとしたら」トレバーは息づかいも荒々しく言った。その指はムームーをつかんでレイナの頭から引き抜いた。「それはきみの誘いかたがうまいからだ」

「それって、〝ぼくはベッドで最高だ〟と言ってるのと同じじゃない？」服を脱ぎ捨てたレイナはそうからかった。彼女の指はトレバーのシャツのボタンにかかっている。「きみは完璧《かんぺき》だ」トレバーはうめいた。そして、ベルトのバックルをはずすレイナのヒップをぎゅっとつかんだ。「スウィートハート、どうしようもないほど愛してる！」

レイナは震える体で膝をつき、トレバーの服の残りを全部脱がせた。黄褐色の髪はそそるように肩に流れ落ち、窓からの日の光を受けて輝いている。レイナの顔の女らしい線には感情がにじみ出ていた。

トレバーは何もせず、服を脱がされるままにまかせた。彼は欲望がどうしようもなく強くなるのを感じた。服を脱がせ終わったとき、トレバーがふいにベッドの端に体をすべらせて立ち上がったので、レイナはおどろいた。

「どうしたの？」レイナは膝立ちになって、もの問いたげにトレバーの顔を見上げた。

「どうもしない」トレバーはそうつぶやくと、前かがみになってレイナを腕の中に抱き上げた。

「どこへ行くつもり？」レイナは彼の素肌の香りを吸いこみ、耳の先をもてあそんだ。トレバーは彼女を抱いたまま寝室を出ていった。

「ビーチで遊ぼうと思ってね」

花の咲く庭を通り抜け、ひとけのないビーチへとトレバーは歩いていった。彼がそのまま海に入るのを感じてレイナは満足げに目を閉じた。ウエストまでの深みに来るとトレバーは立ち止まり、レイナの体を両手で支えながらあたたかい海中にほうった。

目を閉じたままレイナはほほえんだ。この瞬間の官能的なぬくもりをゆっくりと楽しむ。目を開けると、トレバーが情熱の燃える目でこちらをじっと見ていた。ふたりは言葉もなく互いを見つめ合った。次の瞬間、レイナは片手を上げてトレバーの胸を軽く押した。

トレバーはレイナを引き寄せながら、あおむけのまま水中に倒れた。

「シアトルにいたときには、こんな世界があるとは思いもしなかった」ふたりの体が沈まないよう両手を使いながら、トレバーは言った。その口元がにやりとゆがんだ。レイナは彼の胸に身を寄せ、首に腕をまわしてつかまった。「信じられないくらいいい気分だ」

「わたしもよ」レイナはささやいた。

トレバーがこんなにのびのびしているのがうれしくて、自分も同じ気分になった。低く笑うと、レイナは彼の脚に脚を絡め、ふざけてその体を沈めようとするそぶりを見せた。

トレバーはあわてて息を吸いこむと、レイナの体を引き寄せてくるりとうつぶせになり、彼女を沈めた。自分がしかけたいたずらのせいで苦しくなったレイナは、おとなしく降参して手足から力を抜いた。次の瞬間、彼女の体は笑う恋人の手で海面に引き上げられた。

「いたずらっ子め」トレバーはうなるように言って、レイナの体を引き寄せた。言い返す間もなく、濡《ぬ》れた唇がおおいかぶさってきた。こわばった体がふいに熱を帯び、レイナの体に押しつけられた。

お遊びの時間は終わった、とレイナは思った。トレバーはもう我慢できない様子だし、自分の体の中にも欲望がどんどん広がっていくのがわかる。渦巻く海水に囲まれたまま、ふたりは我を忘れて唇を重ねた。そして、けっして期待を裏切らない興奮のしるしを互いの中に見つけて、それをむさぼるように味わった。

ぴんとつき出したレイナの胸の先端が、濡れた胸板に押しつけられる。彼女は自分を、そしてトレバーをじらすようにその胸を動かした。トレバーが息をのむのが聞こえ、彼女は荒々しいほどの男らしさを感じ取った。彼の腿がこわばり、欲望が高まるのがわかる。トレバーは両手を彼女の背中にすべらせ、ヒップの下をつかんで引き上げると、もう一度唇を求めた。

「ああ」くぐもった小さな叫びをあげると、レイナは頭をのけぞらせ、下半身を彼のほうに押しつけた。

トレバーは頭を寄せて胸の先端にキスし、舌先でやさしくとがった部分を愛撫《あいぶ》した。

「ぼくを愛してくれ」その声には情熱がにじみ出ている。「これからずっと」

「これからずっと、あなたを愛するわ」レイナはそう言って彼の髪に指をすべらせ、唇を重ねた。

トレバーは彼女を抱いたまま海からあがり、波打ち際の濡れた砂の上にそっとその体を横たえた。トレバーの脚を波が洗う。

「トレバー」素肌にあたる砂の感触にレイナは言った。「砂が……」

「砂なんかどうでもいい」トレバーはふたたび彼女の口を唇で封じた。そして、レイナの五感を燃え立たせ、とらえて離さない欲望のしぐさで体の上にのしかかり、ぴったりと寄りそった。

レイナは砂のことなど忘れ、食事が遅れることも、過去のことも忘れた。ハワイの太陽の下、ビーチに横たわっている今この瞬間、トレバーとの未来だけが意味のあるものに思えた。

ふたりの愛は地平線を越え、ともに作り出した特別な世界へとふたりを運んでいった。二つの体が美しいリズムでまじり合い、ふたりは快楽と満足と愛を与え合い、そして受け取り合った。

エロティックなたくましさで動くトレバーの体に、レイナはこたえるように動いた。その中で引き出される彼女の小さなうめきは、トレバーにとって神の美酒におとらない味わいがあった。いっぽうレイナは、彼の口からもれる愛と欲望の言葉を心ゆくまで味わった。

トレバーの手がレイナの体の下に入りこみ、腰を引き上げてもっと自分のほうへと引き寄せた。レイナは彼のふくらはぎを脚でなでた。レイナの爪がたくましい筋肉質の背中に食いこんだとき、トレバーの体は荒々しいほどの強さで動いた。

レイナは無意識のうちに野性をむき出しにして、トレバーの肩の上で満たされた叫びをあげた。

　刺すような肩の痛みにトレバーは低くうめいた。次の瞬間、彼は頂点に達して我を忘れ、その体がこわばった。情熱を解き放ったトレバーの体の力で砂の中に押しつけられながら、レイナはたくましい体をぎゅっと抱きしめた。生きているかぎり互いを結びつけるにちがいない絆《きずな》を感じながら、ふたりは手と脚を絡ませたままその場に横たわり、ゆっくりと現実へと戻っていった。

　レイナが目を開けると、トレバーが鼻の先を見つめている。彼はそこにキスし、レイナは気だるさの中にもおかしい気持ちになってほほえんだ。

「砂のことだけれど……」レイナは小声で言った。

「砂がどうかした？」

「そうね、あなたには関係ないかもしれない」レイナは考えこむように言った。「わたしの上にのっているから」

「ここは最高だよ」

「わたしは砂の上なの」レイナは鈍感な人に言い聞かせるようにトレバーに言った。

「何が言いたいんだ？」

「背中がひりひりするって言いたいのよ」

「自然をどこまでも楽しもうとすると、危険な目にあうことがある。これもそのひとつだ」トレバーは明るく言った。

「哲学的になるのも結構だけど、わたしはあなたのクッションがわりなのよ！」

「きみはたしかシンプルに暮らしたいと言ってたはずだよ。都会のしがらみから離れて……おい！」

トレバーはおどろきの声をあげた。突然レイナが体を起こしたせいで、あおむけにひっくりかえってしまったのだ。次の瞬間、今度はレイナがトレバーの上にのった。

「これでどう？」トレバーの胸の上で両手を組み、その上に顎をのせてレイナは言った。じっと彼を見る目は明るく輝いている。

「砂のことはきみのいうとおりだ」トレバーはそうつぶやいた。

「情熱に浮かされているときはいいのよ。ちょっとした刺激になるから」

「おぼえておくよ」そう言うとトレバーはいきなり起き上がった。

レイナは笑いながらトレバーの体からすべりおりた。立ち上がったトレバーは、彼女に手を差し出して立たせた。

「さあ、これで食前酒は終わりだ。そろそろ食事にしよう」

「あなた、砂だらけよ」レイナはそう言ってにこりと笑ってみせた。

「きみもね」トレバーは彼女の手を取り、ふたりは家へと足を向けた。

レイナは全裸で砂だらけのトレバーを何か言いたげにながめ、笑った。「トレバー・ラングドン、昔のあなたはこんな格好の自分を見るのは耐えられなかったでしょうね」

トレバーはレイナのほうを見た。琥珀《こはく》色の目には愛があふれている。「きみが結婚した男はシアトルで知り合った男とはちがうんだ、いとしいレイナ」

「いいえ、同じよ」レイナはそっとささやいた。「ただ、最近になって眠っていた性格の一面が表に出てきただけだわ」

トレバーはレイナを引き寄せて、一糸まとわぬ体を包みこみ、濡れて乱れた髪にキスした。「きみが人生に入りこんできて、さかさまにひっくり返すまで、そんな一面があることすら知らなかったよ」

レイナはためらった。トレバーを見上げる目には一抹の不安があった。「トレバー、もし気が変わってハワイに住むのがいやになったとしても、かまわないのよ。わたし……」レイナはあわててつけ足した。「あなたの行くところなら、どこへでもついていくつもりだから」

「ドラマティックなことを言うじゃないか。妻の鑑《かがみ》だな」トレバーは笑った。「だが手遅れだよ。追いかけっこはもうおしまいだ。行こう、スウィートハート。料理が待ってるぞ」

シークにさらわれて

ナリーニ・シン
長田乃莉子 訳

おもな登場人物

ジャスミン・コールリッジ――デザイナーの卵
メアリー――ジャスミンの実母
タリク・アル・フゼイン・ドノバン・ザマナトー――シーク
ヒラズ――タリクの側近
ムンタズ――ヒラズの妻

1

〝永遠にとどまる覚悟がないなら、一歩たりともズーヒールの地に足を踏み入れるな。きみは空港のゲートさえくぐれはしない。ぼくにさらわれてからでなければ！〟

手が震えた。ジャスミンは空港出口のガラス扉が並ぶ方向を目指して歩き出した。あの扉を出れば、タリクの土地だ。

「マダム」浅黒い手が、ジャスミンの押している荷物用ワゴンの持ち手をつかんだ。

ジャスミンはびくりとして、空港の職員らしい男の笑顔を見上げた。「はい？」

「こちらの出口ではありません。タクシー乗り場は反対側です」男は別の方向にあるガラス扉の列を示した。

「まあ、すみません」

わたしったら、どうかしてるわ。いくらタリクでも、脅しを言葉どおりに実行するはずはないのに。以前、怒りに燃えたタリクは、わたしがこの国の土を踏んだらどうなるか、激した言葉で警告したが、現在のタリクは、自制心に満ちた冷静な男性だ。アラブ諸国の和平会談をリードする姿をテレビで見ていれば、よくわかる。わたしのタリクはいまや、タリク・アル・フゼイン・ドノバン・ザマナト、砂漠の国ズーヒールのシークなのだ。

「ありがとう」ジャスミンはぎこちなく礼を言うと、方向を変えて歩き出した。

「タクシーのところまで、お送りしましょう」

「ご親切に。でも、ほかの旅行者の方たちは？」

相手の目尻に笑いじわができた。「いまの便で到着した外国人は、あなたひとりです」

ジャスミンはまばたきして、同じ飛行機に乗っていた乗客たちの顔を思い返した。

「気がつかなかったわ」

「ズーヒールは外国の人に対して国を閉ざしていましたから」

「でも、わたしも外国からの人間よ」ジャスミンは立ち止まった。まさかタリクは、本当にわたしを誘拐しようとしているのだろうか？　正気の女なら誰も、自分を軽蔑《けいべつ》している砂漠の国のシークにさらわれたいとは思わないだろう。けれどジャスミンは、とうの昔に正気や理性を捨て去っていた。

男の浅黒い頬がぱっと紅潮した。「それは……ズーヒールは今週から、また国を開いたのです」

「国を閉ざしていたのは、喪に服するため？」ジャスミンは静かな口調で尋ねた。

「はい。我々国民にとって、シークとその最愛の奥さまを失った悲しみは、それは大きなものでした」男の瞳が一瞬、心の痛みに陰った。「ですが、今後はおふたりのひとり息子のタリクさまが、シークとして我々を導いてくださるでしょう」

タリクの名前を聞いて、ジャスミンの心臓が鼓動を速めた。彼女は勇気を振りしぼって男に尋ねた。「新しいシークは、おひとりで国政を担われるのかしら?」

ニュースが国外にもれない両親の服喪期間中に、もしもタリクが妻を娶《めと》っていたら、わたしは次の飛行機でズーヒールを離れよう。

相手はジャスミンの質問にうなずいた。だが、それ以上説明しようとはせず、ふたりは空港の外へと出た。砂漠の熱気が平手打ちのようにジャスミンに襲いかかる。それでも、彼女はしっかりと地に足をつけて立ち向かった。ひるんでいる場合ではない。これが最後のチャンスなのだ。

黒いリムジンが一台、歩道のわきに止まっていた。「あなたが乗るタクシーです」

「まさか。これがタクシーのはずがないわ」

「ズーヒールは豊かな国です、マダム。我々の国のタクシーは、ああいった車なのです」

そんな説明を、わたしが信じるとでも思っているのだろうか? 込み上げてきたヒステリックな笑いを噛《か》み殺し、ジャスミンはうなずいた。そして、男がリムジンのトランクに荷物を積み込んでくれているあいだ、その場に立って待っていた。来るべきものの予感に、心臓が早鐘を打ち、口のなかがからからになる。やがて、男は後部座席のドアの前に戻ってきた。

「マダム？」

「はい？」

「先ほどあなたは、シークおひとりで国を担うのかときかれましたね。答えはイエスです。その理由を、ある者はシークのお心がひどく傷ついているからだと申します」

ジャスミンは思わず息をのんだ。彼女が何も言えずにいるうちに、男はさっとリムジンのドアを開けた。心をかき乱されたまま、ジャスミンは空調のきいた車のなかに乗り込んだ。

ドアが閉まった。

「本当に、わたしをさらいに来たのね」ジャスミンは向かい側に座る男につぶやいた。かつてタリクから感じられたやさしさは、目の前にいる無慈悲そうな男からは感じられなかった。

「ぼくの言葉を疑っていたのかい、ジャスミン？」

人を従わせずにはおかない、深みのある声だ。なつかしいけれど……どこか以前と違う。

「いいえ」

「それなのに、きみはここへ来た」

彼の瞳は、獲物に飛びかかる寸前の肉食獣の目を思い起こさせた。運転席とのあいだの不透明な仕切りが上げられているせいで、ジャスミンはなおさら、逃げ場を失ったような気がした。

「ええ、来たわ」そのとき、リムジンが動き出した。ジャスミンはバランスを失い、前に倒れかかった。タリクの腕が彼女を支えるように伸びてきた。そしてそのまま、彼女の体を自分の膝の上に引き寄せた。

ジャスミンは、白いチュニックに包まれたタリクのたくましい肩にしがみついた。彼女はあらがおうとはしなかった。指で顎をつかまれ、無理やり顔を上げさせられても、抵抗しなかった。

「なぜ、来たんだ？」

「あなたがわたしを必要としているから」

タリクは荒々しく笑った。その声には、心の痛みがひそんでいた。「それとも、エキゾチックな外国人と火遊びを楽しむために来たのかな？　家族が選んだ男と結婚する前に」彼はののしりの言葉を吐き、ジャスミンをいきなり向かい側の席に戻した。

ジャスミンは赤毛の三つ編みを肩から振り払った。「わたしは火遊びなんかしないわ」タリクは不信感をあらわにしていた。けれど、ここでくじけて、口をつぐむわけにはいかない。

「そうだな」タリクは冷たく相槌《あいづち》を打った。「火遊びを楽しむにも、心は必要だ」

ただでさえもろくて崩れやすいジャスミンの自信は、彼の言葉に大きくぐらついた。幼いころからずっと、ジャスミンは人から愛され、受け入れられるために、痛々しいほどの努力をしてきた。それなのに、ただひとり、ジャスミンを価値ある存在として扱ってくれたタリクまでもが、いま彼女を人として欠けたところがあると非難しているのだ。

〝あなたには、タリクのような男性を引き止めておくことはできないわ。魅力的な良家の令嬢があらわれでもすれば、彼はあなたのことなど一瞬で忘れてしまうでしょうよ〟

四年前、姉のサラから投げつけられた言葉が、ふいに耳の奥によみがえった。サラが正しかったとしたらどうしよう？

タリクにもう一度会う決意をしたときにも、ジャスミンには自信があったわけではなかった。四年後のいま、タリクの心にどうやって手を触れたらいいのだろう？　迷いに気持ちを乱されて、ジャスミンは窓の外に目を向けた。そこには果てしない砂漠が広がっていた。

力強い指がジャスミンの顎をつかみ、強引に向かい側の席へ顔を向けさせた。豹《ひょう》のような緑の瞳が、彼女のまなざしをとらえた。「もう逃げられないよ、ぼくのジャスミン」

「もしわたしがいやだと言ったらどうするの？　あなたに……」彼女は言葉を探して口をつぐんだ。

「所有されることを？」タリクが代わりに言った。

ジャスミンはごくりと喉を上下させた。タリクの瞳に渦巻く怒りが、彼女をおびえさせた。「奴隷のように？」からからに乾いた唇で、ジャスミンはささやいた。タリクの反応が怖くて、唇を舌で湿らせることもできなかった。

タリクは、すっと目を細めた。「ぼくがそれほどの野蛮人だと思うのかい？」

「そういう印象を、わざとわたしに与えようとしているみたいだわ」

彼は唇の両端をつり上げ、微笑を浮かべた。「ああ、忘れていたよ」

「何を？」ジャスミンは顎をつかんでいるタリクの手を押しのけようとしたが、その手はびくともしなかった。

「炎のようなその髪の色は、飾りではないということさ」彼は親指で彼女の下唇をなぞり、眉を寄せた。「唇が乾ききっているじゃないか。湿らせなさい」

ジャスミンはその命令に顔をしかめた。「わたしが従わなかったら？」

タリクは片方の眉を上げた。「そのときは、きみの代わりにぼくがやるまでさ」

ジャスミンの頬に朱が差した。浅く息を乱しながら、彼女は舌で唇を湿らせた。

「それでいい」タリクの親指がもう一度ゆっくりと彼女の下唇をなぞった。そして、彼はふいに彼女の顎から手を離した。ジャスミンは顔を赤くして、あわてて座席の隅に体を寄せた。

「わたしをどこへ連れていくの？」

「ズーヒーナだ」

「首都の？」

「そう」

「ズーヒーナの、どこ？」

「ぼくの宮殿だ」タリクは片足を上げると、ジャスミンの腰の横にその足をのせ、彼女を座席の隅に閉じ込めてしまった。「話してくれないか、ぼくのジャスミン。この四年間、きみは何をしていた？」

「勉強していたの」

「ああ、経営学か」彼の声にはあざけりがこもっていた。ジャスミンは経営学が大嫌いで、しばしば彼にその気持ちを訴えたものだった。タリクはそのことをからかっているのだ。

「いいえ」彼女は答えた。

と、ふいにタリクの体が動いた。彼はあっというまにジャスミンの隣に席を移していた。

「違うのか？　きみの家族がよく転向を許したね」

「家族は口を出せなかったの」ジャスミンは家族の言いつけに従って、タリクと別れた。けれど、その別れは彼女を打ちのめしてしまった。精神的に衰弱しきったジャスミンに、あの両親でさえ態度をやわらげ、娘の方針転換に口出ししなかったのだ。

「何を勉強したんだい？」タリクは片手を我が物顔でジャスミンのうなじにまわした。彼の体の熱が、ジャスミンを取り巻いた。

「こんな近くに座る必要があるの？」言葉がジャスミンの口を突いて出た。

すると、再会してはじめて、タリクはほほえんだ。獲物を暗闇《くらやみ》へと誘い込む、肉食獣のほほえみだった。「気になるかい、ミナ？」

以前にも、タリクは彼女をミナと呼んだ。ジャスミンに唇を差し出させようと、甘くそそのかすときにはいつも。

ジャスミンが答えずにいると、タリクは体を寄せ、
熱い息が肌を焦がした。

「タリク、お願い」

「ぼくにどうしてほしいんだい、ミナ？」

ジャスミンは喉につかえたかたまりをのみ下した。「もう少し離れてほしいの」

タリクは顔を上げた。「いやだ。四年間も離れていたんだ。きみはもうぼくのものだ」

タリクの激情は恐ろしいほどだった。十八歳のとき、ジャスミンはカリスマ性あふれるタリクの人柄を受けて立つことができなかった。彼女より五つ年上なだけなのに、精神力と意志の力にあふれたタリクは、当時でさえ、国民から絶対の忠誠をささげられていた。

あれから四年がたったいま、タリクはさらに強靭《きょうじん》な男性に成長している。しかし、もしもタリクとの未来を望むのであれば、ジャスミンはこの男性を正面から受け止めるすべを

見つけなければならないのだ。

彼の目を見つめたまま、ジャスミンはうなじにまわされた手を引き寄せた。タリクは彼女から手を離した。ジャスミンは彼の手を持ち上げて自分の頬に当てると、首をめぐらせ、その手にそっと唇をつけた。タリクは鋭く息を吸い込んだ。

「服のデザインを勉強したのよ」男らしい彼の香りは、強烈な媚薬《びやく》のようだった。

「きみは変わった」

「いいほうへね」

「それは、様子を見てみないと」彼は目を細めた。「誰がきみにこんなことを教えた？」

「なんの話？」ざらついたその口調に、ジャスミンの背筋を震えが駆け抜けた。

「いま、唇でしてみせたおふざけの話だ」

「あなたよ。カヌーに乗りに行ったときのことを覚えている？　あのとき、カヌーの上で、あなたがいまみたいにわたしのてのひらにキスしたのよ」彼女は頭を動かして、もう一度彼の手にキスした。

ジャスミンは目を上げた。タリクの表情は石のように硬く、瞳には正体のわからない感情が煮えたぎっていた。

「ほかにいたのか？」

「なんですって？」

「きみに触れた男が、ほかにいたのか？」

「いいえ。あなただけよ」

　タリクは長い三つ編みをつかんで、彼女の体を引き寄せた。ジャスミンは体をそらした。

「嘘《うそ》はつかないことだ。ぼくにはわかるんだから」

　タリクは彼女を威圧しようとしていた。ジャスミンはそらした体の力を抜き、両腕を彼の首にまわした。「わたしにもわかるわ」

　タリクの顎がこわばった。「何がわかると言うんだい？」

「あなたがほかの女性に手を触れさせたかどうか」

　タリクは目をみはった。「きみはいつから、そんなに勝ち気になったんだ、ミナ？　昔はあんなに従順だったのに」ジャスミンにはわかった。タリクは彼女の人生が家族に支配されていたことをあざ笑っているのだ。

「生きるためには爪を立てることも必要だと覚えたのよ」

「ぼくがきみの小さな爪を怖がるとでも？」

　ジャスミンはわざと、タリクの首筋に爪を立てた。彼は危険なほほえみを浮かべた。

「背中のほうがいいな、ミナ」タリクはささやいた。「きみに似合いの場所に着いてからだ」

「わたしに似合いの場所ですって？」ジャスミンは彼の熱い体を押しのけた。「離れて！」

「だめだ、ミナ」タリクはジャスミンの顔を自分のほうに向けさせた。「もうきみの命令は聞かない。これからは、きみがぼくの言葉に従うんだ」

タリクは彼女の唇を奪った。ジャスミンは、一瞬かいま見た彼の苦しげな表情に虚を突かれ、茫然《ぼうぜん》としていた。タリクをここまで苦しめたのは、このわたしだ。彼には償いを求める権利があるのだ。

2

タリクは激しい衝動に勝てなかった。ジャスミンの唇を味わいたい。飢えきった自分自身に歯止めをかけることは不可能だった。ジャスミンが彼のうなじにすがりついた。何年間も抑えつけてきたものが、解放を求めてタリクを責めさいなむ。

いまはまだだめだ。

彼女を自分のものにするときは、ゆっくりと時間をかけたい。けれど、何かで飢えをしのがなければ、自制心が引きちぎれそうだった。ジャスミンのやわらかな唇をむさぼりながら、タリクの意識の片隅に、怒りの炎が燃え上がった。誰か別の男が彼女に触れていたら、そいつを殺してやる。

ミナはぼくのものだ。

もう彼女自身にもそのことを忘れさせはしない。

タリクのジャスミンに対する感情は、砂漠の砂嵐《すなあらし》のように混沌《こんとん》として荒れ狂っていた。ジャスミンはなぜ、ぼくから離れていくことができたんだ？　なぜ、ぼくのもとへ戻るのに四年もかかった？

「きみに触れた男は誰もいない」タリクはその事実にわずかな慰めを見出《みいだ》した。

「それに」ジャスミンは、愕然《がくぜん》としてつぶやいた。「あなたに触れた女性も、誰もいないわ」

タリクは肉食獣のほほえみを浮かべた。「ぼくはとても飢えているんだよ、ミナ」

タリクの官能に応《こた》えて、自分の体がうずきはじめるのをジャスミンは感じた。「飢えているの？」

「とてもね」彼は親指で彼女の首筋をなぞった。

「時間が欲しいわ」ジャスミンにはまだ、彼の変化を受け止めるだけの心の準備ができていなかった。

タリクは目を上げた。「だめだ。ぼくはもうきみを甘やかすつもりはない」

ジャスミンは言葉を失った。四年前のタリクは、無垢《むく》なジャスミンを気づかって、とても大切にしてくれた。けれど、いま目の前にいる彼は、戦利品を愛《め》でる征服者のようだ。

自分がどれほどのものを失ってしまったか、ジャスミンはようやく悟った。

タリクは彼女から手を離した。「デザインを勉強していたんだね」

「ええ」

「デザイナーとして、有名になりたいのかい？」タリクはおもしろそうに彼女に目を向けた。

　ジャスミンはかっとした。家族もよくわたしの夢をばかにしたものだが、タリクにまで笑われようとは思わなかった。「何がおかしいの?」

　タリクは低く笑った。「爪を引っ込めてくれ、ミナ。ショーで見かけるような奇妙な衣装を、きみがデザインするなんて想像できなかっただけだよ。きみは夫の目にだけさらされるべきものを、世間に見せびらかすようなドレスは作らないんだろう?」

　彼の強い視線に、ジャスミンは赤くなった。「わたしは女らしい服を作りたいの。最近の男性デザイナーたちは、女性の体型について、信じられないような考えを持っているわ。モデルはみんな、凹凸などとは縁のない板切れみたいでしょう」

「なるほど」男性特有の声音で、彼は言った。

　ジャスミンは疑わしそうに目を上げた。「なるほどって?」

　タリクはジャスミンのウエストに手を触れた。彼女は息をのんだ。「きみの体には凹凸がある」

「わたしはほっそりした女じゃないもの」

「そういう意味で言ったんじゃない。ぼくはきみの凹凸が気に入っているよ。ぼくの体を受け止めるのにちょうどいい」

　とたんに、ジャスミンの胸の痛みは、羞恥心《しゅうちしん》と欲望に変化した。「わたしは現実の女性のために、美しい服を作りたいの」

タリクは考え深げな表情でジャスミンを見つめた。「きみがデザインを続けることを許可しよう」

「許可する、ですって？」

「ぼくがそばにいない時間に、何かやることが必要だろう」

あまりのことに、ジャスミンは小さく叫んで、タリクをにらみつけた。「あなたには、そんなふうにわたしの行動を指図する権利はないわ！」ジャスミンは人さし指を彼の胸に突きつけた。

タリクは彼女の手をつかんだ。「それどころか、ぼくにはあらゆる権利がある」急に、彼の口調が冷ややかになった。

ジャスミンは押し黙った。

「きみはもうぼくのものだ。所有物なんだよ。それから、ぼくを挑発するのはやめたほうがいい。ことさら残酷にふるまうつもりはないが、ぼくだってそれほどのお人よしじゃないんだ。もう、きみの魅力にたぶらかされたりはしない」

凍りつくような沈黙ののち、タリクは彼女の手を放し、反対側の座席へ戻った。ジャスミンは懸命に平静を装って、窓の外を向いた。これはみんな、わたしが招いたことなの？臆病《おくびょう》だったばかりに、ふたりのあいだをこんなふうにしてしまったのは、わたしなの？

ジャスミンは泣きたかった。でも、ここであきらめることはできない。

ジャスミンは家庭の息苦しさに疲れて、タリクにすがりついた日のことを思い出した。

〝ぼくとおいで、ジャスミン。ズーヒールへ。ぼくがきみを自由にしてあげるよ〟

かつて、自由を約束してくれた相手が、いま彼女を籠《かご》の鳥にしようとしている。なんとも皮肉な話だった。

「わたしはまだ十八歳だったのよ」唐突に、ジャスミンは訴えた。

「きみはもう十八じゃない」

「どうしてわかってくれないの？　あの人たちはわたしの親なのよ。あなたは半年前に会ったばかりの人だったわ」

「だったらなぜ、気を持たせるようなことをした？　アラブの王族を、気まぐれに振りまわすのが楽しかったのか？」

「違う！　違うわ！　わたしは……」

「もういい」タリクはナイフのように鋭い声で、彼女の言葉をさえぎった。「事実は事実だ。きみの家族が選択を迫ったとき、きみはぼくを選ばなかった。それどころか、事情をぼくに告げて、ふたりのためにぼくが戦うチャンスさえ与えてくれなかった」

ジャスミンは口をつぐんだ。彼の言うとおりだ。けれど、タリクのような男性にわたしの気持ちはわからない。彼は生まれながらの権力者だ。自分の心さえ見失うほど、人から踏みつけられた経験などあるはずがなかった。ジャスミンは座席の隅に身を寄せながら、四年前のことを思い出した。父親に親子の縁を切ると脅され、選択を迫られたあの日のことを。

〝あのアラブ人か、おまえの家族か〟

ジャスミンの父親は、いつもタリクを〝あのアラブ人〟と呼んだ。人種差別が理由ではない。もっと根深い何かのせいだ。はじめのうちジャスミンは、娘を近隣の農場主に嫁がせたいという彼らの思惑がはずれたせいだと考えていた。しかし、あとになって、彼女は醜い現実を知った。

タリクには、サラが白羽の矢を立てていたのだ。

美しいサラは、アラブの王族の妻の座を望んだ。それなのにタリクは、出会ったときからジャスミンしか見ていなかった。一家の本当の娘でもないジャスミン、恥ずべき生まれのジャスミンしか。

コールリッジ家は代々、ニュージーランドに広大な土地を所有していた。ジャスミンの両親はその土地のすべてを支配下に置く身ではあったが、タリクの意志の力を恐れていた。その上、タリクがサラを差し置いてジャスミンを選んだことで、彼はコールリッジ一族の怒りを買った。サラがつかみそこねた幸福を、実の娘でもないジャスミンがつかむことなど許せない。それが家族の本音だった。

「灌漑《かんがい》設備は完成したの？」ジャスミンはきいた。もともとタリクがニュージーランドに滞在していたのは、新しい灌漑設備の仕組みを学ぶためだった。

「この三年間、支障なく動いているよ」

ジャスミンはうなずいた。十八歳のとき、家族を失うことを恐れて、彼女は間違った選択をした。一週間前、ジャスミンはその家族に背を向けて、愛を取り戻すために一歩を踏み出したのだ。

わたしにはもう、この世界に頼るべきあては何もない。そのことを知ったら、タリクはなんと言うだろう？

けれど、彼にそれを打ち明けることはできない。哀れまれるより、怒りの矢面に立つほうがまだましだ。わたしはすべてを捨ててタリクを選んだ。でも、もう遅すぎたのだろうか？

「あれがズーヒーナだ」

ジャスミンはボタンを押して窓を下げた。「まあ」

ズーヒーナは伝説の都市だ。砂漠の懐に抱かれたこの街へは、外国人はめったなことでは入れない。ビジネスは普通、ここより大きな北部の都市アブラズでおこなわれるのだ。

ズーヒールの国民が、なぜあれほど懸命に都を外部の目から守ろうとするのか、ここへ来て、ジャスミンはすぐにその理由を理解した。

美しいイスラム寺院の尖塔《せんとう》が、天に向かって何本も伸びていた。大理石の建物の壁には、街を通る川の水がきらきらと反射している。

「まるでおとぎの国のようだわ」ジャスミンは街の眺めに魅了された。リムジンは橋を渡って街のなかへと入った。

「これからは、ここがきみの故郷だ」

市場の喧騒《けんそう》がリムジンを取り巻いた。色とりどりの商品が、車の左右を行き過ぎる。大きな手が、ジャスミンの腕をつかんだ。はっとして、彼女はタリクを振り返った。

「これからはこの街がきみの故郷だと言ったんだ。何か感想はないのかい?」

故郷。不思議な気分だった。これまでジャスミンは、本当の意味で故郷と呼べるものを持ったことがなかった。だからまばゆいばかりの笑みを浮かべた。「この街を故郷と呼ぶのは、難しいことではないと思うわ」タリクが少し緊張を解いた。ジャスミンがそう感じ取った次の瞬間、彼女は信じられない光景を目の当たりにして息をのんだ。「まさか、こんなことが」

まるで霧を織り上げたように、繊細な宮殿が目の前に立っていた。白い水晶の建物が淡いばら色の光を放っているようだ。

ジャスミンは目を丸くしてタリクを振り向いた。「あの建物は、ズーヒール・ローズでできているのね?」

ズーヒールは海に面し、三方を大国に囲まれた砂漠の小さな首長国だが、とても豊かな国だった。石油を産出するばかりではない。ズーヒール・ローズと呼ばれる美しく、貴重な水晶が採れるのだ。この水晶はズーヒールでしか発見されていなかった。

「あれがきみの家だ」

「なんですって？」

タリクは桜色に染まったジャスミンの顔を、おもしろそうに眺めた。「シークの宮殿は、確かにズーヒール・ローズでできている。なぜ外国人をあまりこの街に入れないか、わかるだろう？」

「なんてことかしら」無意識にタリクの腿に手を置き、ジャスミンは夢中で前へ身を乗り出した。「あなたの国民は、あのかけらをこっそり砕いて奪いたい誘惑に駆られないのかしら？」

「ズーヒールの国民は国の庇護《ひご》のもとで満ち足りている。金のためにここから追い出されたいと願う者はいない。それに、宮殿は神聖な場所だと考えられているんだ。ズーヒール建国の父がズーヒール・ローズの巨大なかたまりを見つけて、その場所にそのまま建てられたのがあの宮殿だ。宮殿があああして立っているかぎり、ズーヒールは繁栄を続けると信じられている」

ジャスミンの手の下で、タリクの硬い筋肉が波打った。我に返ったジャスミンは、真っ赤になって彼の腿から手を離した。

「それは許された行為だ、ミナ」リムジンが宮殿の中庭に入って止まった。「きみは好きなときにそうしてかまわない」

「なんの話？」

「きみは自由にぼくに触れていい」

ジャスミンは、はっと息を吸い込んだ。彼女が十八歳だったとき、タリクは一線を越えるのを待ってくれた。でも、もう待つつもりはなさそうだ。

ふたりはリムジンから緑豊かな宮殿の庭に降り立った。たわわに実をつけたざくろの木や、いちじくの木が、庭の一画を占めている。

「まるでアラビアン・ナイトの一場面のようだわ」

「宮殿内の庭は、毎週金曜日に一般の国民に開放される。誰かぼくに相談があれば、その機会に話を聞くことになっている」

ジャスミンは眉根を寄せた。「そんなに簡単に会えるの？」

タリクはジャスミンの手を握った。「ぼくが国民と会うことに反対なのかい？」日の光を浴びて、タリクの髪は黒いダイヤモンドのように輝いていた。

「そうじゃないわ。わたしはあなたの身の安全を考えていたのよ」

「ぼくが死んだら、きみは寂しく思うかい、ジャスミン？」

「なんてことを尋ねるの！　当然でしょう」

それなのに、四年前、彼女は背を向けて行ってしまったのだ。魂から血を流すぼくを置き去りにして。「ズーヒールは小さいが豊かな国だ。国民が満ち足りて暮らせるからこそ、栄えつづける。彼らの声に耳を傾けているかぎり、誰もぼくに危害を加えようとはしないよ」

「この国以外の人たちはどうなの？」

タリクは思わずほほえんだ。ジャスミンの一途《いちず》な表情は、彼の心を奪った十八歳のときそのままだった。「外国人が国境から入った瞬間に、ぼくらにはそのことがわかる」

「あなたの運転手は、この車がタクシーだとわたしに思い込ませようとしたのよ」ジャスミンは穏やかに笑った。

楽しげな笑い声は、タリクの心の奥にひそむある感情を揺り起こしかけた。しかし、タリクは情け容赦なくその感情を抑えつけた。今度はジャスミンにぼくの心をあずけたりはしない。

「マジールはいい運転手だが、俳優にはなれそうもないな」足音が近づいてきた。タリクはそちらを振り返った。

「殿下」見慣れた瞳が、不服そうな色を隠そうともせずに、こちらを見ていた。けれど、タリクはそんなことにわずらわされなかった。

「ヒラズを覚えているだろう」タリクは親友であり、自分の補佐役でもある男をジャスミンに引き合わせた。

「もちろんよ。またお会いできてうれしいわ」

ヒラズは頭を下げた。「こちらこそ、マダム」

「ヒラズは、ぼくがこれからしようとしていることが気に入らないんだ」タリクの言葉は、ヒラズに対する遠まわしな警告だった。

「殿下、叔父君とおつきの方々がお見えです。ほかの方々も到着されました」

「その上、ぼくを怒らせたいときにかぎって、〝殿下〟と呼ぶ」タリクはつぶやいた。だが、ヒラズの報告を聞いて、平静な声を出すのは難しかった。今夜の立ち会い人となる者たちがここに着いた。計画は実現に向けて動きはじめているのだ。

ヒラズは堅苦しい態度を捨てて、ため息をついた。「あなたは本当にする気なんですね」彼の目がジャスミンをとらえた。「タリクが何をするつもりでいるか、わかっているんですか？」

「もういい」タリクは乱暴な口ぶりでさえぎった。

ヒラズは眉を上げただけで、ふたりのあとに続いて宮殿のなかに入った。

「あなたは何をするつもりなの？」ジャスミンはタリクに尋ねた。

「きみにはあとで話す」

「いつ?」

「ジャスミン」タリクは静かな、有無を言わせない口調で言った。普通、周囲の人々はこれだけですぐに口をつぐむ。

「タリク」まさか口をつぐまない人間がいるとは思わなかったタリクは、足を止めて振り向いた。すると、ジャスミンがこちらをにらんでいた。

ヒラズはおかしそうに笑った。「彼女は大人になったみたいですね。あなたも手こずりそうだ」

「ジャスミンはぼくの言うとおりに行動するさ」

まるで自分が目の前にいないかのように話すふたりのやりとりに、ジャスミンは抗議の声をあげかけた。けれど、タリクの苦々しげな表情を見て、気がくじけた。

宮殿の内部は、飾りたてたところがなく、驚くほど落ち着いた雰囲気に満ちていた。ジャスミンが周囲に見とれていると、どこからか、長いドレスを着た女性があらわれた。

「きみはこのムンタズについていくんだ」タリクはそう言うと、ジャスミンの手を取り、その手首にキスをした。そして、ヒラズとともに去っていった。

3

ムンタズはジャスミンを、用意された部屋へ案内した。そこは宮殿の南に位置する続き部屋だった。ジャスミンが通された一室はとても女性的な内装だったが、もうひとつの部屋は男性用の部屋のようだった。ジャスミンはそのことをムンタズに尋ねた。

「あなたの……到着が、とても急でしたので」ムンタズは口ごもりながら言った。

ジャスミンはあまり気にせず聞き流した。

「あのドアはどこに続いているの？」

「どうぞこちらへ。きっと、お気に召すと思いますわ」ムンタズは笑顔でドアを開け放った。

「中庭ね！」四方を壁で取り囲まれた庭園は、青々とした草におおわれていた。小さな噴水が水を噴き上げ、その周囲をベンチが取り巻いている。

「プライベート・ガーデンですわ。ここへは……」ムンタズはまた口ごもった。「申し訳ありません。ときどき英語が出てこなくて……」

「気にしないで。わたしもズーヒールの言葉を勉強しているの。でも、まだあまりうまくはないわ」

ムンタズは目を輝かせた。「よろしければ、わたしがお教えしますわ」

「どうもありがとう！　お庭のことを話してくださっている途中だったわね？」

ムンタズは、言葉を選びながら説明を続けた。「この庭へは、ここと あそこの部屋を使っている方たちしか入ることができません」彼女はジャスミンの部屋のドアと左側のふたつのドアを指さした。

ジャスミンはうなずいた。「ああ、客用の庭という意味ね」

ムンタズはそわそわと身じろぎして、やがて笑顔を見せた。「お部屋と庭はお気に召しましたか？」

「すばらしいわ」

「よかった。あなたはズーヒールにずっと滞在なさるんですね？」

ジャスミンは驚いてムンタズを見た。「どうして知っているの？」

ムンタズはため息をついた。「ヒラズはタリクさまの親友です。わたしはヒラズの妻ですので――」

「まあ、わたしはてっきり……いいの、気にしないで」

「メイドだと思ったのですね？」ムンタズは気を悪くした様子もなくほほえんだ。「シークはあなたの気持ちをほぐしたくて、わたしにお世話を言いつけられたのでしょう。わたしはここで働いておりますから、宮殿へは毎日参ります。必要なものがあったら、遠慮なくわたしにおっしゃってください」

「ええ、そうします」タリクの心づかいに、ジャスミンの胸が熱くなった。「でも、どうしてタリクは何も言ってくれなかったのかしら？」

「シークはあなたへの怒りを捨てきれていません。それに、ヒラズはわたしに腹を立てているのです」

「ヒラズが、なぜあなたに？」

「夫はタリクさまの計画に賛成してはいませんが、わたしには、おとなしく従うことを求めているのです」ジャスミンが尋ねる前に、ムンタズはまた口を開いた。「赤毛の外国人のために、シークが心に痛手を負ったことは、ズーヒールではみんなが知っています」

ジャスミンはまばたきをした。「どうして？」

「夫はシークの秘密を墓まで持っていくでしょう。ですが、供をしていたほかの者たちは、それほど口が固くはありません」ムンタズは説明した。「ですが、あなたが来てくださってよかった。ご両親を亡くしたタリクさまには、あなたが必要なのです」

「彼はまだ、怒りを解いていないわ」

「でも、あなたはいまズーヒーナにいる。そばにいることが大切なのです。おいおい学ぶことですわ。ご自分のだんーー」

　突然、ムンタズの表情が苦しげにゆがんだ。ジャスミンは驚いた。「どうしたの？」

「わた……わたし、時間のことを忘れていましたわ。そろそろなかへ入りましょう」

　ムンタズの唐突な態度の変化にとまどいながら、ジャスミンは彼女について部屋に戻った。

「お風呂の支度ができています。入浴を終えたら、これをお召しください」ムンタズはベッドの上に用意されている衣服を指さした。

　ジャスミンはその布に触れてみた。ズーヒール・ローズの色合いの、まるで霧のように軽い衣装だ。水晶の細片をちりばめた長いスカート。上衣は長袖《ながそで》だが、身ごろがウエストの上までしかない。腰に巻くらしい金の鎖も、衣服の横に添えられていた。

「これはわたしの服ではないわ」ジャスミンはささやくように言った。

「今夜は特別な……お食事なのです。あなたには、これを着ていただかないと、その……」

「客としての礼儀なのね？」ジャスミンはムンタズに代わって言った。「だったら、着るわ」

　風呂に入る前に、ジャスミンは尋ねた。

「今夜のお食事は、格式ばった席なのかしら？」

「ええ、とても。お風呂から出られたころに、またあなたの髪を整えに参ります」

そう言い残して、ムンタズは部屋を出ていった。

「まるでプリンセスになったような気分だわ」ジャスミンはつぶやいて、ムンタズが頭にのせてくれた金のサークレットに手を触れた。暗赤色の髪は、ブラシをかけられ、背中で波打っている。

「だったら、わたしは役目を果たしたということですね」ムンタズは笑った。

「肌を見せることは、はばかられていると思っていたわ」ジャスミンは腰の細い金鎖に手を伸ばした。

ムンタズはかぶりを振った。「ズーヒールには厳格な戒律はありません。ですが、たいていの女性はつつましい衣服を好みます。家のなかでなら、もっと、こう……」ムンタズは自分の衣装を手で示した。彼女は黄色いハーレム・パンツに、ジャスミンのものと同じ形の上衣を着ていた。けれど、ムンタズの衣装には、水晶のかけらはついていなかった。

「わたし、着飾りすぎじゃないかしら？」でもジャスミンも本心では着替えたくなかった。この姿をタリクが見たら、美しいと思ってくれるかもしれない。

「あなたは完璧《かんぺき》ですわ。さあ、参りましょう」

数分後、ふたりは着飾った女性たちでいっぱいの部屋に入った。ジャスミンは目を丸くした。ふたりが入っていくと、室内の話し声がぴたりとやんだ。けれど、すぐまた、女性たちは口々に何かしゃべりはじめた。何人かの女性たちが寄ってきて、ジャスミンをクッションの上へ座らせた。ムンタズに通訳してもらいながら、ジャスミンはすぐに女性たちと打ち解けて話しはじめた。

そうして三十分ほどが過ぎたころ、ジャスミンはふと顔を上げた。すると、タリクが部屋の入り口に立っていた。誰に言われるでもなく、ジャスミンは立ち上がった。ふたたび部屋のなかが静まり返った。

タリクは襟に金色の刺繍《ししゅう》をほどこしただけの黒いチュニックを着ていた。その飾り気のなさが、かえって彼の美しい風貌《ふうぼう》を引きたてている。タリクは男たちを引き連れて、ジャスミンのいる部屋に入ってきた。そして、彼女の手を取った。

ジャスミンを見つめるタリクの瞳は熱く燃えていた。「きみは、命を得たズーヒール・ローズのようだ」タリクはジャスミンにだけ聞こえるようにささやいて、姿勢を正した。

ジャスミンはその言葉だけで体がかっと燃え上がるのを感じた。

「きみにききたいことがある、ジャスミン」今度の声ははっきりと部屋じゅうに響き渡った。

ジャスミンは彼を見上げた。「はい？」

炎のように燃える緑色の瞳が、彼女を見下ろした。「きみは自らの意思でズーヒールに来た。同じく自らの意思によって、ここにとどまるかい？」

ジャスミンはとまどった。どうしていま、彼はこんなことをきくのだろう？　けれど、彼女は直感的に悟った。ほかの人たちが見ている前で、タリクを問いただすべきではない。

「ええ」

タリクはちらりと満足そうにほほえんだ。ふいに、ジャスミンの警戒心が目覚めた。

「そして、きみは、自らの意思によって、ぼくとともにこの地にとどまるか？」

その問いかけが引き金になった。ジャスミンは、いま起きていることの意味を理解した。けれど、理解したからといって、彼女の返事は変わらなかった。「とどまります」ジャスミンは答えた。

一瞬だけ、タリクの瞳が荒々しい感情に燃え上がった。しかし、彼はすぐに目を伏せると、ジャスミンの手を取り、手首にキスした。「失礼するよ、ぼくのジャスミン……ほんのしばらくのあいだ」

そして、タリクは去った。ジャスミンは自分がしたことにまだ茫然《ぼうぜん》としていた。くすくす笑いながら、女性たちが彼女の腕を取り、もう一度クッションの上に座らせた。ジャスミンはムンタズの心配そうな顔を目の端にとらえた。

「どういうことか、わかっているのですか？」ムンタズはささやいた。

ジャスミンはこくりとうなずいた。平静を装ってはいたが、心臓は破裂しそうだった。

タリクへの愛で塗り込めようとしてきた後ろ暗い秘密が、毒蛇のように首をもたげた。彼に受け入れられたことがはっきりしてから、打ち明けようと思っていた秘密だ。でも、もう遅い。いまさらどうして、タリクに本当のことを言えるだろう？

「ジャスミン？」ムンタズの声が彼女の物思いを破った。

「タリクのあの問いかけは……」

「前もってあなたに注意しておきたかったのですが、止められていたのです」

ムンタズを責める気にはなれなかった。「この国は喪中ではなかったの？」

「一カ月のあいだは喪に服しました。ですが、残された者は生を楽しみ、それを亡くなった人たちへの供養と考えるのが、ズーヒールの文化です」

誰かがジャスミンの手にお菓子の皿を押しつけた。ジャスミンはその女性に礼を言った。ふいに、ジャスミンはここにいる人たちが誰であるかに気づいた。この人たちは結婚に立ち会うタリクの親族なのだ。

ムンタズが、これからの手順を説明してくれた。「先ほどの問いかけは、結婚の儀式の最初の段階です。次はふたりを夫婦として結びつけます。そして、最後に祝福の歌が部屋の外の人たちによって歌われます。あなたがタリクさまとふたたび対面するのは、それらが終わったあとです」

ジャスミンの視線は、部屋を仕切っている壁に吸い寄せられた。壁のなかほどに、繊細な細工をこらした小さな窓が開いている。彼女の未来が、あの向こうに待っているのだ。

「こんな儀式のことを聞くのははじめてだわ」

「ズーヒールのやり方は、ほかのイスラム諸国とは違います」ムンタズは言った。「本当に結果を覚悟して、タリクさまの問いに答えたのですか？」

ジャスミンは深く息を吸い込んだ。「わたしはただひとつの目的を胸に、飛行機を降りたのよ。こんなことになるとは予想もしなかったけれど、タリクひとりが、わたしの求める相手なの」

ムンタズはほほえんだ。「怒ってはいても、タリクさまはあなたを必要としています。あの方を愛しなさい、ジャスミン。そして、もう一度、あの方に愛する心を取り戻させるのです」

ジャスミンはうなずいた。タリクに愛する心を取り戻させなくては。でなければ、わたしの一生は無情な男の所有物で終わってしまう。

「次の儀式のお時間ですわ」ムンタズはこちらに近づいてくる年配の女性を示した。

その女性はジャスミンのかたわらにひざまずくと、ほほえみを浮かべて彼女の右手を取った。「これにより、わたしはあなたたちを結びつけます」赤いリボンがジャスミンの手首に結びつけられた。そして、女性は顔を上げた。「わたしの言葉を繰り返してください」

ジャスミンはぎこちなくうなずいた。

「この絆《きずな》は、真実の絆。この絆は、断つことのできない絆」

「この絆は、真実の絆。この絆は、断つことのできない絆」もう引き返せない。ジャスミンは、喉に締めつけられるような圧迫感を感じた。

「我が命を、タリク・アル・フゼイン・ドノバン・ザマナトの手にゆだねます」

ジャスミンはゆっくりと正確にその言葉を繰り返した。これでわたしの道は決まった。

言うべき言葉を言い終えると、女性は長いリボンのもう一方の端を持ち、仕切り壁の窓から、リボンを向こう側へと差し入れた。しばらくして、ジャスミンは手首のリボンが引っぱられるのを感じた。

タリクが彼女に結びつけられたのだ。

部屋の外から、歌声が聞こえはじめた。


タリクは壁の小窓を見つめていた。あの向こうにジャスミンが座っている。タリクの脳裏をさまざまな映像が駆け抜けた。

ぼくの祖国の衣装を身につけたミナ。タリクの胸に誇りが満ちた。彼女はまるで、生まれながらの王族のようだった。

官能に目覚めた目で、こちらを見ていたミナ。そうだ。ジャスミンは確かに大人になった。彼女に寝室での秘め事を手ほどきするのは、この上なく楽しいにちがいない。

これまでもずっとミナはぼくのものだった。だが、あと数分でふたりの絆は分かちがたいものとなる。

〝ぼくはとても飢えているんだよ〟

タリクが言った言葉が、ジャスミンの耳について離れなかった。もうすぐ飢えた豹《ひょう》がここに来るとわかっているのに、どうして緊張せずにいられるだろう。ジャスミンはうめき声をもらし、大きなベッドの上で起き上がった。そこは彼女の部屋の隣にあるタリクの寝室だった。

ベッドの上に用意されていたナイトガウンは目を疑うほどのものだった。ごく薄手の白いリネンで、足首まで長さがあり、前身ごろを青いリボンで結ぶようになっている。長い袖の手首の部分にも、同色のリボンがあしらわれていた。下半身の部分には腿までのスリットが入り、動くたび脚があらわになる。素材の布はほとんど透明で、胸の先端と脚のあいだの秘めた部分がぼんやり透き通って見えた。

こんなものを着て、平気な顔をしていられるわけがない。ジャスミンはクローゼットに近づいた。何か上にはおれるものがあるはずだ。彼女はタリクのものらしい青いシルクのガウンを見つけた。

「そこまでだ」

はっとして、ジャスミンはすばやく振り返った。いつのまにか、タリクがすぐ後ろに立っていた。彼の目が熱を帯びて彼女の全身を撫《な》でまわした。ジャスミンの視線は彼の裸の胸に釘《くぎ》づけになった。息をのむほどの体だ。彼の肩幅は想像していたより広く、胸板は厚い筋肉におおわれている。タリクは小さなタオル一枚を腰に巻いただけの姿で立っていた。

「体を隠す許可を与えた覚えはない」

その言葉に、ジャスミンはかっとなった。「あなたの許可はいらないわ」

タリクはジャスミンの手からローブを払いのけた。そして、彼女の両手を片手で握り込んだ。「きみはもう、ぼくの所有物だ。ぼくの望みどおりにふるまうんだ」

「ばかげたことを言わないで」

「口答えはしてもかまわない。だが、最後に勝つのはぼくだということを忘れないほうがいい」

ジャスミンは彼を見上げた。わたしは自分の手に余ることを始めてしまったのではないだろうか。もしかしたら、タリクは彼の言葉どおりの暴君なのかもしれない。

「きみを見たいんだ」タリクは彼女の体の向きをくるりと変えさせた。そして、片腕を腰に、もう片方の腕を胸の下にまわして背後から抱きすくめる。

ジャスミンが顔を上げると、驚いたことに、ふたりは壁際の大きな鏡の前に立っていた。彼女の白い肌が、タリクの浅黒い腕に巻きつかれて浮き立って見える。タリクは上からのしかかるようにジャスミンの体を包み込んでいた。

「タリク、放して」エロティックな姿を正視できず、ジャスミンは懇願した。彼女は鏡から顔をそむけた。

「だめだ、ミナ。きみを見ていたいんだ。ぼくはもう何年も、この光景を夢に描いてきたんだから」

タリクの荒々しい告白は、ジャスミンの全身を熱くした。彼の視線が鏡のなかの自分に注がれている。それを自覚しても、彼女はもう、いけないことだとは思わなかった。まるで、自分はこの瞬間のために生まれてきたような気さえした。

「見るんだ。ぼくがきみを愛するところを」タリクは彼女の首筋に歯を立て、その部分を吸った。

ジャスミンは拒むように首を振った。いけないことだとは思わない。けれど、無垢《むく》な彼女が正視するには、あまりに扇情的な光景だった。タリクはジャスミンの顎や頬に唇を這《は》わせた。そして、片方の耳たぶを口に含んで吸った。ジャスミンは無意識に爪先立ちになって身震いした。

「鏡を見て」タリクはささやいた。「お願いだ」

〝お願いだ〟という彼の言葉が、ジャスミンの抵抗を突き崩した。彼女は鏡に顔を向けた。タリクの緑色の瞳が、まっすぐに彼女を見ていた。ジャスミンの瞳を見つめたまま、タリクは手を動かし、下から片方の胸のふくらみをすくい上げた。ジャスミンは息をのんで、ウエストに巻きついている彼の腕をつかんだ。タリクは彼女に応《こた》えるように、やわらかなふくらみを愛撫《あいぶ》した。

「タリク」ジャスミンはうめいた。

「見るんだ」タリクは命じた。

彼は親指を彼女の胸の頂に近づけた。そして、ジャスミンが目をみはって見つめるなか、一回、二回とその熱い頂に触れた。ジャスミンは息苦しくなってあえいだ。背後で、タリクの息づかいも変化した。彼の体がこわばる。ふいにタリクが愛撫をやめたので、ジャスミンは抗議の声をあげた。だが、すぐにもう片方の胸に移って同じことを繰り返すと、彼女はため息をつき、かすかな声をもらしはじめた。

タリクの愛撫のせいで、ジャスミンの胸のふくらみは敏感になり、熱を帯びてほてった。次にタリクは手を腹部へすべらせ、おへその上で両手の親指を重ねる形で手を広げた。広げた手のあいだに、ジャスミンの秘めた部分が囲い込まれる。ジャスミンはそれを見て、背後にあるタリクの太腿をつかみ、爪を立てた。タリクはジャスミンの耳に賞賛の言葉をささやくと、ふたたび彼女の耳たぶをもてあそぶように唇ではさんだ。

タリクは鏡のなかでジャスミンに向かってほほえんだ。そして、彼女の視線をとらえたまま、手をさらに下へとすべらせた。重なった指の先端が、彼女の熱い芯《しん》に触れる。ジャスミンは身じろぎしたが、タリクの上腕に両肩を押さえつけられていて動けない。彼女はなすすべもなく、魅入られたようにタリクの手の動きを見つめた。彼はゆっくりとさらに下へ、奥へと手をすべらせた。

隠された敏感な場所に圧力を感じ、ジャスミンは叫び声をあげた。そして、タリクの胸に頭を押しつけた。タリクはジャスミンに息をつかせてやってから、もう一度、そしてもう一度と愛撫を繰り返した。朦朧《もうろう》としたまなざしで、ジャスミンはタリクを見た。タリクは半ばまぶたを閉じていたが、その頬は紅潮していた。

「お願い！」タリクが手を離すと、ジャスミンは声をあげた。

「我慢するんだ、ミナ」

ジャスミンはタリクの手を呼び戻そうと身をくねらせた。けれどタリクは、手を戻す代わりに、腰の上で彼女のガウンをつかみ、布をたぐり寄せはじめた。脚が腿まであらわになったとき、ジャスミンはようやく彼が何をしようとしているかに気づいた。

「やめて！」ジャスミンは腕を上げようとしたが、タリクは上腕で彼女の動きを封じた。

ジャスミンは固く目をつぶった。すると、彼はガウンをたぐる手を止めた。

「ミナ」それは罪へのいざないだった。ジャスミンはあらがえなかった。彼女は目を開けて、自分の体がウエストまであらわにされる様子を見つめた。

「ああ」わたしは淫《みだ》らな女になった。タリクの体に背後から抱きすくめられ、ジャスミンはそう思った。

タリクは姿勢を変えた。と、たくましい彼の太腿が、片方だけジャスミンの脚のあいだに差し入れられた。ジャスミンは衝撃にあえいだ。タリクは高ぶった彼女の肌にやさしく太腿を触れ合わせた。ジャスミンはめまいに似た感覚に襲われた。タリクの体温が、彼女の熱く潤った部分に迫る。ジャスミンの両腕は解放されていたが、彼女はもう彼を止めようとはしなかった。

「ぼくの上に乗るんだ、ミナ」タリクはジャスミンのガウンを片腕にかけ、もう片方の手を彼女の脚のあいだにすべり込ませた。手でまさぐられ、ジャスミンは正気を保つことが難しくなった。タリクはふたたび脚を上下させ、彼女の動きを誘った。ジャスミンはうめき声をあげた。そして、無意識に腰を動かしはじめた。彼の脚の動きは激しさを増し、同時に指がジャスミンの脈打つ部分を愛撫する。

何も考えられなくなって、ジャスミンは目を閉じ、腰を上下させた。支えを求め、タリクの上腕を両手でつかむ。感覚が爆発寸前にまで高まってきた。そして、突然、世界がはじけた。まるで体がばらばらになったような衝撃だった。解放感にすすり泣きながら、彼女は背後のタリクに体をあずけた。

「きみは美しい」彼の声は畏敬《いけい》の念に満ちていた。

ジャスミンは顔を上げた。鏡のなかには、自分の姿が映っていた。快感のあまり恥じらいさえ忘れて、ジャスミンはタリクの目を見た。「ありがとう」

ジャスミンの素直な言葉に、タリクは身震いした。「まだ終わりじゃないよ」

タリクはたくし上げてあった彼女のガウンをもとに戻した。そして、身ごろのリボンをほどきはじめた。ジャスミンの体にこまかな震えが走る。タリクはまた自分の脚を彼女の熱い部分に押しつけた。

「タリク、からかわないで」

「きみはからかい甲斐《がい》があるからね」リボンがほどけ、ガウンの前が大きく開いた。あらわになった胸のふくらみをタリクはやさしく愛撫した。

ジャスミンは目を閉じた。タリクの高ぶった体が、背後から押しつけられる。

ジャスミンは目を開け、鏡のなかでほほえんだ。そのほほえみは、新たに目覚めた女としての力に満ちていた。そして、彼女は体をゆっくりと上下に動かした。

タリクはうめいた。「きみは魔女だ」

「あなたがわたしをからかうからよ」

タリクは彼女の胸の頂を指にはさんだ。「そうかもしれない。だが、ぼくのほうがきみよりずっと大きいんだよ」

タリクはジャスミンのガウンを頭から脱がせた。

ジャスミンは鏡に映るふたりの姿に息をのんだ。

「きみはぼくのものだ、ジャスミン」

あからさまな所有の宣言も、今度はジャスミンをおびえさせなかった。こんなにもやさしくわたしに触れる男性が、わたしをただの所有物としか思っていないわけはない。

かつて、わたしはタリクを深く傷つけた。タリクと再会したいま、わたしは彼を愛し抜いて、わたしに対する彼の不信を拭《ぬぐ》い去らなくてはならない。途中であきらめるつもりはなかった。

鏡のなかでふたりの目が合った。ジャスミンは深く息を吸い込んだ。「もう一度あなたに乗りたいの」

4

「だめだ。今度はぼくが乗るんだから」タリクはジャスミンの体をいとも軽々と抱き上げた。「ゆっくり、時間をかけてね」

タリクは彼女をベッドの上に横たえた。ジャスミンははじめて、一糸まとわぬ彼の姿を目にした。

ふたりのまなざしがからみ合った。タリクはジャスミンの不安を理解した。「ぼくはきみを傷つけたりしないよ、ミナ」タリクはベッドに上がり、彼女の体を自分の体でおおった。

「あなたがわたしをミナと呼ぶのは、自分のやり方を押し通したいときだわ」ジャスミンはタリクのために脚を開き、両腕を彼の首にからめた。

「これからは、常にぼくのやり方を通すつもりだ」彼は妥協のない口調で言った。

タリクはジャスミンの唇にキスすると、舌の動きで愛の行為をまねた。

そして、かすれた声でささやいた。「きみはぼくにすべてまかせればいいんだ」

タリクはジャスミンの腰をつかみ、彼女のなかに分け入った。そして彼女の胸の頂を口に含んで強く吸った。ジャスミンは声をあげ、背中をそらした。期せずして、彼を深く受け入れる格好になった。タリクはジャスミンのなかに身を沈め、彼女のはかない抵抗を突き崩した。ジャスミンはあえいで、体をこわばらせた。

「ミナ？」タリクは動きを止めた。

「ゆっくり、時間をかけてね」ジャスミンは息を乱しながら、彼にさっきの言葉を思い出させた。

タリクは拷問のようにゆっくりと身を沈めた。それが三度繰り返されたあと、ジャスミンは、もっと速くとタリクにせがんだ。

「きみは忍耐心がなさすぎるよ」タリクは彼女をしかった。けれど、汗ばんだ彼の体も、自分を抑えるためにぶるぶると震えていた。

ジャスミンは脚でタリクを締めつけ、彼の背中に爪を立てた。タリクの瞳が燃え上がり、彼は自制を捨ててジャスミンを激しく貫いた。ジャスミンは彼の肩に歯を立てた。そして、彼女はこの夜二度めの絶頂に達した。タリクも強烈な感覚の頂点を迎えて、体をこわばらせた。

タリクの体が彼女の上に崩れ落ちた。ジャスミンは彼の首筋に顔を埋《うず》め、そのまま深い眠りに落ちた。

夜が明けそめるころ、ジャスミンは空腹のせいで目を覚ました。そういえば、緊張のあまり、ニュージーランドを発《た》ってから何も食べていなかった。彼女はベッドの端へ移動しようとしたが、タリクの重い手脚に押さえつけられているせいで、まるで動けずに終わった。彼女のおなかが鳴った。

「タリク」ジャスミンは彼の首筋にキスした。「起きて」

タリクはうなって、彼女を抱く腕に力を込めた。彼女はため息をつき、仕方なく彼を揺すった。

「またぼくに乗りたくなったのかい？」タリクは眠そうな声で彼女に尋ねた。ジャスミンは赤くなった。

「何か食べたいの。おなかがぺこぺこなのよ」

タリクはくすくす笑って、ジャスミンを抱いたまま寝返りを打った。「きみに食事をさせたら、お礼に何をくれる？」

彼女のおなかがまた鳴った。「平和をあげるわ」

タリクは声をたてて笑った。「ああ、ミナ。きみは意外性のかたまりだ」そして、彼はあきらめのため息をついた。「何か食べるものを探してくるよ」

タリクはベッドを抜け出した。ジャスミンは彼の姿を目で追わずにはいられなかった。よく鍛えられた筋肉が、動きに合わせて波打つように形を変える。

「気に入ったかい？」後ろを振り向かずに、タリクが尋ねた。

ジャスミンはもう一度、頬を赤らめた。「ええ」

タリクはローブをはおりながらドアへ向かった。そのとき、ジャスミンは彼の口元にほほえみを見た。

「どこへ行くの？」

「ダイニングに何かあるはずだ。持ってくるよ」

ひとりになると、ジャスミンは人急ぎでガウンを拾って身につけた。やがてタリクは食べ物のトレイを手に戻ってくると、それをベッドの上に置いた。そして、ベッドの片側に身を横たえ、気だるげな豹《ひょう》のように、ジャスミンが食事する姿を見守った。

「それで、わたしはなんという名前になったの？」食事が一段落すると、ジャスミンは尋ねた。

「ジャスミン・アル・フゼイン・コールリッジ・ドノバン・ザマナトだ」

ジャスミンは目を丸くした。「なんて長い名前かしら。結婚前の姓も名乗れるとは思わなかったわ」

「ズーヒールでは女性が大切にされている。結婚によって、宗教を変える必要もないんだ」

「ドノバンは、あなたのお母さまの旧姓？」

タリクの瞳が一瞬、陰ったように見えたが、彼の返事はなめらかだった。「きみも知ってのとおり、母はアイルランド人だった」彼はトレイからいちじくの実を取って、口に入れた。「ぼくらに子どもが生まれたら、その子はアル・フゼイン・コールリッジ・ザマナトという姓を名乗ることになる。アル・フゼイン・ザマナトはシーク一族の姓だ」

ジャスミンが黙っているので、タリクは顔を上げた。わたしがタリクの子どもを産む。考えただけで、ジャスミンの胸に甘美な痛みが広がった。彼に秘密を打ち明けなければ……でも、いまはまだだめだ。「あなたの瞳は、お母さまの瞳ね」

「そうだ。それに……」彼はそこで言葉を切って、にやりとした。「ぼくの癇癪《かんしゃく》も母譲りさ」

「すてきなご両親だったんでしょうね」ジャスミンは干した杏《あんず》をつまんでタリクに食べさせた。

タリクはすばやくその手をつかむと、彼女の目をとらえたまま、指の一本一本に舌を這《は》わせた。

「ご両親がいなくなって、寂しいでしょう」ジャスミンは官能のうずきと闘いながら言った。

タリクは彼女から目をそらした。「ぼくは国民を導かなくてはならない。寂しがっている暇はない」そして、タリクはトレイを取り上げて床に置いた。「おしゃべりはもうじゅうぶんだ」彼はジャスミンをベッドの上に押し倒した。

タリクは両親のことを口にしたくなかった。ふたりを失った悲しみは胸を押しつぶすほどだった。さらに、その後明らかになった事実は、タリクを気も狂わんばかりに嘆き悲しませた。彼の母親は癌《がん》で死にかけていたのだ。両親は、母親が治療を受けていた病院からの帰り道に、自動車事故で亡くなった。

この世でもっとも信頼していた女性が、自分に隠し事をしていた。母はそんなにも息子を頼みにしていなかったのだろうか?

記憶を振り払って、タリクはジャスミンをマットレスに沈めた。ここには何ひとつ嘘《うそ》はない。ふたりが互いの体に見出《みいだ》す歓《よろこ》びに、隠し事は存在しないのだ。これほど激しい情熱を経験して、心を揺り動かされないわけはなかった。なんということだ。この小さな女性は、もうまたぼくの魂に確かな足場を見つけてしまったのかもしれない。そんな頭の隅のささやきを、タリクは強引に追い散らした。

「体に痛みはあるかい?」

ジャスミンは赤くなった。「いいえ」

「無理強いはしないよ、ミナ。きみが自分から与えようとするものしか、受け取ろうとは思わない」タリクは彼女の背中を撫《な》で、喉にキスした。

「わたしはあなたに無理強いできるの?」

タリクは驚いて動きを止めたが、すぐにほほえんだ。「そんなにぼくが欲しいのかい？」

「あなたが欲しいわ」ジャスミンの瞳には熱っぽい光が宿っていた。タリクはふたたび、ジャスミンが四年前とは違う女性であることを実感した。

タリクは頭を下げ、彼女の下唇を味わった。すると、お返しにジャスミンも彼の唇に歯でやさしく触れた。そうだ。タリクは心のなかでつぶやいた。彼女はおとなしい子猫じゃない。このミナには鋭い爪がある。その爪を、ミナはぼくと戦うために使うだろうか？それとも、ぼくを求めて、周囲と戦うために使うのだろうか。


二日後、タリクが小塔の部屋を訪れてみると、ちょうどジャスミンが喜びの歓声をあげているところだった。「完璧《かんぺき》だわ！」

三方向に大きな窓のある部屋で、彼女は躍り上がって喜んでいた。それを見て、タリクの胸の奥に封印された感情が騒ぎ出した。

彼は無理やりやさしい気持ちを抑えつけた。

「何が完璧なんだい？」

タリクの声に驚いて、ジャスミンは振り返った。「この部屋よ」彼女は答えた。「この部屋をわたしの仕事部屋にしたいの。かまわないかしら？」

「ここはきみの家だ、ミナ。好きにするといい」

タリクの寛大さは、車のなかでのとげとげしい言葉とは完全に矛盾していた。ジャスミンは笑顔で彼を抱きしめた。しかし、タリクは彼女を抱き返そうとはしなかった。ジャスミンは押しのけられる前に身を引いた。タリクがベッドの外で、愛情のこもった触れ合いを求めることはない。ジャスミンはその事実に傷ついていた。

「どうもありがとう」ジャスミンは庭をのぞむ窓に近寄った。「この部屋は、あなたが絵を描《か》くにもぴったりでしょう。あなたのアトリエはどこなの？」

タリクはジャスミンの後ろから近づき、その肩に手を置いて彼女を振り向かせた。「ぼくはこの国のシークだ。絵などに費やしている暇はない」

ジャスミンは眉を寄せた。「でも、以前はあんなに絵を描くことが好きだったじゃない」

「人は好きなことをして暮らせるとはかぎらない」

「そうね」ジャスミンはうなずいた。取りつく島もないタリクの言葉に、何も言えなくなった。昔、彼女を愛したやさしいタリクは、この厳格なシークの仮面の下にしっかりと封印されているのだ。

タリクは目を伏せ、謎《なぞ》めいた表情で彼女の繊細な肌を愛撫《あいぶ》した。「ぼくらにはハネムーンを楽しんでいる時間はない。だが、明日、ぼくはある砂漠の部族を訪問するためにここを発つ予定だ。きみも来るんだ」

タリクはジャスミンに選択の余地を与えなかった。「どこへ行くの？」

タリクは彼女の首筋に親指を這わせた。「今朝、ぼくはきみに跡をつけたようだね」

ジャスミンは手で自分の首に触れた。「気がつかなかったわ」

タリクの緑色の瞳が暗く陰った。「きみはぼくのものだ、ミナ。あらゆる意味で」

ジャスミンはタリクの激しい口調に言葉を失った。この危険な男性を夫とすることに、かすかなおびえを感じた。ときには、昔のタリクがかいま見えることもある。けれど、普段ジャスミンに向けられているのは、この冷たい仮面をつけたタリクの顔だ。

「白くて、やわらかい肌だ、ジャスミン」タリクはかすれた声でささやいた。「とても簡単に傷つく」

「タリク、何を――」ジャスミンは驚いて声をあげた。タリクがいきなり、彼女のブラウスのボタンをはずしはじめたのだ。

あわてて襟をかき合わせようとするジャスミンを無視して、タリクは頭を下げ、むき出しになった胸のふくらみに唇をつけた。そして、やわらかな肌を吸いはじめた。ジャスミンは思わず彼の髪をつかんだ。やがて、タリクは顔を上げた。

ジャスミンの胸には、小さな赤い跡がついていた。「これを見て、きみはぼくのものだということを思い出すんだ」

ジャスミンは目をみはって彼を見つめた。

「一日じゅう、そのことを考えつづけるんだ」彼はもう一度、ジャスミンにキスした。

「この先は夜までおあずけだ」そして、彼は部屋から出ていった。

ジャスミンは膝が萎《な》えそうになり、背後の窓枠をつかんだ。無意識に、片手は胸のふくらみを押さえていた。タリクは所有のあかしとして、わざと跡をつけたのだ。荒々しいほどに満足げな彼の顔を思い出し、ジャスミンは身震いした。半分は欲望のせいだが、もう半分は身のすくむような不安のせいだった。タリクがわたしに感じているのは欲望だけだなんて思いたくない。けれど、いましがたのキスは、精神の暗い側面にひそむ何物かに駆りたてられたキスだった。ジャスミンは本能的に知っていた。その何物かが、ふたりの関係をいつか、こなごなにしてしまうかもしれないということを。

翌日は明け方から快晴だった。

ふたりはリムジンに乗ってズービーナを出発した。自動車で五時間移動したあとは、らくだの背に乗り、ジーナという砂漠の小さな街を目指すのだ。

「後ろの自動車に乗っている人たちは誰なの？」リムジンの座席で、ジャスミンはタリクに尋ねた。

「評議会のメンバーが三人、ついてきているんだ」タリクはジャスミンの体を抱き寄せた。「自動車道が終わる地点まで行ったら、その先はジーナから派遣された案内人が先導してくれる」

「ずいぶん孤立した場所なのね」

「それが我々の暮らし方だ。個々の街はどれも小さくて、ほかから孤立している」

「ズーヒーナでさえ大都市ではないものね」

タリクはジャスミンの三つ編みをほどきはじめた。ジャスミンは彼の胸に頭をあずけて、思いがけない情愛のしぐさにうっとりと酔いしれた。

「ああ。この国でもっとも大きな都市はアブラズだ。だが、ズーヒーナは国の心臓部なんだよ」

「ジーナはなぜ重要なの？」

タリクが敏感な肌に指を這わせはじめると、ジャスミンは猫のように彼にすり寄った。

「ああ、ミナ。きみは矛盾に満ちている」

「どんなふうに？」

「ぼくの腕のなかでは自由奔放なくせに、他人の前では淑女そのものだ」

「それだけ？　もっと何か続きはないの？」

「想像のなかで、その淑女の衣をはいでいくことに、ぼくはすばらしい歓びを見出したよ。どうやってきみに歓喜の声をあげさせようかと、計画を練るのが楽しくてね」

「これからはあなたを見るたびに、そういうことを考えているんだと思うことにするわ」

ジャスミンは頬を赤くした。

「たいてい、その推測は当たっているはずだよ」タリクは笑いながら、ジャスミンの唇を自分の唇でおおった。

ジャスミンは両腕を彼の首にからませた。タリクは急がなかった。彼はジャスミンを自分の膝の上に乗せると、てのひらで胸のふくらみを愛撫した。

「これ以上はだめよ」ジャスミンはあえぎながら唇を離した。ヒップの下で、彼の高ぶりが感じられた。

タリクは欲望をたたえた気だるげな目をして、ジャスミンを自分の膝から下ろした。

「きみの言うとおりだ。これを終わらせるには何時間もかかる」

ジャスミンはあわてて反対側の座席に移った。「ジーナのことを話して」

男としての満足感を顔に浮かべて、タリクは大きく上下する彼女の胸を見つめていた。

「ジーナはズーヒール・ローズの主な産地だ。石油も出る。だが、この国に散らばる各部族は、何世紀ものあいだに、資源の産地だけに富を集中させないシステムを編み出し、維持してきた。たとえば、ズーヒール・ローズは原石のままジーナから送り出される。その原石は北の部族に届けられ、そこで世界一優秀な職人たちの手によって加工される」

タリクの言葉は誇張ではなかった。ズーヒールの宝石加工職人たちは神業のような技術の持ち主だという定評がある。「それで、今回の旅の目的は？」

「この国の国民は各地に散らばって暮らしている。だから、ぼくは少なくとも一年に一度、それぞれの部族を訪れることにしているんだ」タリクは座席の下で長い脚を伸ばした。

「申し訳ないが、これからこの報告書を読まなくてはならないんだ」タリクはリムジンのドアポケットに入っている書類を示した。

ジャスミンはうなずいた。タリクはまだ、心をあずけるほどにはジャスミンを信じていない。けれど、国内の事情を語る程度には、信頼してくれているのだ。胸の希望を新たにして、彼女はバッグからデザイン用の小さなスケッチブックを取り出した。


タリクがふと書類から顔を上げると、ジャスミンは一心にスケッチブックの上で手を動かしていた。集中しきったその表情に、タリクは魅了された。

出会ったころ、ジャスミンはまだ学生で、強いられた専攻科目にまるで興味を持てずにいた。しかし、いま目の前でデザイン画に向かう彼女は真剣そのものだ。ぼくはいま、はじめて成長した彼女の真の姿と向き合っているのだ。タリクは驚きとともにそう自覚した。

「見てもいいかい？」タリクは声をかけた。成長した彼女を知りたかった。

ジャスミンはびくりとして顔を上げた。その顔が、ゆっくりとほころんだ。「ええ、どうぞ」

タリクは彼女の側の座席に移った。「イブニング・ドレスだね」

「銀色がかった素材を使おうと考えているの」

「きみには才能がある。これはとても美しいよ」

ジャスミンの頬がぱっと紅潮した。「本当に？」

その口調には、隠そうとしても隠しきれない渇望があった。タリクは、再会した日、むきになって自分の職業選択を弁護するジャスミンの様子を思い出した。あれは、誰からも自分の夢を認められたことのない人間の反応だ。タリクはジャスミンが育った家庭の真実の姿を、おぼろげながらに理解しはじめていた。激しい怒りが彼の胸にわいた。ジャスミンを虐げた者たちに対する、強烈な怒りだ。

「本当だとも。来月、ラザラから荷が届く。そのなかにきみの気に入る布があるかもしれないよ。よければ、ほかのデザインのことも話してくれないか」

目を輝かせて、ジャスミンは説明を始めた。気のおけないおしゃべりをしているうちに、時間は過ぎていった。タリクにとっては、そのこと自体が驚きだった。シークの座に就いてから、他人といてくつろげたことなど、ただの一度もなかったのだ。自分はジャスミンに対して、それほどまでに防御を解いてしまったのだろうか？

5

「怖い?」タリクはジャスミンを振り返った。「怖いの」

彼女はうなずいた。「らくだがこんなに大きいなんて……」

驚いたことに、タリクは彼女を腕のなかに抱きしめた。「心配しなくていい。ぼくがいるから」

「約束よ?」ジャスミンの声は震えていた。

「いったい、どうしたんだ?」タリクは彼女の顔をのぞき込んだ。「そんなに不安なのかい」

ジャスミンはみじめな顔でうなずいた。「わたしは高いところが怖くてたまらないの」

「だが、ジーナへ行くにはほかに方法がないんだ」タリクはジャスミンの頬に手を当てた。

「大丈夫よ。なんとかなるわ」ジャスミンは強がりを言った。

「勇敢だね、ミナ」彼はジャスミンの下唇を親指でなぞった。「きみはここから車で宮殿へ帰るといい」

ジャスミンはぱっと顔を上げた。「わたしを連れていきたくなくなったの？」

「きみにつらい思いをさせるつもりはないんだ」

ジャスミンは唇を噛《か》んだ。「旅行を終えて帰るまでにどれくらいかかるの？」

「ジーナまで三日。あちらでやるべきことをすませて帰るから、少なく見積もって十日だ」

十日も！　そんなに長いあいだ、タリクと離れていたくない。「わたしも行くわ。あなたといっしょにらくだに乗ってもいい？」

タリクはうなずくと、彼女の唇に軽くキスした。「ぼくの胸に顔を埋《うず》めて、目を閉じているといい。いつもベッドでしているように」

ジャスミンは赤くなった。「ありがとう」

「どういたしまして。さあ、おいで。出発だ」

タリクはジャスミンをらくだの背中に上らせた。そして、彼女が恐怖を感じはじめる前に、自分もその後ろにまたがった。ふたりはこの旅のために脚を広げやすいズボンをはき、頭には強い日差しをさえぎる白い布をかぶっていた。

らくだが動き出すと、ジャスミンの胃は宙返りを打ちそうになった。けれども、彼女は決然として、前方の美しい砂漠を見つめていた。波打つようならくだの歩みは少し怖かったが、地面さえ見なければ、吐き気にも襲われずにすんだ。それに、ウエストにまわされたタリクの腕が、ほのかな自信さえ与えてくれた。

しかし、いくらタリクの助けがあっても、お尻の痛みを免れることだけはできなかった。夕方、野宿をするために、一行はオアシスでらくだを降りた。ジャスミンはそそくさと男たちの目の届かない場所へ逃げ込んだ。そして、生理的な欲求を満足させてから、木の陰で痛む腰をさすった。

タリクの低い笑い声に、彼女はぱっと後ろを振り返った。いつのまにか、彼はジャスミンから数十センチも離れていないところに立っていた。

「ここで何をしているの?」ジャスミンはばつの悪い思いをしながら、タリクのわきをすり抜けようとした。

タリクはジャスミンのウエストに腕をまわして、彼女を引き止めた。「そういきりたたないで、ミナ。きみが戻ってこないから、心配になったんだ」

ジャスミンはその言葉に気持ちをやわらげた。そして、正直に白状した。「お尻が痛いの」

ふいにタリクはジャスミンのお尻に手を当てて、その部分をもみほぐしはじめた。「慣れるまで、かなり大変だよ」

ジャスミンはうめき声をあげた。マッサージが気持ちよくて、恥じらいも忘れた。まるでタリクの手に魔法をかけられているようだ。けれど、こんなことを続けるわけにはいかない。このままでは、ここで抱いて、と彼にせがんでしまいそうだ。ジャスミンは彼の胸を押しのけて、一歩離れた。

「わたしたち、その……みんなのところへ戻ったほうがいいわ。さもないと、夕食を食べそこねてしまうわよ」

タリクはあきらめたようにため息をついた。「そのとおりだ、ミナ。行こう」ふたりは手をつないで、男たちが火をたいている場所へ向かった。一行と合流する前に、タリクはジャスミンの耳にささやいた。「今夜、痛む場所をマッサージしてあげるよ。らくだに乗ったせいで、ぼくがきみに乗れないなんてごめんだからね」

タリクに同行した男たちは、真っ赤な顔をして戻ってきたジャスミンを見ると、訳知りな表情でにやにやした。ジャスミンは男たちを無視して腰を下ろした。タリクは男たちの目から妻を隠すように、ジャスミンの斜め前に座った。彼女は我が物顔のその態度に、思わず唇をほころばせそうになった。けれども、そのことについて、口に出して言ったりはしなかった。人前でタリクの行動に異議を唱え、彼の体面を傷つけるようなことはするべきではない。

それは、タリクが砂漠の国のシークだから、という理由だけではなかった。タリク自身の性格ゆえだ。彼はめったなことでは他人に心の内を見せない男性だ。世間と向き合うときは、常に仮面をかぶっている。彼の自尊心のあり方は、この性格と密接に結びついているのだ。

ズーヒールの国民にとって、タリクは親しみやすく、それでいて威厳に満ちた統治者だ。しかし、ニュージーランドにいたころの彼は、ジャスミンの家族に対し、徹底してよそよそしくふるまった。表面には出さなかったが、彼らを軽蔑《けいべつ》していたのだ。

四年後のいまになって、ジャスミンは理解した。仮面の下にあるタリクの素顔に触れた人間は、自分だけだったのだ。あのころのタリクは彼女を信頼していた。けれど、再会してからのタリクは、ほんのときどきしかわたしに素顔を見せてくれない。たいてい、彼は世間向けの仮面をつけたまま、〝妻を所有する男〟を演じている。あれは仮面よ。ジャスミンはそう自分に言い聞かせた。わたしのタリクは、きっとあの仮面の下に隠れているんだわ。

夕食のあと、男たちはズーヒールの言葉で何かを話し合っていた。

「寝る場所のことを決めていたの？」ジャスミンは機会をとらえてタリクに尋ねた。

「そうだ。きみが使いたいなら、テントを持ってきているよ」

ジャスミンはかぶりを振った。「いいえ、星を見ながら眠りたいわ」

タリクはほほえんだ。「ぼくらは、ほかのみんなから少し離れた場所で休むんだ」

マッサージの約束を思い出して、ジャスミンは赤くなった。「そんなことをして、危険はないの？」

タリクは眉を上げた。「砂漠の男は誰も、妻の寝顔がほかの男から見えるところに床を取ったりしないよ」

「そういう考え方って、とても……」

「時代がかっているかい？　独占欲むき出し？　きみに関しては、ぼくはそのとおりの男だよ、ミナ」

広大な砂漠に囲まれたこの場所では、タリクの言葉はまぎれもない真実として胸に響いた。タリクはわたしが命をあずけた砂漠の戦士なのだ。

「反論はなしかい？」ジャスミンが黙っているので、タリクは尋ねた。

「マッサージを約束してくれた人に、どうしてわたしが言い返せるの？」

タリクは面食らった顔をした。ほんの一瞬だったが、それだけでじゅうぶんだった。彼はジャスミンを腕のなかに抱き寄せた。寄り添うふたりは、このとき確かに対等のパートナーだった。

「もう休む時間だ」

ふたりは自分たちの寝袋をかかえて、男たちのそばを離れた。ひとりが床をのべる手伝いを申し出たが、タリクは手を振ってその申し出を退けた。

ジャスミンをそばで待たせて、タリクは自分で寝場所の準備をした。支度が整うと、タリクは彼女に手を差し出した。「ひとつ、言っておくことがある、ミナ」

「何?」

「今夜は声をあげてはいけない。ほかのみんながいる場所に近すぎるから」タリクはすでにかぶっていた白い布をはずしていた。続いてジャスミンの頭からも布を取って、長い髪をてのひらにつかんだ。「絶対にだ」

「絶対にね」ジャスミンは約束した。

タリクはジャスミンの着ているものを脱がせると、自分も服を脱いだ。彼が約束どおり、痛む筋肉をもみほぐしてくれているあいだ、ジャスミンはなんとか、声をあげずに我慢した。うずく胸の先を口に含まれても、叫び声を噛み殺した。やがて、タリクの手が彼女の脚のあいだにすべり込んだ。

ジャスミンはタリクの肩に歯を立てた。タリクは彼女の太腿のあいだにある、やわらかく、しっとりと湿った肌をもてあそんだ。ジャスミンはさらに強くタリクの肩を噛み、叫び声を抑えつけた。とうとう、タリクはジャスミンの腰を持ち上げ、彼女のなかに身を沈めた。ジャスミンは、今度は彼の首筋に顔を埋めて声を殺した。タリクは歯を食いしばり、自分の叫びをのみ込んだ。

しばらくして、タリクは肘で自分の体を支えて上半身を起こした。ジャスミンはそのときはじめて、自分のしたことに気がついた。

「まあ」彼女は自分がつけた歯の跡に顔をゆがめた。

タリクはにやりとして言った。「どうもありがとう」

「ごめんなさい」

「気にしなくていい。もうふた晩は砂漠で眠る予定だから、あと二箇所、記念の傷が増えるかな?」

「本当に痛くないの?」

「おまじないにキスしてごらん」

ジャスミンは傷を舌でなめ、次に唇を押しつけた。「いまのはきいたよ」タリクはうなるようにささやいた。そのあかしが、ジャスミンの太腿に押しつけられた。「だが、明日もかなりの距離を行かなくてはならないんだ。きみは体を休めないと。向こうを向いて、ぼくを誘惑するのはやめてくれ」

不機嫌そうなタリクの口調に、ジャスミンは笑い声をあげた。けれど、目を閉じると彼女はあっというまに深い眠りに落ちた。ジャスミンが目を覚ましたとき、タリクはすでに身支度を整えていた。

「おはよう、ミナ」

「おはよう」ジャスミンは目をこすりながら体を起こした。

「できるだけ長く寝かせておいてあげたんだが、もうすぐ出発だ。日が暮れる前に次のオアシスに到着しなければならない」

「急いで支度するわ。十分ちょうだい」

「十分だ」タリクはキスでその約束に封印をした。

彼は大股にその場を離れていった。朝の空気は引きしまり、身震いするほどひんやりしていた。身支度を整えながら、ジャスミンはふと、思いがけないことに気がついた。タリクはこの雄大な砂漠になんとよく似ていることだろう。

ときとして、タリクは氷のように冷たくも、火のように熱くもなる。ズーヒールに着いてから、ジャスミンはその両面を見てきた。四年前には、氷のような側面など見たことがなかったのに。あのころのわたしは、タリクという男性の半面しか知らなかったのだろうか？　四年前……失われた四年間。この四年間、タリクがどんな生活を送っていたのか知りたい。ジャスミンは突然、これまでのことを知りたくて矢も盾もたまらなくなった。だが、タリクにはすでに一度、過去のことを尋ねて答えを拒絶されている。

「ミナ！　支度はすんだのかい？」タリクの声が聞こえた。

ジャスミンはオアシスの葉をかき分けてタリクの前に出た。「もう出発なの？」

「飢えさせはしないから、心配しなくていい。ぼくが原因の飢えなら、保証のかぎりではないが」ジャスミンの体にさざなみが駆け抜けた。

タリクはつつましい衣服を着たジャスミンの全身に目を走らせた。ジャスミンの呼吸が浅くなった。

彼は人さし指を動かして、彼女を差し招いた。

ジャスミンは思わず彼に駆け寄りそうになった。けれども、彼女はその場に踏みとどまり、腰に手を当て、人さし指で今度は彼を差し招いた。

タリクは歯を見せてにやりとした。そして、驚いたことに、ジャスミンに従って彼女の前に立った。

「ぼくをどうするつもりだい、奥さん？」

そうして目の前に立たれると、ジャスミンは次にどうしていいかわからなくなってしまった。

ふいにはにかんだ表情を見せるジャスミンに、タリクは驚いた。タリクは彼女の頬を指でなぞった。ジャスミンはその指をよけて顔をそむけた。タリクは笑って膝を曲げ、彼女の顔を下からのぞき込んだ。そして、そのとき、タリクはジャスミンの瞳に宿る暗い陰に気づいた。

「どうしたんだい？」

ジャスミンは、ぱっと顔を上げた。「どういう意味？　わたしはどうもしないわ」

ジャスミンの小さな嘘《うそ》がタリクをさらに刺激した。ジャスミンはぼくに隠し事をするつもりなのか？「ぼくはきみの夫だ。嘘をつくな。ぼくがきいたことに答えるんだ」この前、ジャスミンが心に秘密を持ったとき、彼女はぼくとの別れを決意しかけていたのだ。

「出発が遅れてしまうわ」彼女はあらがった。

「みんな、ぼくらを待つさ」

「こんな場所では話せない」ジャスミンはタリクの胸に手を置いて、彼を押しのけようとした。

「答えるんだ」

ジャスミンは、彼の胸に置いた手を握りしめた。「傲慢《ごうまん》な人ね。ときどき叫び出したくなるわ！」

ジャスミンの癇癪《かんしゃく》に、タリクは思わずほほえみかけた。だが、彼女が何か隠し事をしていると思うと、ほころびかけた口元もこわばった。「ぼくは答えを知るまであきらめない」

「あとで話すわ」

「いまだ」

ふたりのまなざしがぶつかり合った。沈黙が重くのしかかる。

ジャスミンは敗北を認めてため息をついた。「これまでのことを考えていたの」

たちまちタリクの表情が凍りついた。「なぜ、そんなことを？」

「どうしようもないのよ。ふたりのあいだに、過去が立ちふさがっているんですもの」ジャスミンは思いつめた表情で言った。

恐れたとおり、ジャスミンが過去の話を持ち出したとたんに、ふたりのあいだに暗い影が差した。タリクは、過去がふたりを隔てているという彼女の言葉を否定しなかった。沈黙が広がった。ジャスミンはタリクの腕に手を置いた。

「四年間よ、タリク。四年間も、ふたりは離れ離れだったのよ。それなのに、あなたはそのあいだのことを何ひとつわたしに教えてくれないのね」

タリクの表情がさらに険しくなった。「何を知りたいんだ？」

「なんでもよ！　すべて知りたいの！　この四年間、あなたが何をしていたかまるで知らないなんて、心にぽっかり穴が開いているようだわ」

「決断したのはきみだ」

「でも、わたしはいま、違う決断を下してここにいるのよ！」

タリクは顔をそむけた。

「お願い」ジャスミンは懇願した。

タリクは一歩下がると、暗く陰った目で彼女を見つめた。「ニュージーランドから帰国する途中、ぼくは暗殺を目的とするテロリストたちの標的にされた」

「そんな！　まさか……」

タリクはかぶりを振って、彼女の無言の問いかけに答えた。「やつらはぼくに危害を加えることはできなかったよ」

「そのテロリストたちは、いまも活動を続けているの?」

「いいや。連中を支援していたのは、二年前に崩壊したある国の政府だった。新しい政府は、この国と友好的な関係にある」

「でも、一度でも命を狙《ねら》われるなんて!」

タリクの次のひと言は、ジャスミンに視界が揺らぐほどの衝撃を与えた。「連中は、ぼくを軟弱で狙いやすい標的と考えたんだ。何しろ、女性に膝を屈した男だからね」

胸を刺す苦痛に、ジャスミンは泣き叫びたくなった。タリクを失うところだった……しかも、彼の心を取り戻すというジャスミンの願いは、予想よりはるかに実現の難しいものだったのだ。もしかしたら、決して実現しないかもしれない。タリクのプライドは、暗殺計画の背後にひそんでいた動機によって、ずたずたにされてしまった。指導者として、また、戦士としての彼の資質に、疑問が投げかけられたのだ。これほどの侮辱のもととなった女を、彼は決して許さないだろう。

案内人のひとりがタリクを呼び、重い沈黙を破った。タリクはジャスミンから視線をはずさないまま、案内人に返事をした。

「もう行かなくては」

ジャスミンはうつろな表情でうなずいた。彼女はタリクのあとについて、ほかの人々に合流した。

タリクは彼女の手に食べ物を押しつけた。ジャスミンが食べずにいると、タリクは彼女の耳にささやいた。「食べるんだ、ミナ。さもないと、ぼくが無理やり食べさせるぞ」

タリクは本気だった。ジャスミンはできるかぎりの速さで食べ物を口に入れてのみ下した。わたしにだって、プライドはあるのだ。


タリクは用心深くジャスミンをらくだの背中に乗せた。彼女が吐き気と闘っていることは、タリクにもわかった。

タリクはジャスミンの後ろに乗った。彼が暗殺未遂の事実を打ち明けて以来、ジャスミンはずっと黙り込んでいる。タリクはジャスミンの沈黙が気に入らなかった。彼のミナは、いつでも火のような生気に満ちあふれているべきなのだ。

「つかまって」らくだが立ち上がる寸前に、タリクはそう声をかけた。

ジャスミンは彼の腕をぎゅっとつかんだが、らくだがしっかり立つと、すぐに手を離してしまった。白い日よけの布が、ジャスミンに都合のいい隠れ場所を与えている。タリクはいらだった。ジャスミンに口をきかせなくては。

「一日じゅう、すねているつもりかい？」これは、言いがかりだ。タリクは思ったが、言葉が口を突いて出てしまった。

「わたしはすねてなんかいないわ」少しだけ、普段の気の強さをのぞかせて、ジャスミンは言った。

彼女の返事に、タリクの胸を締めつけていた何かが、ほっとゆるんだ。「きみだって、本当のことを知らされていたほうがいいだろう」

「本当のことって？　もう二度と、わたしはあなたの心に近づけないということ？」

ジャスミンのぶっきらぼうな問いかけに、タリクはひるみかけた。「そうだ。今度はぼくも、そう簡単に餌食《えじき》にはならない」

「餌食ですって？」ジャスミンはかすれた声でささやいた。「これは戦いじゃないのよ」

タリクの唇がゆがんだ。「もっとひどいことさ」ジャスミンが自分のもとを去った直後は、まともにものを考えることもできなかった。

「あなたと争いたくないの」

ジャスミンの言葉が、タリクの気持ちを静めた。「きみはぼくのものなんだ、ジャスミン。ふたりが争う理由はない。永遠にともに暮らすんだ」

永遠に。ジャスミンは頭をタリクの胸にあずけて、涙をこらえた。永遠にともに暮らす。わたしを愛してくれないタリクと。それはあんまりだ。

タリクにわたしの心が変わらないことをわからせるだけではじゅうぶんではないのだ。もしかしたら、彼もいつか、四年前に愛を貫けなかったわたしを許してくれるかもしれない。でも、戦士のプライドを傷つける原因となったことを、彼が許してくれる日は来るのだろうか？

そして、わたしが、自分の秘密でさらに追い討ちをかけたら？　タリクは許してくれるの？

ジャスミンは息苦しくなった。だめよ！　わたしが私生児だということは、誰にも知られてはならないわ！　夫を辱めることはできない。これはわたしの家族だけが知っている秘密なのだ。家族は世間体を気にして、絶対に秘密を外へはもらさないだろう。〝シークの跡継ぎが、父親の名もわからない娘と結婚すると思うの？〟

四年前、姉のサラはジャスミンのもっとも弱い部分に痛烈な一撃を加えた。ジャスミンはいまだに、その衝撃から立ち直れずにいる。なぜなら、姉の言葉は正しいからだ。養父母でさえ、心からは受け入れてくれなかったのに、タリクがどうしてわたしを愛してくれるだろう？

十八歳のとき、ジャスミンはタリクに真実を打ち明けるつもりでいた。そこへ、サラが、容赦のない現実を突きつけたのだ。ジャスミンの父母は、その秘密を武器に養女を打ちのめした。

「何かしゃべるんだ」ぶっきらぼうな命令が、ジャスミンを我に返らせた。そうよ。タリクはわたしと話をするのが好きなんだわ。そうでしょう？

　ジャスミンはほほえんだ。希望が胸にわいた。わたしはかならず、この複雑な精神構造を持つ男性に愛を感じさせてみせる。道のりはきっと厳しいだろう。でも、だからなんだというの？　彼と離れ離れだった四年間、わたしは死ぬほどの苦しみを味わった。ほんの少しでも希望があるかぎり、わたしはあきらめないわ。

　もしかしたら、タリクもいつか、わたしを心から愛し、信頼し、ありのままのわたしを受け入れてくれるかもしれない。そのときまで、秘密は打ち明けずにおこう。

「話して」ジャスミンは決意のこもった静かな口調で言った。

「何を？」

「テロリストが何をしたか、詳しく話して」

「ミナ」タリクはいらだちをあらわにして言った。「過去は過去だと、もう言ったはずだ。ぼくと争うのがいやなら、この話は口にしないでくれ」

「そして、わたしはあなたの命令におとなしく従うことになっているの？」

　タリクは長いあいだ口をつぐんでいた。「シークに盾突く者は誰もいない」

「あなたはわたしの夫だわ」

「だが、きみは従順な妻らしくふるまおうともしない」

　タリクの口調は平淡で、ジャスミンはあやうく皮肉っぽい響きを聞き逃すところだった。彼はわたしをからかっているのだ。

「従順さがお望みなら、ペットでも飼うべきだったわね」

タリクは、彼女の体にまわした腕に力を込めた。「いいや、ミナ。ペットは必要ない。かわいがるのだったら、きみがいるからね」

ジャスミンは頬を赤らめた。「そんなことで、ごまかされないわよ」

「だめかい？」タリクの腕が、ジャスミンの胸のふくらみの下で、はた目にはわからないくらい微妙に動き出した。

「やめて」ジャスミンはきっぱりと言った。けれども、彼女の体内では欲望が荒れ狂っていた。

タリクはジャスミンのおなかの上に手を当てた。そして、前置きもなく話しはじめた。

「帰国する途中、バーレーンへ寄ったんだ。外交上の理由でね。空港から自動車で移動している最中に、二台のトラックが車列に割り込み、ぼくの乗った車をほかから孤立させた」

「ヒラズは？」

「あのころのぼくは、いっしょにいて楽しい相手ではなかったんだ」タリクは静かに言った。ジャスミンの胸は釘《くぎ》を打ち込まれたように痛んだ。「ヒラズはボディガードたちといっしょに先頭の車両に乗っていた」

「あなたはひとりだったのね」ジャスミンの両手はらくだの鞍《くら》を離れ、タリクの手をつかんだ。

「ぼくがひとりになることは決してないんだ、ミナ。ぼくの車の運転手をつとめる者は、かならず訓練されたボディガードだ」

「それから何が起きたの？」

タリクは前かがみになり、日よけの布を横へのけて、ジャスミンの耳にささやいた。

「連中は、ぼくと運転手でなんとかしたよ」

「それでおしまいにするつもり？」

「ほかに取りたてて話すことはないんだ。連中は宗教的な狂信者たちで、ろくな武器もなしにぼくを殺せると考えていた。ぼくは三人倒し、運転手はふたり倒して動きを封じた」

タリクはジャスミンの首筋に顔を埋めた。口調から、彼がこの話題に心底うんざりしていることが感じられた。

「そして、ほかのボディガードたちがトラックの囲みを破り、残りのテロリストを制圧したのね？」

タリクは上体を起こして、ジャスミンの日よけの布をもとに戻した。「きみの肌は白すぎる」彼はうなるように言った。

「日に焼けて、黒くなるかもしれないわ」

タリクは信じていない様子で鼻を鳴らした。「この話はもうよそう」

ジャスミンは言い返すこともできた。だが、タリクは、最初にべもなく語るのを拒絶した過去の出来事を、すでにかなりのところまで打ち明けてくれている。調子に乗ってこれ以上しつこくせがむのは、逆効果になりかねなかった。「わかったわ」

ジャスミンは彼の明るい笑い声を聞いて、胸のつかえを払いたかった。

「調子はどうだい？」ふとタリクが彼女にきいた。

「すばらしいお天気だわ。とてもいい気分よ」

タリクがくすくす笑い出したので、ジャスミンは驚いた。「きみのお尻がどんな具合かを尋ねたんだよ」

ジャスミンは赤くなって、タリクを肘でつついた。「お行儀よくして」

こんなすばらしい日に、もう暗い影はいらない。ジャスミンはあえて自分に言い聞かせた。この世に憂いはないわ。わたしを抱いているこの人は、わたしを愛してくれているのよ、と。

6

その日の夜中のことだった。眠っていたジャスミンが、突然はじかれたように飛び起きた。彼女はおびえきっていた。タリクは彼女を腕のなかに引き寄せた。

「タリク！」ジャスミンはやみくもにタリクに向かって手を伸ばした。

「ここにいるよ、ミナ」タリクはジャスミンの両手をとらえ、彼女を抱きしめた。

「タリク」ジャスミンは彼の肩にしがみついた。

「しいっ。きみは安全だよ、ジャスミン」タリクは彼女を落ち着かせようと背中を撫《な》でた。ジャスミンの震えが止まらないので、タリクは彼女を床に寝かせ、その上から体でおおいかぶさった。「ミナ？」

「あの人たちが、あなたを傷つけたの」

「誰が？」

「トラックの男たちよ」

暗殺未遂事件の話が彼女にこんな影響を与えようとは、タリクは予想もしなかった。

「何事もなかったんだ。連中のくわだては失敗したんだよ」ジャスミンが疑うように見つめ返してくるので、タリクは彼女の体をぎゅっと抱いた。「もうこんなことで心を悩ませるのはやめてくれ」

たくましいタリクの腕に抱かれていると、ジャスミンの恐怖もやわらぎはじめた。「やってみるわ」

「事件の話は、二度と持ち出さないことにしよう」

「でも――」

タリクは、ジャスミンが息苦しくなるほどきつくその体を抱きしめた。「もう決めたよ」

「そんなふうに、ひとりで決めてしまうことはできないわ」ジャスミンは言い返した。

「いいや、できるさ」タリクの声は穏やかだったが、鉄の意志がこもっていた。ジャスミンはあきらめのため息をついた。

眠れないままに、ジャスミンはさっきの悪夢のことを考えた。夢のなかで暗殺者たちが狙《ねら》ったのは、タリクの命ではなかった。彼らはあざけりの言葉を浴びせかけて、タリクとジャスミンのあいだのもろい絆《きずな》を断ち切ってしまった。

男のプライドとはもろいものだ。

シークのプライドは国民の名誉をも担っている。

これからわたしが学ぶべきなのは、プライドの扱い方だとジャスミンは思った。

四日めの朝、一行は砂漠の小さな工業都市、ジーナに到着した。鉄とコンクリートでできた背の低い建物の群れは、砂漠の色彩に溶け込んでしまいそうに見えた。一行がたどったルートの反対側には、街から二車線のハイウェイも伸びている。ところが、タリクたちの一行は、都市部を通り抜けてまた砂漠に出てしまった。そして、砂の上に色とりどりのテントが集まっている場所を目指して、さらにらくだを歩かせつづけた。

「ジーナにようこそ」タリクは言った。

「わたしはてっきり、あそこがジーナだと思っていたわ」ジャスミンは一行が通り過ぎた街を振り返って言った。

「あそこもジーナの一部だ。だが、中心部はこちらだよ」

「でも、テントがあるだけだわ」

「アリンの一族はこういう暮らし方が好きなんだ」

ジャスミンはしばらく考えてから尋ねた。「暮らすのはテントでも、かなりの人があちらの都市部で働いているんでしょう。どうやって通勤するの?」

タリクは笑った。「らくだがいるよ。それに全地形型の自動車も数台ある。アリンとその一族は昔ながらのやり方にこだわる人々だが、非常に実際的でもあるんだ。あそこの青い天幕をよく見てごらん」

ジャスミンは、示されたテントに目をこらした。「テントが風にはためかないわ！　あれは何？　プラスチック？」

「我々の技術者が開発した素材だ」

「独創的ね」

「確かにアリンは、その言葉にぴったりの男だよ」

数分後、ジャスミンはそのアリンと対面した。アリンは短い顎ひげを生やした大柄な男性で、あたたかな笑顔の持ち主だった。

「よく来てくださいました」彼は広々とした自分の天幕にタリクとジャスミンを招き入れた。「座ってください」

「ありがとうございます」ジャスミンはほほえんで、豪華なクッションのひとつに腰を下ろした。

「ジャスミン、ぼくはきみがこの男にほほえみかけることを禁止する」

ジャスミンは唖然《あぜん》として夫を見つめた。「ほほえみかけることを禁止するですって？　わたしたちはこれからこの人のお宅にお世話になるのよ」

タリクは口元をゆがめて笑っていた。アリンは大声をあげて笑い出した。ジャスミンは男たちを見比べた。そして、自分がふたりのあいだに通い合うものに気づかずにいたことを悟った。

アリンが言った。「タリクは心配してるんですよ。女性はたいてい、わたしの魅力に勝てませんから」

好奇心をそそられて、ジャスミンは夫を振り返ったが、彼はにやりと笑っただけだった。そこから先は男同士、ズーヒールの言葉で会話が交わされた。ジャスミンはそのやりとりを追うだけで精いっぱいだった。アリンの英語があまり流暢《りゅうちょう》ではないので、やむをえないことだった。

「申し訳ない」アリンはジャスミンに謝った。

「お願いですから、謝ったりしないで。ここはあなた方の国ですもの。言葉を身につけるべきなのはわたしのほうです。いま努力しているところなので、耳からたくさん入ってきたほうが勉強になります」

アリンはそれを聞いてほっとしたようだった。

注意して耳を傾けていれば、ジャスミンにも会話のおおよその意味は理解できた。ふたりは最近起きた身近な出来事を互いに報告し合っていた。真剣な口調のやりとりになることもしばしばだった。

ふたりの会話を聞いているうち、ジャスミンはタリクの変貌《へんぼう》ぶりにあらためて目をみはった。ここにいるタリクは、生まれながらのシークそのものだ。

「さあ、もうじゅうぶんだ」アリンは英語で会話を打ち切った。「長話で引き止めてしまって、申し訳なかった」彼はそう言って立ち上がった。

「実にあきれた男だ」タリクは笑いながら相槌《あいづち》を打つと、アリンに続いて立ち上がった。そして、男同士で派手に背中をたたき合い、抱擁を交わし合った。やはりふたりは親しい友人同士なのだ。ジャスミンの推測は確信に変わった。外へ出ると、アリンは先に立って、ふたりのために用意された小さな天幕に向かって歩き出した。

「もっと大きな天幕を用意したかったんですよ。わたしのを使ってもらってもよかったんだ。だが、タリクが反対しましてね」

「あのほら穴みたいな天幕に腰を据えたりしたら、ここの人たちが気軽にぼくを訪ねてこられないじゃないか」タリクは足取りをゆるめないまま手を伸ばし、ジャスミンの日よけの布をもとどおりの位置に戻した。「きみはいいさ。生まれたときからみんなの顔を知っているんだ」

「ここです」アリンは灰褐色の小さな天幕を示した。「これから三、四日、自宅だと思ってくつろいでください」

外見は地味だが、内部は美しく整えられていた。豪華な色彩のクッションが床に散らばり、薄い絹が周囲を飾っている。ジャスミンが間仕切りの向こう側をのぞいてみると、そこには贅沢《ぜいたく》な寝所がしつらえられていた。

「どうもありがとう。とても美しいわ」ジャスミンはアリンに輝くばかりの笑みを向けた。

タリクは顔をしかめた。「アリン、きみはもう行っていい。ぼくは妻に話がある。簡単に笑顔を振りまく癖について、彼女にひと言、釘《くぎ》をさしておかないと」

アリンは笑い声をあげ、ジャスミンに片目をつぶってみせてから天幕を出ていった。ジャスミンはタリクに駆け寄り、彼を引き寄せてキスした。

「それは許された行為だ、ミナ。きみはいつでもぼくにキスしてかまわない」

「あら、それはどうも」ジャスミンはタリクに抱き寄せられた。「どうしてあなたのお友だちにほほえみかけてはいけないの？」

「彼は女性に人気がありすぎるんだ」

「わたしも、とてもすてきな人だと思うわ」

タリクはふたりの目の高さが同じになるまでジャスミンの体を持ち上げた。「本気かい？」

「そうね」ジャスミンは腕と脚をタリクにからめた。「でも、あなたがいちばんすてきだわ」

タリクの笑顔は男っぽさにあふれていた。彼はジャスミンの宣言に熱いキスで応《こた》えた。

その晩はアリンの巨大な天幕のなかで、さまざまな人たちと夕食をともにした。ジャスミンは人々と語り合うタリクの姿を見るのが好きだった。彼は威厳があって堂々としていた。人々はタリクの言葉に一心に耳を傾け、彼に話しかけられると、有頂天になって返事をした。

「あちらの天幕で、何か不自由はありませんか？」アリンがジャスミンに声をかけた。

ジャスミンは意識して夫から視線をそらした。「すばらしいですわ。どうもありがとう」彼女はアリンにほほえんだ。「あなたは女性に人気がありすぎるから、わたしはあなたにほほえみかけてはいけないんですって」

アリンは短い顎ひげを撫でた。「もはや呪《のろ》いですよ、この魅力は。おかげで、妻を見つけるのが難しくて仕方がない」

「難しい？」

「ええ」アリンは悲しげに眉を寄せた。「実り豊かな果樹園で暮らしているのに、どうやってたった一個のかぐわしい実を選べばいいのですか？」

ジャスミンは笑い声を押し殺した。タリクとアリンが友人同士だというのもうなずける話だ。そのとき、タリクが彼女の手を引っぱった。彼はほかの人と話し込んでいる最中だった。けれど、いまのは、ジャスミンにこちらを向いているようにと伝える明らかなサインだ。

「彼は子どもみたいなやつでしてね。あなたを人と分け合いたくないんですよ」アリンが彼女にささやいた。

ジャスミンはアリンの言葉に考え込んだ。彼の言うことは正しい。タリクはジャスミンを人と分け合いたくないのだ。彼女が国民と交流することは好むが、いつでも妻を自分のそばに置きたがる。

わたしを必要としているから、そばに置きたがるのだろうか？　それとも、わずかな時間も目が離せないと思うほど信用されていないのか？　そこまで信用されていないとしたら、つらくてやりきれない。ジャスミンは胸の痛みをのみ込んだ。そして、笑顔で向かい側の女性と話しはじめた。

「今日はズーヒール・ローズの鉱山をいくつか見てまわる予定なんだ」翌朝、朝食のあとでタリクは言った。「らくだを使った、かなりの強行軍だ。だから、きみを連れていくわけにはいかないよ」

ジャスミンは顔をしかめた。「もしかしたら、次の機会には行けるかもしれないわ。宮殿へ戻ったら、らくだの乗り方を教えてちょうだい」

大げさに身震いするジャスミンに、タリクはほほえんだ。「わかった。ところで、ここに残っているあいだに、きみは地元の人たちと話をするといい」

「ここの人たちと知り合いになれということ？」

「そうだ。特に女性たちとね」

「女性たちとおしゃべりをして、何か困っていることはないか確かめればいいのね？」

タリクはうなずいた。「きみは女性だし、とても親しみやすい。男ならぼくのもとへ話しに来るが、女性たちはきみのほうが打ち解けやすいだろう」

ふいにためらいを感じて、ジャスミンは唇を噛《か》んだ。それを見たタリクは、体をこわばらせた。

「ここの人たちと親しくなりたくないのかい？」

「いいえ、そうじゃないわ。ただ……わたしにできるかしら？　わたしはごく平凡な女よ。みんな、わたしにいろいろ打ち明けてくれると思う？」

「ああ、ミナ」タリクはジャスミンを引き寄せた。「ここの人たちはもう、きみを受け入れているよ」

「どうしてあなたにそんなことがわかるの？」

「わかるんだよ。きみは夫を信頼して、言われたとおりにすればいいんだ」

タリクの横暴な命令に、ジャスミンは口元をほころばせそうになった。

「了解しました、キャプテン」ジャスミンは神妙な顔で返事をした。タリクは笑って彼女にキスした。

まもなくタリクはらくだに乗って出発した。手を振って彼を見送ったあと、ジャスミンは天幕のあいだをぶらぶらと歩きはじめた。やがて、彼女はジーナの女性たちに囲まれ、あたたかい歓迎を受けた。

ジャスミンが自分の天幕に戻ったのは、もう夕暮れが迫るころだった。一日の汚れを洗い落としたあと、彼女はクッションにもたれて横になった。ほんの少しだけ休むつもりで、ジャスミンは外の低い人声に耳を傾け、まぶたを閉じた。

タリクが戻ってきたとき、ジャスミンはぐっすり眠り込んでいた。「起きるんだ、ジャスミン」

「タリク」ジャスミンは目を開け、にっこりほほえむと彼に腕を差し伸べた。「いつ帰ってきたの？」

「四十分ほど前かな。そろそろ夕食の時間だよ」そう言いながら、彼はジャスミンに身を寄せて、彼女の腕がからみつくのにまかせた。結婚して以来、一日じゅうジャスミンと離れていたのは、これがはじめてだった。彼女のいない一日は、古い心の傷をうずかせた。

「夕食はアリンといっしょなの？」

「いいや。今夜はぼくらふたりだけだ」

ジャスミンが呼び起こした奥深い感情と直面したくなくて、タリクは体を離しかけた。けれども、ジャスミンは彼を抱きしめて離さなかった。「行かないで。あなたがいなくて寂しかったわ」

「本当かい、ミナ?」タリクの口調が、思わず鋭くなった。

「本当よ。一日じゅう、あなたの姿ばかり捜していたわ」

「見せてくれ、ミナ。ぼくがいなくて、きみがどれくらい寂しかったかを」タリクは彼女を固く抱きしめた。

　タリクはジャスミンの着ているものを驚くような速さで脱がせた。ジャスミンはあえいだが、抵抗はしなかった。タリクは彼女を赤と金色の分厚い敷物の上に横たえた。

　タリクは自分の権利を主張するように、激しくジャスミンにキスした。彼の手は彼女の体を這《は》いまわり、最後に胸のふくらみをすっぽりとおおった。ジャスミンは声をあげた。タリクは唇を離すと頭を下げ、硬くなった彼女の胸の先端をむさぼった。

　ジャスミンは背中を弓なりにそらして、両手で彼の髪に触れた。「お願い……お願い……」

　とぎれとぎれの彼女の哀願は、タリクをあおりたてた。彼は膝を使ってジャスミンの脚を開かせ、そのあいだに体を割り込ませた。敷物に片手をつき、タリクはジャスミンの目を見つめたまま、もう片方の手を彼女の腹部から、さらに下へとすべらせた。彼の指が秘めた部分を見つける。すると、ジャスミンの瞳の色が、さっと濃くなった。

　タリクはそこに確かな愛撫《あいぶ》をほどこした。ジャスミンは彼の腕をつかんだ。彼女の体内で歓《よろこ》びがはじける。タリクの愛撫がさらに激しさを増す。それから、彼は一瞬だけ手を離してジャスミンの右脚を持ち上げ、自分の腰にからみつかせて、彼女の秘められた部分をすっかり開かせた。

ふたたびタリクに触れられると、ジャスミンはうめき声をあげた。しかし、タリクにとっては、それだけではじゅうぶんではなかった。もっとだ。ぼくがジャスミンを求めるのと同じくらい激しく。すべてをさらけ出して、ぼくを求めてほしい。

タリクは指を彼女のなかにすべり込ませた。ジャスミンの体が大きく震えた。タリクは頭を下げ、彼女の豊かな胸のふくらみにそっと歯を立てた。ジャスミンは思わずタリクの指を締めつけた。彼女は自分の口にこぶしを当てて、叫び声を抑えつけた。その瞬間、タリクはジャスミンから手を離して自分の服を脱ぎ捨て、彼女のなかに身を沈めた。ジャスミンはタリクにしがみつき、彼の肩に歯を立てて、あえぎを押し殺した。

タリクは甘い痛みを喜んで受け入れた。ジャスミンは絶頂を迎えていたが、タリクはまだ解放に身をまかせようとはしなかった。まだだ。タリクはジャスミンの腰をつかみ、自分の欲望をたたきつけた。さらに深く。さらに激しく。

所有の焼きごてを押すように。

「きみはぼくのものだ、ミナ。ぼくだけのものだ」胸の奥から言葉がほとばしり出た。

ジャスミンはとうとう抑制を忘れて歓びの声をあげた。そしてタリクはついに自分自身を解き放った。

ジーナでの最後の夕食の席で、ジャスミンははじめてタリクとアリンの間柄を知った。タリクがほかの人たちと話をしているときに、アリンが教えてくれたのだ。

「この国には主な部族が十二あって、タリクは十二歳になったときからしばらく、それぞれの部族のなかで生活してきたんですよ。国民のことをよく知るためにね」

それはこの上なく孤独な経験だっただろうとジャスミンは思った。みんなといっしょに生活していても、タリクはこの国の未来のシークであり、特別な存在なのだ。けれど、そういった経験がいまになって生きているのは明らかだった。ジーナでも、タリクはごく自然に住人たちとまじわっていた。

「タリクは十五のときにジーナへやってきました。彼とは、そのときに友だちになったんです」

「そして、いまでも友だち同士なんですね？」ジャスミンはアリンにほほえみかけた。

アリンはうなずいた。「タリクはわたしの友人です。だが、この国のシークでもある。彼を夫のままつなぎとめておきなさい、ジャスミン。決して自分のあるじにしてはいけない」

アリンの忠告は、まるでジャスミンのひそかな思いを声にしたかのようだった。タリクには、たとえ一日のうちに数時間でも、責任という肩の荷を下ろして自由を味わう時間が必要なのだ。とはいえ、それを実行に移すのは至難の業だった。

その夜、ジャスミンは絹の寝床にあぐらをかき、ランタンの光のなかでタリクが服を脱ぐ姿を見つめていた。ふとタリクが振り返り、彼女を差し招いた。ジャスミンは立ち上がってタリクに近づいた。そして、何も言われないうちに、彼が服を脱ぐ手伝いを始めた。

「きみはハーレムの奴隷にぴったりだよ」タリクは彼女をからかった。

ジャスミンはお返しに、彼の背中を噛んだ。「原始的な砂漠の空気は、あなたに悪い影響を与えるみたいね」

タリクはくすくすと笑った。彼がゆったりしたズボンだけの姿になると、ジャスミンは一歩下がった。そして、息をのんだ。タリクが彼女の目を見つめたまま、ズボンを一気に脱ぎ捨てたのだ。

タリクはたくましい砂漠の戦士そのものだった。ジャスミンは官能にとらわれ、うっすらと唇を開いた。タリクの緑色の瞳が、さっと陰った。

「ハーレムの奴隷にしては、きみは服を着すぎている」タリクはつぶやいて、ジャスミンの夜着を頭から脱がせ、彼女を裸にした。

「女性はどうなの？」ジャスミンはやっとのことで尋ねた。

「ん？」タリクは彼女の首筋に顔を埋《うず》めた。

「女性たちはハーレムを持てるの？」

タリクはぱっと顔を上げた。ジャスミンの瞳は笑っていた。「きみはハーレムを持ちたいのかい？」

ジャスミンは考え込むふりをした。すると、タリクは彼女の体をきつく締めつけた。

「冗談よ！　わたしは一度にひとりの男性で手いっぱいだわ」

「きみの相手はぼくだけだ」タリクはうなるように言った。

ジャスミンはほほえんだ。そして、考えるより先に口を開いた。「もちろんよ。わたしが愛しているのは、あなたひとりですもの」

そのとたん、タリクは石のように動かなくなった。ジャスミンは先走った愛の告白を後悔した。タリクにはまだ心の準備ができていないのだ。でも、胸に満ちた言葉が、勝手に口からあふれ出てしまった。

「きみがそんなことを言う必要はない」タリクの体はこわばっていた。

「本気よ。あなたを愛しているの」もう後戻りはできない。ジャスミンはプライドを捨てて彼を見つめた。そして、信じてほしいと無言で訴えた。

タリクの瞳は黒く見えるほどに陰っていた。「きみがぼくを愛しているはずはない」

「いったいどうしたら信じてくれるの？」

タリクは黙って首を振った。それが彼の答えだった。タリクは感情を抑えるすべを完璧《かんぺき》に身につけた男性だ。四年前、ジャスミンはそのせいで彼の気持ちを読み違えてしまった。わたしが彼を愛するほどには、彼はわたしを愛していないと思い込んでしまったのだ。けれど、いまならわかる。タリクは戦士の心をジャスミンにささげた。それなのに、わたしはその価値もわからぬまま、ささげられたものを投げ捨ててしまったのだ。

そんな裏切り行為のあとで、どうやったらタリクに信じてもらうことができるのだろうか？　わたしの愛は以前より深みを増した。子どもだったわたしは、激しい愛を知る大人の女に成長したのだ。

タリクに唇を求められると、ジャスミンは涙をこらえて彼の抱擁に身をまかせた。タリクは繊細な楽器を操る楽士のように、彼女の官能を自在に操った。だが、心は与えてくれなかった。

タリクが眠りに落ちたあとも、ジャスミンは眠れないままに昔のことを考えていた。過去のせいで、未来がどれほど傷ついてしまったことだろう。

〝もう二度と、わたしはあなたの心に近づけないということ？〟

〝そうだ。今度はぼくも、そう簡単に餌食《えじき》にはならない〟

タリクの取りつく島もない表情が、ジャスミンの脳裏に焼きついて離れなかった。

翌朝ジャスミンが目を覚ますと、タリクはすでに天幕から姿を消していた。ジャスミンは彼が恋しくてたまらなくなった。昨夜のタリクは彼女を心から締め出し、体だけを細心の注意を払って愛した。そこには、肉体の情熱しかなかった。

ジャスミンは床から起き上がって洗面をすませた。そして、下着よりも先に、まず長いスカートをはいた。天幕のなかでは、いまにも誰かがなかをのぞきそうで、心もとなくて仕方がない。

ジャスミンの不安は的中した。彼女がブラに手を伸ばしたちょうどそのとき、背後で天幕の入り口が開けられたのだ。ジャスミンは恐る恐る裸の肩越しに後ろを振り返った。

「ああ」ほっとして、彼女は声をもらした。

タリクは眉をつり上げた。「誰かほかの人間が入ってくるとでも思ったのかい？」

「幕の向こうはすぐに外なんですもの。こういう暮らしにまだ慣れていないの」ジャスミンはそう言ってブラを拾った。

「そのままで」かすれた声で、タリクが荒々しく命じた。ジャスミンは驚いて手からブラを落とした。

裸の彼の胸が背後から押しつけられ、ジャスミンはさらに驚いた。天幕へ入ってきたときには、きちんと身支度を整えていたのに。昨夜と違って、今朝のタリクは性急だった。彼はジャスミンの胸のふくらみに手をまわすと、その先端を刺激した。そしてジャスミンの体を腕のなかにとらえたまま、熱っぽい愛撫を繰り返した。

ジャスミンは、あっというまに脚のあいだが熱く潤うのを感じた。タリクはまるでそれを察知したように、スカートのなかに手を忍び込ませた。彼の指が敏感な部分に触れる。「もう準備はいいね」タリクの声は満足そうにかすれていた。

タリクはすばやくスカートを持ち上げ、彼女のヒップをあらわにした。欲望に恥ずかしさを忘れて、ジャスミンは彼の腿をつかんだ。タリクはジャスミンの腰に腕をまわし、彼女の体を自分に引き寄せた。「タリク、お願い」ジャスミンはうめいた。「ああ、お願いだから」

タリクはうなり声をあげて、ジャスミンの求めに応じた。ひとつになったふたりの姿が、ジャスミンの脳裏にぱっと浮かび上がった。エロティックな映像が、彼女を限界へと押し上げた。雷に打たれたような感覚が、ジャスミンを貫いた。彼女が叫び声をあげると、タリクもまた、絶頂に達してかすれた声をあげた。

タリクの膝に乗せられ、ジャスミンは長いことぐったりしていた。「すばらしかったわ」

タリクは低く笑って、彼女の耳たぶを唇でもてあそんだ。「せっかちすぎなかったかい？　女性は時間をかけるのが好きだという話だからね」

ジャスミンはタリクを肘でつついた。「あなたはわたしをからかってばかりね。でも、満足しすぎて、何も言い返せないわ」

タリクの声は笑っていた。「そうか。こうすれば、きみをおとなしく従わせることができるんだな」

ジャスミンは笑った。やがて、タリクはしぶしぶ彼女から離れた。

「もう出発の準備をしないと。家へ帰る時間だ」

支度をして天幕を出る直前、ジャスミンは思いきってタリクの腕に手を置いた。

タリクは甘やかすような微笑を浮かべた。「なんだい？　家へ戻ったら、ちゃんと遊んであげるよ」

からかうようなタリクの言葉に、ジャスミンは赤くなった。彼の態度を見ていると、まるで昨夜のことなどなかったかのようだ。でも、それでは納得できない。ささげた愛をタリクに無視されたままでは、これから先ずっと、心は半分満たされずに終わってしまう。もう愛されない存在でいるのはうんざりだ。今度こそ、愛のために戦わなくては。

「わたしは本気で言ったのよ。あなたを愛しているわ」

タリクの表情が冷たくこわばった。「もう行かないと」彼はそれ以上何も言わず、先に天幕の外へ出た。

ジャスミンは大きく息を吸い込んだ。愛を差し出しているのに、かえりみてもらえないことが、胸を切り裂かれるようにつらかった。

感情を顔に出さないように注意しながら、タリクは天幕の外でジャスミンを待った。

ジャスミンはどうしてあんなことを言うんだ？

愛を告白すれば、ぼくをいいように操れるとでも本気で考えているのか？　口でならなんとでも言える……約束を破るのも簡単だ。四年前、ぼくはジャスミンに魂をささげた。だが、彼女はそれをぼくに投げ返してよこしたのだ。

タリクの心の一部は、ジャスミンを信じたがっていた。彼女はもう子どもじゃない。家族の圧力に簡単に屈してしまうような、おびえた子どもじゃないんだ。しかし、彼はそんな心のささやきに耳を傾けるつもりはなかった。ジャスミンから受けた傷は、まだ生々しく血をにじませているのだ。

これまでに何度か、ジャスミンの瞳に暗い陰が宿るのを、タリクは目にしていた。そんなときは、プライドが邪魔をして、彼女を問いただすことができなかった。だが、ジャスミンが何か隠していると思うだけで、タリクは彼女を許せなかった。

タリクは意志の力で、ジャスミンに魅了されている自分の心を深く封じ込めた。またも や、こんなにも彼女に心をとらわれていることがショックだった。相手は秘密を持つほど自分を信頼していない女性だというのに。同じ過ちは二度と繰り返すまい。タリクはそう心に誓った。

7

それからの数日間はまるで悪夢のようだった。タリクは完全にジャスミンに心を閉ざしてしまった。彼女が機嫌を取ろうとしても、怒ってみせても、哀願しても、彼に心を開かせることはできなかった。

「タリク、お願いよ」ジャスミンはズーヒーナへ戻る車のなかで懇願した。「何か言ってちょうだい」

「ぼくと何を話したいんだい？」タリクは読んでいた書類から顔を上げた。その目は他人のようによそよそしかった。

「なんでもいいわ！　わたしを締め出すのはもうやめて！」ジャスミンは涙声で訴えた。

「なんの話かぼくにはわからない」タリクはまた書類に目を落とした。

ジャスミンは悲痛な叫びをあげて、タリクの手から書類を奪い取った。「わたしにこんな仕打ちはさせないわ！」

するとタリクの手がすっと伸び、彼女の顎をつかんだ。「きみはルールを忘れている。

ぼくはきみの命令には従わないよ」そう告げる口調さえ、あくまで穏やかだった。

「わたしはあなたを愛しているのよ。あなたにとって、そのことに何か意味はないの？」

「それは嬉《うれ》しい言葉だ」タリクは書類を取り返して言った。「きっと四年前と同じ程度の愛だろうね」

さりげない皮肉は、ジャスミンの胸をえぐった。「お互い、四年前のままの人間じゃないのよ。やり直すチャンスをちょうだい！」

タリクは無表情な瞳で彼女を見た。「この書類を読まなければならないんだ」

ジャスミンは打ちのめされた。タリクの怒りにならば、なんとか立ち向かうことができる。でも、この他人のような冷ややかさには、立ち向かうすべを知らなかった。明らかにタリクはジーナで示した寛容な態度を後悔しているのだ。そして、ジャスミンが夫をひざまずかせにかかったと考えているのだろう。

それでも、ジャスミンはくじけなかった。タリクは頑固な男性だ。けれど、わたしだって、愛のためなら信じられないほど頑固になれるのだ。

ズーヒーナに戻った最初の夜、ジャスミンは自分の部屋でひとりで寝ようかと考えた。けれど、結局、タリクのベッドに横になった。タリクが手を伸ばしてきたときも、進んで彼に身をまかせた。ふたりの愛の行為はどんなときも激しかった。その事実がジャスミンに希望を与えた。相手に欲望しか感じていない男性が、あんなふうにわたしに触れられるものだろうか？

一週間後、ジャスミンは銀色の布に仕立て用のまち針を刺していた。

「話がある」

突然のタリクの声に驚いて、ジャスミンはまち針を取り落とした。「そんなふうに、わたしの後ろから忍び寄らないで！」

タリクは眉をひそめた。〝命令するのはきみじゃない〟そのことをジャスミンに思い出させようとしているのだ。ジーナから帰って以来、タリクはジャスミンに対して以前より冷たく、横暴にふるまうようになっていた。こんな夫と毎日戦うのは難しかった。けれど、彼の怒りはジャスミンの決意をさらに強固なものにした。彼女に深い感情を持っていなければ、これほどの怒りは生まれてこないはずだ。

ジャスミンは夫に向かって腕を広げ、誘うようにほほえんだ。自分が以前と変わったことを証明するには、彼への愛を示すしかない。タリクに拒まれるのではないか。そう思って、一瞬ジャスミンの心臓が縮み上がった。けれども、タリクはジャスミンに近づき、彼女のかたわらにしゃがみ込んだ。

ジャスミンは両腕をタリクの首にからめて、彼にキスした。タリクはジャスミンの腕のなかで、彼女にされるがままになっていた。

ジャスミンが体を引くと、タリクは彼女の腕を首からはずした。「ぼくはパリへ行く。滞在は一週間だ」

「なんですって？」ジャスミンは驚いた。「いつ発《た》つの？」

「一時間以内に」

ジャスミンはまばたきした。「どうしてもっと前にわたしに教えてくれなかったの？」

「きみに知らせる必要がなかったからだ」

「わたしはあなたの妻なのよ！」

「そうだ。そして、きみは分相応の場所にとどまるんだ」

予想もしなかった言葉に、ジャスミンは平手でたたかれたようなショックを受けた。彼女はうなだれた。「今週はいくつか、フランス人デザイナーのショーがあるのよ。もっと早く言ってくれていたら、わたしもあなたに同行できたわ」

タリクはジャスミンの顎をつかんで顔を上向かせた。「だめだ、ジャスミン。きみはズーヒールを出ることはできない」

ジャスミンは眉を寄せた。「わたしを信用していないのね。わたしが逃げるとでも思っているの？」

「昔のぼくはばかだったよ。だが、もう二度ときみのせいで愚かなふるまいはしない」

「わたしは自分の意思でここに来たのよ。逃げたりしないわ」

「きみはこの国で何が待っているか、知らずに来たんだ。ぼくはもう、きみのいいように利用されたりはしないよ」

彼女はかぶりを振った。「わたしはあなたを愛しているのよ。あなたにはその意味がわからないの」

「わかるさ。きみはいつでも好きなときに背中を向けて歩み去れる。そういう意味だ」タリクの言葉はジャスミンの胸を裂いた。

「あなたはいつまでこんなふうにわたしを罰すれば気がすむの？　あなたの復讐《ふくしゅう》はいつ終わるの？」

タリクの瞳の色が濃さを増した。「ぼくはきみを罰しているわけじゃない。復讐を望むのは、欲望より深いところにある感情だ。ぼくはきみに対して、そんな感情を持っていない。きみは価値ある所有物だが、かけがえのない存在ではないよ」

ジャスミンの顔から血の気が引いた。言葉が出てこなかった。深い悲しみを隠そうとして、彼女は頬の内側を血が出るほどきつく噛《か》んだ。

「パリへは国の仕事で行くんだ。ヒラズが連絡の取り方を知っている」

ジャスミンは何も言わなかった。タリクが唇にキスしたときも、彼女はぼんやりとそれを受け入れた。タリクはジャスミンの反応を、無言の反発と受け止めたらしい。彼は長い髪をつかんで、ジャスミンをのけぞらせた。

「きみはぼくを拒むことはできない」彼女の唇に向かって、タリクはうなるようにつぶやいた。

タリクの言葉は正しかった。彼はジャスミンの体を隅々まで知り尽くしているのだ。タリクの瞳には満足そうな光があった。「ぼくはどんなときにも、きみをあえがせることができるんだ。だから、体でぼくを操ろうとしても無駄なことさ」

タリクのあざけりを受け、ジャスミンは冷水を浴びせられたような気がした。

「ぼくは四十分後にここを発つ」それだけ言い置くと、タリクは立ち上がり、部屋から出ていった。

どれくらいのあいだ、その場に座り込んでいたかわからない。ジャスミンはタリクに胸を引き裂かれ、苦しみもがくさまを彼に嘲笑《ちょうしょう》されたような気がした。ようやくジャスミンが立ち上がって、バルコニーへ出るガラス扉に近づくと、ちょうどタリクがリムジンに向かって歩いていくところだった。

タリクは黒のスーツ姿だった。そのとき、ふと彼が立ち止まってバルコニーを見上げた。ジャスミンはあわてて部屋のなかに身を隠した。タリクからはこちらの姿は見えなかったはずだ。彼は座席に乗り込み、リムジンはすぐに走り去った。

まるでタリクの出発が、麻痺《まひ》を解く鍵《かぎ》となったようだ。ふいに気持ちのたががはずれそうになり、ジャスミンは急いで廊下へ駆け出した。自分の部屋へ飛び込み、ドアに鍵をかけ、プライベート・ガーデンに出た。そして、青白い花をつけた木の下にうずくまった。

　胸の奥から嗚咽《おえつ》が込み上げてきた。声も出ないほど激しくジャスミンはむせび泣いた。彼女はそのとき悟った。これまで、一途《いちず》にタリクを愛していれば、きっと彼も愛を返してくれると信じてきた。でも、結局わたしは誰からも愛されたことのない人間だ。

　タリクはもっとも残酷なやり方で、わたしを拒絶したのだ。彼にとって、わたしはただの所有物。欲望！　かけがえのない存在などではない。タリクはわたしに欲望以外の何も感じていない。過去に傷つけられた痛みからあんなふうにふるまっているわけではなかった。彼はただ単に平気なのだ。わたしがどんなに傷つこうと、苦しもうと。

　タリクはわたしを屈服させるためだけに結婚したのだろうか？　わたしを押しつぶすために？

　ジャスミンは丸くなって震える体を抱きしめた。日が暮れてあたりが薄暗くなっても、そのことに気づかなかった。ジャスミンは涙がかれるまで泣いた。けれど、胸の痛みは消えなかった。

　ふいに、子どものころの記憶がよみがえってきた。図書室のドア越しに、本当のことを聞いてしまった恐ろしい日の記憶だ。

「ジャスミンを引き取る代わりに、メアリーが相続した遺産の半分を要求したんでしょう？　まさか、そのことを気に病んでいるの？」ジャスミンがそれまで自分の母親だと信じていた女性に向かって、叔母のエラがそう尋ねたのだ。メアリーは、彼女たちのいちばん下の妹だった。

「気に病んでなんかいないわ。メアリーがばかなのよ。バーで会った行きずりの男の子どもを身ごもるなんて。しかも、堕《お》ろしもせずに産むなんて、どうかしているわ。わたし、お金は当然の代償だと考えているの。酔っ払ったメアリーが、名前も知らない男とのあいだに作った子どもなのよ。そんな子を家族として引き取るんだから、当たり前でしょう」

その後、ジャスミンは叔母のエラを問いつめて、メアリーのことをきき出した。メアリーはジャスミンを産んだあとアメリカに渡り、それ以後まったく戻っていないと言う。ジャスミンを引き取って育てたのは、メアリーの姉のルシルと、その夫ジェームズだった。ふたりは最初、姪《めい》を養女にすることに乗り気ではなかったが、財産分与を条件に、ようやく承知したのだという。

ジャスミンはその話を聞いて、大変なショックを受けた。そして、肉親の愛情を求めて、母親のメアリーに手紙を書いた。母親からは冷たく、そっけない返事が来た。もう二度と、自分と連絡を取ろうとは思わないでもらいたい。自分は〝過去の過ち〟とは縁を切るつもりなのだから、という内容の返事だった。

実の母のメアリーも、育ての母のルシルも、彼女を愛してはくれなかった。そして今日、ジャスミンは思い知らされた。わたしはここでも愛されない存在なのだ。必要とされない人間なのだ。

めそめそしていたって仕方がないわ。翌日、ジャスミンは自分にそう言い聞かせた。そして、仕事部屋に入り、裁縫道具を手に仕事に取りかかった。

もしかしたら、タリクとの結婚は人生最大の過ちだったのかもしれない。でも、いまはそのことを考えたくなかった。

一時間ほどたったとき、ドアをノックする音がした。「マダム?」

ジャスミンが顔を上げると、戸口に宮殿のスタッフのひとりが立っていた。「何、シャザナ?」

「シーク・ザマナトからお電話です」

ジャスミンは喉をぎゅっと締めつけられたように感じた。いま手が離せないからと、電話を切ってもらおうか。けれども、ジャスミンはそうした場合のシャザナの動揺を考えた。

「ここの電話につないでもらえるかしら」ジャスミンは仕事部屋の電話を指して言った。

シャザナはうなずくと部屋を出ていった。しばらくして部屋の電話が鳴った。ジャスミンは受話器を持ち上げた。そして……それをまた、がちゃりと置いた。胸をどきどきさせながら、彼女は廊下を走った。そして、自分の寝室に飛び込み、そこから庭へ出た。そのとき、また電話が鳴り出した。

逃げるのは臆病者《おくびようもの》のすることだ。でも、いまのジャスミンにはタリクと話をすることなどできなかった。

一時間ほどたってから、ジャスミンは仕事部屋へ戻った。テーブルの上には彼女あてのメモが置いてあった。タリクに電話をするようにと書いてある。

「知るものですか！」ジャスミンはメモを丸めてごみ箱に投げ込んだ。彼女のなかではじめて、傷つけられた痛みを押しのけ、怒りが燃え上がった。シークのお呼びだから、わたしは何をおいても従うのが当然とでもいうの？　ジャスミンははさみを布に突きたてそうになった。わたしは気まぐれにほうり出されたり、拾われたりする人形じゃないわ。タリクはこれからそのことを思い知るのよ。

タリクは受話器を置いた。電話を無視されるのは、これでもう四回めだ。タリクは妻の反乱に業を煮やしていた。けれど、心の奥では、彼にとって危険な感情がうごめきはじめていた。別れ際のジャスミンの表情が忘れられない。

何年間も抑えつけてきた怒りと心の痛みが、あの日、ついに外へあふれ出てしまった。ジャスミンが愛の言葉を口にしたために、心の傷がぱっくりと開いたのだ。そのせいで、言うべきでないことを口にしてしまった。

これまでタリクは罪の意識などというものには縁がなかった。しかし、ジャスミンが見送りにバルコニーに姿をあらわさなかったときから、彼の心は罪悪感にさいなまれつづけていた。ふたりのあいだにあるもろい何かを、自分は壊してしまったのではないか。しかし、怒りにあおられたプライドが、タリクをこの場に押しとどめていた。

ジャスミンは恨みをため込む女性ではない。落ち着いて話をすれば、平静に戻るだろう。だから、この次、電話をするときには、ジャスミンにきちんと耳を傾けさせるんだ。


ジャスミンはタリクからの電話を二日間、無視しつづけた。

けれども、怒りはつのる一方で、これ以上黙っていられそうにはなかった。今度タリクから電話が来たら、言いたいことを言おう。そして翌日の早朝、そのチャンスは訪れた。

ジャスミンは二度めのコールで受話器を取った。

「はい、こちらはシークの所有物です」

受話器の向こうに沈黙が流れた。「いまのはおもしろくなかったよ、ジャスミン」

「そう。でもわたしは喜劇女優じゃないから、別に傷つかないわ。何か用なの？　それとも、わたしに分をわきまえさせるために、わざわざ電話してきたの？」

「強情だな、きみも」

「ええ」

「きみは何を期待してズーヒールに来たんだ？」タリクの口調にも怒りがにじみはじめて

いた。「ふたりのあいだは昔と何も変わらないとでも思っていたのか？」

「いいえ。あなたはわたしのことなんて忘れているだろうと思ったわ。でも、そうじゃなかった。あなたはわたしを迎え入れて妻にした。どうしていまになってわたしをこんなふうに扱うの？　靴底からこそげ取った、目障りなものみたいに？」

「そんなふうにきみを扱った覚えはない！」

「いいえ。そういうふうに扱っているわ。あなたのことが大嫌いになりそうよ。もう電話してこないで。あなたが帰国するころには、わたしも落ち着いているかもしれない。でも、いまはあなたに言うことは何もないわ！」

ジャスミンは震える手で電話を切った。タリク相手にここまで言った、自分自身に驚いていた。けれど、これまでの胸のつかえが取れたことも事実だった。あんな扱いを受けるほど、わたしは価値のない人間じゃないわ。夫に愛されてはいないかもしれない。でも、それなりの敬意には値するはずよ。

〝あなたのことが大嫌いになりそうよ〟

ジャスミンの言葉がタリクの耳に響いていた。これまで、ジャスミンから情愛しか向けられたことのなかったタリクは、彼女の怒りに驚いていた。

ぼくは大人になったジャスミンを見くびっていたようだ。彼女は、考えていたよりずっと激しいものを胸に秘めた女性だ。タリクははじめて、自分の内なる声に耳を澄ました。ジャスミンは変わった。昔とは劇的に変わったのだ。

いまのジャスミンにほんの少しでも気持ちを開いたらどうなるだろう？　心そそられる可能性だった。

だが、まず最初にジャスミンを取り戻さなくては。ジャスミンはぼくのものだ。ぼくを嫌いになることなど、彼女には許されていないのだから。

8

「彼が庭にいるって、どういうこと？」

ムンタズは肩をすくめた。「ヒラズに言って、タリクさまを足止めしてあります。まずあなたにお帰りをお知らせしようと思って」

「でも、まだ金曜の夜よ。彼が帰国するのは月曜日のはずでしょう！」

廊下から重い足音が聞こえてきた。ムンタズは目を見開いた。「わたしはもう行きますわ」彼女はドアからするりと外へ抜け出した。

ジャスミンはシルクのガウンをかき合わせた。もう着替えるには遅すぎる。ドアノブがまわるのを見て、ジャスミンはあわてて化粧台の前のスツールに座り、ブラシを取り上げた。こうしていれば、膝が萎《な》えても大丈夫だろう。

タリクが部屋に入ってきた。ジャスミンは振り返らずにブラシで髪をとかした。タリクが背後に立つのが感じられた。そして、そのまま彼はかがみ込んで化粧台に両手をつくと、腕のあいだに彼女を閉じ込めてしまった。ジャスミンは目を伏せ、鏡を見ずに震える手で髪をとかしつづけた。

「喉の炎症はどんな具合だい？」タリクはジャスミンに電話に出ない言い訳のひとつを思い出させた。

「だいぶよくなったわ」

「そのようだ。気分はいいのかい？」

「ええ」

「それはよかった。心配していたんだ。ぼくが電話するたびに眠っているようだったのでね」タリクの口調は穏やかだった。でも、彼は怒っているにちがいない。人から非難された経験などない男性だから。

　上着を脱ぎ、青いシャツだけになった彼の発する体温が、ジャスミンを取り巻いていた。

　タリクはジャスミンの手からブラシを取り上げて化粧台の上に置いた。そして、長い髪を耳の後ろに撫《な》でつけると、彼女の顔をむき出しにした。タリクは指の関節でジャスミンの頬を撫で下ろした。いとも簡単に呼び覚まされる体の反応を必死に抑えて、ジャスミンは歯を食いしばった。

「まだ、ぼくと話をしないつもりかい？」

「いま、話しているでしょう」

「違う。きみはぼくの質問に答えているだけだ」

ジャスミンは何も言わなかった。

「きみはぼくにとても腹を立てているんだね、ジャスミン?」タリクは彼女の耳元でささやいた。「まだ気がおさまらないのかい?」

「わたしは腹を立ててはいないわ」怒りはもうとうに燃え尽きてしまった。残っているのは、傷つけられた痛みだけだ。

タリクはジャスミンの耳たぶにキスした。彼女の体を震えが駆け抜けた。本能的な反応を隠すことはできなかった。

「ああ、ミナ。きみの体は嘘《うそ》をつけない。おいで。ぼくを見て。帰宅した夫を歓迎してくれ」

タリクの言葉は、パリに発《た》つ前の冷たい命令を思い出させた。「セックスをしたいの? そこをどいてくれたら、ベッドに横になるわ」

タリクの体がこわばった。彼はさっと上体を起こすと、ジャスミンをスツールから引っぱり上げ、自分の目の前に立たせた。

「ミナ、もうこんなことはよしてくれ。ぼくに抱かれたら、きみが燃え上がることはわかりきっているじゃないか」タリクは片手をジャスミンのヒップに置き、もう片方の手を彼女の頬に添えて言った。

「ええ、わかっているわ。あなたがどんなときも、わたしをあえがせることができるのはね」喉をふさぐかたまりをのみ込んで、ジャスミンは以前、彼が言った言葉を繰り返した。

「あなたと争うつもりはないわ」

　ジャスミンの返事を聞くと、タリクはうなり声をあげて彼女の体を自分の胸にかき抱いた。彼の抱擁に応《こた》えまいとして、ジャスミンはありったけの精神力で闘った。彼女はタリクの言葉を思い出し、自分に言い聞かせつづけた。タリクにとって、わたしはかけがえのない存在なんかじゃないわ。彼が感じているのは一時の欲望だけなのよ、と。ジャスミンが体をこわばらせたままでいると、タリクはついに彼女を放した。

「もう休むといい、ジャスミン」タリクの声には、あきらめがにじんでいた。彼は自分の寝室のドアを開け、彼女の部屋から出ていった。

　ドアが静かに閉まった。

　ジャスミンの全身に、どっと疲労感が押し寄せた。彼女はシルクのガウンを着たまま自分のベッドにもぐり込んだ。喪失感に、胸がうずいた。

「だめよ」ここで欲求に負けてはいけない。タリクはまだ、自分のどこに非があるかさえ気づいていないのだ。妻として、わたしに敬意を払ってくれなくては。わたしにもそのくらいの価値はあるのよ。


　タリクは丸めたシャツを部屋の向こうに投げつけた。ジャスミンがぼくを拒むとは！

彼女があんな態度に出るとは思わなかった。いつものおおらかさで、許してくれるだろうと思っていたのに。タリクはパリへ発つ前に自分が口にした残酷な言葉を後悔していた。あの日、彼は長年たくわえた怒りと苦しみを、つい爆発させてしまったのだ。

しかも、あの言葉は心にもない嘘だった。過去四年間、夜中に何度目を覚まして、ジャスミンのかけがえのなさを噛《か》みしめたことだろう。

ぼくは取り返しのつかないことをしてしまったのだろうか？　ジャスミンがぼくを憎みはじめたらどうすればいい？　いましがた、ジャスミンから感じたのは怒りや恨みではなかった。彼女はただ……傷ついていた。その事実に直面したとき、タリク自身の怒りは跡形もなく消え失《う》せた。ぼくは妻を傷つけてしまった。ぼくのミナを。そこにはなんの満足感もなかった。あるのは自分自身への嫌悪だけだった。

生まれてはじめて、タリクは次にどうしたらいいかわからなくなった。ぼくは失敗をしたのだ。それはわかっている。だが、ぼくは人に許しを請うたことなどない人間だ。タリクはうなるような声をあげて、荒々しい足取りで浴室へ向かった。

覚えのある手の感触が、裸の背中を撫でた。ジャスミンは眉をひそめた。変ね、確かにガウンを着て寝たはずだったのに。けれど、この夢のなかでは、素肌に素肌が触れていた。うなじに唇が押しつけられ、手が我が物顔にヒップをつかむ……ジャスミンは小さな声をあげてあおむけになり、暗闇《くらやみ》で恋人を迎えた。胸のふくらみにキスされると、ジャスミンは背中を弓なりにそらした。夢うつつの状態で、彼女は相手の髪に指をからませた。

「タリク」ジャスミンはささやいた。燃えはじめた体を止めることはできなかった。ジャスミンはため息をついて官能に身をまかせた。こんなふうにやさしく触れられて、どうしてタリクを拒めるだろう?

タリクに唇を求められ、ジャスミンは喜んで口づけを返した。タリクは身震いした。そして、唇を離して彼女の胸にキスの雨を降らせた。彼の体が下へと下りていく。タリクは唇で彼女の腹部をたどり、舌でおへそをなぞった。

ジャスミンの体に小さな震えが駆け抜けた。彼女の反応に気づいて、タリクは同じ愛撫《あいぶ》を繰り返した。彼女の腰が抑えようもなく上下した。

ジャスミンは彼を迎えるために自分から進んで脚を開いた。けれども、タリクはまだ彼女におおいかぶさろうとはしなかった。ジャスミンの左脚を持ち上げ、自分の肩に置いた。そして、やわらかな内腿に、ざらついた感触の男の顎をこすりつけた。

ジャスミンはあえぎ声をあげた。「タリク」

彼は荒い刺激を与えた肌に舌を這《は》わせてなだめた。相反する感触がジャスミンを翻弄《ほんろう》した。タリクは右の脚にも同じ刺激を繰り返した。それから、頭を下げ、彼女の秘められた部分にキスをした。

ジャスミンは叫び声をあげた。タリクの両手は彼女の腰をしっかりと押さえつけて放さなかった。そして、時間をかけてジャスミンにもっとも親密な愛撫を教えた。

最後に残った正気のかけらで、ジャスミンは考えた。これはタリクの謝罪なのだ。彼は彼女の体を慈しみ、その反応を愛している。タリクは言葉で謝罪できる男性ではない。だから行動で示しているのだ。

ジャスミンはシーツをつかんで彼にすべてをさらけ出した。もう一度、タリクに身も心もささげた。彼を遠ざけようとする決意は、塵《ちり》のように消えていた。ジャスミンはタリクの腕のなかにしか見出《みいだ》すことのできない自由を見つけ、歓喜の翼に乗って空へと舞い上がった。ジャスミンの震えがおさまるまで、タリクはその体を抱いていた。それから、そっと彼女のなかに分け入った。まるでそうすることをためらうかのように。

タリクのためらいを感じて、ジャスミンの目に涙が浮かんだ。彼の無言の問いかけは、彼女の心の痛みを拭《ぬぐ》い去った。ジャスミンは自分から彼を包み込んだ。そうして、あなたが欲しいとタリクに伝えた。タリクはうめき声をあげると、彼女のなかで動き出した。

「お帰りなさい」ジャスミンは彼の耳にささやいた。そして、情熱の頂点を迎えた。

かなりの時間がたってから、ジャスミンは尋ねた。

「どうして予定より早く帰ってきたの？」

タリクはジャスミンの背中を自分の胸のなかに抱き込んだ。「貿易交渉が思ったより早く合意に達したんだ」

「それで……」ジャスミンは合意内容について尋ねかけたが、タリクの拒絶を恐れて口をつぐんだ。

「なんだい、ミナ？」

「なんでもないわ」

タリクはしばらく黙っていたが、やがて口を開いた。「ズーヒールは西欧のいくつかの国々と貿易に関する協定を結んだ。これからは我が国の工芸品が関税なしで国境を越え、それらの国々で売られることになる」

それはタリクからの和解の申し入れだった。ジャスミンはそれを受け入れた。「なぜ工芸品なの？」

「ズーヒールの宝飾品や工芸品は、非常に高く評価されているからね。関税なしの協定は、お互いの輸出品に適用されるんだ」タリクは愉快そうに笑った。「相手国側は、自分たちの国の製品がズーヒールの市場にあふれるだろうと考えている。だが、そうはいかない」

「どうして、そんなことが言えるの？」

「我が国は同じような協定をアメリカ合衆国とも結んでいるからだよ。協定が成立して、もう何年にもなる」

「本当に？　だけど、街のお店では大量生産の品なんて見かけないわ」

「この国の国民は最良の手作り工芸品に慣れているから、外国製の安物になど見向きもしないんだ」

「ずいぶん自信があるのね」

タリクは肩をすくめた。「我々にはそうするだけの金がある」

臆面《おくめん》もないタリクの返事に、ジャスミンは笑った。「つまり、協定で得をするのはこの国だけなのね？　どうして相手国の人たちはアメリカの教訓に学ばないのかしら？」

「誰しも自分の間違いは認めたくないものさ。周囲にはどう見えると思う？　世界でもっとも強大な国が、砂漠のちっぽけな国に一杯食わされるなんて。貧しい、未開の国の国民に」

ジャスミンは声をあげて笑った。「未開の国！」

ジャスミンの笑いがおさまると、タリクは彼女の肩に軽く歯を立てた。ジャスミンはすぐに体の向きを変えて、彼の腕のなかに入った。〝悪かった〟のひと言も聞かされていないのに、これではあっさり降参しすぎだ。けれど、タリクはそこまではっきり下手に出られる男性ではない。そのことはジャスミンにもわかっていた。いまのところは、彼のやさしい愛撫だけでじゅうぶんだった。

「少しずつ前進してはいると思うの」二週間後、ジャスミンはムンタズに言った。ふたりはズーヒーナの画材店に入り、周囲の棚を眺めていた。「タリクはわたしにいろいろ話してくれるもの」

「どんなことを？」

「主に仕事の話ね」ジャスミンは隅にあるイーゼルに目をとめた。

「それはいいことですわ。でも、おふたりの仲はどうなっているんです？」

ジャスミンは木製のイーゼルに指を走らせた。そして、そばにあったキャンバスを取り上げ、イーゼルの上に据えてみた。

「無理をして、すべてを台なしにしたくないの」ジャスミンは絵の具の棚に近づき、色を選びはじめた。青、茶、緑……。

「何かが起きるのを待ってらっしゃるのですか？」

「ちょっとしたことよ、目に見える何か……うまく説明できないわ」パリから戻って以来、タリクはジャスミンを腫《は》れ物にでも触れるように扱っていた。彼が怒りに駆られてジャスミンを傷つけることはもうないが、反対に、心の壁を突き崩して、彼女から手を差し伸べることもできなくなってしまった。突然のタリクの変化は、ジャスミンをとまどわせた。

「あなたはすべきことをなさればいいんです」ムンタズはそう言って、ジャスミンの手を握りしめた。

「いいアドバイスだわ」だけど、とジャスミンは思った。タリクの心の壁を打ち破るには、いったいどうしたらいいのだろうか？

「いま、忙しいかしら？」ジャスミンはタリクの執務室をのぞき込んだ。タリクは机から顔を上げた。

「きみならいつでも歓迎だよ、ジャスミン」

彼を怒らせて、この冷静な仮面をはぎ取ってしまいたい。ジャスミンは突然の衝動を抑えつけた。

彼女はドアの陰から買い物の包みをかかえ上げ、それを執務室の机の上に置いた。

「これはなんだい？」タリクは茶色い紙包みの紐《ひも》を引っぱった。

「プレゼントよ。開けてみて！」ジャスミンはタリクの椅子の腕に腰かけて座った。

タリクは眉を寄せ、彼女のウエストに腕をまわした。「そんなところに座ったら、転げ落ちるよ」

「だったら、ここに座るわ」ジャスミンはタリクの膝の上に移った。「さあ、早く開けて」

タリクはジャスミンの行動に困ったような顔をした。だが、言われたとおりに包みを開けた。包みのなかからキャンバスや絵の具が出てくると、彼の体が急に動かなくなった。

「あなたが忙しいのはわかっているわ」タリクが口を開く前に、ジャスミンはあわてて言った。「でも、一日に一時間くらいは暇を見つけられるでしょう？　この国のために絵を描《か》くのだと思ってみて」

タリクは彼女の言葉に眉をつり上げた。

「仕事中毒のシークなんて、そのうちに燃え尽きてしまうわよ。国民のためにならないわ。仕事の疲れを癒《いや》すために、また絵を描きはじめたらどう？」

「ぼくには責任が――」

「一時間でいいの。それなら大した差し障りはないでしょう。それに、これからはわたしがあなたの仕事を手伝うわ」

「どうやって？」

「きっとわたしにも何かできるはずよ。書類の整理とか、報告書の要約とか。わたしは有能なのよ」

タリクはくすくす笑った。「いいだろう。手伝ってくれ。それに絵のモデルも引き受けてもらうよ」

「わたしを描くつもりなの？」ジャスミンは興奮して、彼の膝の上で座り直した。「ヌードかしら？」

タリクは顔をしかめた。「そんな絵は誰にも見せられないな」

ジャスミンはタリクが承知してくれたことがうれしくて、彼の頬にキスすると、大急ぎで膝から下りた。「イーゼルも買ってあるのよ。いま、絵の道具をわたしの仕事部屋に置いてくるわね。それからここに戻って、あなたを手伝うわ」

結局、ジャスミンはその日の残りをずっと夫と過ごすことになった。ジャスミンは報告書に目を通した。タリクはいつ終わりにしてくれてもかまわないと言ったが、彼の仕事の量を見たら、ジャスミンも精いっぱい手伝わずにはいられなくなった。

ある書類を読んでいるとき、ジャスミンはどきりとするような文章を見つけた。「タリク？」

ジャスミンの口調の鋭さに、タリクははっと顔を上げた。

「この書類に、シークは複数の妻を持てると書いてあるわ」

タリクの唇がおかしそうにぴくぴく動いた。「それは昔の法律だよ」

「どれくらい昔？」

「大昔だ。ぼくの父も祖父も、妻はひとりしかいなかった」

「曾《ひい》お祖父《じい》さんは？」

「四人いた。心配しなくていいよ。ぼくには妻をひとり持つだけのスタミナしかなさそうだから」

「わたし、この法律を廃止させるわ」ジャスミンはきっぱりと言った。

「ズーヒールの女性たちが拍手喝采《かっさい》するだろうな。それはシークにのみ適用される法律だが、現代ではズーヒールのイメージを傷つけかねないね」

タリクの実際的な言葉に、ジャスミンは不安をなだめられてうなずいた。そして、ふたたび仕事に戻った。夫の手助けをしていると思うと、静かな満足感が胸を浸した。

「これで終わりにしよう、ミナ」やがて、タリクはそう言うと椅子から立ち上がった。ジャスミンも書類を置いた。

「手伝うなんて言ったことを後悔するかもしれないよ。きみの要約はよくまとまっていた。これからは頻繁に助けてもらうからね」

タリクのほめ言葉にうれしくなって、ジャスミンはにっこりした。「いいわ。さあ、また誰かが仕事を持ってあらわれる前に、行きましょうか」

今日はじめてジャスミンは、タリクのもとを訪れる国民の多さを知って驚いた。そういう人たちは、自分たちの問題を解決できるのはシークしかいないと考えて、タリクに相談に来るのだ。ヒラズとムンタズがその多くをさばいてくれたが、なかにはシークでなければと譲らない人もいた。

「きみがぼくを守ってくれるのかい？」タリクはおかしそうにほほえんだ。

「誰かがあいだに入って、聞き役を肩代わりする必要があると思うの。ムンタズとヒラズは王族とみなされないから、相手が納得しない場合もあるわ。でも、わたしなら大丈夫でしょう。あなたに会いに来た人の大半を引き受けられるわ」

タリクは何も言わなかった。ジャスミンが顔を上げると、彼は考え深げな表情で彼女を見つめていた。

「つまり、あなたがそうしてほしいと思うならだけれど」ジャスミンは急に自信を失った。

「わたしが外国人だということはわかっているわ……」

タリクは彼女の唇に指を置いて黙らせた。「もう言っただろう。国民はきみをぼくの妻だと認めている。だが、デザインの仕事はどうするんだい？」

「そのことについても、あなたに相談したかったの。わたしがビジネスに手を出したら、王族の体面を傷つけるかしら？」

タリクは首を横に振った。「ぼくだって、いくつもそういう事業に携わっている」

「考えたんだけれど、小さな服飾デザイン工房を立ち上げようかと思うの」

「きみはきっと成功するよ」彼のあっさりとした言葉が、ジャスミンには跳び上がりたいほどうれしかった。

「だけど、デザインはあくまで片手間の仕事だわ」

「片手間の？」

「妻として、わたしのいるべき場所はあなたのかたわらよ。デザインは、あなたにとっての絵と同じ位置づけになるべきだと思うの。国民への奉仕をすませてから、自分のためにすることだわ」大きな犠牲だったが、ジャスミンは喜んでそうするつもりだった。タリクとの結婚によって、ジャスミンは国の必要が自分の必要に先立つ立場に身を置いたのだ。

タリクの瞳がうれしそうに輝いた。

「きみがそうしたいなら、ぼくはそれでいいよ」

それから、ふたりは絵の道具が置いてあるジャスミンの仕事部屋へ向かった。

「ここで描くことにしよう」

タリクは部屋の南側を指して言った。ジャスミンはうなずくと、彼を手伝って道具を用意した。

「きみはここに横になってくれ」

ジャスミンは言われるままに、タリクが引っぱってきた長椅子の上へ横たわった。タリクは昔からスケッチなどせず、水彩絵の具で直接キャンバスに輪郭を描きはじめるやり方を好んだ。ジャスミンはそのことを知っていた。

タリクがニュージーランドにいたとき、ふたりが別れるひと月ほど前に、彼はジャスミンに自分で描いた小さな絵をプレゼントしてくれた。それは彼が記憶にたよって描いたズーヒールの風景画だった。

「眉間《みけん》にしわが寄っているよ」

タリクに言われて、ジャスミンはにっこりした。「これでいい？」

「ああ」

どういうわけか、タリクの低いつぶやきは、ジャスミンに先刻の出来事を思い出させた。

執務室で、彼女が突然彼の膝の上に乗ったときのことだ。ふいを突かれて、タリクはとても面食らった顔をしていた。ジャスミンは、四年前と、ふたりが再会してからの日々を、注意深く思い返した。

四年前のタリクは、ジャスミンに触れることが好きだった。彼はやさしさの表現として彼女の体に触れた。反対に、堅苦しい家庭の雰囲気のなかで育ったジャスミンは、そういう感情表現に慣れていなかった。ジャスミンがさりげない愛撫を彼に返すようになるまでには、実に数カ月も時間がかかった。

「ミナ」タリクにとがめられて、ジャスミンは自分がまた眉を寄せていたことに気づいた。

彼女はもう一度にっこりした。

ジャスミンがズーヒールに来てからも、タリクはよく彼女に触れた。なのに、パリから帰って以来、タリクはジャスミンとのちょっとした触れ合いを避けるようになった。それればかりか、ベッドのなかでも、彼が情熱を制御しているように思えてならない。寝室では変わらずジャスミンを求めてくるが、以前と比べて何かが欠けていた。どうして？　ジャスミンは自問した。どうして、タリクは官能にたがをかけるようになってしまったの？　寝室はふたりが完璧《かんぺき》に調和できる大切な場所だったのに。

いったい、なぜ？

「今日はここまでにしよう、ジャスミン」

9

驚いて、ジャスミンはまばたきした。長椅子から立ち上がろうとしたとき、はじめて彼女は、自分がかなり長いあいだ同じ姿勢でいたことに気づいた。ジャスミンは猫のように伸びをした。

「夕食の前にシャワーを浴びるわ」ジャスミンは、ひとり言のようにつぶやいた。

するとタリクがぱっと顔を上げた。緑色の瞳には欲望の火がともっていた。つまり、欲望の激しさは以前と変わりないというわけね。ただ、最近はそれを、わたしの目から隠すことにしたようだ。でもよかった。わたしに無関心になったわけではないのだ。ジャスミンは大きく胸を撫《な》で下ろした。

「だけど、どうしてシャワーと聞いて、突然燃え上がったのかしら?」ジャスミンはその疑問について考えながらシャワーを浴びた。「ばかね」ふと彼女は笑った。石鹸《せっけん》の泡と流れる湯。これほど官能的な道具立てに、タリクがそそられないわけはないわ。

わたしもタリクとシャワーを浴びてみたい。泡だらけの肌の上をすべる彼の浅黒い手。

その光景が実際に目に見えるようだ。ジャスミンはシャワーを出て、夕食のための化粧に取りかかった。

ブラシで頬紅をつけているとき、ジャスミンはふいに手を止めた。ある考えが頭をよぎり、驚きで目を見開いた。

「もしかして、タリクはわたしの情熱が衰えたと思っているのかしら？」タリクの彼女に対する情熱は、いつも変わらずに激しかった。ジャスミンが肌で感じるほどの欲望だった。そう、彼が自分を抑えはじめるまでは。「タリクがパリから帰ってきた夜、わたしは彼を拒んだわ。でも、あれはとても傷ついていたせいよ」

けれど、タリクはそれを知らない。彼には、妻の情熱の炎が衰えたように見えたのではないだろうか。タリクのような男性にとって、それは大変な打撃だ。彼は頑固にジャスミンの愛を信じようとしない。けれども、彼女の情熱は、嘘《うそ》のない真実として受け入れていたのだ。ジャスミンは想像してみた。いつか、わたしに対するタリクの情熱が萎《な》えてしまったとしたら。わたしはどんな気持ちになるだろう？

「大変だわ」鏡に映るジャスミンの目が丸くなった。「タリクにわかってもらわないと。わたしはいまも彼を求めているって。そうしなければ、タリクはずっと自分の内に引きこもったままだわ」

だが、夫を誘惑しなければと思っただけで、ジャスミンはひるんだ。これまでベッドでの主導権は常にタリクが握っていた。しかも、彼の自己抑制には、目をみはらされてばかりなのだ。けれど、それは同時に、ジャスミンの癪《しゃく》の種でもあった。わたしばかりが我を忘れるなんて承知できないわ。彼だって、我を忘れて燃え上がるべきよ。

「それで、何かいい考えはある？」ジャスミンは鏡に向かって尋ねた。

「きみには自分に向かって話しかける癖があるのかい？」おかしそうな口調で問いかけられ、ジャスミンはスツールの上でくるりと振り返った。そこにはタリクが、寝室の戸口に寄りかかって立っていた。その前に言ったひとり言も聞かれてしまったのかしら？　ジャスミンはあわてたが、タリクの表情は小憎らしいほど落ち着き払っていた。

「ひとり言は精神にいいのよ」彼女は言い返した。そのときジャスミンは、タリクが彼女の姿を盗み見ていることに気づいた。彼女は鏡に向き直ると、もう一度、頬紅のブラシを取り上げた。

　そして、鏡に向かって上半身を乗り出した。すると、ローブの前が誘うように大きく開いた。ここまでしているのに、タリクがよそよそしかったらどうしよう？　もしかしたら、もうわたしに魅力を感じなくなったのかもしれない。

「ばかげてるわ」ジャスミンはつぶやいた。

「何がだい？」タリクはスラックスのポケットに両手を突っ込み、背後から彼女に近づいた。今日の彼は青いシルクのシャツと黒のスラックス姿だった。

彼の胸にもたれかかりたい。その誘惑は強烈だった。ジャスミンはきつく自分を戒めた。いまここで誘惑に負けたら、また同じことの繰り返しよ。わたしだけ我を忘れて愛の行為にのめり込み、タリクは自制を保ったままになる。

ジャスミンはさりげなく脚を組んだ。思ったとおり、ローブの前が割れて布の下から腿がのぞいた。

「考え事をしていたのよ。最近、見かけたデザインについて」ジャスミンはひらひらと手を振ると、ブラシを置いて口紅を取り上げた。そして、つややかな紅をたっぷりと塗った。濡《ぬ》れた輝きを放つ唇は、タリクを差し招いているようだった。

タリクは咳《せき》をして姿勢を変えた。けれど、彼女の背後から動こうとはしなかった。これはきっといい前兆だわ。ジャスミンはそう思ってほほえんだ。

「何がそんなにおかしいんだい？」彼は荒っぽく尋ねた。ジャスミンの体の奥が期待に熱くなった。

「男性デザイナーの考え方が、よ。あの人たちは女性の体をなんだと思っているのかしら」彼女は力強くうなずいた。わたしも意外とできるものね。ジャスミンは思った。体のなかではホルモンが荒れ狂っているのに、こんなにしっかりふるまえるなんて。「つまりね、見て」彼女は自分の胸のふくらみと腰の曲線に手を走らせた。「前にも言ったように、女性の体は丸みを帯びているのよ。そうでしょう？」

「ああ」タリクは首を絞められているような声で相槌《あいづち》を打った。

「だったら、なぜ――」彼女はわざと手をむき出しの腿にのせた。「最近の流行は、その事実を無視したものばかりなのかしら?」

タリクが答えないので、ジャスミンは鏡のなかの彼を見上げた。タリクの頬は紅潮し、重いまぶたの下の瞳は、ジャスミンのむき出しの腿を見つめていた。彼女は嬉々《きき》として思った。タリクは何を話していたか覚えていないのよ。すばらしいわ。

「きみの意見は正しいと思うよ」彼はやっと返事をした。

ジャスミンは大きくうなずくと、化粧の続きに取りかかった。タリクが見つめていることは、じゅうぶん意識していた。彼女は時間をかけて化粧の仕上げをし、それから立ち上がってワードローブに向かった。タリクはベッドに横たわり、手を頭の下で組んで、のんびり待つ風情だった。

クローゼットのなかに入ると、はじめてジャスミンは顔をしかめた。ここにいたら、タリクからわたしの姿が見えない。それなのに、どうやって彼を誘惑すればいいのかしら?なにしろクローゼットはベッドの頭の方向にあるのだ。眉を寄せたまま、ジャスミンは透き通りそうな青い素材のスカートを手に取った。これまで一度も試したことのない服だけれど、今日は着よう。これは戦争なのだ。

そろいの上衣は、胸のふくらみを包み込み、おなかがむき出しになる丈の短いものだった。体の線を強調する仕立てなので、ブラはつけないことにした。ジャスミンはクローゼットから出ると、手近な椅子に選んだ服を引っかけた。そのとき、彼女はやっとタリクの狡猾《こうかつ》さに気がついた。

こちらが見えないどころではない。タリクからは鏡に映ったジャスミンの姿が丸見えなのだ。ベッドの上でタリクが身動きする音がした。遅まきながら、ジャスミンの全身を緊張の波が襲った。本当に、わたしに彼を誘惑することなどできるのだろうか?

勇気がしぼむ前に、ジャスミンはローブを脱ぎ捨てた。タリクが鋭く息を吸い込む音がした。ジャスミン自身の呼吸も決してなめらかではなかったが、彼女は身支度を続けた。彼女はパンティを手に取り、あえてタリクに声をかけた。

「夕食はどこでとるの?」ジャスミンは震える手でパンティをはき、スカートをつかんだ。

それから、前かがみになってスカートに脚を通した。タリクが見ている自分の姿を想像して、彼女は頬を赤らめた。

「ヒラズやムンタズといっしょに、宮殿の正餐《せいさん》の間で食べようかと思っていたんだが、気が変わった。私室のダイニングで食事しよう」ジャスミンは独占欲をにじませたタリクの口調を聞き逃さなかった。この二週間、聞くことのなかった口調だ。

「そう」ジャスミンは上衣を取り上げて、タリクに胸のふくらみが見えるよう、少し体をひねった。我ながら、感心するほどの度胸のよさだ。内気でおとなしいこのわたしが、こんなに大胆に体をさらけ出しているなんて、自分でも信じられない。

ジャスミンは上衣を着てボタンをかけた。思った以上に体にぴったり張りつくデザインだった。

最後に、簡単に脱げるアラビア・サンダルを足に引っかけた。私室のダイニングは、床にクッションを敷きつめた部屋なのだ。

「支度ができたわ」

「急ぐことはないさ」タリクはのんびりと言った。

ふと、ジャスミンはいぶかった。もしかしてタリクはわたしを見ていなかったのかしら？　彼女はベッドわきに近づくと、腰に手を当ててその場でくるりと一回転した。

「この服はどう？」

タリクはさりげなく片膝を立てた。けれど、ジャスミンは目ざとく、彼が隠そうとしたスラックスのふくらみに気づいた。彼女は安堵《あんど》のため息を押し殺した。

「完璧《かんぺき》だ」

「そう？　でも、何かアクセサリーが必要ね」

ジャスミンは化粧台に歩み寄り、引き出しから金の鎖を出した。結婚式の日に腰に巻いたものだ。彼女はそれをつけ、首には細いネックレスをした。

「行きましょう、怠け者さん。わたしはおなかがぺこぺこなの」ジャスミンはタリクを誘って、彼の寝室へと続くドアを開けた。

背中に彼のつぶやきが聞こえた。「ぼくも飢えてる」タリクはベッドから起き上がった。彼の口ぶりはやけに不機嫌そうだった。ジャスミンはほほえんだ。

寝室からダイニングへ出るドアのノブに手をかけたとき、タリクが突然、ジャスミンのウエストに腕をからめた。そして、彼女を体でドアに押さえつけてしまった。

「使用人が準備中だから、きみはここで待つんだ」

「あら、別にかまわないわ。わたしも手伝うわよ」

タリクの指が彼女の腰をきつくつかんだ。「ここで待つんだ」タリクは彼女の抗議を激しいキスで封じ込めた。そして、ドアを開けてひとりで部屋を出ていった。彼の後ろでドアがかちりと閉まった。

ジャスミンはうずく唇に手を当てた。タリクがいまみたいなキスをするのは数週間ぶりだ。

「傲慢《ごうまん》な態度だけど、今回だけは我慢できると思うわ」ジャスミンは口に出して言った。顔が自然にゆるんだ。でも、どうしてダイニングに入ることを禁じられたのかがわからない。そのとき、彼女の目に鏡に映った自分の姿が飛び込んできた。ジャスミンは思わず茫然《ぼうぜん》と口を開けた。

透き通りそうな素材だと思ったスカートは、着てみると完全に透き通っていた。ジャスミンの脚のラインが、服の上からすっかり丸見えになっている。さらに、レースのパンティは、下にあるものを隠す上でなんの役にも立っていなかった。

上衣も息をのむほど扇情的だ。ジャスミンの胸のふくらみの形をくっきりと際立たせた上に、その頂までもあらわに見せていた。

「まあ、どうしよう」

ジャスミンは背後の壁にすがりついた。タリクが寝室から出ることを禁じたのも無理はない。これではまるでハーレムの女奴隷のようだ。ジャスミンはパニック寸前の状態で何度か深呼吸をした。それが効を奏したにちがいない。彼女の胸にひと筋の希望の光が差し込んだ。

「彼は着替えろとは言わなかったわ」ジャスミンはつぶやいた。「むしろ彼は、わたしの姿を完璧だと言った」もしもタリクが彼女のセクシーな装いに気を悪くしていたなら、完璧だなどとは言わなかったはずだ。それに、キスもしなかったにちがいない。

大きく顔をほころばせて、ジャスミンはベッドの端にそっと腰かけた。そして、タリクが戻ってくると、あわてて退屈そうな表情を作った。タリクは戸口で立ち止まった。ジャスミンは、彼が思わずごくりと喉を上下させたことに気づいた。

ジャスミンはベッドからすとんと下りた。「夕食の用意はいいの？」

タリクはうなずいた。そして、彼女を先に通してから寝室を出た。

ダイニングに入ると、タリクはジャスミンの隣に座り、彼女にぴったり寄り添うようにしてクッションに片肘をついた。

ジャスミンは乱れがちな呼吸を整え、小さなタルトらしいお菓子の皿を手に取った。彼女はその皿をタリクに差し出した。タリクは誘うように片方の眉を上げた。ジャスミンは赤くなり、お菓子をひとつつまんで彼の口元まで運んだ。タリクはふた口めで彼女の指に噛《か》みつきそうになった。ジャスミンは笑いながら、あわてて指を引っ込めた。

タリクの瞳には欲望の火がともっていた。けれど、今度ばかりはジャスミンも心を決めていた。今夜は、わたしひとりが我を忘れるだけではすまさないわ。タリクもいっしょに抑制を捨てて燃え上がるのよ。

ジャスミンはほほえみを顔に張りつけて、タルトをつまみ、口に入れた。「食べたことのない味だわ」

お菓子はスパイスがきいていておいしかった。そのとき、タリクが手を伸ばし、彼女の手から皿を取り上げた。

「何をするの！」ジャスミンは驚いて声をあげた。

「ぼくは飢えていると言っただろう。早く食べさせてくれ」

まさか本当におなかがすいているわけじゃないわよね？　急いではだめ。ジャスミンは芝居がかったしぐさでタリクに向かって顔をしかめると、肉の串焼《くしや》きを取って彼に食べさせた。タリクはすっかりくつろいだ様子でジャスミンのかたわらに寝そべり、差し出されるものをすべて食べた。こんなふうに食事をするのははじめてだったが、ジャスミンはかいがいしくタリクの世話を焼くのを楽しんだ。

「デザートは食べられそうにないわ」やがて、ジャスミンは自分のおなかに手を当てて言った。

タリクの視線が彼女の唇から胸、そしておなかへとゆっくり下がった。今度は、ジャスミンもあざやかに染まった頬を隠せなかった。ジャスミンの反応に気づいた瞬間、タリクは彼女の胸の頂に指を走らせた。羽根のような愛撫《あいぶ》は、彼女の体を内側からうずかせた。

「残った料理はこのままにしておこう」タリクは腰を上げると、彼女に手を差し伸べて立たせた。「あとでおなかがすいたときのために」

ジャスミンはタリクの言葉の意味するところを理解して、クッションにつまずきそうになった。けれど、タリクの顔を見上げると、そこにはまだ鉄の抑制が働いていた。もし、いまここでわたしが情熱に流されたら、ふたりのあいだに横たわる壁を突き崩すことは不可能だろう。

どうしたらいいのかしら？　ジャスミンは懸命に考えた。タリクがわたしの服を破り取るほどでなければ、気持ちの高まりがじゅうぶんではないのだ。ジャスミンは毎夜、やさしく服を脱がされることにうんざりしていた。タリクは彼女の手を引き、ふたりの寝室に入った。そして、彼女の服のボタンに手をかけた。

思いきって、ジャスミンはタリクの手を押しのけた。すると、彼は即座に腕を下ろした。

「これ以上、先に進みたくないのかい？」タリクはぎこちないほど堅苦しい口調で言った。

「タリク、わたしの願いを聞いてくれる？」古めかしい言い方が、この場にはふさわしい気がした。

「わざわざ頼む必要はないよ、ジャスミン。気が進まないなら、ぼくは……」タリクは彼女から離れようとした。体のわきで固く握られたこぶしだけが、彼の本当の気持ちを物語っていた。

ジャスミンはあわててタリクのシャツをつかんだ。「あなたが欲しいの」

タリクはまた、ジャスミンの服のボタンに触れた。ジャスミンはかぶりを振った。

「いったいどうしたいんだ、ミナ？」タリクは久しぶりにいらだちを見せた。

「わたし……」ジャスミンは唇を噛んだ。「今夜は、わたしに触れさせてもらえないかしら？」そう言うと、今度は彼女がタリクのボタンに手をかけた。

タリクはうめき声をあげた。「言っただろう。きみは好きなときにぼくに触れていい。それは許された行為だ」

「でも、あなたには触れてほしくないの」

「どういうことかわからない」タリクはふたたび警戒を見せて言った。

「あなたに触れられると、わたしはいつも我を忘れてしまうわ。だから、今夜はわたし、あなたの体をゆっくりと探索してみたいの。お願いよ」もしタリクがだめだと言っても、挑戦するまでだわ。彼女は決意を固めた。もうすでに彼は、この二週間、息をひそめていた激しさをのぞかせているのだ。

タリクは彼女の髪に手を触れた。「それで、きみがぼくを……探索しているあいだ、ぼくはどうすればいいんだい？」ジャスミンはタリクの口調に秘められた荒々しさを聞き逃さなかった。

10

ジャスミンはタリクのシャツのボタンをひとつはずした。「ただ横になって、楽しんでいるだけでいいの。するべきことは全部わたしがするわ」

静かな部屋に、ふたりの息づかいが響いた。

「許可しよう」

ジャスミンはほほえんで爪先立ちになると、タリクの唇にそっとキスした。「ありがとう」

タリクは、ジャスミンが明らかにこの状況を楽しんでいることに、驚いているようだった。彼女は体を離して、タリクのシャツのボタンを全部はずした。彼の美しい胸板があらわになった。思いのままふるまえることを喜び、ジャスミンは彼の胸に爪で軽く線を描いた。タリクは、はっと息をのんだ。

「あなたの胸って大好きだわ。あなたがシャワーから出てくるたびに、ベッドへ誘いたくなるの」ジャスミンは彼の平らな乳首に指を走らせた。タリクのうめき声は音楽のように耳に心地よかった。

タリクの反応に励まされて、ジャスミンは彼の体に腕をまわした。そして、片方の乳首に舌で触れた。タリクの手が彼女の髪をつかむ。うれしくなって、ジャスミンはキスと舌の愛撫《あいぶ》を交互に続けた。やがて、彼女の口づけは下へと向かった。彼の前にひざまずいたジャスミンは、彼の腹部にキスの雨を降らせた。タリクはジャスミンの髪をそっと引っぱり、彼女を立ち上がらせた。

「ミナ」タリクは彼女の唇にささやいた。「もうじゅうぶんに堪能《たんのう》したかい？」

タリクは彼女の下唇を口のなかに吸い込んだ。彼は時間をかけて彼女にキスした。舌を差し入れ、ゆっくりと彼女を味わう。タリクが唇を離すと、ジャスミンは息を切らしながら首を振った。「まだ、始めたばかりよ」

彼女はシャツから出ているタリクの腕に指を這《は》わせた。そして、彼の手を持ち上げ、指を一本、口のなかに含んだ。タリクは苦しげな音をたてて息を吐き出した。ジャスミンは指の一本一本に熱い愛撫を繰り返した。

「これを脱いでもいいかい？」タリクは自分のシャツを指さした。

「ええ」ジャスミンは彼の後ろにまわると、裾《すそ》を引っぱってシャツを脱がせた。彼の肩は熱く、なめらかだった。ジャスミンはその肩を包み込むように、てのひらをのせた。

タリクが向き合おうとすると、ジャスミンはその腰に腕をまわして自分の体を彼の背中に押しつけた。

「このままでいて。あなたの背中に触れたいの」タリクの体に震えが走った。その震えは、敏感になった彼女の胸の先端を刺激した。

タリクは手を上げると、ジャスミンの手を上から包み込んだ。

「あなたって、とても力強いのね」ジャスミンは彼の肌にあたたかい息を吹きかけた。タリクはうめいて、体を少し後ろに倒した。「それに美しいわ」

タリクはかすれた声で笑った。「美しいのはきみだ。ぼくは男だよ」

ジャスミンは肩甲骨の下に歯を立てた。「とても美しいわ」

タリクはジャスミンの指を締めつけた。「きみがそう言ってくれてうれしいよ。だが、このことは他人には秘密だからね」

ジャスミンは笑った。そして、タリクの手のなかから指を引き抜くと、背中の筋肉をゆっくりとなぞりはじめた。彼の息づかいが浅くなった。

「マッチョなシークの沽券《こけん》にかかわるの？」ジャスミンはタリクの背筋を上から下へ唇でたどった。

タリクは大きく息を吸い込んだ。「マッチョという言葉の意味がわからないな」

ジャスミンはタリクの背中を愛撫しながら、自分の上衣のボタンを全部はずした。「マッチョというのはあなたのことよ。強くて、とても男らしい人のこと」彼女は上衣を脱ぎ、今度は上に向かって彼の背中を舌でたどった。頭がくらくらした。ジャスミンは裸の胸を彼の背中に押しつけた。肌と肌が触れたとたん、ふたりのあいだに電流が走った。

タリクは喉の奥からうなるような声を出した。ジャスミンは彼の前方にまわった。タリクの瞳はむき出しの欲望に陰っていた。

彼は片手を上げて、彼女の胸のふくらみを包み込んだ。ジャスミンは息をのんだが、彼を突き放すようにその胸を押した。

「だめよ。お願い」彼女はかすれた声で懇願した。

「きみの探索のおかげで、ぼくは殺されてしまいそうだ」そう言うと、タリクは彼女を抱き上げ、ベッドに横たえた。

探索はもう終わり？　ジャスミンの瞳に失望の色がよぎった。彼女のその表情は、タリクの情熱の炎を極限まで燃え上がらせた。彼は靴を脱ぎ捨てると、スラックスのファスナーを下ろした。

「いいかい？」タリクは彼女の指示を待って手を止めた。

ジャスミンは目を見開いてうなずいた。

タリクはスラックスといっしょに下着も脱ぎ捨てた。ジャスミンは手を伸ばし、彼の高ぶりに指を走らせた。タリクの全身が大きく震えた。「ベッドのあちら側に移ってくれ、ミナ。でないと、ぼくがきみに飛びかかって探索は終わりだ」

ジャスミンはすばやくベッドの片側に移動した。

タリクはベッドの上へあおむけに横たわり、頭の下で手を組んだ。「まだ五分ほど、時間はあると思うよ」タリクはあらかじめそう警告した。彼は思った。ジャスミンへの欲望を制御できると考えたぼくがばかだった。結果は、自分自身を余計に飢えさせただけじゃないか。

タリクが見守るなか、ジャスミンは彼の腿にまたがった。青いスカートがカーテンのように広がる。

「だったら、ゆっくりしている暇はないわね」いきなり、ジャスミンはタリクの高ぶりをてのひらに包み込んだ。

歓《よろこ》びに低いうなり声をあげ、タリクは彼女の手に情熱のあかしを押しつけた。ジャスミンは魅入られたようにうっとりとタリクの様子を見つめた。

タリクの表情に励まされて、ジャスミンはてのひらの力を強めた。そして、その手を上下にすべらせた。彼女の口からやわらかなうめき声がもれた。タリクの顔にはむき出しの情熱があらわれていた。彼は歓喜を抑え込むために歯を食いしばった。タリクをもっと歓ばせたい。ジャスミンは情熱に駆られて身を乗り出し、手で愛撫していた場所を口に含んだ。

タリクの腿が、ジャスミンの脚の下で岩のようにこわばった。彼ははじかれたように上半身を起こすと、座った姿勢で彼女の髪をわしづかみにした。ぎこちない彼女の愛撫に、タリクは身震いした。

ジャスミンの熱っぽい探求に、タリクの自制の糸が切れた。「もうじゅうぶんだ」タリクは手荒に彼女の体を引っぱり上げた。

まぶたを半分閉じ、情熱に顔をほてらせたジャスミンの姿が、タリクをさらに燃え上がらせた。もう一度、喉の奥からうめき声をあげると、タリクはジャスミンを自分の上に引き寄せた。彼女はタリクの上へまたがる形になった。それから、タリクは彼女のスカートのなかに手を入れ、レースのパンティを引き裂いた。彼はちぎれた布をわきへほうり出し、指でジャスミンの中心に触れた。

「こんなに潤っているのか、ミナ」タリクの声は、その発見に衝撃を受けて震えていた。

官能をあおられ、ジャスミンは彼の指に激しく自分をこすりつけた。「いまよ、いまよ！」

タリクはあらがわなかった。彼はジャスミンを自分の高ぶりの上へと導いた。ジャスミンには彼の動きがもどかしかった。彼女は汗ばんだタリクの肩をつかみ、自ら進んで彼を深く迎え入れた。ジャスミンのなかに包み込まれ、タリクは満足の声をあげた。ジャスミンはタリクの顔を見下ろした。そして、今度こそふたりはいっしょに炎となったことを知った。

ジャスミンは眠りのなかに吸い込まれる寸前だった。「ぼくに触れただけで、きみはあんなに高ぶっていた」タリクは言った。

「タリク」ジャスミンは頬を赤くしてささやいた。

「いまごろ恥ずかしがっているのかい？」

ジャスミンは彼に向かって顔をしかめた。「からかわないで」

タリクはまるで猫を撫《な》でるようにジャスミンの背中を撫でた。「いつもかい？」

「なんですって？」彼女は眠そうにきき返した。

「きみはいつもぼくに触れると興奮するのかい？」タリクは食い下がった。

目を閉じたままジャスミンはささやいた。「わたしはあなたの姿を目にしただけで興奮するわ。それはあなたを愛しているからよ。さあ、もう寝ましょう」

「ミナ、あんなふうに触れられると、きみの言葉を信じられそうな気がするよ」タリクはジャスミンが聞いていないことを承知でつぶやいた。彼女はすでに安らかな寝息をたてていた。もしかしたら、自分の感情を制御できなくても、それほど破滅的な事態にはならないのかもしれない。これがその結果なら、確かにそう言えるだろう。

パリから戻って以来、タリクはジャスミンに賭《か》けてみたいと考えるようになっていた。自分の心の壁を突き崩してしまいたい。以前より格段に成長した彼女を前にして、その誘惑はあらがいがたいほどに大きくなっていた。タリクは彼女を信頼したかった。しかし、ジャスミンがまだ何か隠していることを承知の上で、もう一度彼女を信じていいのだろうか？


「今日はズーヒーナの街に行ってはいけないんだ」タリクは書斎の机を平手でたたいた。

「どうして？　これまで平気で出かけていたのに」

「これは命令だ」

ジャスミンは、すぼめた唇から息を吐き出した。「わたしは命令で動く召し使いじゃないわ！」ジャスミンは癇癪《かんしゃく》を起こした。情熱に満ちたこの何日かのあとで、タリクのこの態度は無神経というものだ。「筋の通った説明をしてちょうだい。そうしたら、街へは行かないわ」

タリクは机をまわってくると、ジャスミンのウエストに両手を置いた。そして、目と目が同じ高さになるまで彼女の体を持ち上げた。ジャスミンは彼の肩に手をのせ、威圧されまいと顎を上げた。

「テロリストの一団がズーヒーナに潜入したの？」ジャスミンは適当な推測を口にした。

「いえ、違うわね。わかったわ。今日は一年に一度の〝赤毛を殺せ〟祭りの日なんでしょう。いいえ、待って。もしかして〝タリク、一日独裁者になる〟の日？　当たってる？」

タリクの肩が笑いをこらえて震え出した。ジャスミンは表情を険しくした。

「わたしを下ろして！」

「ミナ」タリクはまぶしいほどの笑みを浮かべた。「ミナ、きみはすばらしい」

その言葉に、ジャスミンは口をつぐんだ。いまのはまるでほめ言葉のようだった。彼女はタリクを疑わしげに見た。「理由を話す気はあるの？」

「きみに噛《か》みつかれるから、仕方がない」

「犀《さい》みたいに太い神経をしているあなたが、わたしに噛みつかれるのを恐れてるというの？　とにかく、下に下ろして」

ところが、タリクはジャスミンのウエストをつかむ手にさらに力を込め、彼女を持ち上げたままで書斎を出た。

「タリク、何をするの？」

「きみを運んでいるんだ」タリクは憎らしいほど平然としていた。

ジャスミンは抵抗をあきらめた。タリクはふたりの部屋へ向かっていた。「わたしを部屋に閉じ込めるつもり？」

その言葉に、タリクは一瞬足を止め、また大股に歩き出した。「それは考えていなかったな。すばらしいアイディアだ」

「ひどいアイディアよ。話にもならないアイディアだわ」タリクが答えないので、彼女はすっと目を細めた。「まさか……本気じゃないんでしょう？」

「ぼくはなんとかいい方法を編み出さなければならないんだ。妻にした怒りっぽいじゃじゃ馬をあしらう、いい方法をね」タリクはふたりの寝室に入った。

「怒りっぽいじゃじゃ馬ですって？」ベッドの上に落とされ、ジャスミンは驚いて悲鳴をあげた。

「おとなしくして」

タリクは全身で上からジャスミンにのしかかった。そして、彼女の体を愛撫しはじめた。

「もしかして、わたしの気をそらそうとしているの？」

「うまくいくかな？」

「ええ」ジャスミンはため息をついた。「でも、話してちょうだい。本当の理由を。お願い」

「あきらめが悪いな」タリクは不平を言ったが、その口調はやさしかった。「今日は、祭りの日なんだ……」タリクはジャスミンの体がとろけそうになるまでキスをした。「処女の祭りだ」彼女の首筋に、タリクは唇を移した。「もしきみがこの国へ来るのが数週間遅かったら、きみも祭りに出られたよ。いや、それは違うな。そんなに長く、きみが処女でいられたはずはない」

ジャスミンは指先でシャツの上からタリクの胸をなぞった。「それで？」

「娘たちは今日、聖なる場所に参拝する」

「それはどこ?」

「男は誰も知らない」

好奇心をそそられて、ジャスミンは尋ねた。「本当に?」タリクはうなずいた。「どれくらい昔からあるお祭りなの?」

「この国の歴史と同じくらい昔からだ」

「それで、どうしてわたしは外へ出られないの?」

タリクはジャスミンに額を押しつけ、彼女の唇に向かってささやいた。「順序立てて話そう。ぼくは娘たちが何をするか知らない。男は誰も、祭りの日に街を出歩けないんだ」

ジャスミンは眉を寄せた。タリクは彼女の表情を読んで答えた。

「娘たちに危険はない。結婚した女性たちが付き添うし、婦人警官もいるからね」

「婦人警官ですって? ズーヒールでは、女性がそんな職業に就くことも許されているの?」この国については、学ぶことがまだたくさんありそうだ。一生をかけて学べばいいのよ。ジャスミンは自分に言い聞かせた。けれど、頭の隅を不安がかすめた。彼女はその不安を無視しようと努めた。タリクがもう一度わたしを信頼してくれたら、わたしの出生の秘密を知っても、きっとわたしを責めたりしないわ。

でも、と心の底で何かがささやく。彼の信頼を得たいなら、まずこちらからすべてをさらけ出すべきではないかしら？

「それで、どうしてわたしは行けないの？」

「娘たちに付き添えるのは、子どもを産んだ女性か、結婚して五年以上になる女性だけなんだ」タリクはジャスミンのおなかに手を置いて、誤解しようのないメッセージを伝えた。「ぼくの子どもを産んだら、きみも行けるよ」

ジャスミンは息をのんだ。タリクの子どもを産む。それは彼女が想像することさえできずにいる遠い夢だった。生まれたときの事情をタリクに隠しているかぎり、夢は夢のままなのだ。「外国人にお祭りの邪魔をされたりしないの？」

「ズーヒールは毎年、祭りの前の週から国境を閉鎖してしまうんだ」

「あなたのご両親が亡くなったときにも、国境を閉鎖したわね？」ジャスミンは考えもなくそう言った。だが、言ったとたん、タリクの反応を予期して身構えた。タリクは頑固に両親の死について話すのを拒んできたのだ。

タリクはジャスミンにキスした。それはやさしさに満ちたキスだった。

「ああ、そうだ。ズーヒールは二カ月間、外国に対して国を閉じていた」

「二カ月間？　一カ月の間違いでしょう？」ジャスミンはうれしさに泣きたくなった。タリクはいま、あれほどかたくなに口にするのを拒んできた両親の死について、語ろうとしているのだ。「わたしはご両親の死の一カ月後にこの国へ着いたのよ。覚えている？」

11

タリクはほほえんだ。「きみは特別なビザを与えられて入国したんだ」

ジャスミンは息を殺した。「あなた、知っていたのね？　わたしが来ることを知っていたのね？」

彼は肩をすくめた。「ぼくはシークだ。知っていたさ。だが、きみはなぜこの国に来たんだい？」

それは、これまでタリクが尋ねようとしなかったことだった。しかも、ジャスミンの口から何もかも包み隠さず打ち明けなければ、その質問には答えることができないのだ。ジャスミンはタリクの髪を撫《な》でた。真実を話そう。彼女は心を決めた。

「あなたがご両親を失ったと聞いたから、この国に来たのよ。もしかしたら、わたしの存在が必要かもしれないと思ったの」タリクの体がこわばった。ジャスミンにはタリクの反発が理解できた。自分が彼女を必要としているだなんて、到底受け入れがたい考えなのだろう。「でも、それ以上にわたし自身があなたを必要としていたの。もうかなり前から、

だ。

「どうしてだい、ミナ?」指が肌に食い込むほど強く、タリクはジャスミンの腕をつかんだ。

「この国へ来ようと決心していたのよ」

ジャスミンの目に涙が浮かんだ。「もうあなたなしでは生きられなかったからよ。あれ以上、耐えられなかったの。わたしはあなたを心の底から愛しているのよ、タリク」

タリクは言葉では答えなかった。その代わり、彼は妻にキスした。タリクのキスは、彼女のこれまでの過ちを許そうとするかのようにやさしかった。ジャスミンはそれ以上、愛の言葉を口にしなかった。過去の傷を癒《いや》すには、長い時間が必要なのだ。

タリクはベッドの上であおむけになった。「両親が恋しいよ」

ジャスミンは、はっと息をのんだ。

「両親はぼくが自由な青春を送れるように手を尽くしてくれた。未来のシークという重責だけにとらわれて成長せずにすんだのは、ふたりのおかげだ」

「ご両親はすばらしい方たちだったのね」ジャスミンはつぶやいた。

「ああ」タリクはそこで口をつぐんだ。この先を続けるべきかどうか、迷っているような沈黙だった。やがてタリクの口から出た言葉は、ジャスミンに激しい衝撃を与えた。「母は死にかけていたんだ。それなのに、ぼくにそのことを打ち明けてもくれなかった」

ジャスミンは鋭く息を吸い込んだ。「死にかけていた?」

「癌《がん》でね。両親は、病院から帰る途中で事故にあったんだ」

ジャスミンはまばたきして涙をこらえた。「お父さままで道づれにしてしまったことで、あなたはお母さまを責めているの？」

タリクはかぶりを振った。「ぼくが母を責めているのは、息子を信頼してくれなかったからだ。母が病気のことを黙っていたせいで、ぼくは何もさせてもらえなかった。さよならさえ言えなかったんだ」

「お母さまはあなたを守ろうとしたのよ」ジャスミンには本能的に、タリクの母が病気のことを息子に黙っていた理由がわかった。「あなたを信頼していなかったからじゃないわ。母親として、あなたを愛していたからなのよ」

「ぼくもだんだんにそのことを理解できるようになってきたよ。でも、心のどこかで、まだ怒りが解けないいんだ。母はぼくから選択の権利を奪ってしまったわけだからね。両親が死んだとき、ぼくはこの世につながる錨《いかり》を失った気がした。迷子のような気分さ。国民のために、ぼくは強くあらねばならない。だが、あのころのぼくはまるで、氷の洞窟《どうくつ》に閉じ込められた男だった。あのときまで……」

「あのときって？」ジャスミンは息をつめて答えを待った。

「なんでもない」タリクはまたたくまに姿勢を変えると、ジャスミンの上からおおいかぶさった。

ジャスミンは抵抗しなかった。タリクはすでに、期待よりはるかにたくさんのことを彼女に打ち明けてくれたのだ。彼の母親の話は多くを物語っていた。病気のことを息子に黙っていたのは、母親の愛ゆえだ。けれど、結果として、その行動が息子を傷つけてしまった。ジャスミンは唇を噛《か》んだ。わたしは臆病《おくびょう》さゆえにタリクに秘密を打ち明けられずにいる。そのことは、彼にどう受け取られるだろうか？

愛の行為のあと、タリクはジャスミンを腕に抱いて横たわっていた。ジャスミンの語ったことは、真実にはちがいない。しかし、彼女を心から信頼することは難しい。ジャスミンはまだ何かを隠している。ときどき、その秘密を思い出して、彼女の青い瞳が予告もなく陰ることがあるのだ。だが、秘密を打ち明けてほしいと、ジャスミンに懇願することはできなかった。ぼくは自分のプライドを犠牲にするわけにはいかない。もう二度と。

眠っているものと思っていたジャスミンが、ふいに口を開いた。「わたし……あなたに話さなければならないことがあるの」

急激な緊張を気取られずにおくのは、至難の業だった。「なんだい？」

ジャスミンは彼と目を合わせなかった。

「最初に約束してくれる？」

ジャスミンの口調には、むき出しのもろさが感じられた。タリクはやさしく尋ねた。

「何を約束してほしいんだい、ミナ？」

「話を聞いても、わたしを憎まないで」

彼女を憎む？　確かに、彼女を憎みそうになったことはある。だが、現実に憎悪を抱いたことは一度もなかった。「名誉にかけて誓うよ」

ジャスミンはシーツの上でこぶしを握りしめた。「わたしは私生児なの」

唐突に、ジャスミンは打ち明けた。

「私生児？」

彼の腕のなかで、ジャスミンは身震いした。「わたしの……両親は、本当はわたしの伯父と伯母なの。実の母親のメアリーは十代でわたしを産んだのよ」ジャスミンはごくりと唾《つば》をのんだ。「わたしはその事実を子どものころに知ったわ。伯父夫婦は、メアリーの財産の一部をもらう代わりに、わたしを養女にしたの。養父母はわたしを愛してくれなかった。ふたりにとってわたしは……家の恥なのよ」ジャスミンは開いたこぶしをまた握りしめた。

タリクはジャスミンの手を取ると、握ったこぶしを開かせた。彼女の苦悩は、じかに肌で感じられるほどだった。「ぼくがきみの生まれを気にするとでも思ったのかい？」

「あなたはシークよ。結婚相手は、名家の生まれの女性であるべきだわ。それなのに、わたしは実の父親の名前も知らないのよ」

恥ずべきことだ。タリクは思った。だが、恥を知るべきなのはジャスミンではない。責められるべきは、ジャスミンの父親となり、素知らぬ顔で歩み去ったその男だ。ジャスミンを産んで、手放した実の母親だ。そして、ジャスミンの養育と引き換えに金を要求した養父母たちだ。

「ぼくを見るんだ」タリクはジャスミンを自分と向き合わせた。彼女は顔を上げて、タリクの視線を受け止めた。ぼくからどんな言葉を投げつけられようと、甘んじて耐えるつもりなのだ。「この国の国民には野蛮な血が流れている。いまでも部族の長たちは、ときに、好みの女性をさらってきてしまうことがあるんだ。砂漠の男の決断は、何よりも尊重される。ぼくはきみを妻として選んだんだ」

「これまで黙っていたことを、怒っていないの？」彼女の青い瞳は涙に潤んでいた。

「もちろん、怒ってなんかいないさ」タリクはジャスミンにもう一度キスした。腕のなかの彼女の体が、ひどくか弱く感じられた。ジャスミンの体から緊張が抜けはじめると、タリクは尋ねた。「出会った最初のころに、なぜ事情を打ち明けてくれなかったんだい？」

ジャスミンは唇を噛み、深く息を吸った。「わたし……メアリーがわたしを取り戻したがるとは思わなかったけれど……連絡は取りたがるかもしれないと思ったの。それで、手紙を書いたのよ」ジャスミンはごくりと喉を鳴らした。「母は、もう二度と連絡を取らないようにという返事をよこしたわ。わたしの存在は……過去の過ちなんですって」ジャスミンの呼吸がふたたび不規則に乱れた。「そのあと、あなたと出会って……わたしは……自分が誰からも必要とされない人間だとは思いたくなかった。わたしはただ、受け入れてもらいたかったのよ」

受け入れてもらいたかった。タリクはその言葉に、彼女の苦悩の根源を見出《みいだ》した。「だったら、もう苦しむのはやめるんだ。きみは受け入れられているよ。ぼくの妻としてね、ジャスミン」タリク自身が感じていた過去の怒りや苦悩は、煙のように消え去った。ジャスミンを守らなければ。その思いは、圧倒的なほどに強かった。

やさしく、傷つきやすいぼくの妻は、そんなひどい環境で育ったのか。彼女の苦しみを思うと、タリクははらわたが煮え繰り返った。ジャスミンが自分自身を守ろうとして、出生の秘密を打ち明けなかったのも無理はない。しかも、最後にはこうしてすべてを打ち明けてくれた。ジャスミンはぼくに無防備な心を差し出してくれたのだ。

ゆっくり、ほとんど恐る恐るといった様子で、ジャスミンはタリクの腰に腕をまわした。

「本当に、受け入れてもらえたの？」

「ズーヒールのシークが嘘《うそ》をつくと思うのか？」

ジャスミンの唇が震えながらほころんだ。「つくかもしれないわ。嘘で自分の主張が通ると思えば」

タリクはにやりとした。「そうかもしれない。だが、このことに関しては、ぼくを疑ってはいけない。きみはこの国の女王とも言うべき存在なんだ。誰にも、きみを卑しめる権利はない。誰にもだ。わかったかい？」

ジャスミンはとうとううなずいた。彼女のほほえみは、まばゆいばかりだった。タリクはジャスミンにキスした。そして、彼女がたったいま、彼の最後の心の壁を突き崩してしまったことに気がついた。

その日最後の客を送り出して、ジャスミンはドアを閉めた。それからタリクの書斎へ向かった。夫の仕事を手伝うようになってから、ジャスミンの自信は日に日に確かなものになっていた。この国の人々は、彼女の仕事の手際を認めてくれている。それに、夫の賞賛の表情は何よりの励ましだった。

「なんだか、やけにうれしそうだね」

「タリク」ジャスミンはタリクの腕のなかに身をすべり込ませた。「執務室にいるんだと思ったわ」

「今日の分の仕事はすべて終わったよ。きみのおかげで、ずいぶん負担が軽くなった」タリクの表情が、ふと真剣になった。「無理をして、働きすぎているんじゃないだろうね、ジャスミン？」

ジャスミンはほほえんだ。「わたしが疲れているように見える？」

タリクは首を横に振った。「きみはズーヒール・ローズのように輝いているよ」

「それは、わたしがようやく、自分のいるべき場所を見つけたからよ」

タリクはジャスミンに手を引かれるまま、ふたりの私室に向かって歩き出した。ジャスミンは彼を導いて、私室の続きにある中庭へ出た。

「まるで、太陽が世界にほほえみかけているようだわ」ジャスミンはオレンジ色の夕日に手をかざした。

「きみは太陽の一部のようだよ、ミナ」

ジャスミンは振り返り、タリクにほほえみかけた。「わたしはこの国の一部なのよ」

「ああ」タリクは彼女の腰に腕をまわした。

ふたりとも、夕焼けの色が紫色になるまで、口をきかずにそうしていた。

「きみが養父母の家になじめなかったのは知っている。生まれたときの事情のほかに、何か理由があったのかい?」

思いもかけないことをきかれて驚いたが、ジャスミンはタリクの質問を歓迎した。彼に自分の生い立ちを説明するいい機会だ。

「わたしの姉のサラはとても美人でしょう?」サラの美しさは目をみはるほどだった。その容姿を利用して、彼女は周囲の人たちを意のままに操った。両親でさえ、サラにはノーと言えなかった。

「サラは冷たい女性だ。彼女には、きみから感じられるような炎を感じない」

「サラはわたしを嫌っていたの。なぜかはわからないわ。でも、子どものころはそれがつらくてたまらなかった。わたしは姉と仲よくなりたかったのよ」

「サラはきみに嫉妬《しっと》していたんだ。彼女とはじめて会ったときにわかったよ。きみは成長するにつれて、彼女に脅威を感じさせるライバルになったんだ」

「まあ、お世辞をどうもありがとう。でも、美しさでは、わたしはサラの足元にも及ばないわ」

タリクは彼女を抱く腕に力を込めた。「きみの炎は、心の内側に燃える炎だ。きみの姉さんは、自分の心の冷たさを自覚していたんだ。それに、彼女はきみの美しさが年齢とともに花開く種類のものだということも知っていた」

「こんなにすてきなことを言われたのは生まれてはじめてだわ」彼女は瞳を輝かせた。

「きみの姉さんはぼくに……なんと言ったらいいのかな、つまり……言い寄ろうとしたんだ。ぼくがきみに好意を持っていることをはっきりさせたあとでね」タリクは記憶をよみがえらせて眉をひそめた。「彼女はぼくの胸に手を置いて、体を寄せてきた」

ジャスミンは目を見開いた。「まさか」

「不愉快だったから、ぼくは彼女の手をそっと押しのけたんだ」

ジャスミンはしばらく口を開かずに、いま聞いた話を頭のなかで反芻《はんすう》した。タリクのことなると、サラがあんなにも意地悪くふるまったのは、そこに原因があるのかもしれない。サラがタリクを自分のものにしたがっていたことは知っていた。でも、実際に彼にはねつけられたことまでは知らなかった。

「きみの話の続きはどうなるんだい、ミナ?」

サラのことに心を乱されたまま、ジャスミンは続けた。「両親はいつもサラの味方だったわ。だから、わたしはずっとのけ者にされていたのよ。それに、マイケルやマシューがいたわ」

「兄弟が、きみを傷つけたのかい?」

「あら、いいえ。マイケルは本物の天才よ。わたしより年上で、研究室で暮らしているも同然だったわ。でも、わたしにはやさしかった。マシューは二十一歳になったばかりよ。わたしとマシューは一歳違いなの。彼は天性の運動選手だわ。いまフットボールの奨学金をもらってアメリカに留学しているの」

「きみは何を言おうとしているんだい?」タリクはいぶかしげな顔で、彼女を自分と向き合わせた。

「わたしはなんの取り柄もない娘だったの。ほかの三人の陰に隠れて、まったく目立たない存在だったわ。わたしは……わたしでしかなかったの」

「きみは百万人のなかにいたって、ひときわ輝く存在だよ。はじめてきみの家族と会ったときにも、ぼくはきみしか見ていなかった」タリクは静かな声で言うと、彼女を抱きしめ、髪にキスした。

タリクのやさしさに誘われて、ジャスミンはふたたび、愛しているわと言いそうになった。けれど、彼女は自分を押しとどめた。もしまたタリクにすげなくあしらわれたりしたら耐えられない。ふたりで寄り添って夕日を眺めながら、ジャスミンは漠然とした不安にさいなまれていた。わたしはいつか、タリクを失うのではないだろうか？

いいえ、そんなのは気のせいよ。ジャスミンは自分をたしなめた。理由もないのにびくびくするなんて、ばかげているわ。

数日後、ペールグリーンのドレスを着たジャスミンは、宮殿の庭でズーヒール各地から集まった人々のあいだを歩きまわっていた。

「ジャスミン・アル・エハ・シーク」肘に誰かの手が触れ、ジャスミンは振り返った。

彼女は後ろにいた年配の女性にほほえみかけた。そして、あとで誰かに〝ジャスミン・アル・エハ・シーク〟とはどういう意味かきいてみようと考えた。今日はもう何度か人にそう呼ばれたのだ。「こんにちは」ジャスミンはズーヒールの言葉で挨拶《あいさつ》した。

相手の顔がぱっと輝いた。「ズーヒールの言葉をお話しになられるのですか？」

ジャスミンはたどたどしく答えた。「勉強しています。でも……ゆっくりとしか話せません」

女性は親しげにジャスミンの腕をたたいた。「すぐお上手になられますよ。わたしはハリアと申します。ズーヒールの国境に近い土地から参りました」

「遠くからいらしたのね」

ハリアはうなずいた。「シークの奥さまがどんな方か見てくるよう、族長に言われて参りました」

「それで、あなたはなんと報告なさるの？」ハリアの言葉にもジャスミンは動じなかった。この一カ月、同じ目的を持つ訪問客を何人も接待してきたのだ。

ハリアはゆっくりとほほえんだ。「奥さまは心の広いお方です。奥さまはわたしたちのシークを愛するように、国民をも愛してくださるでしょう」

ジャスミンの落ち着きが、ふいに揺らいだ。「わたし……どうもありがとう」

「いいえ。わたしはわたしたち部族の感謝の気持ちをお伝えするために来たのです。シークにふたたび幸福をもたらしてくださって、ありがとう」

ハリアはジャスミンの頰にキスした。そして、迎えの車に乗り込んで帰っていった。

腕を引かれて、ジャスミンは振り返った。そこにはムンタズがいた。「側近として、あなたにお知らせすべきことがあります」ムンタズの瞳はおもしろがっているような光をたたえていた。

「なんなの？」ジャスミンは尋ねた。

「あちらの方にご注意を」ムンタズはそっと、ひとりの美しい女性をジャスミンに示した。

「なぜ？」ジャスミンはまだ、その女性とは言葉を交わしていなかった。けれど、ドレスの着こなしが実に美しく、遠くから感心して眺めていたのだ。

「ヒラの一族は、アブラズでもっとも力のある人たちです。彼らはヒラをタリクさまの妻にと望んでいました。ところが、そこへあなたがあらわれた。ヒラはあなたを恨んでいるかもしれません。そういう相手がいることは知っておかれたほうがいいでしょう」そう言うと、ムンタズは離れていった。

ジャスミンはムンタズの言葉にショックを受けた。タリクをめぐる競争相手が、こうして実際に目の前にあらわれるなんて。

〝目の前に魅力的な良家の令嬢があらわれでもすれば、彼はあなたのことなど一瞬で忘れてしまうでしょうよ〟

あざ笑うサラの声が、どこからともなく聞こえてきた。ジャスミンは歯を食いしばって、過去の亡霊と戦った。タリクが結婚したのはこのわたしよ。彼は軽々しくそんな決断をする人じゃないわ。

タリクは庭を歩きまわるジャスミンを見ていた。彼女が国民に接する姿は、気負いがなく、自信にあふれている。

ジャスミンに出生の秘密を打ち明けられて以来、タリクは彼女がこの国に無条件で受け入れられていることを妻に納得させようと心を砕いてきた。時間はかかったが、その努力は報われた。ジャスミンはしだいに自信を身につけ、輝くばかりの笑みを浮かべるようになった。タリクは彼女の変容に心を奪われた。四年前のジャスミンはまだ蕾《つぼみ》だった。周囲から手荒い扱いを受けつづけた蕾だ。その上、ぼくまでが彼女を苦しめた。認めるのはつらいが、それが事実だった。

ジャスミンの家族は、彼女から自信を奪い尽くしてしまった。そういうもろい状態にある十八歳の娘に、ぼくは圧力をかけたのだ。ぼくか、家族か、どちらかを選べ、と。あれは理不尽な選択の強要だった。いまとなってみれば、ジャスミンの追いつめられた気持ちも理解できる。

こうして成熟したジャスミンを目の前にすると、タリクは考えずにはいられなかった。もう一度、同じような選択に直面したら、ジャスミンはどうするだろう？　毅然《きぜん》とした態度で、ぼくと別れることを拒絶するだろうか？

ジャスミンに賭《か》けてみるべきかもしれない。

一週間後には仕事でシドニーへ出かけることになっている。今度はジャスミンを連れていこう。あれから四年たって、ジャスミンは信頼に値する女性に成長したのだから。

ジャスミンが人工池のほとりにひとりでたたずんでいるのを見て、タリクはそちらへ近づいていった。

「何を考え込んでいるんだい？」タリクはジャスミンの耳にささやいた。

「驚いてしまうの。この国の人たちに心から迎え入れてもらっていることを実感すると、いつも」その言葉は嘘ではなかった。それに、ハリアの言ったことも気になっていた。わたしのタリクへの愛は、はた目にもわかるほどなのだろうか？

彼の瞳がやさしくなった。「きみはぼくの妻だ。疑念を差しはさむ余地はないさ。さあ、話してくれ。本当に気にかかっていることはなんなんだい？」

ジャスミンはタリクの洞察力に驚いた。「ヒラのことよ」

タリクの眉が上がった。「側近の誰かがゴシップをきみの耳に入れたらしいね？」

「基本的な情報よ。それで？」

「どうやったら、〝それで〟の一語にこうもたくさんの意味を込められるんだろうな」ジャスミンが口を開く前に、タリクは彼女の腰を締めつけた。「ヒラの家族が政略結婚を望んでいたんだ。だが、ぼくは望まなかった」

感傷をまじえないタリクの言葉が、ジャスミンの心を静めた。「彼女はとても美しいわ」

「美しい女性は男にとって面倒のもとだからね」タリクは意味ありげにジャスミンを見た。さりげない賞賛に心を動かされて、ジャスミンはめったにしないことをした。爪先立ちになり、タリクの唇の端に軽くキスしたのだ。「際立ってハンサムな男性も、女にとっては面倒のもとね」

タリクは声をあげて笑った。その笑い声に人々が振り返った。そして、ふたりの様子を見ると、それぞれに口元をほころばせた。

「〝ジャスミン・アル・エハ・シーク〟って、どういう意味なの？」彼女はタリクに尋ねた。

タリクはいたずらっぽくほほえんだ。「きっときみは気に入らないと思うよ。〝シークのものであるジャスミン〟という意味だからね。みんな、きみがぼくのものであることを知っているんだ」

ジャスミンは首を振りながらほほえんだ。「みんな、あなたと同じくらい悪い人たちね」

タリクは肩をすくめた。「これはれっきとした敬称だよ。もしきみがみんなに好かれていなかったら、〝シークと結婚した者〟と呼ばれただろう」

彼女は眉を寄せた。「それのどこがいけないの」

「厳密には、これも敬意を込めた呼び方だ。だが、シークの妻がそう呼ばれた場合、人々は指導者の隣に立つ存在として、その女性を認めていないんだ」

「奇妙なのね。だったら、あなたは、〝シーク・アル・エハ・ジャスミン〟なの？」

タリクはにやりとした。けれど、彼が何か言う前に、ひと組の夫婦が別れの挨拶のために声をかけてきた。カナヤルとメゼールというその夫婦は、ズーヒールの地方から来た代表使節だった。

　カナヤルは深々と頭を下げた。

「ラザラにいるわたしどもの部族に、うれしい知らせを持ち帰ることができます」そう言うカナヤルの目がジャスミンを見た。

　メゼールはジャスミンの視線をとらえた。「ジャスミン・アル・エハ・シーク、わたしはあなたのために歌います」

　意味は理解できなかったが、敬意を示す言葉であることはわかったので、ジャスミンは頭を下げた。「ありがとう。帰路のご無事をお祈りします」

　カナヤルとメゼールはその場を離れた。彼らが最後の客だった。ほかの人々はタリクの側近たちに別れの言葉を託して、庭を離れたあとだった。

「おいで。部屋できみの質問に答えてあげよう」

「どうしてわかったの？　わたしが何かききたがっているって」ジャスミンはタリクに手を引かれて宮殿へ入りながら尋ねた。

「きみはいつも、何かききたいことがあると、目にあらわれるからね」

　タリクはジャスミンを引っぱってふたりの寝室に入り、ドアを閉めた。

「さて、まずぼくの質問に答えてくれ」タリクは彼女を寝室のドアに押しつけた。「このドレスのボタンは、どこにあるんだい？」

満ち足りてベッドに横たわっているとき、ジャスミンはやっと自分の質問を思い出した。

「どうしてメゼールはわたしのために歌うの？」

タリクは半分まぶたを閉じていた。その表情は満足した豹《ひょう》のようだった。「〝贈り物の歌〟は、周辺諸国にはないズーヒール独特の歌なんだ」

「贈り物の歌？」ジャスミンはおうむ返しに言った。「だったら、メゼールはわたしへの贈り物として、歌を歌ってくれるの？」

「いいや。彼女は、きみに贈り物が与えられるようにと願って歌うんだ」

「わたしへの贈り物って？」

タリクの目がきらりと光った。「子どもだよ。これから何週間か、ズーヒールのあちこちでこの歌が歌われるだろうな」ジャスミンが息をのんだので、タリクはくすくすと笑った。「我が国の国民は、きみを次のシークの母親に決めたようだ」

「この国の人たちは、時間を無駄にしないのね」

「きみはまだ若い。なんなら、少し時期を待とう」

わたしたちはすでに長い時間を失ってしまったわ。そうジャスミンは思った。「年は若くても、ずっと前からわかっていたわ。わたしはあなたの子どもを産むだろうって」

タリクの表情が急にすさんだ。「おいで、ミナ。ぼくを愛して、その言葉を証明してみせてくれ」

わたしはタリクにすべてをささげた。けれど、それだけではじゅうぶんではないのだ。タリクは何か別のものをわたしに求めている。あとになって眠りに落ちるときも、ジャスミンの胸には、不安が重いかたまりのようにのしかかっていた。

12

「この旅行に、あまり気乗りがしないのかい？」

飛行機の窓から外を見ていたジャスミンは振り返った。「あら、とても楽しみにしているわ。オーストラリア・ファッション・ウィークのショーを見られるんですもの。きっととても勉強になるわ」

タリクは眉をひそめた。「だが、何か気になることがあるようだね」

ジャスミンは唇を噛《か》んだ。「あなたがわたしをズーヒールから連れ出してくれるのは、これがはじめてだからかもしれないわ」

彼女の手を握るタリクの手に力がこもった。「そして、きみは旅のあとでズーヒールへ戻るんだ」彼の口調はこわばっていた。このごろやっとタリクも自分を信頼してくれたのではないかと思っていたジャスミンの淡い期待は、完全に打ち砕かれた。

「ええ、戻るわ。あなたはエネルギー会議で忙しいの？」ジャスミンがタリクの強引な言葉をすんなり認めたので、彼の表情もやわらいだ。しかし、一瞬とはいえ、タリクは彼女の逃亡の可能性を疑った。その事実は、彼の不信の根深さを物語っていた。

「きみが会議に出席できなくて残念だよ」タリクは皮肉な笑いに唇をゆがめた。「ズーヒールなら女性の参加を認めるかもしれないが、会議に出席するほかの大多数のアラブ諸国は違う考えを持っている。女性の社会進出はゆっくりと進めるしかないんだ」

ジャスミンはうなずいた。「一度に一歩ずつね。もしかしたらわたしが五十歳になるころには、そういう会議の議長をつとめられるかもしれないわね」

タリクが何も言わないので、ジャスミンは彼に顔を向けた。タリクは彼女をじっと見つめていた。

「どうかしたの？」

「そのころには、ぼくらは結婚して二十八年だ」

「まあ。そんなこと、考えもしなかったわ」

「だったら、考えるべきかもしれないよ」

タリクの謎《なぞ》めいた言葉は、飛行機に乗っているあいだじゅう、ジャスミンの頭から離れなかった。飛行機は午前二時にシドニー空港に着陸した。税関を通るとき、ジャスミンはパスポートを間違えて提示してしまった。

「ごめんなさい。こちらだったわ」彼女は新しく発行されたズーヒールのパスポートを係員に渡し、もう一通のパスポートをバッグにしまった。

タリクはリムジンに乗り込むまで、そのことについて何も言わなかった。「どうしてパスポートを二通持ってきたんだい?」

シドニーの明かりを眺めながら、ジャスミンはうわの空で答えた。「ズーヒールへ入国するときに使ったニュージーランドのパスポートが、バッグのポケットに入っていたの。それを忘れていたのよ」

タリクはそのことについてはもう触れなかった。ホテルに着くと、ジャスミンは長いフライトに疲れきって、すぐベッドに入った。


明け方にタリクは目を覚ました。ジャスミンは眠っていた。彼はせっぱつまった衝動に駆られて、彼女の髪に指をからめた。妻を信頼すると心に決めて、ジャスミンをこの旅行に連れ出したが、計算に入れていなかったのは、自分の独占欲の激しさだった。

飛行機のなかで、ジャスミンに鋭い言葉を投げつけるつもりなどなかったのに。彼女の傷ついた表情を見て、タリクはすぐに自分の態度を後悔した。国際会議が、ジャスミンの生まれ故郷に近いこの国で開かれるのは、彼女のせいではない。そして、ぼくが……おびえているのも、彼女のせいではないのだ。ぼくはおびえている。ジャスミンがふたたび、ぼくの心を打ち砕くような選択をするのではないかと。

だが、ジャスミンをズーヒールに置いてくることはできなかった。もし国に残ることを強要したら、彼女の心は深く傷ついただろう。タリクはジャスミンの頬に触れ、敗北のため息をついた。自分はまたも彼女に心を明け渡してしまったのだ。

オーストラリア・ファッション・ウィークは、ファッション業界の一大イベントだ。華やかな衣装で構成されるショーに、ジャスミンは魅了された。

彼女につけられたボディガードのジャマールも、ショーを堪能《たんのう》していた。もっとも、彼が楽しく眺めていたのは、ファッションではなくモデルのほうだったが。ふいに肩に手を置かれ、ジャスミンは驚いて声をあげた。ジャマールがまたたくまにジャスミンをかばって割り込み、彼女の視界をふさいだ。

つやのある笑い声が、ジャスミンの耳に届いた。

「ジャマール、いいのよ」驚きに茫然《ぼうぜん》としながら、ジャスミンはジャマールをよけて前に出た。「この人はわたしの姉よ」

「こんにちは、ジャスミン」サラは言った。

「サラ」

サラの口元にあたたかみのない笑みが浮かんだ。「それで、ハーレムの一員になった気分はどう？」

タリクから四年前の出来事を聞かされていたおかげで、サラが自分にことさらつらく当たる理由も見当がついた。「わたしはタリクの妻よ」

驚きと苦々しさがサラの表情をよぎった。「あらあら。結局、大きな魚を釣り上げたわけね」彼女は後ろを振り返った。「もう行かないと。夫がわたしを捜しているかもしれないわ」

サラはそれだけ言うと、人込みのなかに消えた。

「あの女性は奥さまに似ていませんね」かたわらのジャマールが、難しい顔つきで言った。

「似ていないわ。サラは美人ですもの」

「それに、冷たい。彼女は心の冷たい人です」

ジャマールの感想は、タリクの言葉を思い出させた。ふいに、ジャスミンの心が軽くなった。タリクはわたしを選んだのだ。ありのままのわたしでじゅうぶんだと、彼は考えてくれている。大切なのは、それだけではないだろうか。

「一日めの交渉はどうだったの？」ホテルの部屋で夕食をとりながら、ジャスミンはタリクに尋ねた。

「予想どおりさ。産油国は自分たちの立場を守ることばかり考えて、代替のエネルギーには目を向けたがらないんだ」

「でも、それではあまりに先見性がなさすぎるわ。石油はいずれ、なくなるものでしょう」

「そのとおりだ。それに、金だけの問題じゃない。地球環境のことも視野に入れて考えないとね」

ジャスミンはテーブルの上でタリクの手に触れた。「元ニュージーランド人のわたしとしては、あなたに賛成せざるをえないわ。あの国の人たちは、環境問題に敏感なのよ」

「そうなのかい？」タリクは彼女の手を握った。

「何？」

「きみは元ニュージーランド人なのかい？」

ジャスミンは一瞬、口をつぐんだ。「そうなんでしょう？　わたしはあなたと結婚して、ズーヒールの国籍を得たものと思っていたわ」

タリクはうなずいた。「ズーヒールは二重国籍を認めている」

「知らなかったわ」ジャスミンはほほえんだ。「だとしても、わたしの母国はズーヒールよ」

タリクは彼女の手首を親指でなぞった。「家族のもとへ帰りたいとは思わないのかい？」

ジャスミンは少し悲しげにほほえんだ。いくら心を傷つけられようと、家族は家族なのだ。「今日、サラに会ったわ」

「きみの姉さんはどんなだった？」タリクの口調はさりげなかったが、目は油断なく彼女を見ていた。

ジャスミンは肩をすくめた。「サラがどういう人か知っているでしょう」

タリクは何も言わなかった。ただ、心の奥底まで見透かすような目で彼女を見つめていた。その夜のタリクの愛撫《あいぶ》は、まるで彼女の心の痛みをなだめるようにやさしかった。彼に触れられた瞬間に、ジャスミンはとげのあるサラの言葉を忘れた。ジャスミンの胸は砂漠の戦士への愛であふれんばかりだった。

翌日、ジャスミンは一日の大半を買い物に費やした。ボディガードのジャマールは、まるで育ちすぎた子犬のように彼女のあとをついてまわった。

「お姉さんがこちらへやってきますよ」突然、ジャマールがそう告げた。

ジャスミンは驚いて顔を上げた。ブティックのなかをこちらに近づいてくるのは、確かにサラだった。

「お昼をいっしょに食べない?」そう言うサラの口調からは、皮肉も苦々しさも感じられなかった。ジャスミンは誘いを断ることができなかった。いつも、あれほどよそよそしかった姉が、和解の手を差し伸べているのだ。こんな機会を棒には振れない。

リムジンへ向かいながら、サラは途中で旅行代理店に寄ってほしいとジャスミンに頼んだ。

「切符を受け取りに行きたいの」彼女はほほえんだ。

少し離れていたジャマールが、そばに寄ってきた。

ジャスミンは彼にほほえみかけた。「途中で旅行代理店に寄るわ。運転手にそう伝えてくれる？」

ジャマールは眉をひそめたが、言われたとおりにして、リムジンの助手席に乗り込んだ。ジャスミンはサラといっしょに後部座席に座った。リムジンには前部と後部を遮断する仕切りがついていなかった。そのことを意識して、ジャスミンは低い声で姉と話をした。家族と離れて寂しいとジャスミンが認めると、サラはふいに声を高くして尋ねた。「それで、ニュージーランドへはいつ発《た》ちたいの？　わたしがチケットを予約してあげるわ」

ジャスミンは静かな声で答えた。「会議の終了後にタリクが時間を取れるかきいてみるわ」

昼食は思いがけず楽しかった。家族の話題に飢えていたジャスミンは、姉の言葉に一心に耳を傾けた。

「ありがとう。楽しかったわ」食事のあと、ジャスミンは礼を言った。「みんなの話が聞きたかったの」

サラはゆっくりとほほえんだ。「わたしたち、また会えるかもしれないわね。ふたりとも、もう大人なんですもの」

ジャスミンはうなずいた。もしかしたら、サラはボストンの名家の御曹司と結婚して人間的に成長し、過去の怒りを水に流したのかもしれない。

そのときのジャスミンは、不吉な予感などまるで感じなかった。


その夜、シャワーを浴びたジャスミンがタオル一枚で寝室に入ると、外から戻ったタリクが彼女を待っていた。彼の瞳は激しい怒りにぎらついていた。

「タリク？　どうかしたの？」ジャスミンはその場で凍りついた。

タリクは部屋の反対側に立ち、そこから動こうとしなかった。「きみは、ぼくを笑い物にしていたのか？」彼の声は怒りに震えていた。

「な、なんの話をしているの？」

「よくもぬけぬけと！　きみは大人になって変わったと、信じたぼくがばかだった」

タリクは怒りに満ちた目でジャスミンの全身を眺めまわした。

「あいにくと、きみの姉さんが計画をぼくの耳に入れてしまったよ」

ジャスミンはぱっと顔を上げた。「なんの計画？」

「サラはぼくに大いに同情してくれた。きみがぼくのもとを去りたがっていると言ってね。きみはぼくのような男との結婚に踏みきれずに悩んでいるそうじゃないか。彼女はぼくにそこのところをよく理解してやるべきだと言ったよ」

ショックを受けて、ジャスミンは目をみはった。

タリクはポケットから何かを取り出し、それを彼女めがけて投げつけた。「きみは彼女にぼくと結婚したことさえ言わなかった！　ぼくから逃げ出したあと、いったいどうするつもりだったんだ？　離婚を申し立てる気だったのか。それともズーヒールでした結婚など無視すればいいと思っていたのか？」

サラの仕業なのだ。ジャスミンはぼんやりと考えた。だが、サラに勝ち目はない。彼女のついた嘘《うそ》は大きすぎる。信憑性《しんぴょうせい》がまったくない。「わたしはあなたのもとを離れるつもりはないわ。サラが嘘をついたのよ」

タリクはなおさら怒り狂ったように見えた。「でたらめを言うな。それはきみの名前で取った飛行機のチケットだ。サラが、ぼくからきみに渡してほしいとよこしたものだ」

ジャスミンは震える手でチケットを拾った。チケットには彼女の名前と、パスポートに記載されているこまかな個人情報が印字されていた。

「違うわ」ジャスミンは叫んだ。「これはわたしが頼んだんじゃない。わたしの家族はパスポートの記載事項を控えにして取ってあるのよ」

不信感をむき出しにして、タリクは唇をゆがめた。「もういい！　きみを信じたぼくが愚かだった。きみたちが逃走の計画を立てているのを、ジャマールが聞いたんだ！」

ジャマールはサラの言葉だけを耳にして、わたしの答えを聞かなかったのだ。

裸に近い格好なのも忘れて、ジャスミンはタリクに手を差し伸べた。「聞いてちょうだい――」

「真実は明らかだ。きみがいざというとき、どんな選択をするかは、とっくに知っている。もう、きみの体では、ぼくを惑わすことはできないよ。もっとも、きみのたっての願いなら、ぼくも誘いに乗らないではないがね」彼の軽蔑《けいべつ》に満ちたまなざしは、ジャスミンの心をこなごなにした。

ジャスミンは震える指で、体にタオルを巻き直した。「お願い、タリク。話を聞いて。わたしはあなたを愛しているのよ……」

タリクは笑った。「きみはぼくのことをよほどのばかだと思っているらしいな。きみの愛になんの価値があると言うんだ」

タリクの言葉は、彼女の胸をえぐった。もう彼に訴えかける言葉も思いつかない。ジャスミンはチケットを丸めて彼の顔に投げつけた。「そうよ、サラの言ったことは全部本当よ！　わたしはニュージーランドへ戻るの。あなたとは離婚するわ！」

タリクは何も言わなかった。彼の顔は石で作られた仮面のようだった。

「故郷に戻って、もっとふさわしい人と結婚するわ。あなたと結婚したなんて、自分が何を考えていたのかわからない！」声をあげて泣き叫びたい。けれど、最後に残ったプライドがそれを許さなかった。

「きみがズーヒールを離れることはない」

「わたしはすでにズーヒールを離れているわ。もう戻らない」

「きみは戻るんだ」

「いいえ。あなたにはわたしを無理やり連れ戻す権利はないわ！」

「服を着るんだ。ぼくらは今日帰国する」彼の口調には感情がまったく感じられなかった。まるで突然スイッチが切り替わってしまったかのようだった。「もしきみが事態を難しくしようとするなら、ぼくはしかるべき手段をとり、きみを国へ連れ帰るまでだ」

ジャスミンは負けを悟った。タリクには、どんなことでも可能にできる権力があるのだ。

「わたしにはどこにも行くところなんてないの」ジャスミンの口から、悲しげな言葉がもれた。「わたしはあなたのために、すべてを捨てたのよ」

タリクは何も言わず、ドアをたたきつけるように閉めて出ていった。

ドアに寄りかかり、タリクは自分の体を支えた。まともにものを考えることさえできなかった。彼はサラがどんな人間かを知っていた。だから、証拠のチケットを見せられても、彼女の話を信じなかったのだ。タリクはジャスミンを捜して部屋に戻りかけた。サラの悪意から、彼女を守るつもりだった。そこへ、ジャマールが声をかけてきた。そして、奥さまがニュージーランドへ行くつもりでいることをご存じですかと、タリクに尋ねたのだ。

ジャマールの表情は暗かった。

「旅行代理店へ向かう途中で、ご実家の姉上がジャスミン・アル・エハ・シークに尋ねたのです。ニュージーランドへはいつ発ちたいのか、と。彼女はチケットを予約すると言っていました」ジャマールはほかにも何か言おうとしたが、ちょうどそのとき、ポケットベルで上司から呼び出され、タリクのもとを離れたのだ。

ジャマールの話はタリクを打ちのめした。

ジャマールは忠実なボディガードだ。彼が嘘をつく理由は何ひとつない。タリクは自分のばかさ加減を笑った。ニュージーランドのパスポートを持っていた理由をジャスミンから聞かされて、あんなにあっさり信じ込むとは。四年前、あれほどの仕打ちを受けながら、またぼくは彼女を信用してしまった。

ある光景が脳裏に浮かんだ。腕や脚をむき出しにしたまま、ジャスミンが切々と訴えかけてくる光景だ。彼の胸に突き刺すような痛みが走った。

タリクは強いて自分に、激怒したわけを思い出させた。何かこの上なく大切なものをこの手で壊してしまった。ぼくがそんなふうに感じる理由はどこにもないのだ。なぜジャスミンに裏切られたことがこうもつらいのか、そのわけはあえて考えまい。ぼくは彼女の裏切りの痛手を、かつて乗り越えたことがある。ならばもう一度、同じことができるはずだ。たとえ、昔とは比べ物にならないほどの胸の痛みに頭がおかしくなりそうだとしても。

13

飛行機は午前中にズーヒールの空港に着陸した。ジャスミンは、はじめてこの空港に降り立ったときのことを思い出さずにはいられなかった。あの日の彼女は、自分が深くタリクを愛すれば、彼もいつか愛を返してくれると固く信じていた。

いま、ジャスミンは現実を知った。あんな見えすいた嘘《うそ》でわたしの罪を確信してしまうくらいなら、タリクには妻への信頼など微塵《みじん》もないのだ。それに、愛情だってこれっぽっちもない。

宮殿に着くと、タリクはジャスミンを引きずるようにしてふたりの部屋へ向かった。そして、彼女を寝室に押し込み、自分はすぐに背中を向けて部屋から出ていこうとした。その彼をジャスミンは呼び止めた。こんな扱いを受ける覚えは、わたしにはない。

「どこへ行くの？」

タリクは振り向きもしなかった。「アブラズだ」

「なぜ？」

怒りに満ちた彼の瞳が、ジャスミンを射抜いた。「ふたりめの妻を娶《めと》るためだ。たぶん、これから結婚する相手のほうがきみよりは誠実な女性だろう」

ジャスミンの心臓が凍りついた。「もうひとり、妻を持つというの？」

「アブラズで結婚してくるつもりだ。きみも従順な妻の役目に慣れたほうがいい」

「どうしてそんな仕打ちができるの？」タリクは腹立ちまぎれに、心にもないことを言っているのだ。ジャスミンは祈るような気持ちでそう考えた。けれど、そのとき、彼女はヒラのことを思い出した。タリクの花嫁候補だったヒラ……アブラズに住む名門の娘。昔、サラがあざけるように予言したとおりの、美しい女性。

彼の顔には、残酷さがみなぎっていた。「そんな仕打ち？　きみの裏切りだって似たようなものだ」

「違うわ！　わたしは裏切ってなどいないわ。どうして信じてくれないの？」ジャスミンはタリクの上着をつかもうとしたが、彼はその手を振り払った。

「遅れたくない」ジャスミンにもう一度冷淡な目を向けて、タリクは部屋から出ていった。

その瞬間、ジャスミンの心の奥で、何かかけがえのないものが砕け散った。けれど、彼女は苦痛を全身で拒んだ。いまここで悲しみに心を奪われたら、わたしは死んでしまうだろう。ジャスミンは、無意識に自分を守ろうとして、ここから逃げ出す計画を練りはじめた。タリクの怒りにも、不審の目にも耐えるつもりだった。でも、この仕打ちには耐えられない……。

「彼を誰かと分け合うなんて、絶対にいやよ」

おそらくサラは、夫婦げんかの種になればいいという程度の気持ちで、あんな嘘をついたのだろう。だが、根深いタリクの不信感が、サラに思いがけない勝利を与えてしまったのだ。

よく計画を練らなくては。飛行機でズーヒールから出るのは無理だわ。タリクがわたしの動向に気をつけるよう、部下たちに言いつけていないともかぎらない。彼はわたしを苦しませたいのだ。以前なら、甘んじてその苦しみに耐えただろう。愛が最後に勝つと信じて。でも、もう耐えられない。

タリクはやりすぎだ。

陸路もだめだ。ジャスミンは考えた。国境警備の人員はよく訓練されている。それに、この赤い髪は目立ちすぎる。

「水路だわ」ズーヒールは一部、海に面していて、にぎやかな港もある。補給のために停泊している外国船にこっそり乗り込むのは、それほど難しくはないだろう。港の警備は、入国する者には厳しく目を光らせているが、出国者には通り一遍の対応しかしないはずだ。

荷物は何も持っていけない。手ぶらでなければ、人に感づかれてしまう。思えば、象徴的な旅立ちだ。わたしは何もかもここに残していくのだ。わたしの心も。夢も。希望も。

ジャスミンは寝室の金庫に歩み寄った。タリクからは、ここにある現金は自由に使ってかまわないと言われている。自分の口座からお金を引き出すことはできない。そんなことをしたら、即座に計画が露見してしまうだろう。プライドをのみ込んで、ジャスミンは当面必要な金額を金庫から出した。

最後に、ジャスミンは書き物机に向かってペンを取った。

〈タリク、ズーヒールに来て以来、あなたはわたしの裏切りと逃走を、いまかいまかと待ちかまえていました。今日、わたしはあなたの期待に応《こた》えたいと思います。わたしはあなたを愛しています。あなたと再会したわたしには、はじめから、あなたのもとを去るつもりなどありませんでした。わたしはあなたのためなら、どんなことでもしたでしょう。四年前の裏切りに対する罰にも耐えるつもりでした。でも今日、わたしは忍耐の限界を知ったのです。あなたをほかの女性と分け合うだなんて、どうしてそんなことが言えたのですか？　お願いですから、わたしを捜さないでください。愛する男性に憎まれながら、暮らすことはできません。わたしの心は砕け散ってしまいました。この国を離れることが必要なのです。もう二度とあなたに会えなくても、わたしは変わらずあなたを愛しつづけます。

ジャスミン・アル・エハ・シーク〉

悲しみが大きすぎて、涙はこぼれなかった。ジャスミンは手紙をたたんで封筒に入れ、タリクの書斎の机の上に置いた。

宮殿の外に出てサングラスをかけたジャスミンは、運転手に命じ、車を出させた。美しい寺院の尖塔《せんとう》や市場のにぎわいが窓の外を通り過ぎると、彼女の目に涙があふれた。喪失感に胸がつぶれそうだった。この国の人々は、これからもずっとわたし自身の一部でありつづけるだろう。

港は人でにぎわっていた。運転手はジャスミンに指示された海沿いのレストランの前で車を止めた。「わたしはこれから友だちと昼食を食べるの。あなたはほかの場所へ行っていてかまわないわ」

「ここでお待ちします」自動的に愛想のいい答えが返ってきた。

けれど、それ以外の返事など彼女は期待していなかった。

ジャスミンはレストランに入ると、店の女主人を捜した。

「ジャスミン・アル・エハ・シーク、テーブルをご用意いたしますか？」女主人はにこやかに言った。

「どうもありがとう。でも、違うの。実は、わたしを助けていただきたいの」

「まあ、もちろんですわ」

「外国の報道関係者が、どうやってかズーヒールに入国して、わたしを追いかけまわしているの。裏口を教えていただければ、表のとは別の車がわたしを拾ってくれることになっているのよ」

女主人は顔を輝かせた。こんな嘘をつくなんて、わたしは罪の意識を感じるべきだわ。けれど、ジャスミンの感覚は麻痺《まひ》していて、なんの罪悪感も感じなかった。裏口のドアを開けると、そこはひとけのない、狭い小路だった。女主人は左右を見て眉をひそめた。

「お迎えの姿がありませんわ」

「迎えは向こうで待っているのよ。どうもありがとう」女主人が口を開く前に、ジャスミンは外に出て、狭い小路を歩き出した。

運命の女神は彼女に味方することに決めたようだ。港には外国の客船が停泊していた。燃料補給のために寄港した船で、三時間ほど停泊してまた出港するという。港を散歩するヨーロッパ人の旅行者たちのなかにまぎれ込んでしまうと、ジャスミンの赤い髪ももう目立たなかった。ズーヒールに入国する人々に対しては、港の係官も神経をとがらせる。しかし、大勢の外国人にまじって客船に乗り込む小柄な女性には、誰も注意を払わなかった。

客船側は旅行客がひとり増えることに異存はなかった。前の港で、体調を崩した数人の客が船を降りてしまったのだ。ジャスミンは用心のためニュージーランドのパスポートを使って乗船手続きをした。

一時間後、ジャスミンは水平線の向こうに消えていくズーヒールをじっと見つめていた。

デッキの上にたたずみ、海風を顔に受けながら、彼女はいつまでもそこから動くことができなかった。

ズーヒーナの寺院の尖塔に、月の光が降り注いでいる。その美しい眺めにも、タリクの喪失感は癒《いや》されなかった。

アブラズへ向かう自動車のなかで、やっとタリクの激しい怒りは静まった。その代わり、うずくように胸が痛み出した。ぼくは二度、ジャスミンに心をささげた。そして、彼女は二度ともそれをこなごなに砕いてしまったのだ。これから、どうやって生きていったらいいのだろう。ジャスミン以外、ぼくに伴侶《はんりょ》はいない。だが、これほど簡単に夫を裏切る女性と、この先どうやって暮らしていけばいいのだ？

タリクの脳裏には、ジャスミンの痛々しい表情が焼きついて離れなかった。もうひとり妻を娶ると告げたときの、あの苦悶《くもん》に満ちたまなざし。まるで許しを請わねばならないのは、自分の側のような気持ちにさえなる。

頭の隅で、ささやきつづける声があった。〝間違いを犯したのは、おまえのほうだ〟

タリクはとうとう感情に振りまわされることをやめ、理性の声に耳を傾けはじめた。

筋道立てて考えてみれば、何もかもが意味をなさない。もしもジャスミンがぼくと別れたがっていたのなら、サラの手助けなどなくても、行動を起こすことはできたはずだ。そう気づいたとたん、タリクの胸に不安が忍び寄ってきた。そして、彼は息をのんだ。どうしてジャマールはホテルの廊下なんかでぼくを呼び止めたんだ？　あんな場所では、誰に話を聞かれないとも限らない。ことは、シークの妻の裏切りに関する話だというのに。

タリクはすぐ、急いで宮殿へ引き返すよう運転手に命じた。そして、後部座席の電話を手に取った。

ボディガードは最初のコールで電話に出た。「はい？」

「ジャマール、いま妻へのプレゼントを何にしようかと考えていたんだが、オーストラリアできみが言ったことを思い出してね。ジャスミンは、お姉さんからニュージーランド行きのことを尋ねられたとき、とても行きたがっている様子だったかい？」タリクは電話の受話器をきつく握りしめた。

ジャマールの答えが返ってきた。「奥さまは、シークに時間が取れるかどうかをきいてみるとおっしゃっておられました。旅行を贈り物になさったら、奥さまは喜ばれると思いますよ。それから、先日はこの件をお願いする前にポケットベルで呼び出されてしまったのですが、奥さまが里帰りなさるようでしたら、わたしをボディガードに任命していただけないでしょうか。奥さまの姉上という方、何かいやな感じがして気にかかるのです」ジャマールの口調は、叱責《しっせき》されるのを覚悟しているようだった。しかし、他人を批判したとがめられることより、彼は職務上の直感を優先させたのだ。

「ぼくも同感だ、ジャマール。ありがとう」タリクはやっとのことでそう言った。自分の犯した過ちに、全身の血が凍りつくようだった。彼は大急ぎでズーヒーナへ戻った。

しかし、すでに遅かった。

がさがさと紙が鳴る音がした。タリクが驚いて下を見ると、自分の手がいつのまにかジャスミンの置き手紙を握りしめていた。まるで赤の他人の手だ。タリクは思った。手のなかにあった大切なものを、握りつぶしてしまった他人の手だ。彼はジャスミンの手紙を机の上に広げて、しわを伸ばそうとした。だが、どれほど一生懸命に伸ばしても、紙がもとの状態に戻ることはない。それはわかっていた。

ぼくは何度も何度もジャスミンを傷つけた。それなのに、彼女はぼくを愛しつづけてくれた。しかし、今度ばかりは、彼女も許せなかったのだ。

ジャスミンを永遠に失った。タリクの心はその現実を受け入れることができなかった。ジャスミンはかけがえのない人だ。魂の伴侶と離れ離れになって、生きていくことはできない。たとえジャスミンに憎まれても、彼女を手放すことはできないのだ。

ジャスミンは航海のあいだじゅう、自分の船室に閉じこもって過ごした。彼女は泣かなかった。涙はほかの感情といっしょに胸のなかで凍りついていた。ただ、いまは何もかも忘れてしまいたいだけだった。

けれど、夜ごと、夢のなかにタリクはあらわれた。ジャスミンはぐっしょりと汗をかき、しきりに寝返りを打って、彼にあらがおうとした。だが、最後に勝つのは、いつもタリクだった。

〝きみはぼくのものだ、ミナ〟

〝違うわ〟

〝ぼくのものだ！〟夢のなかでさえ、タリクは傲慢《ごうまん》に言い放った。

「タリク、やめて！」ジャスミンはそのたび、タリクの名前を叫びながら目を覚ました。

客船はさまざまな中東の港に立ち寄った。しかし、ジャスミンは船を離れて上陸しようとは思わなかった。彼女の顔を知っている相手にでくわすことを恐れたのだ。ジャスミンが乗り込んで二週間がたったとき、船は予定になかったギリシアの島に停泊した。船客のひとりが緊急の用事で船を降りるためだった。心の空虚さに耐えかねたジャスミンは、自分も島に降り、二度と船へは戻らなかった。島は予定外の寄港地だから、タリクが彼女を捜す気になっても、きっと見落として捜索しないだろう。

船を降りてから、ジャスミンは小さな屋根裏の貸し部屋を見つけた。部屋に腰を落ち着けた最初の夜、彼女はベッドに横になり、そのままじっと動かなかった。昼も夜もタリクの面影が頭から離れない。ジャスミンの目の下には黒いくまができ、体重は船に乗っていたときよりさらに減った。

「もう終わったのよ。現実を受け入れなさい」ジャスミンは毎日、自分にそう言って聞かせた。

島に着いて一週間後、ジャスミンはふさぎ込む気持ちを奮い立たせ、自分自身に鞭打《むちう》って部屋の外に出た。わたしは強い女よ。こんなことでへこたれないわ。魂が半分にちぎれてしまったとしても、それはわたし自身が決めたことなのよ。ジャスミンはある店の窓に〈お針子求む〉の張り紙を見つけた。深く息を吸い込んで、彼女はその店のドアを開けた。


タリクはチューブからクリーム色の絵の具を出した。ここにほのかなばら色を加えると、ちょうどジャスミンの肌の色合いになる。彼は絵の具をキャンバスに塗った。優美な腕が急に生命を吹き込まれたように見えた。

ジャスミンの肖像画を描《か》くとき、いつもタリクの脳裏に浮かんでいるのは、彼女の傷ついたまなざしだった。ジャスミンが許してくれなくても仕方がない。ぼくは彼女を失うわけにはいかないんだ。

タリクは自分に言い聞かせた。ジャスミンは強い女性だ。この国に連れ戻されても、黙って悲しみに耐えるだけでは終わるまい。ぼくのミナには気骨がある。彼女はきっと、全力を尽くして戦うだろう。そして、彼女が内に閉じこもってしまわない限り、その心に手を触れる方法はかならずあるはずだ。

部屋の入り口に誰かが立った。「それで？」タリクの注意は即座にヒラズに向けられた。

「船が中東を離れてから、船上で彼女を見たと言う旅行者を数人突き止めました。ギリシア以降、彼女の姿を見かけた者はありません」ヒラズはそこで言葉を止め、ふいに言った。

「二度もあなたを裏切るなんて信じられない。彼女は行かせるべきです」

「言葉に気をつけろ！」タリクは荒々しく言った。「二度と、ジャスミンを悪く言うんじゃない。すべてはぼくのせいなんだ」サラを責めるのは簡単だ。だが、タリクは、猜疑心《さいぎしん》に凝り固まった自分自身こそが、今回の事態の元凶であることを知っていた。


ヒラズはタリクの言葉を信じなかった。「あなたが？　あなたは彼女を王女のように大切にしていたじゃありませんか」

「ぼくはジャスミンに言ってしまったんだ。ふたりめの妻を娶るつもりだと」


ヒラズはその場で凍りついた。彼の顔が悲しみに曇った。「もしもわたしが同じことをしたら、ムンタズでさえ、わたしを許さないでしょう」

「許されなくてもかまわない。ジャスミンはぼくのものだ。ぼくは彼女を手放したりしない」タリクはいつも肌身離さず持っているジャスミンの手紙に手を触れた。「飛行機の準備をしてくれ。これからギリシアへ向かう」


誰かがしつこくドアをノックしている。ジャスミンは我慢の限界まで、その音を無視した。ノックがやまないので、彼女は仕立て直しの仕事を中断し、屋根裏部屋を横切ってドアへ向かった。

「タリク！」

ドアの向こうに立つ相手を見たとたん、ジャスミンは膝がくずおれそうになった。タリクは腕を伸ばして彼女の体を支えた。そして、後ろ手にドアを閉めた。

「放して」

「倒れるよ」

「もう大丈夫だから」

ジャスミンはタリクの肩を押した。すると、意外にも、タリクは何も言わずにすぐ手を離した。

よろめくように後ずさりながら、ジャスミンは彼を見つめた。「痩《や》せたのね」タリクの顔には伸びはじめたひげが陰を作り、まなざしは思いつめたように暗かった。「何かあったの？」

「きみがいなくなってしまった」

ジャスミンはその答えに虚を突かれた。彼女は首を振りながら後ろに下がり、とうとう壁に行く手を阻まれた。「どうやってわたしを見つけたの？」

タリクは、彼女の視線をとらえて離さなかった。「ぼくはまずニュージーランドへ行ったんだ」

その言葉に、ジャスミンの心臓が鼓動を速めた。

「きみはぼくに言わなかったね。家族とは完全に縁を切って、ぼくのもとへ来たことを」

ジャスミンは口をつぐんだままだった。

「きみはぼくを選んだんだ、ミナ。この世の誰よりぼくを選んだ。それなのに、ぼくが黙ってきみを行かせるとでも思ったのかい？」

「わたしは戻らないわ」

「ミナ」タリクは手を伸ばした。

「やめて！」

タリクはかまわずジャスミンを自分の体で壁際に追いつめ、逃げ場を奪った。

「わたしはほかの女性とあなたを分け合ったりしない」

「それは、きみがぼくを愛しているからだ」

ジャスミンはうなずいた。こらえていた涙が、堰《せき》を切ったようにあふれ出した。

「ミナ、きみはぼくといっしょに戻らなくてはいけない。ぼくはきみなしでは生きられないんだ」タリクは彼女の頬を両手で包み、親指で涙を拭《ぬぐ》った。

彼の緑色の瞳には、ジャスミンの苦しみを鏡に映したような陰りがあった。

「きみはぼくの妻だ。ふたりの絆《きずな》は断ち切れるものではないんだ。ぼくは心からきみを愛している」

「でも、あなたはもうひとりの……」その先は言葉にできなかった。

「そんなことは絶対にしない。あの日のぼくは激怒していたんだ。それに、傷ついてもいた。きみにふたたび心を踏みにじられたと信じ込んでしまっていたんだ。ふたりめの妻を娶るという話は、ぼくの唯一の武器だった。ぼくはそれを使ったわけだ。すまなかった」

「ほかの誰かと結婚するつもりじゃなかったの？」ジャスミンはこわばった喉から声を絞り出した。

「考えてもいなかった。きみはぼくのただひとりの妻だ。出会った瞬間から、ばくにはそれがわかっていた。だからこそ、裏切られたという気持ちも強かったんだ。きみと再会できなくても、ぼくは決してほかの女性とは結婚しなかっただろう」

「決して？」ジャスミンはささやいた。彼女はタリクの言葉を理解し、信じはじめていた。

彼の瞳のなかの真実に、心の傷が癒されていくのが感じられた。

「きみが成長するのを、ぼくは四年間待ったんだ。そのあいだ、ぼくはふたりの愛に忠実だった。きみはぼくがほかの女性をこの腕に抱けると、本気で思ったのかい？」

ジャスミンは言葉を失った。彼女はむしょうに笑いたくなり、そして同時に泣きたくなった。

「愚かな夫を許してくれ、ジャスミン。きみのこととなると、ぼくは冷静さを失ってしまうんだ」タリクの顔つきは神妙そのものだったが、ジャスミンを壁際に追いつめているさまは、なんとしても彼女を説得して連れ帰る覚悟を物語っていた。

タリクは謙虚という言葉の意味を知らない人なのだ。ジャスミンはゆっくりとほほえんだ。「四年前に、わたしは間違った選択をしたわ。そのことを、あなたが許してくれるなら」

「きみがズーヒールの土を踏んだ瞬間に、ぼくはきみを許していたよ」タリクはにやりとした。「ただ、プライドを救済する時間が必要だっただけさ」

「それで、プライドは救済された？　これから先、同じようなことが起きるたび、あなたはわたしを疑うの？」

「ぼくが確信したかったのは、ただ一点だけだ。ふたたび重大な選択に直面したとき、きみはぼくを選んで戦ってくれるか。それだけだったんだ」

そんなに簡単なことだったの。それなのに、わたしはタリクの気持ちを理解できずにいたのだ。ジャスミンは彼の髪にそっと触れた。「選ぶ必要なんてないわ。わたしにはあなたが何より大切なの」

「いまは、ぼくにもそれがわかるよ、ミナ」タリクは両手で彼女の腰をつかみ、自分の体に押しつけた。「ぼくといっしょに帰ってくれるかい？」

まるで選択の余地を与えているような言い方ね。タリクの殊勝な演技に、ジャスミンは笑った。「従順なよい夫になると、約束する？」

タリクは顔をしかめた。「ぼくの弱味につけ込む気なんだな」

「あまりうまくいっていないみたいね？」

「さあ、どうかな」タリクは部屋の隅にある小さなベッドに、思惑ありげな目を向けた。「あのベッドがふたり分の体重を支えられるようなら、つけ込むことを許可しよう」重々しい口調とは裏腹に、彼は瞳を輝かせていた。

「愛しているわ。この言葉を信じてくれる？」

タリクの表情に喜びがあふれた。「ミナ！」彼はジャスミンを抱きしめた。「きみのまなざしにも、きみの口から出る言葉のひと言ひと言にも、ぼくへの愛が感じられるよ。別れの手紙からさえ、きみの愛がにじみ出ていた。ぼくにはその愛にふさわしい価値があるとは思えない。だが、ぼくはきみをあきらめることができないんだ」

ジャスミンは息をのんだ。タリクの口調からほとばしる情熱には、疑いを差しはさむ余地はなかった。「サラの言ったように、わたしがあなたを裏切ったと思っている？」

「ぼくは怒りと苦しみに目がくらんでいたんだ。少し気が静まったら、真実が見えてきたよ。心の底では、きみがそんなことをするわけはないと、ずっとわかっていた。きみのこととなると、独占欲が暴走してしまうんだ。それに、オーストラリアはきみの生まれ故郷に近いから、不安で仕方なかったせいもある。きみに許しを請おうと、急いでズーヒーナに戻ったんだが、きみは姿を消したあとだった」

「ズーヒールを去りたくはなかったのよ」ジャスミンは打ち明けた。

「もう二度と、ぼくのもとを去らないと約束してくれ」タリクはやさしさを捨てて、荒々しく迫った。「戦ってもいいし、怒り狂ってもいい。だが、二度とぼくのもとを離れるんじゃない！」

「約束するわ。でも、腹を立てているときも、黙り込むのはなしよ。約束して」

タリクはほほえんだ。「約束しよう」

「あなたによそよそしくされると本当につらいの」

タリクはふたたびジャスミンを抱きしめた。「きみを傷つけたぼくを許してほしい」

「あなたのことならなんだって許せそうな気がするわ。これまでの出来事で、ただひとつわたしが後悔しているのは、ふたりが四年間も無駄にしてしまったことよ」

タリクはくすくすと笑った。「無駄ではなかったよ、ミナ。きみが成長するための時間だったんだ。ぼくも、五年間くらいまでなら我慢できたかな」

「だったら、わたしはあと一年待てば、わざわざズーヒールに出向く必要はなかったのかしら？」ジャスミンは冗談を言った。

「もしかしたら、五年ももたなかったかもしれない。ぼくの忍耐は限界に近づいていたからね」彼の次の言葉は、有無を言わさぬ激しさに満ちていた。「きみはぼくの妻になるために生まれた女性なんだ」

　タリクの強い言葉に、ジャスミンは泣きたくなった。彼女は爪先立ち、思いのたけを込めてタリクに口づけした。

「きみは以前、ぼくにきいたね。答えはイエスだ。きみがジャスミン・アル・エハ・シークであるように、ぼくはタリク・アル・エハ・ジャスミン、きみのものなんだ」

　ジャスミンは胸がいっぱいになった。砂漠の豹《ひょう》は、自らの幸福をわたしの手にゆだねたのだ。

「ズーヒールの人たちは、わたしに腹を立てているかしら?」彼女は唇を噛《か》んだ。

「我が国の国民は、気性の激しいシークの妻には慣れているよ」タリクはにやりとした。

「ぼくの両親は新婚当時、大げんかをして、母は二カ月もパリから帰らなかったんだ」

「まあ」

「帰国するようきみを説得できなかったら、情けないと思われるのはぼくなんだ」彼はジャスミンに寄り添った。「ぼくの名誉は、きみの手中にあるんだよ」彼の瞳はからかうようにきらめいていた。

「こちらへいらっしゃい、タリク・アル・エハ・ジャスミン」ジャスミンは夫の手を引っぱった。「わたしはあなたの弱味につけ込みたいのよ」

「ぼくは決してきみを拒まないよ、ミナ」タリクはジャスミンの耳元でささやいた。

エピローグ

ジャスミンが生後六カ月の息子ザキールを抱いてバルコニーに姿をあらわすと、集まった国民から歓呼の声があがった。タリクは守るように妻の腰に腕をまわし、その耳にささやいた。「きみは愛されているよ、ジャスミン」彼のほほえみはやさしかった。

ジャスミンは伸び上がって、夫にキスした。「あなたもね、タリク・アル・エハ・ジャスミン」

このすばらしい男性は、わたしの夫なのだ。ジャスミンは幸せを感じていた。今年、彼から贈られた誕生日のプレゼント、それは、シークは妻を複数持てるという、例の法律の撤廃だった。

「ぼくらの息子はきっと戦士になるよ」タリクは小さなこぶしに触れて言った。「何しろ、まれに見る情熱のなかで授かった子だからね」

「タリク、黙って」ジャスミンは頬を染めた。この小さな命は、ギリシアの島で再会したふたりが激しく求め合った愛の結実として授かったのだ。

「下の人たちには聞こえないよ」彼は笑った。

タリクのほほえみを見て、ジャスミンの胸の鼓動が速くなった。ともに過ごす日ごと夜ごとに、彼女の夫への愛は深まるばかりだ。彼女の目の前で、タリクは力強い指導者として、よりいっそう成熟の度を増していた。

「ぼくのかたわらで国民を導く存在として、きみ以上の女性はいない」まるでジャスミンの考えを読み取ったように、タリクは言った。

「あなたと結婚してから、わたしはそれまでの年月よりずっと精神的に成長したわ」

タリクは妻の頬に触れた。「ぼくもきみに教えられることがたくさんあった。きみのやさしさは、敵でさえ味方に変えてしまう」

「言ったでしょう。わたしが五十歳になるころには、女性も国際会議で活躍しているって」

「きみには不可能を可能にする力があるようだね」タリクは妻の能力を信じていた。ジャスミンはやろうと思ったことはなんでも成し遂げてしまう女性だ。デザインの仕事でも、彼女はいま、業界で頭角をあらわしつつあった。

ジャスミンは夫にさらに近く寄り添い、片手を上げて国民の歓声に応《こた》えた。砂漠の国の人々はいまや、彼女の家族も同然だった。

「なかに入ろう。ここは寒い」最後にもう一度手を振ると、タリクは妻をうながして宮殿のなかに入った。

バルコニーの扉が閉まると、ジャスミンはタリクに言った。「今夜はふたりきりで食事をしましょう」

タリクは眉を上げた。妻のハスキーな声に彼の瞳が陰った。「小さなシークは眠ってくれるかな?」

「ザキールはこのごろとてもお行儀がいいのよ。父親と違って」

タリクは笑った。「ぼくの行儀がよくなったら、きみはがっかりするに決まっているさ。退屈で仕方がないだろう」

「わたしはあなたとなら、どんなにいっしょにいたって退屈しないわ」

「だったら、おいで、ジャスミン・アル・エハ・シーク。息子を寝かしつけよう」タリクは赤ん坊にキスして話しかけた。「ぼくはこれから、妻を大いに慈しもうと思うんだ、ザキール。だから、今夜はうんといい子にしているんだよ」

ジャスミンはほほえんだ。ふたりのまわりで、宮殿を形作るズーヒール・ローズがあたたかいばら色に輝いていた。

愛を知らない伯爵

ジェニー・ルーカス
早川麻百合 訳

おもな登場人物

キャリー・パウエル――ウエイトレス
テオ・サンラファエル――実業家。カスタルーノ伯爵
ヘンリー――キャリーとテオの息子
リリー――テオの城の家政婦

1

眠っている我が子を胸に抱き、キャリー・パウエルは月明かりに浮かぶフランスの城を見上げた。後れ毛をなびかせる生暖かいそよ風が火照った頬にあたり、彼女はぶるっと身震いをした。

冷ややかな無視を決め込んでいたカスタルノー伯爵テオ・サンラファエルが、一年も経《た》った今になって迎えをよこした。生後三カ月になる息子に、ようやく会う気になったらしい。

初めてテオと結ばれた城を見上げた瞬間、キャリーの体を駆けめぐる戦慄はいっそう激しくなった。あのわずか二週間後、彼はシアトルであっさりとキャリーを捨てたのだ――彼の子を身ごもった彼女を置き去りにして。

かつて、キャリーはテオを命がけで愛した。気高い家柄を誇る大金持ちの彼を、きらめく鎧《よろい》に身を包んだ騎士だと思っていた。彼への愛に目がくらみ、幼い恋心のすべてをテオに捧《ささ》げた。彼こそたった一人の愛する人。彼以外の男性を愛することなど想像することもできなかった。

キャリーは震えながら吐息をもらした。わたしはなんて愚かだったのだろう。お前は本当にお人よしだと、彼女は幼いころから兄たちに呆《あき》れられていた。スーパーの行列に割り込みをする人や、わけもなく失礼な態度をとる人をかばおうとする彼女を見て、両親でさえこう呼んでからかったものだ。〝ロマンチストのお気楽キャリー〟と。でも、あの人たちだってみんな一生懸命頑張っているのよ。キャリーはそう考えていた。食料品店で割り込みをする図々《ずうずう》しいおばさんには、やりきれない家の事情や悩みがあるのかもしれない。どんな人にも愛すべき点があると、キャリーは思いたかった。たしかに、不愉快で嫌いな人間の一人や二人は出会ったことがあるかもしれない。けれど誰かを心から憎んだことは一度もなかった。

今までは、一度も。

「マドモアゼル、こちらへ」ボディガードが贅沢《ぜいたく》なセダンからチャイルドシートを下ろしながら促した。その間に、運転手がトランクから荷物を下ろす。「予定の時刻を過ぎております」

ベビーカートのハンドルをつかみながらキャリーはボディガードを睨《にら》みつけたが、次の瞬間、ふっと溜《た》め息をついた。両親と同居する家からまるで誘拐同然のかたちでここへ連れてこられたけれど、この人はただ自分の務めを果たしているだけ。文句なら、彼の雇い主に言うべきだわ。

ひんやりとした芝生に折りたたみ式のベビーカートを広げ、クッションのきいたシートの中へ眠っている赤ん坊を寝かせると、毛布をふんわりとかけてやった。ヘンリーと父親との生まれて初めての対面を、寝間着姿のままで行うことになろうとは想像もしていなかった。だが赤ん坊は長旅で疲れており、プライベートジェットの中で一時間前に寝ついたばかりだ。いっぽうキャリーは、一時間はおろか一睡もしていない。

立ち上がったときには体じゅうの筋肉がこわばっていたが、彼女はベビーカートのハンドルを持ち上げてそっと前後に揺すった。

キャリーが何よりもその支えを必要としているときに彼女を捨てたテオは、昨日になっていきなりボディガードを迎えによこしたのだった。電話でこちらの都合を尋ねようともせずに。もっとも、あんな自分勝手で非情な男性に何かを期待するのが無理というものだ。

ありがたいことに、テオへの愛情はとっくの昔に消えうせている。今、二人を結んでいる絆《きずな》はたったひとつだけだ。だが、そのひとつが問題なのだ。柔らかな青い毛布にくるまれ、眠っている小さな赤ん坊のふわふわとした頭を見下ろすと、キャリーの喉元に熱いものが込み上げてきた。

たとえどれほどテオを憎んでいようと、実の息子と対面する機会を彼から奪うつもりはなかった。

ボディガードが扉を開け、キャリーを促した。「マドモアゼル、どうぞお入りください《シルヴプレ》」男の肩越しに薄暗い入り口を覗《のぞ》き込むと、不意にキャリーはそわそわしてきた。彼女はちらりとボディガードを見やった。「あなたも一緒に来てくれるの？」

男はかぶりを振った。「旦那さまは二人きりでお会いになることをお望みです」

〝二人きりで〟キャリーは唇を噛《か》みしめた。「でも、明日の朝には迎えに来てくれるのでしょう？　それとも、今夜じゅうに？」

男は無表情だ。「それは伯爵のご意向しだいかと……」

伯爵ですって？　君主であるテオのひと言ひと言に誰もが震え上がり、言いなりになるなんて、まるで封建時代にタイムスリップでもしたみたい。キャリーは深く息をつき、両手をぎゅっと握りしめた。でも、わたしはそうはいかないわ。もう二度と彼の言葉に怯《おび》えたり言いなりになったりするものですか。堂々とガヴォーダン城へ乗り込み、慇懃《いんぎん》に振る舞ってみせるわ。彼がにべもなく拒絶した美しい赤ん坊を、テオに会わせてあげよう。そうすれば明日の今ごろは、わたしもこの子も用済みになるはず。わたしたち母子は二度とテオに煩わされることなく、安心してシアトルへ帰国の途につくことができるだろう。

顎をぐいとそびやかし、ベビーカートのハンドルを握ると、キャリーは薄暗い玄関ホールへゆっくりと歩みを進めた。まるでれんがをくくりつけられたように、足が重い。屋内に入ると、頭の上でクリスタルのシャンデリアが不協和音を奏で、キャリーの胸を震わせた。

　手を強く握りしめたまま大理石の床の上でベビーカートを止め、キャリーはすがるような目で振り返った。「でも、わたしはあなたがいてくれてもちっとも構わない――」

「マドモアゼル、ご健闘《ボン・クラージュ》をお祈りします」ボディガードが言った。

　運転手が荷物を玄関ホールに置くと、男たちは音高く扉を閉めた。

　キャリーは赤ん坊と二人、城の中に取り残された。テオだけがいる城の中に。手を震わせながら周囲を見回し、彼女は激しく鼓動を打つ心臓を懸命に静めようとした。

　静まり返った城内はいくつもの黒い影に覆われている。玄関ホールを抜ける薄暗い通路に目をやると、さまざまな思い出が波のように胸に押し寄せてきた。愛し合う二人の楽しげな笑い声が、過ぎ去った幸福の亡霊のようにあたりにこだまする。

　あの通路の向こうには花が咲き乱れ、陽光あふれる夏の庭園が広がっていた。テオはそこでわたしに苺《いちご》とシャンパンを振る舞ってくれた。あのドアの向こうは二階建ての図書室になっていて、彼はそこでフランスの詩を読み聞かせてくれた。黒い瞳が熱く注がれ、美しくセクシーな唇から発せられるフランス語の妙《たえ》なる響きを、わたしはうっとりと味わっていた。言葉はわからなくても、彼が何を伝えようとしているのかははっきりとわかった――欲望だ。

　キャリーの視線がなだらかに延びる階段の上に留まった。テオはわたしを軽々と抱き上げ、あの階段をのぼっていった。そして大きなベッドにわたしを横たえると、甘い言葉をささやき、純潔を奪い、舌と唇でわたしを喜びの極みへといざなったのだ。わたしはデニムの上着を身につけたテオの体に両腕を絡ませた。彼の腕、彼の唇、わたしの上に覆いかぶさってきた硬く引きしまった体の感触は今でもはっきりと覚えている。彼の下で震え、おののき、声をあげるわたしの素肌を愛撫《あいぶ》した、あの手の感触も……。

背後で物音が聞こえ、キャリーは振り返ると同時にはっと息をのんだ。

カスタルノー伯爵にしてガヴォーダン城主であるテオ・サンラファエルのがっしりとした姿が、黒い影のように開け放たれた部屋の戸口をふさいでいた。

「テオ」キャリーは彼の名をつぶやいた――フランス流の発音で。

がっしりとしてたくましいその姿は息をのむほど威厳に満ちていた。彼は全身黒ずくめだ。黒い髪、黒いスラックスに、襟元を開けた黒いシャツ。いかつい顎は黒い髭《ひげ》に覆われている。だが、とりわけ黒いのは突き刺すようなその瞳の色だ。

薄暗い玄関ホールの向こうから、ぎらぎらと輝くテオの黒い瞳がキャリーを見据えている。「遅かったな」

太く低い声が熱したナイフのようにキャリーの胸を突き刺した。身動きができなくなる。じっと彼女を見つめたままテオがつかつかと歩み寄ってくる間、キャリーは息をつめていた。

「待っていたよ」キャリーの前で立ち止まり、彼は彼女を見下ろした。「ずっと」低くつぶやいた。「きみが欲しかった」

体温が感じられるほど間近で、こうして彼と向かい合っていることがキャリーには信じられなかった。いかめしいけれどハンサムなその顔を確かめるためには、頭を後ろにそらさなければならなかった。テオ……。喉元に熱いものが込み上げてくる。まぎれもない、正真正銘のテオだ。かつてわたしが愛し、わたしを置き去りにした男。子供を身ごもったことを告げる暇さえ与えずに、わたしを捨てた男がここにいる。

彼と再会したらどんな言葉を投げつけてやろうかと、キャリーは一年間ずっと考え続けていた。言いたいことを頭の中で準備し、長くわびしい夜に何度も練習をしたものだ。あの朝、ホテルの部屋で彼が投げつけた捨てぜりふと同じくらい冷たく、素っ気ない言葉を。

だが今、激しい衝撃のあまり、用意していたせりふはすっかり頭から消し飛んでしまった。目の前に迫った彼の圧倒的な存在感に、キャリーはすっかり打ちのめされていた。ハンサムな顔をじっと見つめていると、頭から爪先まで、全身がぶるぶる震えだす。

テオが手を伸ばし、デニムのジャケットに包まれた彼女の肩から首、頬へと滑らせた。キャリーの顔を包み込み、顎を上向かせたときも、彼女はその手を振り払うことができなかった。抗議の声をあげることすらできない。ただ、身を震わせているばかりだった。

「さて、きみはようやく」テオが唇を近づけ、ささやいた。「ぼくのものになる」

次の瞬間、彼は強引に彼女の唇を封じた。

熱く力強い唇がキャリーの唇をむさぼり、しびれるような電流が全身を駆けめぐった。テオは片手でキャリーの顎を乱暴につかみ、もう片方の手を彼女の体に回すと、たくましい自分の胸に彼女の胸をぎゅっと引き寄せた。キャリーはがっしりとした彼の腕の中で身動きもできず、むさぼるような彼の抱擁に身を任せていた。気がつくと、彼女は自分の意思に反してみずから彼の唇に応えていた。

ついさっきまで激しく、乱暴にむさぼっていたテオの唇が、優しく、いとおしむようにキャリーの唇をさまよった。舌先で彼女の舌をまさぐり、深い官能へといざないながら、片手で彼女の頬をそっと撫《な》でる。彼の唇が首筋へと這《は》っていくと、キャリーの口から思わず甘い溜め息がもれた。テオの指先はシルクのように滑らかで、髭の生えた顎と鼻の下はやすりのようにざらついている。首筋から肩にかけての敏感な場所を舌でなぞられると、キャリーの全身にぞくぞくと戦慄が走った。荒い息をつきながら、彼の腕にぐったりともたれかかる。彼女は目を閉じ、一年間ずっと押し殺してきたせつない欲望に身を震わせた。

「かわいい人《マ・プティット》、会いたかったよ」テオがキャリーの耳を唇で愛撫しながらささやいた。

「きみもぼくに会いたかったんだろう」

わたしが、あなたに会いたかったですって？

男のエゴをむき出しにした独りよがりの言葉に、キャリーはぱっと目を開いた。何度も送ったメールをずっと無視され、ひと言の説明もなしに捨てられたわたしがどれほど傷つき、涙を流したと思っているの。自尊心がキャリーの全身をこわばらせた。息をのみ、テオの腕をのがれると、彼女は片手を乱暴に振りかざした。

だがその手が彼の頬を打つ前に、テオがキャリーの手首をつかんだ。セクシーな口元が愉快そうにゆがむ。「それじゃきみは、ぼくがきみを思うほどぼくを恋しく思っていなかったというのか？」

テオを睨みすえながら、キャリーは彼の手を振りほどいた。あんなふうにキスをした彼が――そして、彼にそれを許した自分が許せなかった。テオはわたしのことを一年前の純真な娘のままだと思っている。手を伸ばせば、なんの抵抗もせずわたしがその中に転がり込むと思っているんだわ！　この一年間、わたしが寝ても覚めても彼のことばかり考えていたと思っているのね。でも、おあいにくさま。この数週間というもの、あなたの夢など一度も見なかったわ！

キャリーはつんと顎をそびやかした。「キスをすれば、わたしがあなたの腕の中で失神するとでも思ったの？」

テオは黒い眉をさっと吊《つ》り上げた。「違うのか？」

罪深いほどハンサムなテオの顔に浮かぶ尊大な表情に、キャリーは息をのんだ。「わたしにキスをする権利は、あなたにはないわ。わたしに触れる権利もね！」

「権利はないかもしれない」キャリーを見つめ、テオが低い声で笑った。「だが、きみはここへやってきた」

「いやおうなしに連れてこられたのよ。あなたのボディガードに、いきなりね！」

「彼はきみにガヴォーダン城へ来てくれと言い、きみはそれを承諾したんだ」テオは腕を伸ばしてキャリーの手を取った。

彼女はその手を振りほどこうとしたが、テオの力にはかなわなかった。握られた手のひらから伝わる温《ぬく》もりが胸をときめかせ、肌にざわざわと戦慄が走る。

「だいいち、ぼくがきみを求めているのと同じくらい、きみがぼくを求めていなかったら、誰がこんなことをすると思う？」

「わたしを求めている、ですって？」見当違いな彼の言い草に腹が立ち、キャリーは声を震わせた。「黙ってわたしの前から姿を消して、メールにも一度も返事をよこさなかったくせに――一年間、ずっと！」

テオが手を伸ばし、キャリーの頬を撫でた。「キャリー、ぼくはずっときみを求めていたよ」低い声で彼は言った。「きみの前から姿を消したのは、そっちがルールを破ったからだ。だが、今ならお互い理解し合えるはずだ。これからは、愛などという言葉は言いっこなしだ。いいね？」

キャリーは苦々しげに笑った。「ご心配なく。あなたを愛することなんて、金輪際ありえないわ」

「結構」テオが口元を緩めた。「だったら、お互い別れたままでいる理由はない。報われない欲望を持て余して悶々《もんもん》とする理由はどこにもないだろう」彼の手が肩から腕へ、白いデニムの上着越しにゆっくりと滑っていく。栗《くり》色の長い髪を撫でながら頭を下げ、テオはかすれた声でささやいた。「ベッドの中できみを抱いた感触を、忘れたことは一度もなかったよ……」

唇が近づいてきた。なぜ突き放すことができないの？　なぜ、体が言うことをきかないの？

すると、戸口の暗がりで突然鳴き声が聞こえ、テオが背中を伸ばして眉をひそめた。

あやうく欲望に負けそうになる自分を赤ん坊に救われ、キャリーはふうっと息を吐いた。

「あれは？」

「わたしがここへ来たのはこのためよ」

テオの眉間の皺《しわ》が深くなった。「どういうことだ？」

キャリーはくるりと振り返った。「今、連れてくるわ」

戸口へ向かい、キャリーはベビーカートから赤ん坊を抱き上げた。母親の腕に抱かれると、ヘンリーはたちまち泣きやみ、鼻声をもらしはじめた。だがテオのほうへ向き直ったとき、彼の顔に浮かんでいたのは喜びとは似ても似つかない表情だった。そこにあるのは驚きと当惑だ。

「なぜ赤ん坊なんかを連れてきたんだ？」

今度はキャリーが眉をひそめた。「置いてくるとでも思ったの？」温かく、小さな赤ん坊の背中をさすりながら、胸にぴったりと抱き寄せる。「テオ、この子がヘンリー――あなたの息子よ」

テオがあんぐりと口を開けた。いつも威厳と自信に満ちあふれている黒い瞳を驚きに大きく見開き、彼は一歩後ずさった。

「ぼくの息子？」彼は息をのんだ。「ぼくの息子だというのか！」

テオは荒く息をつき、両手の拳《こぶし》を握りしめている。次の瞬間、いかにも気持ちを落ち着かせようとするかのように、彼は大きく息を吐き、拳をほどいた。

「つまり、きみは」彼は言葉をしぼり出した。「ぼくたちの間に子供がいると言いたいのか？」

困惑と落胆が渦巻くなか、キャリーは彼を見上げた。「知っていたでしょう。ヘンリーのことは、とっくに聞いていたはずよ。そうでなければ、なんのためにわたしをここまで呼び寄せたの？」

二人の視線が絡み合った。薄暗い玄関ホールの天井で、目に見えない風を受けたシャンデリアが耳障りな音を奏でている。

「その子はぼくの子じゃない」テオが食いしばった歯の間から言った。「そんなことはありえない」

「ええ、わたしもそう思っていたわ」キャリーは悲しげにつぶやいた。「でも、避妊は百パーセント有効というわけではないし……」

テオは檻《おり》の中のライオンのようにキャリーの前をうろうろと歩き回っている。「ぼくをだまそうとしているんだな。目的はなんだ？」くるりと彼女に向き直り、歯をむき出す。「復讐《ふくしゅう》か？」

キャリーは思わずあえいだ。「復讐ですって？　どうやって復讐するというの？」

「ぼくを罠《わな》にかけるつもりだろう」テオは黒い髪を指でかき上げた。「ぼくをだまして結婚しようという魂胆なんだ！」

「結婚ですって――あなたと？」キャリーは彼の言葉を笑い飛ばした。「とんでもないわ！」

「きみはそう言うが、女たちはみんなぼくと結婚したがっている」テオは冷ややかに言い返した。「だが、きみだけは違うと思っていた。とんだ見込み違いだったよ」

テオはまるで不潔なものでも見るような目でキャリーを見つめた。しかも、はるばる一万三千キロもの空を越えて実の父親に会いに来た赤ん坊に目をくれようともしない。

震える息をつきながら、キャリーは彼を見上げた。「いくら自信過剰のあなたでも、これだけは間違いようのない事実を言ってあげるわ」彼女はすっと目を細くした。「あなたと結婚するなんてまっぴら。わたしはあなたを憎んでいるんだから」

テオが目を見張った。

「心の底から憎んでいるわ」彼女は繰り返した。

顎をぐっと引きしめ、テオは信じられないというようにかぶりを振った。「だったら、なぜここへ来た？」

キャリーはつんと顎をそびやかした。「あなたのような非情な男にも、我が子に会う権利はあると思ったからよ。あなたのボディガードが迎えに来たとき、わたしはてっきり、あなたがこの子のことを知っているものだとばかり思っていたわ。そうでなければ、なんのためにわたしを呼びつけたの？」

テオは黒い瞳でキャリーを見下ろした。次の瞬間、彼は低くうめきながら彼女の空いているほうの腕をつかんだ。そしてキャリーを引きずって廊下を進み、勝手口から外へと促した。

月明かりの下で、黒々とした木々がすみれ色の空に向かって枝を広げている。庭園に置かれたテーブルに、キャンドルに照らされた二人分の食器が並んでいた。テーブルの周囲は薔薇《ばら》の花に囲まれている。

「このためさ」テオが吐き捨てるように言った。

驚きに目を見張り、キャリーは目の前のロマンチックな光景に見入った。テオを振り返る。

「わたしを誘惑するつもり？」彼女は大きく息をついた。

テオの瞳には熱い炎が燃えていた。「ああ、そうだ」

冷ややかな怒りがキャリーの背筋を駆け抜けた。テーブルに向かってひらひらと手を振ってみせる。「こんなもので、わたしが落ちると思ったの？　このわたしが、あっさりあなたのベッドにもぐり込むとでも？」

胸を焦がすような漆黒の瞳で彼女を見つめながら、テオがつめ寄った。「ああ、そうとも」

彼が間近に迫ってきただけで、キャリーの全身がかっと熱くなった。いくつもの思い出が胸によみがえり、彼女は身を震わせた。

かつて、テオはあっという間にキャリーを情熱の渦に巻き込んでしまった。出会ってから一週間後、三度目のデートのとき、彼はプライベートジェットでキャリーを自分の城へ連れていき、そこで彼女を口説き落としたのだった。だがその週末が過ぎると、彼はキャリーをたった一人でシアトルへ送り返した。二週間後、商用でシアトルをふたたび訪れたテオは、宿泊しているダウンタウンの高級ホテルに彼女を呼び寄せた。

キャリーはテオの誘いを待ちわびていた。あのときのことを思い出すと、今でも涙が出る。まるで陸《おか》に戻ってきた水兵を迎える恋人のように、彼女は彼の待つスイートルームへいそいそと駆けつけたのだった。

テオがわたしをここへ呼び寄せたのは、ヘンリーに会うためではなかった。彼が求めているのは、ただのお手軽なセックスだったのだ。しかも、わたしのことをまるで電話一本で届けられる宅配ピザか何かのように思っている。きりきりと痛む胸を押さえ、キャリーは目を閉じた。

彼の手が肩に触れた。広げた指が、鎖骨から首筋にかけてむき出しになった素肌をさまよっていく。

キャリーはぱっと目を開いた。素早く体の向きを変えた拍子に、ヘンリーが驚いて泣きだした。

「我が子をあなたに会わせようと、はるばる海の向こうからやってきたのに、こんな侮辱を受けるなんて……。しかも、この子を否定するなんて、あんまりだわ」込み上げてくる涙を、彼女は必死にこらえた。彼の前で涙を見せてはいけない――絶対に。「テオ、わたしを解放してくれたことに感謝するわ。それに、二度とあなたをヘンリーの父親だとは思わないわ」

テオが眉をひそめた。「キャリー……」

「かつて、わたしはあなたのためにすべてを捧げるつもりだった」キャリーは低い声でつぶやいた。顎をぐっとそびやかし、瞳が月明かりを受けてぎらぎらと輝く。「でも今は……あなたに捧げるものなど何ひとつないわ」

2

愛は人生の破滅のもとだ。テオ・サンラファエルはそのことをいやというほど思い知っていた。

愛なんてただのおとぎ話だ、というのが彼の持論だ。しかも、愛は現実生活をおびやかす。子供が絡むとなると、ことはますます厄介になる。男と女は愛という錯覚に陥り、情熱のおもむくままに子供をもうける。ところが赤ん坊が生まれたとたん、二人は互いの愛が冷めてしまったことに気づき、空《むな》しいおとぎ話の対象を別の相手に求めるようになる。残された幼い子供は本当の家庭を知らず、継母や継父、腹違いのきょうだいたちの中に放り込まれ、邪魔者扱いをされたり冷たい仕打ちを受けたりして、つらい運命を耐え忍ぶことになる。

子供を作る原動力となった愛情が死に絶えると、生まれてきた子は世界じゅうどこで暮らしても心からの安らぎを得ることができない。

もちろん、テオ自身がそうだというわけではない。たしかに、爵位を持つフランス人の父親と若いアメリカ人の母親はテオが八歳のときに離婚しているが、彼の中ではそれは喜ばしい出来事として記憶に刻まれている。かつて激しく愛し合っていたはずの二人はひっきりなしにけんかをしており、冷酷な父は始終皮肉を浴びせ、母はめそめそ泣いてばかりいた。

両親がついに別れたとき、テオは子供心にほっと胸を撫《な》で下ろしたものだった。父はパリ、母はシカゴで暮らし、一人息子のテオは両方を行ったり来たりすることになった。母親は離婚後すぐに再婚し、間もなく子供ができて新しい家庭を築いた。今は四人目の夫と暮らしている。いっぽう父親はあっさりと結婚に見切りをつけ、自分の半分ほどの年齢の若い愛人を囲っている。

愛なんて麻薬のようなものだとテオは考えていた。たばこを一服している間に、たちまち効果は失《う》せてしまう。そんなはかない感情に惑わされて結婚をする愚か者がどこにいるだろう。結婚や家庭生活はビジネスとして割り切るべきだ。結婚もビジネスも同じだと考えればいい。

たぶん四十歳ぐらいになったら――あと四年後のことだが――知性と美しさを兼ね備え、育児能力に長《た》け、協調性のある女性を選んで妻にめとるのも悪くない。二人で安定した家庭を築き、人生とセックスをともに分かち合うのだ。愛などという実態のない、煙のようにはかないものについて語り合うことはない。

正真正銘の家庭という、生涯壊れることのない確かな基盤を与えてやれるまで、子供は欲しくなかった。テオはこれまでずっと、自分の人生の青写真を明確に描いてきたのだ。

まさか、こんなことになるとは想像もしていなかった。

「この子がヘンリー——あなたの息子よ」

まさか、嘘《うそ》に決まっている。キャリーの話はでっち上げだ。ありえない。彼女と愛し合うときは、いつも避妊具を使っていたはずだ。

だが……。

月明かりに照らされた庭園にたたずむキャリーを、テオはじっと見つめた。大きなはしばみ色の瞳が暗がりの中でかげりを帯び、艶《つや》やかに波打つ栗《くり》色の髪に縁取られた美しい顔は青ざめている。白いジャケットにタンクトップ、ふんわりとしたスカートの下に隠された、ほっそりとしながらも女らしい曲線を描く体に視線が釘《くぎ》づけになる。彼はその体から無理やり視線をそらし、警戒心をたたえた彼女の瞳を覗《のぞ》き込んだ。

シアトルで出会ったときのキャリーは、夢見がちな愛らしいロマンチストだった。昼間はウエイトレスとして働き、夜は下手な詩を綴《つづ》り、実家で両親と同居し、いつも頭の中でおとぎ話を思い描いている世間知らずの娘だった。テオはそんなキャリーを口説き落とすのに丸一週間かかった。彼としては、それは異例のことだった。そして二階の彼の部屋でようやくキャリーをベッドへ誘い込むのに成功したとき、テオは彼女の恥じらいの理由を初めて理解した。キャリーにとって、彼は初めての男性だったのだ。

あのときの熱い情熱を思い出すと、今でも体が震える。二人の時間はあまりにも短かった。この城で週末を過ごし、それから数週間後、日本の船舶会社の買収を決断したときにシアトルで一夜をともにしたのがすべてだった。キャリーとのつかの間の情事は、これまで多くの女性体験を重ねてきたテオにとって最も忘れがたいものとなった。いつまでもこの関係を続けたいと、彼は思っていた。

それなのに、キャリーがすべてをぶち壊してしまったのだ。

スイートルームでひと晩じゅう愛し合ったあと、キャリーはテオの腕の中でぐったりと横たわっていた。すると、霧のたち込めるシアトルの薄暗い朝の光の中で彼女はふと彼を見上げ、消え入るような声でささやいたのだ。〝愛しているわ、テオ〟と。

テオはすぐさまベッドを抜け出し、浴室に飛び込んだ。驚いた彼女の問いかけを無視し、彼は身支度をととのえた。そして十分後、彼はホテルをチェックアウトし、そのまま空港へ向かったのだった。

二度とキャリーに会うつもりはなかった。構うものか、と彼は自分に言い聞かせた。彼女とのセックスがどれほどすばらしかったとしても、キャリーのことなどじきに忘れてしまうだろう――他の女たちのときと同じように。

だが、忘れられなかった。忘れかけたことすらなかった。

この一年間というもの、仕事でも女性関係でも、どれほど大きな成果を上げてもテオの心はまったく満たされなかった。しかも悪いことに、それが仕事にも支障をきたすようになった。つい最近は、経営破綻したリオデジャネイロの鉄鋼事業をライバル会社から高額で買収した。長年のライバルであるガブリエル・サントスから同族企業を奪い取ることで、胸にぽっかりと開いた空洞を埋めようとしたのだ。

ところが実のところ彼が手に入れたものは、買い取るつもりのなかった古いブラジルの鉄鋼会社と、膨大な資金をどぶに捨てたという苦い現実だった。買収したアコーザル・S・Aの中でかろうじて収益の見込める部門だけを切り離したとしても、損失を埋めるのはとても無理だった。そのせいで、彼はシャンパーニュ地方にある最も優良な葡萄《ぶどう》園を手放すはめになった。

企業を買収し、テオは失ったものの大きさを初めて知った。

彼はついに肉体の欲求に屈した。キャリーを呼び寄せ、後腐れのない関係を迫ることにしたのだ。彼女も一年前の経験で懲り、二度と愛などという言葉を口にしないだろう。テオはそう考えていた。

まさか、子供が生まれているなどと想像したこともなかった。

それが今、母親の腕に抱かれたその子が外へ出てこようとしている。

「待て」テオが険しい声で言った。

キャリーは振り返りもせず、戸口のところで立ち止まった。

「その子が本当にぼくの息子なら、なぜ今まで黙っていた？　一年もの間、どうして隠していたんだ？」

「〝隠していた〟ですって？」キャリーが怒りにまかせてぱっと振り向いた。「何カ月も、ずっとメールを送り続けたわ。〝お願いだから連絡をちょうだい〟と！」

テオはぐっと口元を引きしめた。「きみからのメールは開かないことにしていた。どうせ聞きたくもない言葉がくどくどと綴ってあるだけだと思っていたからさ。きみの気持ちをかき乱したくなかった。というより、ぼくの気持ちをかき乱さないでほしかったんだ」

キャリーは頬を紅潮させて言った。「じゅうぶんかき乱されているわ」小声でつぶやくと、彼女は目をしばたたいて顔をそむけた。「あなたをどれほど愛していたか、思い出すたびに自分にいやけがさしたわ」

彼女の美しい顔と赤ん坊を抱いたすらりとした姿を見つめながら、テオは奇妙な感情にとらわれていた。いまだかつて抱いたことのない感情に。

それは罪悪感だった。

テオは憤然として彼女を見つめた。「キャリー、約束したはずだ。ぼくが求めているのは体の関係だけだと、出会ったあの日からきみは承知していただろう。なのに、きみはその約束を破った。踏み越えてはいけない一線を越えてしまったんだ」

キャリーは何か言おうと口を開き、すぐに閉じた。大きく息をつく。「たしかに」彼女は低い声で言った。「約束はしたわ。でも、体の関係があんなにも心を支配するものだなんて、あのころのわたしは知らなかったのよ。それに、愛していると言ったからあなたに捨てられたなんて、思ってもみなかったわ」声が震え、彼女は目をそらした。「今度愛する男性は、あなたと正反対の人にするわ」キャリーはつぶやいた。「誠実で、たくましくて、わたしの愛にきちんと応えてくれる人にね」

〝今度愛する男性〟遠くで鳴り響く雷鳴のように、不安がテオの魂を揺さぶった。〝今度愛する男性〟だと? キャリーが別の男と付き合うことを想像しただけで、胸がざわめく。いいや、ざわめくどころか怒りに燃えていた。彼はその感情を懸命に押しやった。嫉妬は心の弱さの、あるいは執着心の裏返しだ。

ぐっと顎を引きしめ、彼は現実に目を向けた。「その子を見せてくれ」

明らかにしぶしぶといった表情で、キャリーは体の向きを変え、赤ん坊の顔を月明かりの下にさらした。

テオは眉根を寄せ、あなたの子だと彼女が主張する赤ん坊を見下ろした。本当かもしれないということは、認めざるをえなかった。赤ん坊は黒い髪をしている。だが子供なんてみんな丸い顔に大きな目をしていて、どれも似たり寄ったりのものじゃないのか?

「ボディガードから、この子のことを聞いていなかったの?」キャリーが小声で尋ねた。

テオは不意に目を上げ、キャリーを見た。「状況がちょっと込み入っていると電話で言っていたが、構わないと答えておいた。ぼくはただ、きみをここへ呼び寄せたかったんだ」彼はふと間を置いた。「ただ、きみが欲しくて……」

キャリーは月明かりに浮かぶ湖のように澄んだはしばみ色の瞳を大きく見開き、テオを見つめた。

テオは電流に打たれたように全身がしびれた。ぼくは今でもキャリーを求めている――かつてないほど激しく。唇を舐《な》め、彼は一歩キャリーに歩み寄った。

キャリーはぐいっと手を突き出した。「だめよ」消え入るような声でつぶやいた。後ずさりし、唇をゆがめてキャンドルと薔薇《ばら》の花が飾られたテーブルに視線を投げる。「誘惑しようとしても無駄よ。二度とあなたのものにはならないわ。わたしがここへ来たのは、ヘンリーのためだったんだから」

深く息をつき、テオは彼女の腕の中にいる赤ん坊を見下ろした。「ヘンリーというのか。きみのお父さんの名前を取ったのか？」

キャリーはうなずいた。「ええ、ヘンリー・パウエルよ」

テオは目をしばたたいた。彼ははっとしたように彼女を見つめた。「〝あなたの子よ〟と言ったくせに、ぼくの名前はつけなかったのか？」

キャリーはすっと目をすがめた。「あなたみたいなろくでなしになられたら困るもの」

テオは辛辣な彼女の言葉に顔を平手打ちされたように感じた。この子がぼくの息子である可能性があるとしたら……。

「親子鑑定の検査をしよう」テオは険しい口調で言った。「ぼくの子かどうかはっきりするまで、きみとその子にはここに滞在してもらう」

キャリーは青ざめて息をのんだ。「いやよ。ここに滞在するなんて、絶対にいや」

テオがふっと息を吐いた。「では、嘘だと認めるのか？　鑑定結果が黒と出ることがわかっているんだろう」

キャリーは全身をこわばらせ、月明かりの下で輝く瞳を大きく見開いた。「結果が黒なんてありえないわ。この子はあなたの子だもの。でもそうでなければよかったと、つくづく思うわ。今望むことは、この子と二人で死ぬまであなたとかかわらずに生きていきたいということだけよ」顔をそむけた彼女の表情が、夜の闇の中でひどく悲しげに見えた。

「それに、わたしたちは……」

ぼくとかかわらずに生きていきたい？

テオは呆然《ぼうぜん》とキャリーを見つめた。ぼくとかかわらずに生きていきたい、か。妙な話だ。今までの女たちはみんな、少しでも長くぼくの人生にかかわりたがっていた。ぼくが離れていこうとすると、女たちは泣いて取りすがったものだ。ところがキャリー・パウエルは、どうやら本気で彼女の――あるいは彼女の子供の――人生からぼくを締め出そうとしているらしい。

　これは演技でも駆け引きでもない。彼女の目を見ればわかる。キャリーはぼくから解放されたいと、心から願っているのだ。

「もしも本当にぼくがその子の父親なら」テオは感情を交えずに言った。「責任を取らなければならない」

「一年間もほったらかしにしておいて、よく言うわ。それに、あなたがいなくても、わたしたちはじゅうぶん幸せにやってきたわ」キャリーは冷たく言い放った。

「わかっていないようだな」テオは険しい口調で言い返した。「ぼくがその子の面倒を見ると言っているんだ。経済的にね」

「お金なんて欲しくないわ。早く家に帰りたいだけよ」

「ヘンリーがぼくの息子なら、ここがきみたちの家だ」

　キャリーははっと息をのみ、緑の香るすがすがしい庭園を見回してかぶりを振った。

「ここには愛がないわ」

　二人の視線がしばし絡み合った。時間が止まったかのようだ。頭上では、紫がかった空を背景に浮かび上がる黒々とした梢《こずえ》の間で鳥たちが不気味な鳴き声をあげている。テオの心臓がゆっくりと鼓動を刻んだ。

　そして、彼は唇をきゅっとゆがめた。「愛などという不確かなもので、赤ん坊の運命を決めるのか？　きみは、そんなおとぎ話に自分たちの人生を委ねるつもりか？」

「おとぎ話じゃないわ！」キャリーは叫んだ。「現実よ。愛は家庭のたったひとつのよりどころだわ！」

テオは軽蔑しきった顔つきで首を振り、ふんと鼻を鳴らした。「その子がぼくの息子かどうか確かめるまで、きみたちをここから出すわけにはいかない」

まるで鰐《わに》がうようよ泳いでいる堀の中を裸で泳げと命じられたかのように、キャリーは大きく目をむいた。「でも、親子鑑定は結果が出るまで何日も何週間もかかるんでしょう？」

金さえ出せば、もっと早く結果を手に入れることが可能だ。わかっていたが、テオはあえてそのことをキャリーに告げなかった。「何日かかろうと、きみにはここにいてもらう」

キャリーは震えながら顎をそびやかした。「わたしをこの城に閉じ込めることなんてできないわ」

「そうかな？」

「今は暗黒時代じゃないのよ。伯爵、わたしはあなたの奴隷ではないわ。いやがるわたしを無理やり城に閉じ込めておくなんて、できっこないわ！」

テオが口元をきゅっと吊《つ》り上げた。「奴隷だって？　とんでもない」彼はキャリーのほうへつめ寄った。上体をかがめ、キャリーの耳元に口を寄せた瞬間、彼女が必死で身構えているのがわかった。「きみはぼくのとらわれ人だ」

彼の唇が耳をかすめると、キャリーは身震いをした。テオが満足げに顔を離す。

キャリーは後ずさりながらも懸命に頭をそびやかした。「あなたなんて、恐れるに足りないわ」

「それは残念だ」テオはキャリーの周囲をぐるりと回りながら、上から下までじっくりと彼女を観察した。「きみはぼくの本業を知っているか？　ぼくがどうやって巨万の富を築いているかを？」

「経営が傾いた会社を買収したあと、ばらばらにしてお金を稼いでいるんでしょう」

「そのとおり《ウィ》。買うのがぼくの仕事だ。ぼくは人を買っている」彼は少し間を置いた。「シアトルにはきみの愛する家族がいる。ぼくがその気になったら、彼らはどうなると思う？」

キャリーは思わず息をのみ、彼の目を覗き込んだ。「どうにもならないわ！」

テオは落ち着き払った様子で黒い眉をすっと吊り上げた。「どうにも？」

「脅そうとしても無駄よ！　わたしの家族には指一本触れさせたりしないわ！」

彼は愉快そうにキャリーを見下ろした。「きみは本当に世間知らずだな」思案するように首をかしげる。「ぼくが……そう、たとえば……きみの両親がローンを組んでいる銀行に対してどれほどの影響力を持っているか、きみは知っているかい？　あるいは、きみの兄さんたちが勤めている会社に対して、どれほどの影響力を持っているか知っているかい?」

キャリーは目を閉じ、ふんわりとした赤ん坊の黒い髪に頬ずりをしながら大きく溜《た》め息をついた。目を開けたとき、その瞳は深い悲しみに彩られていた。「あなたみたいな人を、一度でも愛していると思ったなんて。あなたのことを、きらめく鎧《よろい》に身を包んだ騎士だとか理想の男性だとかなんて思ったわたしが愚かだったわ」

テオの胸に、またしても奇妙な痛みが走った。だが彼はその感覚を押しやり、ぐっと顎を引きしめた。「どうする?」

「脅しに屈するつもりはないわ。あなたなんて、ちっとも怖くないもの」キャリーは顎をそびやかした。「なんと言われようと、わたしは帰るわ。どんな卑怯《ひきょう》な手でも使えばいいわ」

「勇敢だな」テオがつぶやいた。「しかも、とんでもない向こう見ずだ。悪いことは言わないから、ぼくの要求を受け入れろ。家族のためだ。たしか、きみには失業中の兄さんがいたな? 金に困っているんだろう? 家族への土産も買いたいだろう。ぼくは頼もしい友達になれるぞ」

「誰もあなたの友達になんてなりたくないわ」

「ぼくの要求は」テオがよどみない口調で続けた。「親子鑑定の結果が出るまで、この城にとどまってほしいということだけだ。悪い話じゃないだろう？」

キャリーが躊躇《ちゅうちょ》し、彼への憎しみと家族への愛情との間で揺れ動いているのがテオには手に取るようにわかった。

彼女がゆっくりと目を上げた。緑がかったはしばみ色の瞳は暗くひんやりとした森を思わせる。

「なぜこんなことを？」キャリーは低い声で尋ねた。「初めから、ヘンリーの本当の父親になるつもりなんかこれっぽっちもないくせに。さっきから一度も、この子の顔をまともに見ようとも――」

テオが両腕を伸ばした。「抱かせてくれ」

キャリーはとっさに赤ん坊をぎゅっと抱きしめた。だが次の瞬間、テオの予想どおり、小さな溜め息をつくと諦めたようにこちらへ歩み寄った。一瞬ためらったあと、彼女は赤ん坊をそっとテオの腕の中へと移した。

「もうちょっと胸をそらして」心配そうにキャリーは言った。「頭を支えてやって……そう、そんなふうに。いい感じよ」彼女はふと間を置いた。「赤ん坊を抱いたことがあるの？」

「いいや」

「だったら、もともと素質があるのね」穏やかな口調で彼女は言った。テオと赤ん坊を交互に眺めると、ピンクの唇にうっすらと笑みが浮かんだ。

不意にテオの胸はわけのわからない感情に締めつけられた。たぶん、キャリーはぼくを憎んでいる。だが、彼女がこの子を心から愛していることは間違いない。

テオはヘンリーを見下ろすと、黒いふわふわした髪に覆われた頭をそっと撫でた。赤ん坊が戸惑ったように顔をしかめ、彼を見上げる。テオは思わず声をたてて笑いそうになった。眼鏡を外したぼくの父親の顔に似ている。赤ん坊は目をしばたたき、にっこりと笑った。一瞬、テオの息が止まりそうになった。

この子は本当にぼくの息子なのか？　顎を引きしめ、テオはゆっくりとキャリーを見上げた。「親子鑑定を受けさせてもらう」要求ではなく、宣言だった。

キャリーは溜め息をついた。「正直に言うわ。あなた以外には、父親の可能性がないのよ」

「なぜそんなふうに言いきれるんだ？」テオがつめ寄った。

濃いまつげを伏せ、キャリーは足元に目を落とした。聞き取れないほど小さな声で言う。

「生まれてから今日まで、関係を持った男性は……あなた一人だけだもの」

テオは呆然とキャリーを見つめた。ぼく一人だけだって？　生まれてから今日まで？

キャリーはまばたきをして目を上げた。「でも、いつかきっと新しい男性を見つけるわ。決してわたしを捨てたり、傷つけたりしない人を」

テオの全身がこわばった。また始まった。彼女の描くロマンチックな理想の男性像にはいい加減うんざりだ。

「その必要はない」テオはぴしゃりと言い放った。「きみの話が本当で、ヘンリーが正真正銘ぼくの子供なら、きみはぼくの妻になるんだ」

キャリーは目を大きく見開き、テオを見つめた。しばらくの間、口もきけなかったが、やがて声を振りしぼった。「お断りだわ！」

「二人の間の子供よりも、ぼくへの憎しみや独りよがりの夢のほうが大事だというのか？」

まるで不幸のどん底に突き落とされたかのように、キャリーは口元をゆがめた。「あなたと結婚するなんて、まっぴらよ。どうせ一週間も経《た》たないうちに、あなたは父親ごっこに飽きてしまうに決まってて――」

「やってみなければわからないさ」テオが途中でさえぎった。

「いいえ、わかるわ。あなたがどんな男性か、わたしはよく知っているもの」キャリーは落ち着き払って答えた。「束縛されるのが大嫌いなプレイボーイで、いつも自分の欲望を満たすことしか考えていない。一週間以上、一人の女性と真剣に付き合ったことなんか一度もない人よ」

「だが、ひょっとしたら……」

「結婚生活は一生続くのよ――死ぬまでずっと。それを支えるのは愛だけだわ」キャリーは声を荒らげた。「だいいち、わたしはあなたを軽蔑しているのよ」

キャリーの辛辣な言葉がテオの胸に広がり、こだまとなって彼の魂を揺さぶった。かつて、キャリーはありったけの熱い思いを込めてこのぼくを見つめたものだ。その彼女が今、ぼくの顔を見るのもいやだというのか？

腕に抱いた小さな赤ん坊を、テオは見下ろした。よその男が――自分よりも彼女にふさわしい男が父親面をしてこの子に接する光景を想像しただけで、彼は喉元をナイフでえぐられたような痛みに襲われた。

「ヘンリーはシアトルでわたしが育てるわ」キャリーの声はいっそう落ち着き払っている。「この子は愛情あふれる人たちに囲まれて暮らすの。本当にこの子のためを思ってくれるなら、温かい家庭を持たせてやるのが父親というものよ」彼女はふと言いよどんだ。「会いたいときには、いつでも会わせてあげるわ」

「そいつはありがたい《メルシー・ボク》」テオは苦々しげにつぶやいた。

キャリーはテオのほうへ手を伸ばし、フリースの寝間着に包まれた我が子の背中を撫でた。視線を上げると、彼と目が合った。「あなたはわたしに、束縛し合わない体だけの関係を約束させた。わたしもあなたに同じ約束を求めていれば、こういう機会は訪れなかったでしょうね」

テオは顎をぐっと引きしめた。「なんだって？　つまり、きみは赤ん坊の存在を隠し続け、一生ぼくからこの子を取り上げるつもりだったのか？」

「シアトルには、ヘンリーを愛してくれる家族がいるのよ。この子に本物の家庭を与えてあげられるわ」

「きみの両親のちっぽけなあばら家で？　ウエイトレスとして働きながら、この子を育てるというのか？」

キャリーの頰がぱっと紅潮した。「わたしの家は裕福じゃないけど、少なくとも人間を売り買いするようなまねはしていないわ」彼女は激しく首を振った。「人生には何が大切か、わたしはちゃんと知っているもの。あなたには逆立ちしたってわかりっこないでしょうけどね。断っておくけど、あなたの妻になるくらいなら死んだほうがましよ。親子鑑定の結果が白だろうと黒だろうと」

キャリーは本気だ。彼女を脅してこの城に引き止めようとしても無駄だということが、テオには痛いほどわかった。ぼくはたしかに冷酷な男だが、怪物じゃない。たとえヘンリーが実の息子だと確認できたとしても、いやがるキャリーを無理やり妻にするのは不可能だ。プロヴァンス人の祖先ではあるまいし、まさか彼女がうんと言うまで地下牢《ちかろう》に閉じ込めておくわけにもいかないだろう。

ここは懐柔策を取るしかあるまい。

「きみはここに滞在する」テオはきっぱりと言った。「そうするしかないんだ」

キャリーは唇を噛《か》みしめた。「検査は長くて何日くらいかかるの？」

「ひと月くらいかな」

「ひと月？　とんでもない！　検査施設はアメリカにもあるわ。シアトルに戻って――」

「いや、そんなにかからないかもしれない。たぶん、一週間かそこらだろう」

キャリーは口元を引きしめ、ぐずりはじめた赤ん坊へと目を移した。

お腹《なか》が空《す》いているのだろうか？　テオは思った。それとも喉が渇いているのか？　疲れているのか？　わかるもんか。

溜め息をつき、キャリーは赤ん坊を抱き取った。「わたしたちがここに残れば」無理やり言葉をしぼり出すように、ためらいがちに言う。「わたしの家族をそっとしておいてくれる？」

テオはうなずいた。「約束するよ」キャリーを見つめた。「では、決まりだな？」

キャリーは顎を引きしめ、考え込んでから頭をぐいとそびやかした。「わたしたちの人生からあなたを締め出すために、一週間ほど悪魔と同居するわ！」

テオの胸に満足感が広がった。「いいだろう《パルフェ》」

テオは握手の手を差し出した。キャリーが小さな手をしぶしぶテオに預けると、彼はそのまま彼女を引き寄せた。頬にキスをすると、柔らかく温かな素肌から立ちのぼる甘い香水の香りを吸い込みながら、絡ませた彼女の指が震えているのを感じた。

彼女が欲しい。一人の女性にこんな激しい欲望を感じたのは初めてだ。

たぶん、ぼくはおとぎ話の騎士にはなれないだろう。だが、もしもヘンリーがぼくの子供なら、彼女がぼくをひどく誤解していることをキャリーにわからせてやる。ぼくはきっと世界で一番の父親になってみせよう。そして、その子の母親と結婚するのだ――どんなことをしても。

テオはキャリーの背中に手をあてて中へとうながした。だがキャリーは頬を紅潮させてその手を逃れ、彼をぐっと睨《にら》みつけた。

「部屋へ案内しようとしただけだ」テオはこともなげに言った。

「二階への行きかたなら知っているわ」キャリーはぴしゃりと返した。

赤ん坊を連れて先を歩くキャリーの後ろ姿を、テオはじっと見つめていた。彼女があんなに激しく反応した理由はわかっている。キスをした瞬間からわかっていた。

憎しみがあろうとなかろうと、キャリーはぼくを求めている。ぼくが彼女を求めているのと同じくらいに。彼女をもう一度ぼくのベッドへといざなう瞬間が待ちきれない。全身を愛撫《あいぶ》し、あの頬に劣らず赤く染まった肌を燃えたたせ、服を脱ぎ捨てたしなやかで甘美な体をこの体の下でうねらせ、その唇がぼくの名をつぶやく瞬間を一刻も早く迎えたい。

キャリーが勝手口の扉を押し開けた。

テオはそのあとに続きながら、セクシーな腰の動きを無意識のうちに眺めていた。
愛のない結婚も悪くないということを、一週間かけてキャリーに教えてやろう。
そして、それを教えるのに一番ふさわしい場所はベッドの上だ。

3

翌朝、キャリーは寝室の青い鎧戸《よろいど》を押し開けた。

遠くの山々へ向かってパッチワークのように広がる向日葵《ひまわり》とラベンダーの畑、そして葡《ぶ》萄《どう》畑に穏やかな金色の陽光が降り注いでいる。冷たくすがすがしい空気を胸いっぱいに吸い込み、目を閉じると暖かな日の光を顔で受け止めた。

ひどい夜だった。二度と朝が来ないのではないかと思ったほどだ。何度も目を覚ましては、テオが忍び込んでくるのではないかとどきどきしていた。ようやく眠りに落ちると、今度は夢の中にまで彼が現れた。〝愛しているよ、キャリー〟素肌に唇を這《は》わせながら、かすれた声でささやく。がっしりとした熱い裸体がのしかかってくる。〝ずっときみを愛していた〟

夜中にはっと目が覚め、気がつくとキャリーは大きなベッドに一人きりで横たわっていた。体がかっと火照り、足元のシーツが乱れ、胸が欲望にどきどきと高鳴っている。彼女は起き上がり、ゆっくりと室内を見回した。錬鉄製のベッドだ。アンティークの化粧台にはテオが庭から摘み取ってきた薔薇《ばら》の花が生けてある。両腕で自分の体を抱きしめながら、キャリーはそばに置かれたベビーベッドの中ですやすやと眠っている赤ん坊の寝息を確かめた。ひどく生々しい夢だった。もしもテオが本当にわたしを愛していたなら……。

苦い笑いがこみ上げてきた。愛しているですって？　テオ・サンラファエルがわたしを愛しているなんて悪い冗談よ。たとえ夢でもありえない！

「どうでもいいわ」窓の外に広がる美しい景色を眺めながら、キャリーは苦々しげにつぶやいた。朝の新鮮な空気をもう一度深く吸い込み、咲き乱れる花々と日の光のにおいを味わった。どこもかしこも鮮やかな色に満ちあふれているわ。彼女は胸の中でうっとりとつぶやいた。まるで、雨のそぼ降る灰色の景色の中を一年間もさまよい続けた夢遊病患者が、ようやく夢から覚めたような気分だ。

どうしてこんな気分になるのだろう？　美しい田園風景のせい？　それとも、廊下の突き当たりの部屋でテオが寝ているから？

キャリーは窓から離れた。寝室に隣接している浴室へ向かい、シャワーを浴びると、シンプルなブルーのサンドレスを身につけた。長く伸ばした栗《くり》色の髪をそそくさととかしつけて、鏡に映った自分の顔をじっと見つめる。

〝きみの話が本当で、ヘンリーが正真正銘ぼくの子供なら、きみはぼくの妻になるんだ〟

一年前だったら、優しさのかけらもないあんなプロポーズの言葉にさえ、わたしは嬉《うれ》し涙を流したにちがいない。でも、今のわたしはそんなに甘くないわ。キャリーは憤然と肩をいからせた。叶《かな》うはずのない夢にしがみついている暇はない。いつの日かわたしが愛する男性は優しくてたくましく、意志の強い完璧な人でなければならないのよ。

そう、カスタルノー伯爵とは正反対の男性だ。

にもかかわらず、その日テオと並んでエクス・アン・プロヴァンスの私立病院を出たとき、彼の腕が触れるたびにキャリーの胸は甘くときめいた。横目でちらちらとテオの姿をうかがい、黒いTシャツに包まれた肩、腰にぴったりと張りついた黒いジーンズについ見とれてしまう。彼が腰をかがめ、買ったばかりのベビーカートを持ち上げて石段を下り、人通りの多い道に立ったときには、きゅっと盛り上がったヒップに目が釘《くぎ》づけになり、喉がからからに渇いてしまった。

テオは腰を伸ばすと、濃いまつげに縁取られた黒い瞳でキャリーを見つめ、ゆったりとした笑みを浮かべた。「何か気に入ったものでも見つけたのかい？」

キャリーは慌てて息をのみ、目をそらした。頬を赤く染めたまま、近くにあった宝石店のウインドーを覗《のぞ》き込むふりをした。「ええ、あそこに……」大きなダイヤモンドの指輪が見え、あまりのまばゆさに一瞬目がくらんだ。「まあ、すごい。あれ、本物かしら？」

テオがベビーカートを押しながら歩み寄ると、立ち止まって指輪を見下ろした。「ああ、本物だろうね」

間近に立つテオの体温が伝わってくる。体がかっと火照るのは真昼の太陽のせいではなかった。二人の視線が絡み合った瞬間、通りを行きかう人々も、近くの広場で開かれている市場で買い物をする人々の姿も、頭からすっかり消し飛んでしまった。燃えさかる石炭のように、黒い瞳がキャリーの胸を焦がす。体の中の残り火が、さまざまな記憶を呼び覚ました。

〝きみが必要だ〟シアトルのホテルで、彼女の素肌をくまなく味わいながらテオはささやいたものだ。〝放したくない〟

けれど、彼はわたしを手放した。愚かにも彼を愛したとたん、テオはわたしを情け容赦なく捨てたのだ。

二度とこの人の魅力に惑わされてはいけないわ。絶対に。

大きなダイヤモンドの指輪を顎でしゃくり、テオはいたずらっぽく口元をゆがめた。「記念にプレゼントしようか？」

「結構よ」キャリーは素っ気なく答え、ベビーカートの中の赤ん坊を覗き込んだ。「あなたからの記念のプレゼントは、この子だけでじゅうぶんだわ」

気づまりな沈黙が二人の間に流れた。甘い記憶と後悔に彩られた沈黙だ。

キャリーはついにたまりかねて口を開いた。「それで、検査はすんだの？」

「ああ、綿棒で唾液を採っただけだったよ。コンピューターでＤＮＡを比較すれば、ぼくがヘンリーの父親であることは一発でわかる。あるいは、そうでないことが」

テオの口調はさり気なく、いかにも気楽そうだ。キャリーはいぶかしげに彼を見つめた。こんなに間近にいて、彼はわたしが味わっているような苦痛を少しも感じないのだろうか？　わたしと同じように、昨夜は彼も眠れぬ一夜を過ごしたのではないの？　彼女はテオの顔をじっと見つめた。見るからにのんびりとくつろいだ顔つきは、信じられないほどハンサムだ。

それはそうよね。わたしとひとつ屋根の下にいるからといって、彼が心をかき乱される理由がどこにあるの？　彼にとってわたしは、大勢の女たちの中の一人にすぎないのよ。

「キャリー、ずっときみが欲しかった……。きみを抱いた感触を忘れたことはなかったよ」

テオは眉をひそめ、キャリーを見つめていた。

「いとしい人《シエリ》、どうかしたのかい？」

「一週間もあなたと一緒に暮らすのかと思うと、気が遠くなりそう」喉元にこみ上げてきた熱いものをのみ下し、キャリーは言った。「とても耐えられそうにないわ」くるりと向きを変え、ベビーカートを押して広場へ向かう。

「キャリー、待ってくれ」

彼女は立ち止まると振り返った。テオはうっとりするほどハンサムで、広場にいるどの男たちよりも背が高く、いかつい肩をしている。世界じゅうのハンサムな男を集めたって彼にはかなわない。テオを見つめると、時間が止まった。まるで周囲の人々は二人の横を吹き抜ける季節風で、彼はこの地上でたったひとつの、どっしりとした岩のようだ。

「なあに？」キャリーは息をつまらせた。

テオが満面に笑みをたたえ、黒い瞳を輝かせながら近づいてきた。「ジャムトーストの朝食だけではお腹《なか》が空《す》いているだろう。家政婦が暇を取っているから、あんなものしか用意できなかったんだ」

「いいえ、大丈夫よ」キャリーは口ごもった。「あなたのトースト、なかなかおいしかったわ」

そう言ってから、キャリーは思わず唇を噛《か》んだ。あなたのトーストですって？　変な言い方だわ！

テオの顔に笑みが広がった。「埋め合わせに、昼食はとっておきのレストランで本物のシェフの料理をご馳走《ちそう》するよ。ミシュランの三つ星だぞ」

ミシュラン？　キャリーはぼんやりと胸の中でつぶやいた。それってたしか、タイヤのメーカーじゃなかったかしら？「すてきね。嬉しいわ」

我ながら、ばかみたいな返事だわ。でも気にすることはないわよね。テオにどう思われようと構うものですか！

とはいえ、実際にはなかなかそうはいかない。八千キロ離れた場所から彼を憎むのと、目の前にいる彼に対して憎しみをつのらせる、あるいは冷淡を装うのはまったく別のことだった。一年間ずっと夢見続けた、残酷なまでにハンサムな彼の顔を見上げるたび、キャリーの胸はぎゅっと締めつけられる。心の中を見透かすような黒い瞳に見つめられ、ふとした拍子に温かな体が触れるたび、キャリーの全身は震え、体の奥が甘くとろけるのだった。

「まずは、食材を仕入れないと」テオは広場に設けられた青空市場を顎で示した。「今夜の夕食はぼくが腕を振るうことに決めたけど、食料棚が空っぽなんだ」

「その前はどういう計画だったの?」

「プライベートジェットでパリへ飛びながら、空の上できみを誘惑して何度も愛し合うつもりだったのさ」テオはキャリーの瞳をじっと覗き込んだ。キャリーがそわそわしはじめると、彼は肩をすくめた。「だが計画を変更して、今夜は城で二人きりで過ごすことにした。家政婦のリリーは家族の住むミネソタへ里帰りしているんだ」彼はポケットから携帯電話を取り出した。「すぐに戻ってくるよう、彼女に伝えるよ」

家政婦として城に住み込んでいるリリーはテオの遠い親戚だ。その彼女が予定を切り上げて戻ってこいと命じられることを思うと、キャリーの胸は痛んだ。彼女は彼の携帯電話を手で覆った。「だめよ、やめて!」

テオはキャリーの手を見下ろしてから顔を上げると、黒い瞳でいぶかしげに彼女を見た。

「どうしてだい？」

体をこわばらせると、キャリーは慌てて手を引っ込め、引きつった笑い声をあげた。

「雇い人には休暇を楽しむ権利があるもの」彼女は小声でつぶやいた。

テオがはじかれたように笑いだした。ぐっとキャリーに近づくと、彼女を見下ろした。

「リリーがいないと、ぼくたちはあの城で二人きりなんだぞ。緊張しないかい？」

キャリーの心臓の鼓動が止まった。

「別に」しどろもどろになりながら彼女は答えた。「なぜわたしが緊張するの？」

テオは上体をかがめ、キャリーの耳元でささやいた。「なぜって、認めるかどうかは別として、きみがぼくのベッドにやってくるのは時間の問題だからさ」

視線が絡み合い、二人は同時にベビーカートのハンドルに手を伸ばした。指先がかすかに触れた。キャリーははっと息をのみ、まるで火傷《やけど》をしたかのように慌てて手を引っ込めた。

テオは両手でハンドルを握ると広場を振り返った。「市場はすごい人込みだから、そばを離れるな」のんびりとした調子で彼は言った。「迷子になられたら厄介だからな」

二人は青空市場で一時間ほどチーズやフルーツ、パンなどを試食した。一度など、テオはキャリーの口にチョコレート・トリュフを放り込んだりした。

キャリーはベビーカートの下に買い物袋をつめ込み、意気揚々と込み合った通りをあとにした。大きなへまをすることもなく、テオとの買い物はなんとか無事に切り抜けた。

　市場を抜け出すと、テオが不意に彼女を振り返った。

「ぼくはちょっと用を足してくる。一時間後にオーベルジュで落ち合おう」彼はプラチナカードを差し出した。「これで赤ん坊のおもちゃを買ってくれ。きみの服や、家族へのお土産も。なんでも好きなものを買えばいい」

　わたしを置き去りにする埋め合わせに、クレジットカードをあてがおうというのね。キャリーは呆然《ぼうぜん》とプラチナカードを見下ろした。「いらないわ」

「いいから、受け取ってくれ」テオはプラチナカードをキャリーの手に押しつけた。彼女が指ひとつ動かそうとしないので、彼は眉を吊《つ》り上げた。「ぼくのそばにいるのがそんなに楽しいのかい？　それとも、ほんの一瞬でもぼくと離れるのが寂しくてしかたがないのかな？」

　キャリーはつんと顎をそびやかした。「冗談でしょう？　まる一時間、あなたから離れていられると思うと、せいせいするわ！」

　テオが愉快そうに口元をゆがめた。「そんなことだろうと思ったよ」

　キャリーは唇を噛みしめた。「それにしても、どこへ行くの？」

　彼は謎めいた笑みを浮かべただけだ。「一時間後にまた会おう」

そう言い残すと、彼はくるりときびすを返して立ち去った。

意思に反して、キャリーは人込みの中へ消えていくテオの後ろ姿をいつまでも目で追っていた。まったく癪《しゃく》にさわる人だわ。彼はどうしてわたしをこんなに笑わせるの？　どうしてわたしをこんなに楽しい気分にさせるの？　彼を憎むことでかろうじて自分を守ろうとしているのに、テオといるともう一度好きになってしまいそうなのはなぜ？

ベビーカートの中で赤ん坊が体をよじり、ぐずりはじめたのをきっかけに、キャリーはようやく我に返った。「ごめんなさいね」ヘンリーに明るく声をかける。「行きましょう」

彼女は腰を伸ばし、手の中のプラチナカードを見つめた。そのカードで彼女はぴしゃぴしゃと自分の頬をたたいた。

テオがわたしに買い物をさせたいのなら、お望みどおりにしてあげましょう。


テオはスポーツ用多目的車《SUV》の後ろから買い物袋を取り出し、玄関まで運んだ。あと一往復しなければ。こんなにたくさんの買い物袋を見たのは生まれて初めてだ。

「これで全部かな？」

「ええ、たぶんね」窓辺に置かれたロッキングチェアーに腰かけ、赤ん坊に乳を含ませながらキャリーはのんびりと微笑《ほほえ》んだ。「ほかの買い物は、お店からアメリカへ送ったわ」

テオは毛布の隙間から覗く、ふっくらと丸みを帯びたキャリーの胸の膨らみから目をそらすように自分をいましめた。だが唇を舐《な》め、他の場所へきょろきょろと視線を移しながらも、頭の中は彼女の胸の膨らみのことでいっぱいだった。「ほかにどんなものを買ったんだい？」

キャリーは大きく手を振った。「家族や友達へのプレゼントよ」

「プレゼント？」

彼女は無邪気な表情で彼を見た。「クリスマスプレゼントよ」

テオはじっとキャリーを見つめた。「今は六月だぞ」

キャリーはいたずらっぽい笑みを浮かべた。「テキサスのまたいとこにはワイン。ベルビューにいる友達には香水を。それから、もちろん姪《めい》や甥《おい》たちには、おもちゃを……」

「忘れている相手がいないことを祈るよ」テオがちくりと言った。

キャリーはにやりと口元をゆがめ、バッグからはみ出している小さなアドレス帳を指さした。「だいじょうぶよ。二回も確かめたもの」

テオは思わず吹き出しそうになった。キャリーは心の底から満足そうな顔つきをしている。まるで、クレジットカードの請求書を見て彼が青ざめ、慌てると本気で思っているみたいだ。だが実際のところ、テオは自分の築いた富にはほとんど無頓着だった。たしかに金を使うのは一時的な楽しみをもたらしてくれる。しかし彼にとって金はあくまでもビジネスの点数表のようなもので、自分の勝利を確認するためのものにすぎない。キャリーが彼の金をどれほど使おうと、テオはいっこうに構わなかった。彼女とベッドをともにするためなら、金など少しも惜しくない。だが、彼女を妻にするのはどうやら金の力だけでは無理のようだ。

おかしな話だ。今までの彼は、あの手この手を使って女たちの愛をはぐらかしてきた。一人の女を自分のそばに引きとめようとしたことなど一度もなかった。

だが今、彼はそれをしようとしている。どうしてもそうしなければならなかった。キャリーに対する欲望が満たされるのは時間の問題だ。だがもはや、彼女をただの愛人にするだけでは満足できない。赤ん坊の存在を知った以上、どんなことをしてでもキャリーを妻にするつもりだ。

「今日一日で、千ドルも使ってしまったわ」キャリーはトルコ絨毯《じゅうたん》の上に散らばった色とりどりの買い物袋を満足げに見下ろした。「それから、あとで電話も借りなきゃ」彼女は律儀につけ加えた。「アメリカにかけたいの。かなり料金がかかると思うわ」

テオは愉快そうに笑い声をあげた。「遠慮せずに使ってくれ」

「どうやらわたしの要求には逆らわないほうが賢明だとわかったようね」

キャリーはひどく楽しげで、まるで小悪魔のようだ。美しい顔がみずみずしい輝きを放ち、波打つ栗色の髪が肩で揺れている。そのさまをテオは食い入るように見つめていた。

伯爵家の紋章が彫り込まれた大きな石造りの暖炉のそばでロッキングチェアーに座り、愛と誇りに満ちた様子で我が子を抱くキャリーは、すでに伯爵夫人のたたずまいを見せている。

そばに歩み寄り、テオは肩にかかった彼女の髪を撫《な》でながら微笑を向けた。「千ドルなんて、どうということはないさ。今日のランチとワインの値段だってそれぐらいしていたよ」

キャリーは息をのんだ。「ランチに……千ドルも?」

「気に入らなかったかい?」

「うずらの卵のスフレが?」キャリーは驚いたようにきき返した。

やれやれ。どうやらキャリーはあの上品なランチを、ぼくが期待したほど気に入ってくれなかったようだ。「ぼくが言いたいのは、金を使うのに遠慮はいらないということさ。ぼくの金はきみのものだ。正確に言えば、結婚したらいずれきみのものになる」

二人の間の楽しげな空気が一瞬にして消え去った。キャリーが彼の手を振り払う。

「悪いけど」彼女は体をこわばらせた。「あなたのお金に興味はないわ」

「キャリー、別にきみを金で買おうとしているわけじゃない」テオがうんざりしたように言った。「ぼくはただ、ここできみに幸せに過ごしてもらいたいだけなんだ」

はしばみ色の瞳が冷ややかな光を放った。「ここを出ていくまで、わたしは幸せになれないわ」顔をそむけ、彼女は立ち上がった。「ヘンリーにお昼寝をさせなくちゃ」

落ち着け。テオは苛立《いらだ》つ自分に言い聞かせた。女を口説くいつものテクニックはどこへやったんだ？　彼は顎をぐっと引きしめた。「ああ、そうか。じゃあ、ぼくはディナーの支度に取りかかるよ」

キャリーは廊下の途中でふと立ち止まり、振り返った。「それから、さっきの質問だけど……いいえ、うずらの卵《エ・ビアン》は好きじゃないの。わたしは平凡な女だから。凝った料理は必要ないわ」

「それじゃ、何が必要なんだい？」テオが即座にきき返した。

言いよどむ彼女の瞳に悲しみの色が浮かんだのを、テオは見逃さなかった。

「あなたには決して与えられないものよ」

テオは両手をぎゅっと握りしめ、我が子を連れ去るキャリーの後ろ姿を見守っていた。

ヘンリーはぼくの息子だ。今ではそれは疑いようのない事実だ。検査を受けてから二時間後、キャリーを町に残して買い物をさせている間に、テオは鑑定結果を受け取っていた。忙しい研究員たちを説得し、他の仕事を後回しにして検査結果を出してもらうのに結構な金を払ったが、それだけの価値はあった。

〝伯爵、お子さんはあなたの実子です〟検査技師のチーフは自分の個室にテオを招じ入れ、印刷されたデータをおもむろに示したのだった。〝疑いの余地はありません〟

ぼくの実子。キャリーの話は嘘《うそ》ではなかった。数カ月もの間、彼女はこの事実をぼくに伝えようとした。携帯電話にメールを入れ、しまいにはパリのオフィスにいるぼくの秘書にまで伝言を残していた。

〝テオ、お願い、連絡をちょうだい。話したいことがあるの〟

〝今度シアトルに来るのはいつ？　お願い、テオ。大事な話があるの！〟

だがテオはそんなメッセージをことごとく無視し、やがてキャリーからの連絡はとだえた。テオは彼女を忘れようとつとめ、キャリーという女など初めから存在しなかったのだと思い込もうとした。そうして、知らぬ間に我が子を捨てようとしていたのだ。

それもこれもすべて、キャリーに愛されるのが怖かったからだ。だが……。テオは自嘲するように鼻を低く鳴らした。彼女がぼくを愛する可能性は今ではゼロに等しい。ありがたいことだ。ただ、ぼくへの信頼感も同時に失われてしまったが……。立派な父親になってみせるといくら宣言しても、キャリーは信じてくれないだろう。彼女がぼくに息子を会わせてくれたこと自体、奇跡だった。もっとも、キャリーのその優しさは彼女の弱点でもあった。

〝あなたの妻になるくらいなら死んだほうがましよ。親子鑑定の結果が白だろうと黒だろうと〟

テオはむっつりと顎を引きしめた。ヘンリーが実の息子だとわかった以上、あの子をシアトルへ帰し、遠く離れた海の彼方《かなた》で育てさせるわけにはいかない。どこの馬の骨ともわからない男がキャリーを妻にめとり、ヘンリーを息子呼ばわりするなんて、そんなことは断じて許すわけにいかない。

彼は喉の奥で低いうめき声をもらした。キャリーはぼくの妻になる。たった今、この瞬間から、彼女はぼくのものになるのだ。他の男になど渡すものか。

だが、キャリーがみずからの運命を受け入れないかぎり、テオは検査結果を伝えるつもりはなかった。キャリーがフランスに滞在するのは結果が出るまでという約束だ。もしもヘンリーが自分の息子であるという確証をテオが得ていることがばれたら、キャリーはタクシーでさっさと空港へ駆けつけ、息子を連れてシアトルへ帰ってしまうにちがいない。

彼女は検査の結果が出るまで一週間くらいかかると思っている。その間に、愛に縛られない結婚こそが理想のかたちであり、彼女にとっても自分たちの息子にとっても最良の道であることを納得させるのだ。キャリーをぼくのものにするために、あらゆる手を尽くして彼女を口説き落とさなければ。自信はある。

だが時間は待ってくれない。

テオは廊下を抜け、現代風に改築した広々としたキッチンへ入っていった。中はレストラン並みの設備が整えられ、一点の曇りもないステンレスがぴかぴかに輝いていた。市場で買ってきたばかりの新鮮な食材を取り出し、彼は皮肉っぽく唇をゆがめて、黒いスラックスの上にエプロンをつけた。庭へ通じる窓にちらりと目をやり、テオはぐっと顎を引きしめた。この作戦はきくはずだ。きいてくれなければ困る。

テオは木のまな板の上で人参《にんじん》を切りはじめた。

キャリーが入ってくる気配がした。

「電話は……？」息がつまった彼女は声をとぎれさせた。「何をしているの？」

「料理さ」

「さっきの話は冗談だと思っていたわ」

ちらりと彼女を見やり、テオは愉快そうに眉を吊り上げた。「驚いたかい？」

キャリーはしばらく彼を見つめていたが、やがて頭の中に張りめぐらされた蜘蛛《くも》の巣を払うように首を振った。「電話はどこ？」

ソテーした牛肉を切り、マリネ用の赤ワインに漬け込みながら、彼はスラックスのヒップポケットを顎で示した。「ここにある」

キャリーはそのポケットをじっと見つめ、唇を噛んだ。「あの、できれば固定電話を借りたいんだけど」

「ここでは携帯電話しか使っていない。自分で出して渡してあげたいけど……」テオがマリネソースでべたべたになった両手を彼女に示した。

「わかったわ」キャリーは低くつぶやいた。おそるおそる二本の指先をポケットの中へ挿し入れる。携帯電話を取り出すと、ふうっと息をついてキッチンの反対側へ向かった。

「両親に電話するのかい？」

「親には昨日、連絡したわ。どうしてもというなら教えてあげるけど、店の上司にかけるの」

テオは黙ってビーフシチュー用の玉ねぎとトマトを刻みはじめた。オレンジの皮を少々、採れたてのタイムとコニャックを加えながら、キャリーの電話に耳をそばだてた。かけているのは二人が初めて出会ったシアトルの海辺のレストランだ。

「もしもし、スティーブ？」キャリーは緊張ぎみの声で言うと、少し間を置いて唇を噛んだ。「キャリーよ。あの、わたし、明日お店に出られなくなってしまって……。実は、申し訳ないけど一週間お休みをいただきたいの」

電話の相手が大声で何やらまくし立てているのがテオの耳にも届いた。どうやら上司が文句を言っているらしい。

キャリーは大きく息をついた。「迷惑をかけることはわかっているわ。ごめんなさい」

媚《こ》びるような声の調子が、テオには気に入らなかった。

「実は今、シアトルにいるんじゃないの。家族の緊急事態で……フランスにいるのよ。お願いだから、クビにしないで。できるかぎり埋め合わせはするから。戻ったら二晩無給で働くわ」言葉を切って深い溜《た》め息をつく。「ええ、わかっているわ。一週間で……」

テオの胸に後ろめたさと後悔が押し寄せてきた。ぼくが一千万ユーロもの金を平気でどぶに捨て、ろくでもないブラジルの鉄鋼会社を買収している間に、キャリーは安い賃金で足を棒のようにして働き、必死になって子供を育てようとしていたのだ。上司に懇願する彼女の卑屈な声をこれ以上一秒たりとも聞いていられない。

　彼は怒りに震える手をエプロンで拭った。つかつかとキッチンを横切り、電話を彼女の手から奪い取る。

「キャリーは戻らないぞ――二度と」姿の見えない上司に向かってテオは冷たく言い放った。「新しいウエイトレスをさがすんだな。彼女をこき使う資格は、お前にはない！」

　テオは電話を切った。そのままポケットに携帯電話を戻すと、何事もなかったかのようにガスレンジの前へ戻り、鋳鉄製のふたつの鍋にオリーブ油を注いだ。

「なんてことをしてくれたのよ」キャリーはショックを隠せない口調で言った。

「あんな店で働く必要はない――今後二度と」テオの返事は冷静そのものだった。大きな鍋に牛肉を放り込むと、たちまちじゅうじゅうという音がしはじめた。「きみはもう、あの店に戻らなくていいんだ」

　キャリーの口元が怒りと悲しみにゆがんだ。「せっかく一週間の休暇を認めてくれたのに！」

「そして、戻ったらただ働きをさせられるのか？」テオはむっつりと唇を引き結んだ。

「許せない」

「あの店に雇われたのがどんなに幸運なことだったか、知りもしないくせに！」

「一日じゅう立ちっぱなしで、サーモンののった大皿を時給四ドルで運ぶのが幸運なのか？」

「十ドルよ！　チップを入れれば……」

「どこであれ、従業員をこき使うことしか頭にないような職場で働くことはない」テオは歯ぎしりをすると、たたきつけるような勢いでベーコンを刻み、小さなほうの鍋に放り込んだ。「きみはもう二度と、いやな職場で働く必要はないんだ」

キャリーがはじかれたように笑いだした。「それで、どうやってお金を稼げというの？　ヘンリーとわたしはどうやって生きていけばいいの？」

どうしてそんな当たり前のことをきくんだ。テオはキャリーをぐっと見据えた。「ぼくがきみたちの面倒を見る」

キャリーは口をあんぐりと開け、一歩後ずさった。「わたしをからかっているの？」

こんな返事を期待していたわけではない。

「なぜだい？」テオは問いただした。「きみたちの面倒を見るぐらい、ぼくにはなんでもないことだ」

「そんな言葉に甘えるほど、わたしがあなたを信頼していると思っているの？」キャリーは憤然と言い返した。「わたしとこの子が、あなたの言いなりになる義理がどこにあるのかしら?」

彼女の言葉が鋭い刃《やいば》のようにテオの胸に突き刺さった。

「キャリー、信じてくれ」彼はうめくように言った。「きみが赤ん坊を身ごもっていると
わかっていたら、ぼくはきみを捨てたりしなかったよ」

「ええ、あなたはこの子が自分の息子だということにも確信が持てなかったのよね。だから親子鑑定を要求したんだわ」

「きみを疑ったことは間違っていたよ」こわばった口調でテオは言った。

「だったら、検査結果はいらないからと断ってくれるの?」

キャリーの声にこもった期待の色が彼女の本音を告げている。〝いつ、わたしを帰してくれるの?〟

「今週いっぱいは、ここを出ていかせるわけにいかない」テオは顎を引きしめた。「正式な検査結果が出るまではね」

「ほらね。やっぱりわたしを疑っているんじゃない」キャリーはむっつりと言い返して首を振った。「わかっていたわ。生涯にわたって慈しみ、献身的な愛情をこの子に注ぐ覚悟のないあなたに、どうしてヘンリーを委ねることができるの?」

テオは彼女を睨《にら》みつけた。「親の愛情というのは男女の愛とはぜんぜん違う――」

キャリーは彼の言葉をさえぎった。「わたしがここにいる理由はたったひとつ。子供に

対するあなたの執着は週末にはきれいさっぱり消えうせ、ヘンリーの養育をわたしに丸投げすることが目に見えているからよ」

「そんなことするもんか」

キャリーは目をぎらりと光らせた。「あなたが他人や物事とのかかわり方を何も知らない人だということは、お互いによくわかっているはずよ」

テオは包丁を下ろした。二人の後ろにあるステンレス製のガスレンジに置かれた鍋の中で肉がぐつぐつと煮えている。テオはキャリーのほうへぐっとつめ寄った。

緊張を懸命に隠し、キャリーは一歩も引かない覚悟で腕組みをしながら彼を見上げた。

テオがほんの十センチほどの距離から彼女を見下ろしている。

「きみとかかわる心の準備ならできているよ」彼は言った。「今すぐにでも」

「今すぐにでもですって?」キャリーはあざけるように言った。「ヘンリーがあなたの息子だという確証も得られていないのに? ひょっとして、わたしは嘘をついているのかもしれないわよ。おまけに、わたしは浅はかで後先の見えない女だわ。かつて、あなたのような男を愛してしまったほどだもの」

テオは両手の拳《こぶし》を握りしめ、キャリーを睨みつけた。やがて彼はゆっくりと息を吐き出した。

「キャリー、きみは愚かなんかじゃない。ただ、人の善良な面ばかりを信じているだけだ。

きみはありもしない世界を夢見ているんだよ」

「ご心配なく」苦々しげにキャリーは答えた。「今では、あなたがまばゆい鎧に身を包んだ騎士だなんて思ってはいないから」

テオは大きく息をつくと、胸の底からわき上がってくる後悔と後ろめたさをねじ伏せ、怒りへとすり替えた。「きみにひどいことをしたのはわかっている。だが、ぼくはそれを償いたいんだ。もう一度初めから……やり直したい」

彼はポケットに手を突っ込み、ベルベット張りの小さな箱を取り出した。

彼がそれを差し出した瞬間、キャリーがはっと息をのむ気配が聞こえた。

まるでしゅうしゅうと音をたてている毒蛇か何かのように、彼女は黒いベルベット張りの箱を見下ろした。「それは、何？」

テオが箱を彼女の手の中に押し込んだ。「開けてごらん」

唇を噛みながら、キャリーはゆっくりと箱を開けた。

ホワイトダイヤモンドに周囲をぐるりと取り囲まれた大粒のイエローダイヤモンドが、キッチンの午後の光の中できらきらと輝き、キャリーの滑らかな肌に美しく反射した。

「これは、何？」

「さっき、宝石店のウインドーできみが眺めていた指輪さ」

「これは婚約指輪よ」

「そうさ」

キャリーは目を見張ってテオを見上げた。「町で別れたあと、これを買いに行っていたの？」彼女は大きく息をついた。「あの宝石店へ？」

「店主の話では、それはかつてウジェニー皇后の嫁入り道具のひとつだったそうだ」テオはキャリーの質問をはぐらかした。「そして今、その指輪が未来のカスタルノー伯爵夫人のものとなる」テオは両手でキャリーの手を包み込んだ。「これはきみのものだ」

テオの手の中で、キャリーの冷たい指が震えた。彼はこの手を温めようとしてくれている。彼は生涯わたしを温め、ぼくはきみの考えているような男じゃないと訴えようとしているのだ。

キャリーは涙にうるんだ瞳を上げた。「テオ、なぜこんなことをするの？　わたしを罰するつもり？」

「きみを罰するだって？」ダイヤモンドの指輪で？　テオは額に皺《しわ》を寄せた。「ぼくは息子の父親になりたいんだ。両親が揃《そろ》った、安心して暮らせる本物の家庭をヘンリーに与えてやりたい」キャリーの目をまっすぐに見つめ、彼は低い声で告げた。「そしてキャリー、きみをぼくのベッドへ連れていきたい。きみへの欲望をずっと抑えることができなかったんだ」

キャリーは大きく息をのみ、テオの目を覗き込んだ。彼の手の中で、ふたたびその手が震えだした。彼女ははっと手を引っ込めた。ぱちんと蓋を閉じて、箱をつき返す。キッチンの窓の外へ顔を向けると、葡萄畑と向日葵畑の広がる鮮やかな光景が目に入った。「わたしはあなたの愛人になるなんてまっぴらだし、あなたの妻にもならないわ」

テオはぐっと顎を引きしめた。彼女の鋭い言葉が突き刺さった胸のうちを気取られぬよう、体の力を抜きながら指輪の箱をポケットにしまい込む。彼はくるりと向きを変え、ワインセラーから出してきたシャトーヌフ・デュ・パプの高級赤ワインの瓶をつかんだ。栓を開け、ふたつのクリスタルゴブレットにワインを注《つ》ぐと、片方をキャリーに差し出した。

「さあ」

キャリーは差し出されたグラスをじっと見つめながら受け取った。

テオはグラスとキャリーの中間にぼんやりと目をやりながら彼女が飲むのを待っている。

溜め息をつき、キャリーはワインを口に含んだ。「おいしいわ」悲しげに言う。

「うずらの卵のスフレよりはましかな？」

キャリーはふっと笑い声をもらした。「あれに比べたら、なんだってずっとおいしいわ」

「その言葉はディナーまで取っておいてくれ。料理を手伝ってくれるかい？」

「料理を手伝うですって？　断っておくけど、わたしは好きこのんであなたとこうして一緒にいるわけじゃないのよ」

テオが皮肉めいたしぐさで眉を吊り上げた。「だけど、憎らしいぼくが熱いガスレンジ台のそばで自分のために料理をしているなんて、面白くないんじゃないか？　ぼくに借りを作るのは、きみだっていやだろう」

キャリーは体をこわばらせた。「絶対にいやよ」

テオはすっと眉を吊り上げた。「だったら、手伝ってくれよ」彼はエプロンを差し出した。キャリーが受け取ろうとしないので、いたずらっぽい笑みを浮かべ、またしても眉を吊り上げた。「ぼくのそばに寄るのが怖くなかったら……」

「冗談じゃないわ」キャリーはとっさに言い返した。ワインの残りをぐっとあおるとグラスを置き、手を伸ばした。「貸して」

だがテオはエプロンを渡さずにそのまま腕を伸ばし、キャリーの髪をそっと持ち上げた。彼女の肩越しにエプロンをかけ、それからほっそりとした腰に紐《ひも》を結んだ。

次の瞬間、彼はキャリーの向きを変え、二人の顔が向き合うようにした。腰に腕を回したまま、キャリーを抱き寄せる。後ろのガスレンジでは、牛肉とベーコンがじゅうじゅうと音をたてている。

キャリーを抱きしめた瞬間、熱い欲望がテオの全身を駆けめぐった。キャリーの髪は玉蜀黍《とうもろこし》の毛のようにしなやかで、肌はサテンのように柔らかく滑らかだ。その肌にくまなく唇を押し当てて服をはぎ取り、愛撫《あいぶ》して素肌をむさぼりたい。激しい欲望がテオの全身を震わせた。キャリーのすべてを奪い、彼女の中に深くこの身を埋め、甘い吐息が唇からもれるのを聞きたい。最後に彼女を抱いた、あの日の記憶が頭の中を駆けめぐる……。

彼の腕の中でキャリーが身震いし、彼女もまた同じ記憶にとらわれていることがテオにはわかった。

キャリーは舌を湿らせ、大きく見開いた瞳をじっと彼に注いだ。「テオ、わたしを誘惑しようとしても無駄よ」息をつまらせながら彼女は言った。「そんなことはさせないわ。無理なのよ」

だが、テオはキャリーの瞳に浮かんだ絶望の色を読み取った。今の言葉は自分を納得させるためのものだと彼にはわかっていた。キャリーは身を震わせ、肌を熱く火照らせ、ピンクの唇をぎゅっと噛みしめているではないか。それに、彼女を我がものにしたいという、彼の激しい欲望は何ものも止めることができない。

今夜こそ。

テオは両手で彼女の顎を包み込んだ。「愛ははかないものだ」美しいキャリーの顔を見下ろす。「だが、ぼくたちが結婚したら手に入れられるものを、これから見せてあげるよ。きみがあっさり捨てようとしているものがどんなものか、思い知らせてあげよう。安心、心地よさ、美しさ。そして情熱」テオは耳元でささやいた。「生涯の快楽」

テオが体を離したとき、キャリーの瞳は不安と欲望をたたえて熱く燃えていた。

「だめよ、テオ」心の底から振り絞ったような、小さな叫びにも似た声が彼女の口からもれた。「お願い、やめて……」

だがテオは容赦しなかった。キャリーをきつく抱きしめながら、彼は荒々しく彼女の唇をふさいだ。

4

ここは天国だわ。

熱くしっとりとしたテオの唇が自分の唇に強く押しつけられた瞬間、キャリーは目を閉じ、かつて味わった覚えのある欲望の渦へと巻き込まれていった。ざらざらとした彼の顎が顔に押しあてられる。両手が彼女の頬から首や髪へとさまよっていく。大きな体が覆いかぶさってくると、自分がとても小さく、力強い彼の腕の中で優しく守られているような感覚に陥る。このまま彼の力に屈してしまいたい。けれど、このキスの行きつく先はわかっている。だめよ。そんなことを許すわけにはいかないわ。

「やめて」キャリーはあえいで身をよじった。

だがテオは腕の力を緩めようとしない。燃えるような黒い瞳が彼女の身を貫く。

「キャリー、きみはぼくのものになるんだ。ぼくのベッドで」彼はささやいた。「ぼくの人生で――生涯ずっと」

そわそわとキッチンを見回し、キャリーは逃げ場をさがした。というよりは、すがりつくものを。広々としたキッチンはそれだけで実家と同じくらいの広さがあり、まるで高級雑誌のページから抜け出てきたかのようだ。高い天井には十八世紀の狩猟の場面がフレスコ画で描かれ、その下の真新しいプロ仕様の調理設備と対照をなしている。ぴかぴかのステンレスの冷蔵庫の横では、古いれんが造りの暖炉の中で火が燃えている。生まれ変わったら、きっとここで楽しく暮らせるにちがいない。

「わたしは、あなたを愛していないわ」キャリーはテオの腕を逃れようともがいた。だが、彼は放してくれない。

「愛の話をしているんじゃない。欲望の話をしているんだ。キャリー、きみが欲しい」テオは荒々しい口調で言った。「きみだって、ぼくが欲しいんだろう?」

キャリーは乱暴にかぶりを振った。「勘違いしないで――」

テオは答える代わりにキャリーの唇を奪い、彼女がぐったりとなるまでむさぼり続けた。それから彼はキャリーをふわりと抱き上げると、硬い胸にぴったりとなるまでむさぼり続けた。

「一年間ずっときみを求めていたんだ」低い声でつぶやき、テオは彼女を見下ろした。「もうこれ以上待てない」険しい顔つきで彼は歩きはじめた。

キャリーはぼんやりとテオを見つめたまま運ばれていった。彼の頭のはるか上に天井画が見える。馬に乗った男が森の中へ鹿を追いつめている絵だ。テオに追いつめられた自分の行く末が、彼女にはわかっていた。

テオはキャリーを抱いたまま二段飛ばしで階段をのぼり、迷いのない足取りで寝室へ向かった。黒い上掛けと黒いシルクのシーツに覆われた大きなベッドにキャリーをそっと下ろす。そこは去年、彼女が純潔を捧《ささ》げた場所だ。あのときと少しも変わらない。質素で男性的な調度品が置かれ、フレンチドアが広々としたバルコニーに向かって開け放たれているのがキャリーの目に入った。

彼女は体を震わせ、怯《おび》えながら彼を見上げた。凶暴な光をたたえていた黒い瞳が一転して優しくなり、テオは伸ばした手で彼女の頬を撫《な》でた。「怖いのかい?」

キャリーは声をつまらせた。「ええ」

「怖がることは何もない」テオがそっとささやいた。

けれど、彼に体を許したら、わたしはまたしても心を奪われてしまう。キャリーは不安でたまらなかった。何より恐ろしいのはそのことなのだ。どうすれば説明できるだろう?以前彼に捨てられたとき、真っ暗な穴に突き落とされ、二度と這《は》い上がることはできないと思ったものだ。

窓の向こうには青空の下の険しい岩山を背景に葡萄《ぶどう》畑が広がっている様子が見えたが、その光景はキャリーの上に体を沈めてくるテオの体にさえぎられた。生暖かい夏のそよ風が素肌を撫で、深く吸い込んだ空気はラベンダーの香りを含んでいた。だが次の瞬間、唇が重ねられ、ムスクと石鹸《せっけん》の香りに男の体臭が入りまじったテオのにおいがキャリーの鼻を刺激した。

強く唇を求めながら覆いかぶさってくるテオの重みを全身に感じる。テオがゆっくりと彼女の髪を撫でながら、その手をうなじへと滑らせていく。思わず甘い溜《た》め息が唇からこぼれ、キャリーは身を硬くした。彼のキスにうっとりと酔いしれる。

テオは舌でキャリーの舌を探りながら彼女の下唇を軽く噛《か》み、両手でその顔を包み込むと、さらに深く舌を挿し入れた。

テオは熱い唇をキャリーの喉元に這わせ、舌で鎖骨のくぼみをまさぐった。大きな手を下へと滑らせながらキャリーをベッドに押しつけ、テオはむき出しになった彼女の肩に唇を押しあてた。キャリーの片手を唇にあてがい、キスをする。温かな唇の感触を肌に残しながら、テオは彼女を見下ろした。目が合った瞬間、彼の黒い瞳はキャリーの全身を熱く焦がした。

握った手を裏返し、テオが彼女の手のひらにキスをする。指の一本一本をゆっくりと吸われ、熱い舌に指の間をまさぐられて、キャリーは今にもあえぎ声をもらしそうになった。

胸の頂がつんと硬くなり、下腹部のうずきが耐えがたいほどに高まっていく。テオはもう片方の手にゆっくりと、じらすような愛撫《あいぶ》を繰り返し、熱い唇に一本ずつ丁寧に指先をくわえていく。キャリーの口から低いうめき声がもれた。

するとテオが上半身を起こし、彼女の脚に覆いかぶさるように大きく脚を広げると、キャリーからじっと目をそらさずに黒いTシャツを脱いだ。キャリーは呆然《ぼうぜん》とテオを見上げた。彼の胸板は記憶よりもはるかに広く、がっしりとしている。乳首から引き締まった腹部にかけての体をうっすらと覆う黒い毛が、ジーンズのウエストへ向かって矢のように延びている。キャリーは息をのみ、目を大きく見張った。黒いデニムの下に隠された熱く硬い欲望のしるしを見逃すことはできない。

テオはキャリーの脚へと手を伸ばし、ブルーのサンドレスのスカートをめくり上げて下腹部をあらわにした。飾り気のない白いビキニタイプのショーツを見下ろすと、テオは大きく息をのんだ。片手をそれにかけながら、同時にもう片方の手でジーンズのファスナーを下ろしはじめる。不意にそこで彼の動きが止まった。

彼は手を離し、上体を寄せてささやいた。「今すぐきみを奪いたい。このまま一気にきみの中へ入っていきたい」

キャリーが身を震わせる。

「だが、せっかくここまで待ったのなら」聞き取れないほどかすかな声でささやくと、テオはキャリーの耳元で唇を動かした。「一年間耐え忍んだ苦痛をじゅうぶんに埋め合わせしてもらおう」

テオはドレスの下で甘くうずくキャリーの胸の膨らみを手のひらで包み込んだ。たわわな膨らみをもみしだき、ドレスの胸元へ唇を這わせながら、テオは筋肉に包まれたたくましい体を彼女の上に重ね、ぴったりと密着させた腰を揺らした。キャリーの脚のつけ根が、一年ぶりに甘くうずきはじめた。

テオはキャリーにとってたった一人の男性だった。彼との相性がどれほどよかったか、今でもはっきりと覚えている。まるで毒を含んだ甘いキャンディーのように、テオは魅惑的だった。だが、この興奮は彼女の記憶をはるかに上回っている。テオがドレスのボタンをゆっくりと外した瞬間、キャリーはぞくりと身を震わせた。脱がされた服とサンダルがタイルの床に落とされる。肩紐《かたひも》のない質素な白いブラジャーとショーツだけの格好で、彼女は大きなベッドに横たわっていた。

「とてもきれいだ」テオは息をつまらせた。キャリーの鎖骨から腹部へと、指先を巧みに這わせていく。その手が脚へと伸び、彼はキャリーの片足を持ち上げるとなだらかな曲線の先に舌を這わせた。

キャリーは激しい衝撃に打たれたが、彼女が身じろぎする隙も与えず、テオの手はじりじりと這い上がり、膝の裏側の敏感なくぼみから太腿の間へとさまよっていき、やがて脚のつけ根に到達した。

キャリーははっと息をのみ、黒いシルクのシーツを握りしめた。テオの手は彼女の体をさらに這い上がっていく。コットンのブラジャーに包まれた、豊かな胸の膨らみをとらえると、深い谷間へと舌を滑らせた。巧みなしぐさでブラジャーのホックを外し、ふたたび床に落とした。硬く張りつめた胸の膨らみをうっとりと眺め、彼はそれを両手で包み込んだ。

「きみの胸は、こんなに大きかったかな?」

「まだ……お乳をあげているからよ」あえぎながらキャリーは答えた。

テオがふうっと息をついた。頭を下げ、片方の胸の膨らみの周囲に唇を這わせ、そっとなぶった。キャリーがはっと息をのみ、シーツをぎゅっとつかむと、テオはむき出しの彼女の腹部へ向かって唇をゆっくりと滑らせていった。

湿り気を帯びた柔らかな唇がヒップに到達し、ぐるりと脚を回ってつけ根をとらえた。じらされているのを感じて、キャリーの息が荒くなる。ショーツの端を押し上げられると、脚の間にテオの温かな息がかかり、体の芯をぞくりと刺激した。彼を待ち受けるかのように、とろりとしたものがあふれてくる。キャリーはうめき声をもらし、早く来てと言わんばかりに腰をそわそわと動かした。

すると、テオがいきなり体を離した。ベッドの端に腰を下ろし、ジーンズとシルクのトランクスを脱ぎ捨てた。振り返ってキャリーを見つめる黒い瞳は夕方の薄暗い室内でぎらぎらと輝いている。「キャリー、ぼくを見てくれ」彼は小声でささやいた。「どれほどきみを求めているか、その目で確かめてごらん」

テオの日焼けしたたくましい体を見て、キャリーは息をのんだ。彼女の知っている彼は鉄のように固い意思の持ち主で、勢いにまかせて彼女を奪ったりせず、張りつめた欲望をぎりぎりまでこらえる男性だった。だが今、間近で見る彼はキャリーに対する欲求を抑えきれない様子だ。

猛々《たけだけ》しく奮い立った欲望の証《あかし》が何よりもそれを物語っており、両手がぶるぶると震えている。まるで、彼女に襲いかかり、一気に奪おうとする衝動をか細い抑制の糸がかろうじて抑えているかのようだ。

ゆっくりとテオがキャリーに近づいてきた。彼女の体に触れる指が震えているのがわかる。その指が白いショーツを脱がせ、床に落とした。気がつくとキャリーは一糸まとわぬ姿でベッドに横たわっていた。マットレスがたわみ、ベッドの足元へ移動したテオが彼女の脚の間に体を埋《うず》めた。熱い視線がキャリーの全身に注がれる。

キャリーは緊張のあまり固く目を閉じた。子供を産んで体の線が崩れたことに、彼は気がつくかしら？　以前より大きくなったヒップやたるんだお腹《なか》、出産後もいっこうに減らない四キロぶんの体重に、彼は幻滅するかしら？

テオは低くざらついた声とともに大きく息を吸い、キャリーの全身を愛撫した。

「なんて美しいんだ《コム・テユ・エ・ベル》」彼はささやいた。彼女の上に折り重なり、両手で頬を包み込む。

「目を開けてごらん」

キャリーはしぶしぶ従った。ハンサムなテオの顔には猛々しいまでの欲求がみなぎっている。「女性に対してこれほど激しい欲望を覚えたのは生まれて初めてだ」彼はふうっと息をついた。

テオはこらえきれず、荒々しくキャリーの唇をむさぼった。自制心の最後のかけらがテオの体からはがれ落ちていくのをキャリーは感じた。大きく膨れ上がった欲望の固まりが脚の間に押しあてられ、行き先を求めている。キャリーは無意識のうちに腰を揺すり、甘いうずきに耐えた。あえぎながら、テオが体を離した。唇が離れ、キャリーはそのまま横たわっていた。

テオは彼女の脚の間に頭をうずめ、両脚を開くとその奥へ深く舌を挿し入れた。

キャリーの全身を鋭い衝撃が貫いた。声をあげて背中をのけぞらせると、彼女は拷問にも似た激しい喜びから逃れようとした。だがテオは両手でキャリーを押さえこみ、しっとりと潤った芯をむさぼる彼の舌を受け入れさせようとした。彼は楽器のように巧みに彼女の体を奏でた。甘くうずく芯を舌先でまさぐったかと思うと、次の瞬間にはその舌全体で彼女を包み込む。舌先を彼女の入り口へ滑り込ませると、その奥へ指を進入させ、続けてもう一本指を滑り込ませた。テオは両手でキャリーの脚を大きく広げ、彼女の最も敏感な秘密の場所を舌で探り、むさぼり続けた。

キャリーの下腹部の奥深くで官能が渦を巻き、高まりながら全身を駆けめぐっていく。黒いシーツを両手でしっかりとつかみながら、彼女はテオの下で腰をくねらせた。もっと深くテオを受け入れたいのだろうか？　それとも、彼から逃れたいからだろうか？　どちらなのか、自分でもわからない。けれどわき起こる喜びの激しさに抗《あらが》うことはできない。このままでは気を失ってしまいそうだ。

今にも彼を……。

遠くから自分の叫び声が聞こえたかのように、キャリーの全身が堪えがたい喜びに震えはじめた。テオがキャリーを抱きしめながら腰をずらし、彼女の脚の間に沈めた。キャリーはあえぎ声をあげ、テオの下で身もだえた。我を忘れ、目の前が真っ暗になる。

テオは硬くいきり立った自分のものに避妊具を装着し、キャリーの間にあてがった。精いっぱいの自制心をかき集め、ごくわずかに彼女の中へ入った。

キャリーは息をつまらせた。長く尾を引く悲痛な叫び声が聞こえる。自分のものとは思えない言葉が――せがむような言葉が、我知らず唇からこぼれ出た。

テオは身を震わせながらさらに深く突き進んだ。キャリーがもっと奥へいざなおうとして、彼の肩をぐいとつかむ。彼は目を閉じているが、額にびっしりと浮かんだ汗が必死で自制していることを物語っていた。

キャリーが耐えきれずに彼の名を呼び、その肩に指先を食い込ませると、テオはようやく目を開けた。欲望にけむる瞳でじっと彼女を見下ろし、喉の奥から声を絞り出す。「ぼくが欲しいと、白状してごらん」

「あなたが、欲しいわ」キャリーがあえぎながら言った。

テオが荒々しく一気に突き進み、深く入った瞬間、キャリーは激しい衝撃に息をのんだ。猛々しい彼の情熱がキャリーを隙間なく満たす。テオはいったん腰を引くと彼女の肩をつかみ、身動きが取れないようにマットレスに押しつけたまま、ふたたび彼女を攻めたてた。続けてもう一度、今度はさっきよりも深く激しく彼女を満たす。アンティークのベッドのフレームがテオの荒々しい動きに耐えかねたような悲鳴をあげ、ぎしぎしと揺れた。自制心の最後のひとかけらが消えうせると、テオは優しさをかなぐり捨て、荒々しい欲求に身をまかせてキャリーを激しく攻めたてた。

テオの低いうめき声がしだいに荒々しい叫びへと変わり、木製のヘッドボードが壁に当たってがたがたと音をたてる。彼はキャリーを奥深くまで貫き、彼女の心を揺さぶった。新たに押し寄せた歓喜の波にさらわれ、キャリーは悲鳴にも似た声をあげた。テオの低いうめき声が彼女の喜びの声に重なり、真っ暗な歓喜の渦にのみ込まれた瞬間、キャリーはむせび泣き、世界が一瞬にして砕けたのを感じた。

しばらくの間、二人は固く抱き合っていた。テオの温《ぬく》もりがキャリーの体に伝わる。ゆっくりと目を開けたのは、数時間も経《た》ったあとのことだっただろうか。

テオは目を閉じたまま、がっしりとした腕でかばうようにキャリーを抱きしめ、優しく愛撫しながら彼女を引き寄せた。キャリーは彼の体に腕を回そうとして、引きちぎった黒いシーツの切れ端が両手に握られていることに気がついた。

キャリーは目を閉じてシーツの切れ端を落とし、テオの温かな裸の胸に頬を押しあてた。深く息をつく。こんなにもあっさりと、彼をまた愛してしまうなんて。

キャリーははっと目を開けた。テオを愛するなんて、そんなこと無理よ。彼はわたしを愛してなどいないんだもの。彼は愛なんてただの幻想だとうそぶくような、身勝手な愚か者よ。わたしに愛のない結婚を迫り、贅沢《ぜいたく》なだけの空《むな》しい暮らしを強いようとしているだけ。

それでも、わたしはたった今、自らの心を危険にさらし、彼と体を重ねてしまった。ひょっとしたら何もかもを危険にさらしたのかもしれない。避妊具がいかにあてにならないか、わたしは身をもって知っていたはずなのに。

愚か者はいったいどちらかしら？

裸のままで起き上がると、ベッドカバーが彼女の肩からずり落ちた。

「どこへ行くんだい？」テオがぼんやりとした調子でキャリーの背中に問いかけた。

「どこへも」キャリーは小声で答えた。

たかがセックスじゃないの。彼女は自分を戒めるように胸の中でつぶやいた。なんの意味もない、体だけの交わりよ。それなのに、喉元に熱い塊が込み上げてくる。愛してもいない男性に体を捧げてはいけないとわかっていながら、わたしはテオに屈してしまった。

だめよ。キャリーは不意に泣きそうになった。二度と彼を愛してはいけない。そんなこと、絶対に許されないわ。

背中にテオの視線を強く感じた。彼はわたしの心を読み取っているのだろうか？　わたしが心のどこかでずっと彼を愛していることを知っているのだろうか？　彼を憎むことで、傷ついたこの心をかろうじて守ろうとしていることを、テオは見抜いているのだろうか？

テオがフランス語で低く悪態をつき、黒い目を大きく見開いて不意に起き上がった。

「しまった！」

「どうしたの？」

「ステーキとベーコンを火にかけっぱなしだ！」

端整な顔を引きつらせ、彼は裸のままベッドから飛び出した。

キャリーは不意に笑い声をあげた。だが彼がガウンに手を伸ばした瞬間、彼女の視線は筋骨たくましく日に焼けたテオの体に吸い寄せられていた。たった今体を重ねたばかりの男性――我が子の父親である男性の体に。胸をえぐられたような痛みが走り、キャリーの顔から笑みが消えた。

またしても、わたしは彼に心を奪われてしまったんだわ。

十五分後、キャリーが嘘《うそ》をついていることは、テオにはお見通しだった。無性に腹が立つ。

「正直に言ってくれ」キッチンのテーブルの脇につっ立ったまま、テオは問いつめるように言った。「受け入れる覚悟はできているよ」

「そうね、見た目ほど悪くはないわ」素肌に白いガウンをまとったキャリーは座りながら答えた。「本当よ」黒焦げになったステーキと煮つまりすぎたバーガンディー・ソースがかかったぐちゃぐちゃの野菜をもうひと口頬張り、ごくりとのみ下した。喉につかえそうだ。「その……食べられないわけじゃないわ」

「つまり、完全な失敗作ってことだ」テオは不機嫌そうにつぶやいた。

リネンのナプキンで口を拭いながら、キャリーは明るい笑みを向けた。「うずらの卵のスフレよりましよ」

キャリーらしい言い草だ。テオのいら立ちがつのった。彼女はなんでもいいほうにとらえようとする。水分の蒸発したソースを木製の匙《さじ》ですくい、味見をすると、テオはあやうく吐き出しそうになった。片手で顔を覆い、テーブルにもたれてうめき声をもらした。

「きみを感動させようと思ったのに」

二人の目が合った。キャリーが微笑を浮かべる。

「あなたはわたしを感動させてくれたわ」

目に見えない熱い電流が二人の間に流れた。台無しになったディナーのことなど、不意にどうでもよくなった。テオの手からスプーンが滑り落ち、音をたてて床に落下した。キャリーを腕の中に引き寄せると、テオは彼女に唇を重ねた。

またしても欲望が燃え上がりはじめた。

長いキスを交わしたあと、彼はようやく唇を離した。

これまでの彼がキャリーに夢中だったとするなら、今の彼は完全に彼女の虜《とりこ》だった。二人の絆《きずな》は強く、永遠のものだ。愚かな幻想に取りつかれているキャリーを救ってやらなければ。経営破綻に陥った企業を買収し、利益性の高い会社に再生するのと同じことだ。キャリーの備えている美点――情熱と知性、息子に対する深い愛情、思いやりあふれる心、前向きで優しい魂は、このぼくが守ってみせる。

そのいっぽうで、彼女の抱いている途方もない夢やロマンチックな理想を捨てさせなければ。いつかは壊れるとわかっているもの、初めから諦めたほうがいいものは、さっさと奪い取ってやるのだ。

ぼくたちの結婚生活は揺るぎないものになるだろう。ぼくたちのつくる家族は強い絆で結ばれるはずだ。新婚生活が今から待ち遠しくてしかたがない。

じっとキャリーを見つめたまま、テオはそばにあった椅子にどさりと腰を下ろし、膝の上に彼女を引き寄せた。彼女の体に腕を回しながら両手を握る。キャリーの手はとても小さく、滑らかで温かい。彼女のそばにいると、テオは自分がただの土くれのように感じられた。キャリーはきっと非の打ちどころのない伯爵夫人になるだろう。

「ぼくたちは、すばらしいパートナーになるだろう」テオが静かに言った。「きみはぼくの人生をよりよいものにし、ぼくはきみの人生をより豊かなものにするよう努力するつもりだ」

首をめぐらせ、キャリーは驚いたようにテオを見つめた。「いったいなんの話？」

「ぼくたちの結婚の話さ」テオは彼女の手をぎゅっと握りしめた。「ぼくたちの新婚生活はもう始まっているんだ。すぐに式を挙げよう。フランスの法律では結婚が認められるまで十日間かかる。だからラスベガスへ飛んで……」

キャリーは素早く片手を挙げた。「もう結婚の段取りを決めているの？」

彼女の口調には怒りがにじんでいた。無理もない。テオは残念そうに唇を噛んだ。女というのは、自分の結婚式は自分で仕切らないと気がすまない生き物なのだ。

「どうしてもラスベガスでなければ、というわけじゃない」彼は慎重に言葉を選んだ。「なんなら式はシアトルで挙げても構わないよ。そうすれば、きみの親族も出席できるからね。むろん、華やかな披露宴が望みなら、挙式後にこの城かパリで盛大なパーティーを開くことにも大賛成だよ。ヨーロッパじゅうの上流階級の人たちを招待しよう。ドレスは特別あつらえの……」

「あなたと結婚するなんて」キャリーが冷たく言い放った。「ベッドをともにしたからといって、そんな気はさらさらないわ」

「なんだって？」テオは声をつまらせて眉をひそめた。「もちろん、それだけが理由じゃないさ。だけど、ぼくたちの相性がどれほどいいか、きみだってわかっているだろう。ぼくたちは、お互い結ばれる運命にあったんだ！」

「ベッドの上で結ばれる運命にね」キャリーは言った。「ひと晩かぎりの肉体関係では、何も変わらないわ。あなたは愛を求めているわけじゃない。でもわたしは愛のない結婚なんてまっぴらよ。お互いを不幸にするだけだわ」

テオはキャリーの顔を両手で包み込み、うめきながら彼女を見上げた。「さっきのきみは、不幸にはとても見えなかったよ」

キャリーはテオの膝からぱっと飛び下りた。「あなたに欲望を感じたわたしをあざ笑うつもり？　結構よ」自分の両手を見下ろしながら、彼女は小声でつぶやいた。「たしかに、わたしは欲望を感じたわ。でも、だからといってあなたに対する感情が変わったわけじゃない」

「きみはぼくを憎んでなどいない」テオは立ち上がり、追及するように言った。

ほの暗いキッチンで、二人は一瞬、睨《にら》み合った。

「憎んではいないわ」キャリーは悲しげにうなずいた。ちらちらと揺れる暖炉の炎が投げかける影の中で、彼女の目が輝いている。「でも、憎むことができればどれだけよかったか」

テオはかぶりを振った。「なぜだい？　息子のためにも、ぼくたちが結婚するのは最良の方法じゃないか」

「うまくいかないに決まっているわ」キャリーは吐き捨てるように答えた。「家族という足かせに縛られた生活に、あなたがすぐに興味を失ってしまうのは目に見えているもの。今すぐわたしとあの子を解放したほうが、お互いのためよ。ヘンリーが大きくなって、父親に捨てられたことを知って傷つく前に」彼女は顎をつんとそびやかした。「それに、成長したあの子にとって、あなたがすばらしい男性のお手本になるとはとても思えないわ！」

最後の言葉はテオの胸にぐさりと突き刺さった。彼は体をこわばらせ、息を大きく吸い込んだ。「キャリー、ぼくの息子をここから連れ去ることは許さない」冷ややかに言い放つ。「望もうと望むまいと、きみはぼくと結婚するんだ」

キャリーは身震いをした。「テオ、冷静に考えてみて――」

「ぼくはきみを放さない」吐き捨てるように、彼は言った。「観念して、運命を受け入れるんだ」

テオはキャリーの皿を見下ろした。高い食材を使って豪華なディナーにするつもりが、黒焦げになり、無残な結果に終わった料理がそこにある。彼女に結婚を迫る試みと同様に、ディナーまで台無しになってしまった。

こんなはずではなかった。テオはいらいらと髪をかきむしった。人生でたった一人、結婚したいと思った相手が、よりにもよって自分のプロポーズを拒んだたった一人の女だなんて。いったいどういうことだ？

キャリーは咳払《せきばら》いをして口を開いた。わざとその場の雰囲気を明るくするかのように、打って変わった口調だ。「あなたがわたしに料理を振る舞ってくれるなんて、立場が逆転したみたいね」彼女はそっとつぶやいた。微笑をたたえ、瞳が明るくまたたいている。

「わたしたちが初めて会ったときのことを覚えているかしら？」

テオはうなずいた。「こんな美しい女性は見たことがないと思った」彼はささやくように答えた。「目の前がくらくらしてきたよ。きみが料理を運んでくる姿から目を離すことができなかった」彼はそこでにやりと唇をゆがめた。「ぼくがパリから来たと聞いたとたん、きみは運んできた料理をぼくの膝にぶちまけたんだっけ」

「あれは偶然の出来事だったのよ！」キャリーが抗議の声をあげたが、すぐに溜め息をついた。「だって、わたしはずっとパリに憧れていたんだもの。エッフェル塔や、お洒落《しゃれ》でこぢんまりとしたカフェや……」彼女は両手を見下ろした。「いつかきっと、〝光の都〟パリをこの目で見てみたいわ」

うっとりと夢見るようなキャリーの顔を目にしていると、テオの脳裏に不意にある記憶がよみがえり、耳元でささやくような声がした。ひょっとしてぼくは、彼女とのめくるめく情事の合間に、パリへ連れていってあげると約束をしたのだろうか？　彼の考えでは、ベッドの中での口約束などただの絵空事にすぎない。互いの官能を高め合うための単なる睦言《むつごと》だ。にもかかわらず、キャリーを見下ろしながら彼は激しい後悔に襲われた。彼女を南フランスのこの城へ連れてきたのはこれで二度目だが、キャリーはまだ一度もパリを見たことがない。彼の会社の本社があるパリは特急列車でわずか三時間ほどで、プライベートジェットならもっと短い時間で行ける場所だというのに。

もやもやとした思いを退けると、彼はわざとらしく笑い声をあげた。「理由はどうあれ、きみは日本からやってきた相手と商談中のぼくの膝に料理をぶちまけた。認めたまえ。いとしい人《シェリ》、きみにはウエイトレスの仕事は向いていないんだよ」

「そうね。もっともだわ……」キャリーは顔を曇らせて言った。「でも、そんなことは今くよくよ考えてもしかたがないわ。わたしはあの店をクビになったんだもの」

落ち込んだ彼女の表情を見つめると、テオはまたしてもあの思いにとらわれた。胸を突き刺すような後ろめたさ。彼は懸命にそれを振り払おうとした。ぼくと結婚すれば、キャリーは二度と働く必要などなくなるじゃないか。だが、彼女の瞳を見つめていると、キャリーは何やら子供じみた野心を胸に抱いているのではないかという疑問がふとわいてきた。奇妙なことだが、去年彼女と付き合っているころには尋ねてみたこともなかった。だが、あのころの二人は会っている時間のほとんどをベッドの中で過ごし、話し合う時間などなかったのだ。

彼はキャリーの手を取り、テーブルに身を乗り出した。「きみは何をしたいんだ？」

キャリーは眉を吊《つ》り上げた。「これからどうするかってこと？」気のない返事をした。「たぶん、新しいウエイトレスの職をさがすでしょうね」

「仕事のことじゃない。きみの夢はなんだ？」

「夢？」まるで知らない外国語を聞かされたかのように、キャリーは眉根を寄せた。

皮肉な話だ。世界一の夢想家で理想主義者のキャリー・パウエルに向かって、このぼくが夢の話を促しているなんて。

「子供のころは何になりたかったんだい？」

「ああ、そういうことね」キャリーは深く息をついて頬を染めた。「その手の夢を抱いたことは一度もなかったわ」

「そんなはずはないだろう」

「本当よ」とっさにキャリーは言い返し、言葉につまった。「そうね、ただ……」

「ただ？」

「なんでもないの。どうせ笑われるに決まっているわ」

テオが身を乗り出した。「言ってごらん」

キャリーは自分の手を握っているテオの手を見下ろすと、大きく息を吸い込んでから彼の視線を受け止めた。「友達はみんな医者や先生や弁護士になりたいと言っていたけど、わたしは違ったわ。子供のころから、なりたかったものはひとつだけだったの」

「それは？」

「お嫁さんよ。そしてお母さんになりたかったの」引きつった笑い声をあげ、キャリーはつんと頭をそびやかした。「笑ってちょうだい。つまらない夢でしょう？　この時代に、家庭をつくって愛する家族の世話をすることだけを夢見ている女がいるなんてね」

「ちっともおかしくないよ」テオが静かに言った。

キャリーはじっとテオを見つめている。彼がからかいの言葉を口にするのを待ち受けているかのようだ。だがテオが何も言わないので、彼女は椅子の背にもたれ、両手に顔を埋めた。「夢なんてどうでもいいの。わたしは新しいウエイトレスの職をさがすわ。あるいは、もう一度学校へ通って何か資格を身につけて、いつか小さくてもいいから自分の家を買えるようになれば……」キャリーの声は震えながらとぎれた。

「きみの夢を、ぼくに叶《かな》えさせてくれ」テオが言った。「きみの家族が平和で安心した暮らしを営めるように、ぼくが力を貸そう」

「わたしをここに引き止めておくために、脅しの材料に使おうとした父や兄のことを言っているの？」

テオは首を振った。「きみは伯爵夫人になる。そうすれば、ぼくの財産はきみの意のままだ」

キャリーはキッチンをぐるりと見回した。優美なフローリングの床、高い天井一面に描かれた古い天井画。十八世紀に造られたれんがの暖炉の中では、ちらちらと炎が燃えている。

「たしかに、あなたは立派な暮らしをしているわ」キャリーは悲しげに言った。頭の後ろに手をやると、栗《くり》色の髪が絹糸のように肩先にさらりと流れた。彼女はテオを見上げた。「でも、本当に豊かな家庭というのは愛情にあふれた家族にしかつくれないものよ」

テオの喉元に苦い塊が込み上げてきた。「立派な意見だ」くるりと向きを変え、カウンターに置かれたワインのグラスを取り上げる。「ぼくの両親がかつてどんな愛情を分かち合っていたのか知らないが、そんなものはぼくが八歳のころにはとっくに消えうせていた。両親はけんかを始めると、ぼくのことなど何日もほったらかしにしていたものだ。そうでなければ、相手に対抗する武器としてぼくを利用しようとしていたよ。父と母がようやく離婚したとき、ぼくはほっとしたものさ」

「かわいそうに」キャリーがつぶやいた。

だが、テオに必要なのは同情ではなかった。「愛という名のもとに」彼は苦々しげに続けた。「父は母と別れてから、自分の半分ぐらいの年齢の女たちをとっかえひっかえしていた。愛という大義名分を振りかざす母は四回結婚し、三人の夫との間に何人もの子供をもうけたよ」

キャリーは首を振った。「あなたが結婚に愛を求めないのも無理はないわ」ささやくように彼女は言った。「あなたは本当の愛というものを知らないのよ」

テオがふんと鼻を鳴らした。「知っているとも。愛なんて幻想だ。頭の中ででっち上げたまぼろしさ。結婚すれば愛は永遠に続くと、みんな思っている。だが、そんなものはまやかしだ。愛なんて、つかまえておこうとすればするほど逃げていくものだ。愛には終わりがつきものさ。しかもたいていの場合、悲惨な結末を迎える」

「でも——」

「アジアでは、白は悲しみの色と見なされていることをきみは知っているか?」テオはキャリーの反論をさえぎった。「結婚式は愛の始まりを示す祝福の儀式とされている」彼は顔をそむけた。「だが実際は、愛の終わりの儀式なんだ」

「だったら、なぜわたしに結婚を申し込んだの?」キャリーは憤然と問いつめた。「結婚がそんなにひどいものなら、あなたはなぜそれほど結婚したいの?」

テオはキャリーを鋭く見据えた。「ぼくは結婚そのものを否定しているわけじゃない」

「でも、たった今あなたは——」

「甘っちょろい幻想を抱いて結婚するのはよくないと言っているのさ。まっとうなやり方さえすれば、結婚は安定した家庭の基盤となりうる。結婚は友愛関係であり、パートナー関係だ。そして家族の始まりだ」

「愛のない結婚生活が？」

テオは肩をすくめた。「傷つけ合うことのない結婚生活が、だ」

ほの暗いキッチンに、しばし沈黙が垂れこめた。キャリーはつんと顎をそびやかした。

「わたしが信じている結婚とは、こんな感じのものよ。結婚はパートナー関係だという点は……たしかにそうね。でも企業同士の提携のように、お互いの利益に基づいた関係とはわけが違うわ」

「だが、良好な夫婦関係とはまさにそういうものだ。結婚はビジネスさ。重役同士が話し合い、経営戦略を決定し、五年計画で目標を立てる。夫婦という企業の役割は子供を育て、安定した家庭の基盤を築き、家族関係を存続させることだ」

キャリーは信じられないというような顔でテオを見つめた。「でも、その土台には愛がなければならないはずよ。そうでなければ、どこに結婚の意味があるの？」

テオは彼女に目を向けた。「ぼくを愛して、きみは幸せになったか？」

キャリーは答えようと開いた口を閉じた。

「甘っちょろい幻想は破滅のもとだ」彼は静かに言った。「とりわけきみのようなロマンチストは、そのことをよく知っておくべきだ。キャリー、悪いことは言わない。愛だの恋だのという幻想を捨てて、今すぐぼくと結婚するんだ。そうすれば、きみは今の苦しみや重荷からたちまち解放される。そしてヘンリーには、両親の愛に包まれた安全で幸福な人生が約束されるはずだ」

　キャリーは息をのむと、テオをじっと見つめた。

　テオは、キャリーがすぐさまうなずくものと思っていた。だが彼女は素早く立ち上がり、くるりと後ろを向いた。頬が真っ赤に染まり、両手の拳《こぶし》を握りしめている。

「あなたのような悪魔と手を結ぶなんて、絶対にごめんだわ」

　テオの胸に落胆が広がり、希望が砕け散った。立ち上がり、燃え尽きようとしている暖炉の炎に照らされた彼女を見下ろす。「キャリー、ぼくの息子に他の男を父親と呼ばせることは絶対にできない。ぼくの提案を受け入れるんだ」

「ヘンリーが自分の子かどうかもまだわからないのに――」

「勝つのはきみかぼく、どちらか一人だ」テオは上体を乗り出し、黒い瞳で彼女を射抜くように見た。「そして、負けるのもどちらかいっぽうだ」

5

キャリーは赤ん坊の泣き声で眠りからさめた。もう少しだけ寝かせて……。室内に差し込む明け方の光をさえぎろうと、彼女は枕で顔を覆った。

すると、足元のマットレスがたわんだ。どっしりとした足音が聞こえたかと思うと、赤ん坊の泣き声がぴたりとやんでしゃっくりの音に変わった。

キャリーははっと身を起こした。枕が膝の上に落ちる。

上半身裸で紐《ひも》付きのパジャマのズボンをはいただけのテオが温かな朝の日差しの中で、がっしりとした胸に息子を抱き寄せ、低い声であやしている。

ぽっちゃりとした顔の赤ん坊が眉を寄せ、テオを見上げた。やがて、テオが腕の中で赤ん坊を揺すりながら歌を歌いはじめると、ヘンリーがたちまち顔を輝かせた。テオの低い笑い声が、赤ん坊の甲高い笑い声に重なる。

二人の笑い声はキャリーに甘美な苦痛をもたらした。

この五日間は、ささやかな楽しみの連続だった。親子三人は庭で遊んだり、噴水のそばの庭園でピクニックランチを楽しんだり、降り注ぐ日の光と花の香りに包まれながら青空の下でのんびりと寝そべったりして過ごした。

ささやかな楽しみ。そして、終わることのない喜び。キャリーはテオのけむるような黒い瞳が終始自分に注がれているのを肌で感じた。息子がベビーベッドの中で眠っているときには、甘い喜びをほのめかす彼の熱い視線を意識し続けていた。

幸せだった。怖いほどに。

それもすべて、家政婦のリリー・スミスのおかげだ。三日前、休暇を切り上げて戻ってきたリリーは質素ないでたちのふっくらとした女性で、テオの遠縁の娘とはとても思えない。明るい茶色の髪と茶色い目をした二十三歳の彼女は、おっとりとした優しさをたたえ、何よりの美点は赤ん坊が大好きで、子供になつかれやすいことだった。

城じゅうをせわしなく走り回り、赤ん坊が散らかしたおもちゃを片端から片づけ、洗濯物を畳み、ピクニック・バスケットをととのえてくれるリリーがいなかったら、どんな大変なことが待ち受けていたかわからない。

だが本当は、どんなことになるかキャリーにはわかっていた。ヘンリーを連れてテオと二人で外に出て、ブランケットに寝そべりながら温かな夏の日差しを浴び、向日葵《ひまわり》畑や葡《ぶ》萄《どう》畑を渡ってくるそよ風に吹かれているうちに、キャリーは思わずとんでもないことを口走っていたに違いない。〝またあなたを愛してしまったわ〟と。

それは疑いようのない事実だった。キャリーはテオを憎いと思いながらも、彼への愛を抑えることができなかった。今では彼に対する熱い思いが全身にあふれ、爪先や指先から光り輝きながらこぼれ出しそうだ。彼女は間違いなくテオを愛していた。

ベビー服に包まれた小さな赤ん坊を、まるで壊れものを扱うかのようにそっと抱いているがっしりとしたテオの体を見つめていると、キャリーの胸がきゅっと締めつけられた。ヘンリーがあどけない顔でテオを見つめる姿は、微笑《ほほえ》ましい父子の光景そのものだ。その眺めが、キャリーの胸にいっそう濃い影を落とした。テオを愛してしまうなんて。何をどう間違えて、こんなことになってしまったのだろう？

この思いをテオに悟られたら、彼はわたしを放り出すだろう。いいえ、もっと悪いことに、わたしたちの子供を放り出してしまうにちがいない。

ついこの間まで、キャリーはそれを望んでいた。けれど今は違う。父と息子の絆《きずな》が日に日に強まっていく様子を見てきた今は、考えがまるで変わっていた。ひょっとして、わたしはテオのことを誤解していたのだろうか？　わたしが彼の決めたルールを守ってさえいれば、彼は本当によき夫、そして、よき父親となってくれるのだろうか？

そんな思いが鋭い刃《やいば》のように胸をよぎった瞬間、テオが歩み寄り、朝の光の中でキャリーの額にキスをした。優しい唇の感触が、たちまち全身に広がる。

「おはよう《ボンジュール》、いとしい人《シェリ》」テオがそっとささやいた。

「おはよう」キャリーは力なく答えた。

キャリーの声を聞きつけると、赤ん坊がたちまち首をめぐらせてぐずりはじめた。

テオがにやりと唇をゆがめた。「お腹《なか》が空《す》いているんだな。元気のいい子だ」

誇らしげなテオの口調に、キャリーは思わず声をたてて笑った。枕にもたれて起き上がり、両手を伸ばす。「こちらへ渡して」

テオはだぶだぶのTシャツを着てベッドに座っているキャリーに赤ん坊を渡した。ここへ来てからのキャリーは、いつも飾り気のない格好をしている。去年のように、彼の気を引くためにセクシーな服や凝った髪型、化粧などで飾り立てることはいっさいやめていた。今の彼女は昼はサンドレス、夜は着古したTシャツというカジュアルな服装に徹し、ノーメイクで通している。にもかかわらず、テオは彼女の美しさにうっとりと心を奪われている様子だ。彼女がテオに魅入られているのと同じように。

テオは赤ん坊に乳を与えるキャリーにほんの一瞬目をやった。

黒い瞳が食い入るように彼女を見つめてきたのは、キャリーの気のせいだろうか。

だが次の瞬間、テオは不意にくるりときびすを返した。「すぐに戻るよ」

テオが立ち去ると同時に、室内の空気がひんやりとしてきた。彼の後ろ姿を見つめながら、キャリーはため息をもらした。

乳をむさぼる赤ん坊を見下ろす。

親子鑑定の結果が出るまで、あと二日。結果が出たら、わたしたちはこのお城を出ていく。あと二日間、この気持ちを閉じ込めていればいいのだ。

テオへの愛をあと二日間隠しとおせたら、彼と今後のことを話し合うことができる。ヘンリーはシアトルのわたしのもとで暮らし、ときどきはフランスの父親に会いに行くか、テオがシアトルへ会いに来る。そうして毎日顔を合わせることがなくなれば、テオへのこの思いはそのうち消えうせるだろう。

キャリーにとっては、それが唯一の望みだった。

物音がして顔を上げると、テオが戸口に立っていた。彼はキャリーが座っているベッドの上にトレイを置いた。「奥さま、朝食でございます」

オレンジジュースにクリーム入りのコーヒー、フルーツにトーストとジャム、そしてさまざまなパンやバターたっぷりのペストリーがトレイにのっている。

キャリーは思わず息をのんだ。「あなたが用意してくれたの？」

テオがゆがんだ微笑を浮かべた。「リリーさ」

「そうでしょうね」からかうようにキャリーは言った。「あなたが作ったのなら、トーストが黒焦げになっているはずだもの」

テオがキャリーの横に腰を下ろした。黒い瞳をすがめ、見透かすように彼女を見る。

「キャリー、それできみを射止めることができるなら、毎朝黒焦げのトーストを作ってあげるよ」低い声で彼は言った。「朝だけでなく、昼も晩も」

心臓が飛び出しそうになったが、キャリーは懸命に微笑を浮かべた。「悪いけど」努めて軽い口調で答える。「黒焦げのトーストを作る才能は、わたしが望む夫の条件には入っていないわ」

「それじゃ、どんな条件が入っているんだい？」テオがキャリーの髪を撫《な》でながら尋ねた。上体を近づけ、じっと彼女を見つめる。「教えてくれ。どうすればきみを射止めることができるのか」

ささやきが素肌をくすぐり、彼女は身を震わせた。

キャリーは目を閉じた。わたしを愛して。それだけでいいの。

だが彼女は首を振り、喉に込み上げてきたものをのみ下した。「もうよしましょう。わたしはこの戦いに負けるわけにはいかないの」

テオが彼女を見下ろした。「そのうちわかるさ」

キャリーの全身を戦慄が駆け抜けた。負けてはだめよ。真っ白いキルトのベッドカバーをぎゅっと握りしめる。絶対に、負けるわけにはいかないわ！

柔らかな髪の毛の生えた赤ん坊の頭を見つめるテオの優しいまなざしに、胸が熱くなる。

「お腹がいっぱいになったかな？」

赤ん坊はキャリーの胸の膨らみから唇を外し、頭を後ろにそらした。

「そうみたいね」キャリーは素っ気なく答えた。

テオは息子を抱き取ると、腕の中でそっと揺すった。「お前にはいろんなことを教えてやるぞ」彼は赤ん坊に向かって話しかけた。「サッカーや、自転車の乗り方や……」

「企業を買収していくつもの部門に解体することも？」からかうようにキャリーは続けた。

テオがにやりと唇をゆがめ、ハンサムな顔に明るい笑みを浮かべるのを見て、キャリーは思わず息をのんだ。

「ああ、そうとも」

テオは手織りのラグに座り込み、息子を膝の上にのせた。

「一人でゆっくり朝食をとるといい」

ふと見ると、テオが浅黒いがっしりとした胸に赤ん坊を抱き寄せたまま立ち上がった。

「えっ？　どうして？」キャリーの声が思わず大きくなった。「ここにいてくれても構わないのに！」

「たまには一人でゆっくりするといい」テオが笑みを向けた。「のんびりと朝食をとって、たっぷりと時間をかけてシャワーを浴びて、一人の時間を思う存分楽しむといい。支度ができたら下りておいで。今日は忙しい一日になるぞ」テオは赤ん坊に向かってにやりと笑いかけた。「さあ、かわいい人《マ・プティット》、階下《した》へ行ってリリーに朝の挨拶をしてこよう」

「忙しいって、どういうこと？」キャリーは問いかけた。

だがテオは答えもせず、そのまま立ち去ってしまった。

深く息をつくと、キャリーは枕を押しやった。テオが本当にいい父親になってくれるなら、彼が家族ごっこに飽きて以前のような仕事人間に戻ってしまうことがないのなら、彼との結婚を受け入れるしかないだろう。自分の人生を犠牲にしてでも我が子に安定した家庭を与えてやるのが母親の務めだもの。自分の思いは封じ込めるのよ。ヘンリーのために。

ヘンリーのためにですって？　自分の中のずるいごまかしを、キャリーはあざ笑った。我が子のためなんかじゃないわ。自分のためよ。今ではテオなしには生きていけなくなっている自分に、わたしは気がついているはず。彼の妻になり、毎晩彼のベッドで眠りたい。わたしはそれを何よりも望んでいるのだ。

けれど、テオの条件を受け入れ、愛のない結婚生活を一生続けることなど、どうしたらできるのだろう？　テオへの愛を悟られぬよう、心の奥底に閉じ込めておくことなどどうすればできるだろう？

トレイを脇へ押しやると、キャリーはベッドを抜け出し、冷たいタイルの床を踏みしめて浴室へ向かった。熱いシャワーをたっぷりと浴びながら、目を閉じて悲しい物思いにふける。シャワーを出るころには、肌がほんのりと赤く染まっていた。クロゼットの中でしばらく迷った末、彼女はシンプルなサンドレスを選んだ。

髪をとかし、ウエーブのかかった濡《ぬ》れた髪は自然に乾くよう肩に下ろしたままにする。

ゆっくりと時間をかけてキャリーは身支度をととのえた。子供が生まれてからは一度も味わったことのない贅沢《ぜいたく》な時間だ。できるかぎりのんびりと、たっぷり一時間かけたあとで、彼女はようやく寝室を出た。肩に力を込め、胸の中で何度も同じ言葉を自分に言い聞かせていた。〝わたしは彼を愛していない。愛してなんかいないわ〟と。

なだらかな階段を下りていく途中で、中央の通路へばたばたと向かうリリーの姿が見えた。赤ん坊を片方の腕で抱き、もう一方に畳んだタオルを抱えながら、いくぶん調子外れの音程で子供の歌を優しく口ずさんでいる。キャリーは微笑を浮かべ、声をかけようとした。

そのとき、階段の下にいるテオに目が留まった。

彼はせかせかと歩きながら電話に向かって早口のフランス語をまくしたてていた。シャワーを浴びたばかりの様子で、濃い色のボタンダウンのシルクシャツに黒いスラックスというでたちだ。なんてお洒落《しゃれ》でセクシーなの。どう見ても……わたしとは不釣り合いだわ。

もう少しお洒落をすればよかったわ。キャリーはふと後悔に駆られた。口紅をつけるとか、胸のかたちをよく見せてくれるブラジャーを身に着けるとか。キャリーの後悔は続いた。魔法にかかったように五キロのダイエットに成功して、新しい衣服を買い揃《そろ》えておけばよかったわ。

二人の目が合い、テオがセクシーな笑みを投げかけると、キャリーの全身がぞくりと震えた。

彼は電話を切り、階段の下で彼女を迎えた。手を差し伸べ、彼女の手を取って唇を押しあてる。

キャリーは彼に微笑みかけたが、次の瞬間、唇を噛《か》んだ。「その格好は?」

テオが黒い瞳でじっと彼女を見つめた。「これから二人で出かけるんだ」

「出かける?」引きつった笑い声をあげながら、キャリーは階段の最後の数段をゆっくりと下りた。「どこへ行くの?」

「パリだ」

キャリーは立ち止まり、息をのんだ。

パリですって? 恋人たちの街、夢の街、光の都――パリ。

十代のころ、キャリーは雑誌から切り取ったエッフェル塔の写真を壁に貼っていたものだった。暮れなずむ都会の風景を空から写した写真だ。それ以来、いつか本物のエッフェル塔を見たいとずっと願い続けていた。大人になり、叶《かな》うはずがないとわかってからも、その夢を捨てることはできなかった。

「二人きりで?」キャリーは戸惑いながら尋ねた。

テオが無言でうなずいた。

「でも、赤ん坊を置いていくわけには――」

「ほんの二、三時間さ」テオは見るからにのんびりとした屈託のない様子で、階段の滑らかな手すりにもたれている。「夕食前には戻れるよ」

キャリーの胸が高鳴った。だめよ、危険すぎるわ。二人でパリへ行ったりしたら、わたしはテオの欲望と、三人で家族になりたいという自分の途方もない夢にもみくちゃにされ、あっという間に純白のウエディングドレスを着るはめになってしまう。そうなったら、やがてわたしたちの結婚生活は破綻する。苦しみを強いられるのは我が子だ。

キャリーはかぶりを振った。「だめよ。今日はここでじっとして、明日の親子鑑定の結果を待ちましょう。検査結果が出たら、わたしは家に帰り……」

テオの顔が見る間に曇った。赤ん坊を抱いていたときの優しい父親の面影はすっかり消えうせている。今の彼は頑固で冷徹な企業買収家そのものの顔だった。

「きみの家はここだ」

「テオ――」

「十分以内に飛行場へ向かう」彼は素っ気なく言い放った。「プライベートジェットで行けば数時間で戻ってこられる」キャリーにつめ寄り、魂を貫くほどの鋭い目で彼女を見るとそっと言った。「子供のころの夢を叶えたくないのかい?」

もちろん、叶えたいに決まっているわ。だがキャリーは懸命にかぶりを振った。「時間がないわ」

「夢を叶えるための時間ならいつだってあるさ」テオが静かに言い、彼女の手を取った。

「ぼくはきみの夢をすべて叶えてあげたいんだ」

わたしが本当に叶えたい夢はひとつだけ。あなたに愛されることよ。キャリーは目を閉じた。本心が今にもこぼれ出そうだ。

「パリへ行けば、検査を依頼した研究所の本部で一日早く結果を聞くことができる」

キャリーは目を開けて息をのんだ。

一日早く。そうすれば、わたしは救われる。何もかもが救われるのだ！

彼にこの気持ちを隠しておく時間が一日短くなる。このままテオを愛していると悟られずにフランスを発《た》つことができれば、彼は今後もヘンリーの父親の役割を果たしてくれるだろう。離れていても、子供の親権は二人で分かち合うことができる。ヘンリーは父親と母親の両方から慈しまれて育つだろう。そしてテオはわたしの愛に束縛され、みじめな結婚生活に耐える必要がなくなるのだ。

キャリーは深く息をついた。込み上げてくる涙をこらえ、たったひとつの可能性に望みを託す。「わかったわ。パリへ行きましょう」

「伯爵、間違いありません。お子さんはあなたの息子です」

衝撃の事実を告白するかのように、パリの研究所の本部長がおごそかに告げた。午前中、テオが電話で指示しておいたとおりの見事な演技だ。

パリの十五区にある研究所の白い壁に囲まれたオフィスの中で、キャリーは不安げにテオを見つめている。その視線を意識しながら、テオはまるで今初めて聞かされたかのように大げさに目を見張った。満足げな吐息をもらし、彼はキャリーを抱き寄せた。

「きみが嘘《うそ》をつくはずがないと思っていた」テオは彼女の耳元でささやいた。「ヘンリーがぼくの息子だということは、初めからわかっていたよ」

腕の中でキャリーが震えているのがわかる。ほっとしているのだろうか？　それとも、この震えは何か別の感情を示しているのだろうか？


研究所を出ると、テオはキャリーをフェラーリに乗せ、パリの中心街へと向かった。サンミッシェル大通りの車の流れはゆるやかだったが、ルーフを開けた車内に吹き込む風が頬や髪をなぶり、温かな日の光が顔に降り注いだ。

テオは数時間かけて街のあちこちを案内し、エッフェル塔の一番上からパリの全貌を見渡す特別プランをキャリーに提供した。二人は凱旋門《がいせんもん》を見物し、ルーブル美術館にひしめく観光客の群れをしりめに館長じきじきの案内でざっと館内を見て回った。

テオの次の計画は、シャンゼリゼ通りの高級店でキャリーのためにジュエリーやドレスを買い込むことだった。だがキャリーが不意にため息をつき、お腹がぺこぺこだわと言ったので、彼は首を振って笑いだした。「とっておきの店を知っているよ」

パリの中心部に位置するセーヌ川に浮かぶ小さな島――サンルイ島の曲がりくねった通り沿いにひっそりと立つ小さなレストランの前で、彼は車体の低いスポーツカーを止めた。

「どうしたの?」細い通りを見回しながら、キャリーは尋ねた。

テオが笑いながら彼女を見下ろしたとき、ボーイがいそいそと車を回りこんできた。

「昼食だ」

「まあ、勘弁して」キャリーがうめいた。「うずらの卵のスフレはもうごめんだわ」

「心配はいらない」テオがそっとささやいた。「きみの好みはじゅうぶん心得ているよ」

二杯目のワインを傾け、キャリーの舌はすっかり滑らかになってきた。頬が薔薇《ばら》色に染まっている。「こんなにおいしいものをいただいたのは生まれて初めてよ」グラスを持ち上げた。「わたしの好みを覚えていてくれたあなたに、乾杯」

テオがにやりと笑みを浮かべた。かちりとグラスを合わせ、二人は一息にワインをあおった。

「そして、ぼくたちの息子にも」彼はもう一度グラスを掲げた。

「まあ、それは名案だわ!　そうね!　ヘンリーに」

揃ってグラスを傾けると、テオはテーブルに身を乗り出して彼女のグラスにワインを注《つ》ぎ足した。

二人はテーブル越しに見つめ合った。だが温かく幸福な空気の中で、彼は言い知れぬ奇妙な思いにとらわれていた。今だ、今しかない。

深く息を吸い込み、テオは黒いベルベット張りの小箱をポケットから取り出した。そして、それを空になったクレーム・ブリュレのボウルの横に置いた。

「キャリー、これが最後だ」彼はかすれた声で言った。「ぼくと結婚してくれないか?」

プラチナの台にセットされ、ホワイトダイヤモンドに取り囲まれた大きなイエローダイヤモンドの指輪を見つめると、キャリーの顔が青ざめた。ぐっと顎をそびやかした彼女の目には、今にもこぼれそうな涙が光っている。

「できないわ」

「なぜだい?」テオが食い下がる。

キャリーは悲しげにテオを見上げた。「わたしたちが本当にあなたを求めたら……わたしとヘンリーが本気で……」彼女はそこで深く息をついた。「あなたを愛したら、あなたはわたしたちを捨てるに決まっているもの」

テオの瞳が曇った。「その台詞《せりふ》はいい加減、聞き飽きたよ」

「わたしの言っていることは間違っているかしら?」

「親子の愛は神聖なものだ。消えることはない。きみが夢見ているような、くだらない物語とはわけが違うよ」

キャリーはぐっと顎を引きしめた。「ヘンリーとわたしがあなたとお城で暮らすようになったら、わたしたちの注ぐ深い愛情にあなたがうんざりするのは時間の問題だわ」

「問題はヘンリーのことじゃない。ぼくがあの子を捨てるつもりなどないことは、きみだってわかっているだろう。問題はきみだよ」テオは険しい口調で言った。「きみはぼくたちの子供の幸福よりも、自分の夢物語のほうが大事だというのか？」

「そうじゃないわ！」キャリーは声を荒らげた。「わたしたちが結婚したら、みんなが不幸になるわ――とりわけあの子がね！」

「なぜそう言いきれるんだ？」

「わからないの？」キャリーは深く息を吸い込んだ。

まるで何かにすがるかのように、彼女の指がテーブルの端をぎゅっとつかんでいることに、テオは気がついた。

「お互い地球の反対側で別々に暮らして、ヘンリーの親権を分かち合うのが、あの子が幸せになれる唯一の道なのよ」

テオはキャリーを睨《にら》みすえて言った。「ばかばかしい！」

キャリーは青白い顔で唇をぎゅっと引き結んだ。「結婚したら、あなたはわたしを冷たく扱うようになるわ。そして家庭がめちゃくちゃになってしまうのよ」

「何を根拠にそんなことが言えるんだ？」テオが大きな声をあげた。「ぼくはきみを冷たく扱ったりしない！　きみを尊重して大切にするよ！　まだわからないのか？」

キャリーは何か言おうと口を開いたが、言葉につまった。「あなたを愛しているの」彼女は小声で言った。

一瞬、テオは自分の耳を疑った。聞き間違いだ。彼女がぼくを愛しているなんて。彼は息をつめ、キャリーの瞳を覗《のぞ》き込んだ。彼女は今にも気を失いそうなほど青白い顔をしている。

「ぼくを……愛しているだって？」

キャリーは悲しげにうなずいた。「どうしようもないの。もうこの気持ちは止められないのよ」彼女は低い声で言った。「わかってくれたでしょう。あなたはわたしを軽蔑するに決まっている。そしてわたしは……胸が張り裂けるような悲しみを味わうことになるわ」泣き笑いが顔に浮かんだ。「だから、これで終わりにしたほうがいいの。このまま別れて、あの子の親権を分かち合いましょう。そうすれば、ヘンリーはずっとわたしたち両方の愛に包まれて成長することができるわ。あなたはわたしから解放される。そしてわたしは……」

「きみは？」ヘンリーがとがめるような口調で尋ねた。

涙をぐっとこらえ、キャリーは精いっぱいの笑顔をつくって彼を見た。「わたしは、ささやかな希望を抱いて生きていけるわ」

「きみを愛してくれるほかの男が現れるという希望か？」

聞き取れないほどかすかな声で、キャリーは答えた。「そうよ」

テオは思わず顔をそむけた。自分と同じように、我が子がアメリカとフランスの間を行ったり来たりさせられるなんて。ぼくの息子が継父や腹違いのきょうだいの中で暮らし、本当の居場所を持てないまま大きくなるなんて。一年のうち半分も、見知らぬ男がぼくの息子に向かって父親面をするなんて。

そして、その男がキャリーを夜ごと自分のベッドで抱くなんて。

「だめだ」テオは鋭い口調で言い、両手の拳《こぶし》を握りしめた。

キャリーの頬を涙が伝った。「テオ、やめて。あなたがわたしにいやけがさすのは、しかたがないわ。でもヘンリーにはなんの罪も――」

「ぼくはきみを放さない」テーブル越しに手を伸ばし、彼女の顔を包み込むと、じっとその瞳を覗き込んだ。「きみはぼくの妻になるんだ」

「でも、テオ……」キャリーは声をつまらせてかぶりを振った。「無理よ。愛されていないことがわかっているのに、これ以上あなたを愛することはできないわ」

「勘違いするな」テオは深く息をつき、心にもない言葉を口にした。最後の手段だった。

「ぼくもきみを愛しているよ」

キャリーの美しい顔に驚きの色が浮かび、やがてゆっくりと喜びが広がった。まるで、真っ赤な芥子《けし》の花畑に金色の朝の光が差しはじめたかのようだ。

「わたしを……愛しているですって?」

「ああ」テオはうめくように言った。

キャリーが身を震わせて目を閉じた。すると、不意にその目に涙があふれ、彼女は席を立ってテーブルを回り込むと、泣きながらテオに抱きついてきた。狭い店内で、周囲の客たちが何事かといっせいに振り向いた。

「ぼくたち、たった今、婚約したんです」テオはむっつりとした口調で告げた。

客たちの間から歓声と拍手がわき起こる。

「さあ」彼は素っ気ない口調で言い、キャリーの手を取った。「これからウエディングドレスを買いに行こう」

6

一日も経《た》たないうちに、テオは魂よりも大きなものを奪われたような恐怖に駆られはじめた。

キャリーの指に大きなダイヤモンドの指輪をはめたあと、すぐにモンテーニュ大通りの最高級ブライダルショップへ彼女を連れていき、最初に目に留まったウエディングドレスを購入した。そしてその足でまっすぐ空港へ向かった。

あれからキャリーとは四回体を重ねた。一回は帰りの機内で、そして残り三回は城へ戻ってから。驚いたことに、キャリーの態度はそれまでと一変した。女性からこれほど奔放な情熱をぶつけられ、これほど大胆に愛情を示されたことはいまだかつてなかった。キャリーはいっさいのためらいや恥じらいを捨て、身も心も彼に投げ出した。そして片時も愛《あい》撫《ぶ》の手を休めず、彼の体をくまなく求め続けた。何度も愛しているわと繰り返し、テオが同じ言葉を返すと、彼女はうっとりと顔を輝かせた。

愛しているとテオが言うたび、その声が重く沈んでいくことに、キャリーはまるで気づいていなかった。

今、彼女はシアトルへ向かうため、二階でヘンリーの服をスーツケースにつめているところだ。二人は明日、キャリーの生まれ故郷で、彼女の家族の列席のもとに式を挙げる予定になっている。彼女の立てた結婚プランをテオが承諾すると、キャリーは泣きながら彼に抱きついたのだった。

「あなたって、本当に優しい人ね」キャリーはささやいた。「わかってくれてありがとう。あなたは世界で一番思いやりにあふれた、すばらしい人だわ」

思いやりにあふれた、すばらしい人だって？　ラスベガスのドライブスルー形式のお手軽な式ではなく、彼女の家族を交えた結婚式をぼくが承諾したからだろうか？

あれからずっとテオは頭の芯がずきずきするような痛みに襲われている。そしてその痛みは今では背骨を伝い、心臓にまで達していた。いや、心臓があるべき場所までと言うべきだろうか。

ぼくは大嘘《おおうそ》つきだ。彼女を結婚という餌に食いつかせるため、愛していると嘘をついた。それには立派な理由がある。テオは自分にそう言い聞かせようとした。息子を安定した家庭環境のもとで育てるという理由だ。だが、その動機が下劣きわまりないものであることは百も承知だった。

他の男がキャリーに触れるのがどうしても我慢できなかったのだ。彼女があの愛情あふれる瞳で他の男をうっとりと見つめるのが許せなかった。彼女の愛はぼくだけのものだ。

キャリーがあと一時間後に迫った飛行機の旅に備えて二階で荷造りにいそしんでいるころ、テオは薄暗く飾り気のない書斎の中をうろうろと歩き回り、執拗《しつよう》に彼を襲う良心の痛みを懸命に振り払おうとしていた。

愛してもいない女に愛していると嘘をつく、自分勝手な男だということは自分でもわかっていた。

これまでテオは、欲しいものはすべて手に入れてきた。だが、そのためにいったいどれほどの代償を払ったのだろう？　これはアコーザル・S・Aの買収と同じなのか？　ブラジルの鉄鋼会社はかなり高い買い物だったが、値段に釣り合うだけの見返りは得られなかったではないか。

だいいち、ぼくとの結婚でキャリーのかけがえのない美点が損なわれたら、彼女はどうやって生きていくのだ？

彼女の美点……。テオはその場に凍りつき、片手で髪をかき上げた。キャリーはビジネスの道具じゃない。彼女はぼくがこれまで出会ったなかで最も思いやり深く、優しい女性だ。そして、彼女の一番の美点は母親としての能力でも妻としての情熱でもない。冷え冷えとしたこの城に温《ぬく》もりと安らぎをもたらしてくれたことでもない。

それは彼女の目の輝きと明るく前向きな考え方だ。いつも人の良い面を信じようとする心、理想主義で夢見がちなその性格こそ、彼女の最も大切な美点なのだ。結婚したあと、キャリーがぼくの裏切りに気づいたら、あの瞳の輝きはたちまち失われるだろう。ぼくは彼女の最高の美点を殺してしまうことになる。

彼女の心を。

彼女を結婚式へ連れていくのは気が進まないし、人生の墓場へ連れてくのもいやだ。ぼくはこの手で彼女の人生を葬ろうとしているのだ。

安っぽい感傷だ、と彼は自分に言い聞かせた。だが、これはまぎれもない事実だ。心から人を愛するということがどんなものか、ぼくは今まで理解したことが一度でもあっただろうか？　キャリーがこの城にやってくるまで、家庭というものの温かさをこれほど実感したことがあっただろうか？　一人の女性とこれほど激しい情熱を分かち合ったことが今まであっただろうか？

どんなことがあっても、キャリーを手放すわけにはいかない。絶対に。

だが、もしも卑怯《ひきょう》な手を使ってキャリーを妻にしたら、ぼくが愛してやまない彼女のすべての美点――献身的な明るさや楽観的なものの考え方、夢と理想を追い求める心は、たちまち消えうせてしまうだろう。

テオは歯を食いしばり、壁に拳《こぶし》を打ちつけたい衝動と闘った。

いらいらと自分に言い聞かせる。キャリーが何を求めているかなんて、そんなことはどうだっていい。ぼくは絶対に諦めないぞ。息子はぼくの血を分けた肉親だ。キャリーはぼくの妻となる。他の男になど渡すものか。

だが、かけがえのない人から瞳の輝きを奪うとわかっていながら、無理やり自分のものにすることが果たして許されるのだろうか？

テオは拳を握りしめ、目を閉じて深く息をついた。目を開けると、窓の外に広がる青空を、美しい庭園や、ごつごつとした山へ向かって広がるオリーブの林を見つめた。

やがて彼は電話に手を伸ばした。

一時間後、キャリーは書斎のドアをノックして中を覗《のぞ》き込んだ。

「プライベートジェットを持っている人って、いつもこうなの？」愉快そうに彼女は言った。「みんなを待たせて、悠々とメールをチェックしているの？　リリーもとっくに車に乗り込んで――」

キャリーは室内にもう一人の男性がいることに気づき、はっと言葉を切った。たった今、サインをしたばかりの書類を前に立ち上がり、テオは弁護士に退出を促した。

「気に入りませんな」弁護士の男性はむっつりとした顔つきのままフランス語で言った。

「気に入ってもらおうとは思っていない」テオもやはりフランス語で素っ気なく返した。

その男性は足早に書斎から出ていき、戸口でキャリーとすれ違った。

テオはキャリーに目を向けた。彼女の愛が一瞬にして冷めることは覚悟していた。

鋭い刃《やいば》が喉に突き刺さる。

「いったい何事なの？」弁護士の男性が立ち去ったほうへ目をやりながら、キャリーは尋ねた。

テオは咳払《せきばら》いをした。だが喉に突き刺さった刃の間から声を振り絞るにはしばらく時間がかかった。「今の男はジャック・メントン、ぼくの顧問弁護士だ」

「出発前に仕事の最後の打ち合わせをしていたのね？　いいことだわ」キャリーは悪戯《いたずら》っぽく口元をゆがめた。「なにしろ、結婚したらあなたはすべてわたしのものですもの。たっぷり一年間は新婚生活を満喫するわ。いいえ、二年かしら」

予想していた以上の痛みがテオを襲った。彼は大きく息を吸い込んだ。「話がある」

キャリーは幸福と信頼に輝く笑顔をテオに向けた。「なあに？」

膝が萎えそうだ。デスクの前の椅子に彼はどさりと腰を下ろした。なんとかうまくやりおおせなければ。決心が鈍らないうちに、一刻も早く彼女をここから追い出すのだ。

「キャリー、違うんだ」低い声で彼は言った。

彼女はあくまでも幸福そうな顔にかすかな困惑をたたえ、無邪気に小首を傾《かし》げた。「何が違うの？」

デスクに腕をついて、彼は立ち上がった。まっすぐにキャリーの目を覗き込む。まるでライフル銃越しに敵を見すえるような目つきだ。「ぼくはきみを愛していない」

キャリーの顔から血の気が失《う》せた。「なんですって?」

「聞こえただろう」テオはサインしたばかりのデスクの上の書類をキャリーのほうへ押しやった。「たった今、親権に関する合意書に署名した。ヘンリーの親権は二人の分担とするが、養育権はきみに譲る。きみとヘンリーには多額の経済的援助を惜しまない。きみ、もしくはきみの家族が一生働かなくてもいいだけの金額だ」

キャリーはまるで顔面をいきなりなぐられたような表情を浮かべている。薔薇《ばら》色だった滑らかな肌は死人のように蒼白《そうはく》になった。

「あなたはわたしを愛しているわ」声をつまらせながら彼女は言った。「わたしにはわかるわ。愛しているって言ってくれた――」

「あれは嘘だったんだ」テオが顔をそむけた。「キャリー、きみはぼくのそばにいないほうがいい。きみもヘンリーも、きみの家族と一緒に暮らしたほうが幸せなんだ。いつか心からきみを愛してくれる男が見つかるはずだ。きっと……」

〝きみにふさわしい男が〟そう言おうとしたが、最後まで言えなかった。

キャリーはぐいと顎をそびやかした。「あなたはわたしを愛しているわ。わたしはずっと、あなたの愛を感じていたもの」

こうなったら、心を鬼にしなければ。「きみの言ったことは正しかったよ」乱暴な口調で、テオは言った。「なかなか自分のものにできないからこそ、ぼくはきみが欲しかった。

だが、きみがべたべたしてくるようになったら、だんだん鬱陶しくなって……」

キャリーははっと息をのんだ。

「かわいい人《マ・プティット》」テオは素っ気なく言った。「悪いが、ぼくはもう妻も子供も欲しくないんだ。息子のことはこれからも愛している。きみのことも愛そうと努力はした。だが無理なんだ」歯を食いしばり、まっすぐに彼女の顔を覗き込む。「きみには本当に愛してくれる男が必要だ」

キャリーは答えなかった。体がぶるぶる震えていた。血の気の失せた顔で、目ばかりが大きく見開かれている。

「わたしたちはいらない……そういうこと？」彼女は小声でつぶやいた。

テオは胸を引き裂かれるような思いだった。だが彼は痛みに耐え、最後までやり遂げようとした。キャリーと息子のために。

「そうだ。ぼくには、きみたちはいらない。わかったら、とっととアメリカの家族のもとへ帰ってくれ」テオは素っ気なく言った。「もうきみたちに用はない」

いつ、どうやって書斎を出たのかキャリーはまったく覚えていなかった。気がつくと外に出ていて、運転手が後部座席のドアを開けていた。ぼんやりと車に乗り込み、ヘンリーのチャイルドシートの隣に座った。

「テオは？」リリーが助手席から声をかけてきたが、やがてキャリーをまじまじと見つめた。「いったいどうしたの?」

気分が悪くなり、キャリーはゆっくりとリリーに顔を向けた。「結婚式は取りやめよ」力ない声で答えた。「わたしはこの子と二人だけで家へ帰るの。だから、あなたがついてくる必要もなくなったわ」

「どういうこと?」リリーの大声に赤ん坊が泣きだした。

「テオはわたしを愛していないの」キャリーは消え入りそうな声で言った。「彼は自由が欲しいのよ」

リリーがじっとキャリーを見つめ、かぶりを振った。「そんな、まさか! 彼があなたをうっとりと見つめているのを、わたしはこの目ではっきり見たわ」

「嘘だったのよ」キャリーはぼんやりと窓の外へ目をやった。城がいかにも冷たく、空虚に見える。プロヴァンスの景色全体が鮮やかな精彩を一気に失っていた。「結婚式は取りやめよ」彼女はもう一度言った。

「彼は理由を言ったの?」

「わたしのことが鬱陶しいんですって」

丸々としたリリーの優しい顔に怒りの青筋が立った。「テオがあなたにそんなひどい仕打ちをしたのなら、わたしは……辞めてやるわ!」

キャリーは驚いてリリーを見つめた。「でも、テオはあなたの親戚でしょう!」

「遠い親戚よ。それに、たった今その縁も切れたわ」リリーはうめいた。車を降りると、後部座席に乗り込んで座った。チャイルドシート越しに手を伸ばし、キャリーの肩を優しくたたくと同時に、リリーは運転手のほうへ身を乗り出した。「何をもたもたしているの？　さっさと飛行場へ行ってちょうだい！」

キャリーの目に安堵《あんど》の涙があふれてきた。リリーがいてくれれば、長いフライトもなんとか乗り越えられそうだ。「ありがとう」小声でつぶやいた。「でも、あなたはシアトルに着いてからどうするの？」

車がガヴォーダン城を出ていくと、リリーは革張りのシートにゆったりともたれて、目をきらきらと輝かせた。「サンフランシスコの恋人に会いに行くわ」

「あなた、恋人がいたの？」意外だった。

リリーの顔つきがかすかに曇った。「恋人みたいなものよ」彼女は低くつぶやいた。「幸せを祈っているわ」キャリーは言った。

リリーはふんと鼻を鳴らした。「わたしのことは心配ご無用。それに、テオはきっと自分のしたことを後悔するわよ。嘘じゃないわ、彼は……」

だがキャリーにはリリーのおしゃべりが少しも耳に入らなかった。冷たい窓ガラスに額を押しあて、流れていく赤い花々や緑の葡萄《ぶどう》畑をかすんだ目で眺めていた。体じゅうの力が抜け、血液が沸騰して、心臓へどくどくと流れ込んでいるような気がする。

目を閉じると、テオの険しい顔が不意にはっきりと浮かんだ。

〝キャリー、きみはぼくのそばにいないほうがいい……いつか心からきみを愛してくれる男が見つかるはずだ〟

車が止まった。目を開けると、プライベートジェットの専用飛行場の駐機場が見えた。リリーが先に車から降り立ち、チャイルドシートを取り外すとヘンリーをふかふかのベビーカートへ移した。キャリーはリリーのあとから車を降りたあと、乾いた駐機場をよろめきながら横切り、テオのプライベートジェットへと続く階段へ向かった。

震える息をつきながら振り返ると、鮮やかな彩りと愛のあふれる美しい景色が目に入った。この景色を、もう二度と見ることはないとわかっていた。

目を閉じると、書斎の薄暗い照明に照らされたテオの顔がよみがえった。あのときは自分の悲しみや苦しみにばかり気をとられ、彼の瞳に浮かんだ苦しみの色や、ぐっと引きしめた顎、青ざめた顔色には少しも気づかなかった。

〝ぼくがきみたちの面倒を見る〟彼はそう言った。

キャリーはゆっくりと目を開けた。

テオはわたしたちを手放したくなかった。わたしのために、彼は自らの望みを犠牲にしたのだ。

でも、どうして？

息を荒くしながら、キャリーは夢のように美しい風景にじっと目を凝らした。プロヴァンスの景色がふたたび鮮やかな色を取り戻していた。明るく鮮やかな景色が日に染みる。テオはわたしを愛している。彼はそれを行動で示してくれた。彼は想像もつかないほど深くわたしを愛してくれていたのだ。

「キャリー？」リリーが赤ん坊を抱き、飛行機のドア口を覗き込んだ。「だいじょうぶ？」

はるか遠くに地中海が見えるような気がした。金色の火の玉のような太陽が傾きはじめ、サファイア色の海へ沈もうとしている。

「ええ」キャリーは小声で答えた。ふうっと息を吐き出して顔を上げると、その顔にクリスマスの朝を迎えた子供よりも輝かしい笑みがゆっくりと浮かんだ。「何もかも、きっとうまくいくわ」

黒いセダンが城から出ていき、並木に彩られた通りへ消えていくのを、テオは書斎の窓からじっと眺めていた。車の巻き上げる埃《ほこり》が見えなくなるまで、窓辺から動くことができなかった。

キャリーとヘンリーはシアトルで幸せに暮らしていくはずだ。

だが……。

テオは書斎をぐるりと見回した。城は墓場のような空虚さに包まれている。笑い声も温もりもない。赤ん坊も家族もいない。

キャリーもいない。

椅子にぐったりともたれ、テオは両手で額をこすった。みぞおちの上のあたりに奇妙なしこりを感じる。まるで心臓が止まったかのように、胸がきゅっと締めつけられる。

この感覚は……。

無だ。テオは胸の中でつぶやいた。何も感じない。女を捨てたことは以前にもある。キャリーを捨てたのも今回が初めてではなかった。

だがあのときは、こんなふうに感じたりはしなかった。去年キャリーを捨てたとき、テオはキャリーに対して怒りと恨みを抱いていた。まるでお気に入りのおもちゃを取り上げられた子供のように。

今度は違う。いったい何が、どうなってしまったんだ?

テオは腕組みをして窓の外に目を凝らした。今の彼にとって、キャリーは単なるセックスの相手でも、情熱を分かち合う相手でもない。彼女がどんな人間か、よく理解している。彼女のことが大好きだった。すばらしい女性だと思っていた。尊敬していた。そして、それ以上に……。

幻想だ。テオは自分に言い聞かせた。これは単なる妄想だ。その気になれば、キャリーに負けず劣らず美しい女を一時間以内にこの城に呼び寄せることができる。キャリーの代わりなどすぐに見つかるさ。

だが、それが嘘だということは彼の魂が知っていた。

テオは荒い息をつき、両手を拳に握りしめながら飛行場へ通じるはるかな景色に目を凝らした。だが、飛行場は起伏の激しい南の景色にさえぎられて見ることはできなかった。

キャリーの代わりなど見つかるはずがないことはわかっていた。

彼女はぼくに生きる喜びを与えてくれた。それなのに、ぼくは彼女を手放してしまった。

キャリーのためだったんだ。テオは自分に言い聞かせた。彼女は心から愛してくれる男のものになるべきだ。自分の欲望よりも彼女のことを考えてくれる男のものに。何があっても彼女を守ってくれる男のものに。

たとえぼくが邪魔をしようとしても、だ。

窓の外を眺めていると、激しい耳鳴りがした。キャリーの幸福のためなら、どんな苦痛も甘んじて受ける覚悟はできている。ということは、ぼくは彼女を愛しているのか？

キャリーと息子がそばにいてくれるなら、一億ドルのビジネスも財産も、地位も家もいらない。

キャリーはぼくの欠点をさんざん見てきた。それにもかかわらず彼女はそんなぼくを許し、愛してくれた。ぼくは奇跡のような彼女の心を少しも理解していなかった。

彼女を愛するのはごく簡単なことだったのだ。

テオは大きく目を見開いた。

ぼくは彼女を愛している。

どうしようもなく、心から、狂おしいほどに彼女を愛している。これは妄想や夢物語なんかじゃない。正真正銘の、本物の気持ちだ。たとえ肉体が滅びたとしても、この思いは永遠に生き続ける。ぼくは彼女を愛しているのだ。

心臓が激しく打ち、不意に締めつけられた。大きく息を吸い込むと、テオは目をすがめた。

彼女の乗る飛行機を追いかけなければ。

テオは扉を蹴破るようにして書斎を飛び出し、通路を夢中で走った。大理石の床に足音が響き渡る。ガレージで車のキーをつかみ取ると、一番スピードの出る車に飛び乗り、猛スピードで疾走した。

飛行場に到着するやいなや、彼は砂利をまき散らして車を急停止させた。がらんとした格納庫を走り抜け、駐機場へ向かう。

だが、間に合わなかった。

離陸して空へ消えていく飛行機を彼はじっと見つめた。

「ああ」荒い息をつきながら、テオは小声でつぶやいた。両手で顔を覆う。「もうだめだ」

「テオ?」

テオはぱっと振り向いた。開け放たれた格納庫の戸口に、赤ん坊を抱いたキャリーがひっそりとたたずんでいる。

「あなた、わたしのすぐそばを走り抜けていったのよ」彼女は照れくさそうに言った。「あまりにもすごい勢いで走っていったから――」

キャリーの言葉をゆっくり聞いている暇はなかった。頭の中が空っぽだ。テオはまっすぐ歩み寄り、彼女を抱きしめた。

テオは両手を彼女の髪に埋《うず》め、三十六年の間、胸の奥底に閉じ込めていたありったけの情熱と愛を込めて彼女の唇をふさいだ。心はキャリーを、彼女だけを待ち望んでいた。

キャリーの応える唇を受け止めながら、テオの中の固く冷たい壁がついに崩れ、心の奥に秘めていた生命の息吹と明るい太陽が現れた。唇を離し、彼女の頬を撫《な》でながら瞳を覗き込む。

「キャリー、愛しているよ」彼はささやいた。

テオのキスは優しく、それでいて激しい。心からの愛情と誓いが込められている。

彼は唇をようやく離し、低くざらついた声でキャリーへの愛を誓った。

彼を見上げるキャリーの瞳には喜びの涙があふれていた。「わかっていたわ」

「わかっていた、だって?」

「というか……そうであってほしいと願っていたの」

テオはふたたび熱い唇を重ねた。今度のキスは数分間も続く長いもので、二人の間に挟まれたヘンリーがあやうく窒息するところだった。

テオは額をキャリーの額に押しあてると、ヘンリーにそっと触れた。「ありがとう」彼はつぶやいた。「ぼくを信じてくれて、ありがとう」ふと空に目を戻す。飛行機は飛び去り、小さな黒い点となっていた。「だけど、あの飛行機には誰が乗っていったんだい?」

キャリーは流れる涙を拭おうともせずに首を振り、笑い声をあげた。「リリーよ。ついでに教えてあげるけど、彼女は家政婦の仕事を辞めて、サンフランシスコの恋人に会いに行ったのよ」

「リリーに恋人がいたのか?」

キャリーはリリーの言葉を懸命に思い出そうとした。「まあ、恋人みたいな人なんじゃないかしら」

「リリーはその辺の男にはもったいない女性だよ」テオはキャリーをじっと見つめ、深く息を吸い込んだ。「きみがぼくにはもったいないのと同じだ。だが、もう一度だけぼくにチャンスをくれないか?」黒い瞳が探るようにキャリーの瞳を覗き込む。「きみの夢見ていたとおりの男になれるよう、努力するよ。生涯をかけてきみを愛し、慈しみ、守ることを誓う――」

キャリーが彼の唇に指を押しあて、途中でさえぎった。そのとたん、ハンサムでくっきりとした彼の顔が絶望にゆがんだ。

「あなたはずっと前から、わたしの夢見ていたとおりの男性よ。とっくにわかっていたわ」彼女はテオを見上げた。「憎んでも憎んでも、いつもあなたの夢ばかり見ていたわ」

テオが彼女の頬を両手で包み込んだ。顔が喜びに輝いている。

「キャリー、きみはただ人のいい面だけを見ているわけじゃないんだね」テオは静かに言いながら彼女の瞳を覗き込んだ。「きみは、人が心からこうなりたいと望んでいる姿を見抜く力を備えている」

テオに抱きしめられ、熱く情熱的なキスを受けながら、キャリーはとろけそうな体を彼に預けた。あとで思い出しても、うっとりとめまいがするほどすばらしい人生最高のキスだった。

だが、そう思ったのは二日間だけで、ウエスト・シアトルの海辺の公園で結婚式を挙げたとき、彼から受けたキスはそれよりさらにすばらしいものだった。海の向こうに広がるシアトルの高層ビル街を背景に、簡素な屋外での結婚式を終えたあと、二人は友人や家族の盛大な祝福を受けた。式の直前まで霧雨が降っていたが、二人が誓いの言葉を述べた瞬間、低く垂れこめた雲がぱっと割れ、どしゃぶりの雨が降りだした。

新郎を見つめたときには、二人ともずぶ濡《ぬ》れだった。キャリーは向日葵《ひまわり》の小さなブーケを二人の頭にかざし、雨をよけようと懸命になった。二人は同時に、はじかれたような笑い声をあげた。

テオは微笑をたたえながら頭を下げると、キスをしてささやいた。「愛しているよ《ジュ・タドール》、ぼくの伯爵夫人」

キャリーはテオの首に腕を絡ませ、心を込めたキスを返した。

やがて二人は小さなスーツに身を包み、リングピローを手にした幼い息子を一緒に抱き上げると、雨をよけながらふっくらとした頬にキスをした。

夫となったばかりのテオが満面に笑みをたたえたずぶ濡れの家族や友人たちと握手を交わす姿を眺めながら、キャリーはこの上ない幸福に酔いしれていた。

人生はなんてすばらしいのかしら。キャリーはしみじみと思った。たとえ灰色の日々の中でも、愛はいつも自分のそばにある。嵐のあとの虹のように。そして晴れてテオの妻となった今、自分の人生は赤や黄色や紫や青などの極彩色に彩られていることを、キャリーは知っていた。たとえ、どんなに激しい雨が降ろうとも。

素顔《すがお》のサマーバカンス

2023年8月15日発行　第1刷

著　者　ジェイン・アン・クレンツ
ナリーニ・シン
ジェニー・ルーカス

訳　者　仁嶋《にしま》いずる　長田乃莉子《ながたのりこ》　早川麻百合《はやかわまゆり》

発行人　鈴木幸辰

発行所　株式会社ハーパーコリンズ・ジャパン
東京都千代田区大手町1-5-1
03-6269-2883（営業）
0570-008091（読者サービス係）

印刷・製本　中央精版印刷株式会社

定価はカバーに表示してあります。

ISBN978-4-596-52358-7

mirabooks

恋に落ちるスピードは
ローリー・フォスター
岡本　香 訳

お堅いマリーの新しい相棒は、危険な魅力あふれるセクシーガイ。24時間をともにするうち、ワイルドな風貌に隠れた、思いがけない素顔が露わになって…。

ハッピーエンドの曲がり角
ローリー・フォスター
岡本　香 訳

蒐集家の助手として働くロニーは、見知らぬ町でとびきりワイルドな彼に出会う。その正体は、品行方正だと聞いていた、24時間をともにする相棒候補で…。

ファーストラブにつづく道
ローリー・フォスター
岡本　香 訳

過保護に育てられ、25歳の今も恋を知らないシャーロット。ある日街角で出会ったワケアリの男性ミッチに、生まれて初めて心ときめいてしまい…。

胸さわぎのバケーション
ローリー・フォスター
兒嶋みなこ 訳

新たな人生を始めるため、美しい湖にたたずむリゾートの求人に応募したフェニックス。面接相手のセクシーなオーナーは、もっとも苦手とするタイプで…。

ためらいのウィークエンド
ローリー・フォスター
兒嶋みなこ 訳

息子をひとりで育てるため、湖畔のリゾートで懸命に働いてきたジョイ。ある日引っ越してきたセクシーな男性に、封印したはずの恋心が目覚めてしまい…。

午後三時のシュガータイム
ローリー・フォスター
兒嶋みなこ 訳

小さな牧場で動物たちと賑やかに暮らすオータム。恋はすっかりご無沙汰だったのに、学生時代の憧れの人が、シングルファーザーとして町に戻ってきて…。

mirabooks

この手を離してしまえば

マヤ・バンクス
八坂よしみ 訳

密かに憧れていた実業家キャムと、あるパーティの夜に結ばれたピッパ。一度のことと知りながらも喜びを噛み締めていたが、後日妊娠したことがわかり…。

いつか想いが届くまで

マヤ・バンクス
深山ちひろ 訳

若き実業家デヴォンから夢見たとおりのプロポーズをされ、幸せの絶頂にいた花嫁アシュリー。世間知らずの彼女は、それが政略結婚だと知るはずもなく…。

忘れたい恋だとしても

マヤ・バンクス
藤峰みちか 訳

会社経営者ライアンと婚約し幸せの絶頂にいたケリーは、ある日彼の弟との不貞を疑われ捨てられた。半年後、彼の子を身ごもるケリーの前にライアンが現れ――

忘却のかなたの楽園

マヤ・バンクス
小林ルミ子 訳

所有する島の購入交渉に来たラファエルと恋に落ちたブライアニー。契約を交わすと彼との連絡は途絶える。妊娠に気づき訪ねると、彼は事故で記憶を失っていて…。

消えない愛のしるしを

マヤ・バンクス
琴葉かいら 訳

夫の死後三年がたち、過去を吹っ切るために秘密の社交場にやってきたジョスリン。長年胸に秘めてきた願いを叶えようとするが、そこには夫の親友がいて…。

残酷な遺言

エリザベス・ローウェル
仁嶋いずる 訳

初恋の相手に拒絶され、心に深い傷を負ったララ。けれど、再会した彼は情熱的な瞳でララを見つめていた。まるであの夜などなかったかのように…。

mirabooks

囚われのイヴ

アイリス・ジョハンセン
矢沢聖子 訳

死者の骨から生前の姿を蘇らせる復顔彫刻家イヴ・ダンカン。ある青年の死に秘められた真実が、新たな事件を呼びよせ…。著者の代表的シリーズ、新章開幕！

慟哭のイヴ

アイリス・ジョハンセン
矢沢聖子 訳

殺人鬼だった息子の顔を取り戻そうとする男に追われ、極寒の冬山に逃げ込んだ復顔彫刻家イヴ。満身創痍の彼女に手を差し伸べたのは、思いもよらぬ人物で…。

弔いのイヴ

アイリス・ジョハンセン
矢沢聖子 訳

殺人鬼だった息子の顔を取り戻すためイヴを拉致した男は、ついに最後の計画を開始した。決死の覚悟で挑む闘いの行方は…？　イヴ・ダンカン三部作、完結篇！

あどけない復讐

アイリス・ジョハンセン
矢沢聖子 訳

復顔彫刻家イヴ・ダンカンのもとに届いた、少女の頭蓋骨。8年前に殺された少女の無念が、闇に葬られた真実と新たな陰謀、運命の出会いを呼び寄せる…。

死線のヴィーナス

アイリス・ジョハンセン
矢沢聖子 訳

任務のためには手段を選ばない孤高のCIA局員アリサ。モロッコで起きた女学生集団誘拐事件を追い、手がかりを求め大富豪コーガンに接触を図るが…。

野生に生まれた天使

アイリス・ジョハンセン
矢沢聖子 訳

動物の声を聞ける力を持ったがため、数々の試練にさらされてきたマーガレット。平穏な日々も束の間、謎の男によって過去の傷に向き合うことになり…。